Prise au piège

JANE FEATHER

La favorite du sérail	*J'ai lu* 3448/**6**
La nuit de Saint-Pétersbourg	*J'ai lu* 3560/**6**
La favorite afghane	*J'ai lu* 3667/**7**
Un cœur à vendre	*J'ai lu* 4172/**6**
Prise au piège	*J'ai lu* 4586/**5**

Jane Feather

Prise au piège

Traduit de l'américain
par Daniel Garcia

Éditions J'ai lu

Titre original :

VICE
Published by arrangement with Bantam Books,
a division of Bantam Doubleday Dell Publishing Group, Inc.

PROLOGUE

Londres, 1750

— Je n'ai pas un tel article pour l'instant, Votre Grâce.

— Je m'en doutais, madame. Mais j'ai pensé que vous pourriez me le procurer.

Richard, troisième duc de Redmayne, croisa nonchalamment les jambes.

— Un article aussi particulier ne sera pas facile à trouver, pronostiqua Mme Dennison en agitant coquettement son éventail.

Le duc sourit.

— Je vous promets une récompense qui vous dédommagera largement de vos efforts, Élisabeth.

— Mon cher duc, vous savez bien que je déteste parler de détails aussi... vulgaires.

— Terriblement vulgaires, concéda Richard. Quoi qu'il en soit, j'exige une qualité scrupuleusement conforme à mes souhaits. Je refuserai toute contrefaçon, si jolie que soit son apparence.

Élisabeth Dennison se récria.

— Comment pouvez-vous penser une chose pareille, Votre Grâce ?

Toujours souriant, le duc hocha légèrement la tête. Il sortit de sa poche une tabatière incrustée de lapis-lazulis, l'ouvrit, en tira une pincée de tabac à priser, et la referma posément.

— Dois-je comprendre que l'article est destiné à Votre Grâce elle-même ? demanda Mme Dennison, après un instant d'hésitation.

On ne savait jamais, avec le duc de Redmayne, où se situait la frontière entre la curiosité légitime et l'impertinence.

— Conduisez vos recherches comme s'il devait être réservé à mon usage exclusif, répondit le duc en se levant. De cette manière, nous serons sûrs qu'il répondra parfaitement à mes exigences.

— Je puis vous assurer, monseigneur, que toutes nos jeunes filles sont de première qualité, commenta Mme Dennison en se levant à son tour dans un bruissement de soie. Mon mari et moi veillons à la réputation de cette maison, ajouta-t-elle en tirant le cordon de la sonnette.

— Si je n'en avais pas été persuadé, Élisabeth, je n'aurais certainement pas fait appel à vos services, observa galamment le duc en reprenant sa canne et ses gants sur le guéridon.

Mme Dennison parut soudain plus détendue.

— Nous allons commencer immédiatement nos recherches, Votre Grâce.

— Tenez-moi informé de vos progrès. Je vous souhaite le bonjour, madame, conclut son visiteur en s'inclinant poliment.

Un laquais apparut sur le seuil.

— Raccompagnez Monseigneur, lui ordonna Mme Dennison.

— Madame, je suis votre serviteur, ajouta le duc en s'inclinant encore, avant de suivre le domestique dans le hall.

Il régnait dans la maison une effervescence silencieuse, comme si les servantes chargées du ménage avaient pour ordre de ne pas réveiller les dormeuses de l'étage — qui travaillaient la nuit et se reposaient le jour.

Après le départ de Redmayne, Mme Dennison demeura songeuse. Sa requête serait difficile à satisfaire. Certes, on trouvait facilement des jeunes vierges, à Londres : toutes ces filles venues de la campagne et qui arrivaient sans un penny en poche, mais les exigences du duc étaient précises. Il ne se contenterait pas d'une vulgaire catin. Il voulait une vierge pure et innocente, qui se plierait à sa volonté.

Élisabeth Dennison haussa les épaules. Elle confierait cette mission à Patrick. Son mari aurait bien une idée. On ne pouvait pas prendre le risque de décevoir un client aussi influent et fortuné que Richard, duc de Redmayne.

1

Juliana suffoquait. Son mari, rendu ivre par tout l'alcool qu'il avait ingurgité pendant leur banquet de noces, ne se rendait même pas compte qu'il l'écrasait de tout son poids. Malgré l'âge et le physique peu attrayants de sir John, Juliana s'était volontiers résignée à le laisser consommer leur mariage, mais si elle ne réagissait pas d'une manière ou d'une autre, elle allait périr étouffée.

Le visage écrasé contre la poitrine de son époux, elle ne voyait rien mais, à en juger par les halètements de sir John, Juliana comprenait qu'il rencontrait quelque difficulté à remplir son devoir conjugal. Paniquée à l'idée de manquer d'air, elle battit désespérément des bras. Sa main accrocha sur la table de nuit la bouillotte en cuivre qui avait servi à chauffer les draps. Elle l'attrapa par la poignée et l'abattit sur l'épaule de son mari, en prenant garde de ne pas frapper trop fort. Elle voulait seulement attirer son attention, mais la réaction de sir John la dérouta.

Il releva brusquement la tête, ouvrit grande la bouche puis, avec un étrange gargouillis, retomba lourdement sur elle et ne bougea plus.

Juliana répéta plusieurs fois son nom, sans obtenir de réponse.

A présent, elle était terrorisée. Elle voulut crier, mais sa gorge n'émit qu'un son assourdi, trop faible pour traverser la grosse porte de chêne. Toute la maisonnée dormait, de toute façon. Même George avait fini par s'écrouler dans un fauteuil de la bibliothèque, après avoir vidé sa troisième bouteille de porto. Au moins, Juliana ne risquait pas l'humiliation d'être découverte dans cette situation scabreuse par son odieux beau-fils.

A force de se tortiller, Juliana réussit à replier suffisamment les jambes pour prendre appui sur ses talons en les enfonçant dans le matelas. En s'arc-boutant, elle parvint à faire basculer sir John sur le côté et à se libérer de son pénible fardeau. Une fois levée, elle contourna le lit et vint se pencher sur son mari. Il avait le visage enfoui dans l'oreiller.

— John? (Elle le secoua doucement.) John?

Aucune réponse. Elle lui tourna la tête. Sir John semblait fixer le vide, les yeux grands ouverts.

— Mon Dieu, ayez pitié de moi! murmura Juliana en se reculant vivement.

Elle avait tué son mari!

Le cœur battant la chamade, elle resta un moment à écouter les bruits de la maison : le tic-tac des horloges, le souffle du vent contre les vitres, une latte de plancher qui craquait... mais pas le moindre bruit d'origine humaine.

Elle devait absolument réveiller quelqu'un. Mais que diraient-ils, en découvrant le corps? La marque de la bouillotte se distinguait nettement sur son épaule.

Dieu du ciel, elle avait encore été victime de sa maladresse ! Pourquoi tout ce qu'elle entreprenait tournait-il toujours à la catastrophe ? Elle avait dû frapper trop fort, et son mari en était mort.

George ne chercherait pas d'autre explication. Il l'accuserait publiquement de meurtre. Déjà, ce matin, en privé, il ne s'était pas gêné pour lui reprocher d'épouser un homme qui aurait pu être son grand-père uniquement parce qu'elle briguait son héritage. Un héritage dont George estimait qu'il lui revenait de droit.

Une femme qui tuait son mari commettait un meurtre aussi grave qu'une servante assassinant son maître. Si Juliana était reconnue coupable, la justice la condamnerait au bûcher.

Elle se précipita vers la fenêtre et l'ouvrit en grand pour respirer l'air frais qui montait de la rivière. *Le bûcher !*

Elle en avait vu un, une fois, devant la prison de Winchester. Pour une femme accusée d'avoir poussé son mari dans l'escalier. La malheureuse avait eu beau clamer son innocence, en expliquant qu'il était tombé de lui-même parce qu'il était ivre, on l'avait brûlée vive en place publique.

A l'époque, Juliana n'était qu'une enfant, mais aujourd'hui encore la scène continuait de la hanter. Les flammes géantes montant vers le ciel, l'odeur de chair grillée... Prise d'une soudaine nausée, elle eut juste le temps d'attraper le pot de chambre avant de régurgiter tout son dîner de noces.

Jamais elle ne réussirait à convaincre les juges que sir John était mort de mort naturelle. Il y avait cette marque, sur son épaule, qui ne s'effacerait plus.

George la remarquerait tout de suite, bien sûr. Et il en tirerait parti. Si Juliana était accusée du meurtre de son mari, elle perdrait tous ses droits à la succession et George hériterait enfin de ce qu'il convoitait.

Juliana resta prostrée pendant ce qui lui parut une éternité avant que ses idées s'éclaircissent peu à peu.

Elle devait absolument s'enfuir. Personne ne prendrait sa défense, alors que la marque sur l'épaule de sir John constituait une preuve accablante. Et Juliana savait qu'elle n'avait aucun secours à espérer de son tuteur. Il avait été trop content de se débarrasser de sa nièce orpheline en la mariant à sir John. La rédaction du contrat de mariage lui avait apporté des bénéfices substantiels, et à présent sir Forsett devait se moquer éperdument du sort de son ancienne protégée.

Juliana se releva enfin. La diligence pour Londres s'arrêtait devant l'auberge de la Rose-Couronnée à quatre heures du matin. En marchant vite, elle aurait le temps de couvrir les quelques kilomètres qui la séparaient de Winchester. Quand la maisonnée se réveillerait, elle serait déjà loin.

Ils se lanceraient à ses trousses, bien sûr, mais Juliana n'aurait aucune peine à se fondre dans l'anonymat de la capitale. On ne la retrouverait jamais.

Elle ouvrit l'armoire. Parmi les pièces de son trousseau de jeune mariée, elle avait caché une paire de pantalons et une chemise de lin. Ce déguisement lui avait souvent permis de s'échapper de chez son tuteur pour goûter un peu de liberté. Il allait lui servir encore une fois.

Elle s'habilla rapidement, tordit ses cheveux roux en chignon et enfila ses bottes.

Elle hésitait sur la conduite à tenir. Elle avait besoin d'argent pour payer la diligence et subsister pendant quelques jours jusqu'à ce qu'elle trouve du travail. Mais elle ne voulait rien emporter de précieux, pour qu'on ne puisse pas l'accuser d'être une voleuse, en plus d'une meurtrière. Brusquement, elle se souvint que sir John avait vidé le contenu de ses poches dans le tiroir de la table de nuit avant de se coucher. Elle l'ouvrit et découvrit plusieurs pièces d'or. Juliana en prit quatre.

Les larmes aux yeux, elle retira son alliance et la déposa à côté des pièces restantes. John s'était toujours montré si gentil avec elle. Juliana avait accepté de l'épouser parce que c'était le seul moyen d'échapper à son tuteur. Quand elle avait réalisé qu'elle devrait composer avec George, qui n'était qu'avidité et fourberie, il était déjà trop tard pour reculer.

Juliana referma le tiroir. Puis elle se planta devant la glace pour inspecter sa tenue. La chemise ne suffisait pas à cacher les formes généreuses de sa poitrine. Elle ajouta une grande cape, dans laquelle elle se drapa, et rabattit la capuche sur sa tête. Le résultat était meilleur. De toute façon, la nuit aidant, personne ne serait en mesure de détailler sa silhouette.

Avant d'ouvrir la porte, elle se retourna une dernière fois vers le lit, comme pour présenter des excuses à son défunt mari. Il lui semblait indécent de fuir son lit de mort, mais elle n'avait pas le choix. Le sort de sir John l'attristait, mais après tout elle ne le connaissait que depuis trois mois et, à soixante-cinq ans, sir John avait derrière lui une vie bien remplie. Il s'était marié trois fois, et il était mort rapidement, sans souffrances... par sa faute.

Juliana quitta finalement la chambre. Elle avança à tâtons le long du couloir plongé dans l'obscurité. Arrivée en haut de l'escalier, elle s'arrêta. Le hall était désert et silencieux.

Elle descendit les marches sur la pointe des pieds et vint coller son oreille contre la porte de la bibliothèque. George ronflait bruyamment, et ce bruit la rassura.

En faisant demi-tour, Juliana se prit malencontreusement les pieds dans le tapis. Elle plongea la tête la première et se raccrocha à une console en marbre pour ne pas tomber face contre terre. Dans son mouvement, elle bouscula une aiguière en cuivre posée sur la console. L'aiguière s'écrasa sur le sol de marbre dans un fracas épouvantable.

Juliana resta un moment, à genoux, à écouter l'écho de la catastrophe se répercuter contre les murs avant de s'évanouir dans la nuit. Heureusement, rien ne se passa. Personne n'avait été réveillé et, derrière la porte de la bibliothèque, George ronflait toujours aussi fort.

Juliana se releva en maudissant ses pieds. Non seulement ils étaient trop grands, mais ils avaient, de surcroît, une fâcheuse tendance à échapper à sa volonté.

Redoublant de prudence, elle traversa le hall pour sortir par la porte de service. Sur le seuil, elle tendit encore l'oreille. Tout semblait parfaitement calme. Avec un haussement d'épaules résigné, elle s'éloigna de cette maison qui, pendant si peu de temps, avait été la sienne. Cette maison qu'elle se représentait comme un refuge après tant d'années d'incertitude durant lesquelles la vie lui avait apporté bien peu de satisfactions.

Au moment où elle atteignait la grille du domaine, le clocher du village sonna minuit.

Son dix-septième anniversaire venait de s'achever. Juliana avait commencé cette journée en se mariant, elle la terminait veuve et meurtrière.

— Bonjour, cousin, lança une voix depuis un fauteuil, à l'instant précis où le duc de Redmayne pénétrait dans la bibliothèque de sa demeure londonienne.

— Que me vaut l'honneur de votre visite, Lucien ? demanda poliment le duc, sans pourtant retenir une grimace de dégoût. Êtes-vous simplement venu pour le plaisir de me voir, ou fuyez-vous encore vos créanciers ?

— Toujours aussi sarcastique, cousin, répondit Lucien Courtney en se levant de son fauteuil. (Avisant l'homme qui entrait derrière le duc, il ajouta :) Tiens, tiens, voilà aussi ce cher révérend Courtney. Quelle touchante réunion de famille ! Comment allez-vous, cousin ?

— Très bien, répondit placidement l'interpellé.

Sa tenue austère de clergyman contrastait avec l'habit chamarré du duc, tout en satin bleu et broderies d'or et d'argent. Les deux hommes se ressemblaient pourtant étrangement : même nez aquilin, même menton volontaire, même silhouette élancée et enfin mêmes yeux d'un gris profond. Mais leur ressemblance se limitait aux seuls critères physiques. Quentin Courtney portait sur le monde le regard compatissant et généreux d'un homme d'Église, alors que Richard, son demi-frère, jugeait ses contemporains avec la morgue d'un cynique désabusé.

— Je vous croyais enterré vivant dans quelque diocèse de campagne, ironisa Lucien. Quelle surprise de vous retrouver dans ce lieu de perdition qu'est la capitale !

— J'assiste désormais l'archevêque de Canterbury, répondit froidement Quentin. Il est venu à Londres pour son ministère, et je l'ai suivi.

— Diantre, quelle rapide ascension dans la pieuse hiérarchie de notre Église! commenta Lucien avec une moue appuyée.

Quentin ignora la raillerie.

— Désirez-vous boire quelque chose, Lucien? proposa Richard en s'approchant de la table à liqueurs. Oh, mais je vois que vous ne nous avez pas attendus, ajouta-t-il en avisant le verre posé sur un guéridon. Vous ne croyez pas qu'il est un peu tôt pour vous adonner au cognac?

— Mon cher, je ne me suis pas encore couché, répondit Lucien en réprimant un bâillement. (Il se dirigea vers la porte, avant d'ajouter :) Je pense que vous ne verrez pas d'objection à ce que je dorme chez vous pendant quelques jours?

— Ai-je le choix? demanda Richard avec un sourire sardonique.

— Ma maison est assiégée par les créanciers, avoua Lucien. Ces maudits rapaces cognent à ma porte de jour comme de nuit. Il est très difficile de fermer l'œil dans ces conditions.

— Et que comptez-vous vendre pour les satisfaire, cette fois? demanda le duc en se servant un verre de madère.

— Edgecombe, répondit Lucien. (Il soupira théâtralement.) C'est terrible, j'en conviens, mais je ne vois pas d'autre solution... A moins, bien sûr, que vous ne décidiez de venir en aide à un parent dans le besoin.

Ses yeux fiévreux s'éclairèrent un bref instant, et il sourit en voyant Richard serrer les poings pour ne pas laisser éclater sa colère.

— Eh bien, je crois que nous en reparlerons

plus tard, ajouta-t-il en ouvrant la porte... quand j'aurai bien dormi. Ce soir, au dîner, par exemple ?

— Fichez-moi le camp ! répliqua Richard d'une voix glaciale.

Lucien haussa les épaules et sortit sans se presser.

— Il ne restera plus grand-chose d'Edgecombe quand ce pauvre Godfrey en héritera, commenta Quentin en se servant à son tour un verre de madère. Lucien est majeur depuis moins de six mois, et il a déjà pratiquement dilapidé une fortune qui aurait dû lui durer toute sa vie.

— Je ne le laisserai pas vendre Edgecombe, déclara brutalement Richard. Et je n'ai pas non plus l'intention de laisser son malheureux cousin hériter de ce qu'il restera de ses biens.

— Je ne vois pas comment tu pourrais t'y opposer, objecta Quentin. Certes, ce pauvre Godfrey n'a pas plus d'intelligence qu'un petit enfant, il n'en est pas moins l'héritier légitime de Lucien.

— Seulement tant que Lucien n'a pas d'enfant, rectifia le duc en feuilletant négligemment les pages de *La Gazette*.

— Nous savons tous que c'est impossible, déclara Quentin, comme s'il énonçait une vérité indiscutable. Et Lucien n'a plus de comptes à te rendre, depuis sa majorité. Tu n'as aucun moyen de faire pression sur lui.

— Certes. Il n'oublie d'ailleurs jamais une occasion de me le rappeler, admit Richard Mais, mon cher frère, je puis t'assurer que Lucien Courtney n'est pas de taille à me damer le pion.

Les paroles du duc avaient sonné comme une déclaration de guerre, et Quentin ne put réprimer un frisson. Personne ne connaissait mieux Richard que lui. Son demi-frère avait, comme tout le monde, ses faiblesses. Et il n'était pas invulnérable. Son cynisme n'était qu'une armure pour se prémunir contre tous ceux qui briguaient l'amitié d'un duc afin de servir leurs propres ambitions. Mais Quentin savait aussi qu'il ne fallait pas sous-estimer la volonté du duc de Redmayne. Ce qu'il voulait, il l'obtenait toujours.

— Que comptes-tu faire ? demanda-t-il.

Richard reposa son verre avec un sourire énigmatique.

— Il est grand temps que notre cousin se trouve enfin une femme qui lui donne des enfants. Edgecombe aura ainsi des héritiers.

Quentin le regarda comme s'il avait perdu la raison.

— Personne n'épousera jamais Lucien. Il est rongé par la vérole et tu sais bien qu'il n'est pas porté sur les femmes.

— Exact. Et, à ton avis, combien de temps lui reste-t-il à vivre ? Regarde son visage : il porte les stigmates de la débauche et de la maladie. Je ne lui donne pas plus de six mois... un an, au maximum.

Quentin ne répondit rien. Il regardait toujours son demi-frère avec incrédulité.

— Lucien le sait parfaitement, continua Richard. Il brûle la chandelle par les deux bouts, parce qu'il a compris que l'échéance fatale est proche. C'est pourquoi il se moque éperdument de sa fortune. Mais j'ai décidé qu'Edgecombe resterait dans le giron familial.

Quentin parut horrifié.

— Dieu du ciel, Richard, tu ne peux pas obliger une lady à partager son lit ! Ce serait un crime !

— Mais non, mon cher frère. Écoute-moi. En réalité, c'est très simple.

2

Lorsque la diligence atteignit enfin son terminus, Juliana avait presque oublié qu'il existait un monde en dehors de l'espace confiné de cette voiture qu'elle avait dû partager avec six autres passagers. Le voyage avait duré un peu plus de vingt-quatre heures, avec seulement deux courtes haltes pour changer de chevaux.

Il était sept heures du matin et le jour se levait à peine, quand Juliana et les autres passagers posèrent le pied dans la cour de l'auberge de la Cloche. Alors qu'elle se dégourdissait les jambes, Juliana vit arriver une autre diligence, venant d'York, qui libéra à son tour son lot de passagers exténués.

— Vous avez des bagages à récupérer, jeune homme ?

Juliana sursauta en comprenant que la question s'adressait à elle. Un commis monté sur le toit de la diligence descendait les malles des passagers.

— Non, rien, merci.

— Ça n'est pas beaucoup, un baluchon, pour un si long voyage, remarqua le commis, intrigué.

Juliana haussa les épaules et s'engouffra dans l'auberge. Plus qu'un simple voyage, elle avait le sentiment que ce parcours marquait le début d'une nouvelle vie. Ce qui lui arriverait désormais était la seule question digne d'intérêt.

En entrant dans l'auberge, elle dut s'écarter brusquement pour éviter la serpillière trempée qu'une servante venait de lancer à toute volée sur le carrelage. Quand elle eut retrouvé son équilibre, Juliana sourit à la fille.

— Bonjour.

La fille renifla, comme si elle n'était pas convaincue d'avoir entamé une bonne journée. Elle était pâle, et si maigre qu'elle flottait dans ses vêtements élimés.

— Vous voulez un p'tit déjeuner ?

— Oui, s'il vous plaît, répondit Juliana en s'efforçant de garder le sourire.

Elle alla se percher sur un des tabourets du comptoir avant de jeter un coup d'œil autour d'elle. La salle était sombre, sale, l'air empestait la mauvaise bière et les rares clients étaient tous renfrognés.

Le patron s'approcha.

— Vous désirez ? demanda-t-il d'une voix bourrue.

— Des œufs, des toasts et du thé, s'il vous plaît, monsieur. Je descends à l'instant de la diligence d'York, mentit Juliana sans cesser de sourire.

L'homme la regarda d'un œil méfiant et Juliana resserra son manteau sur ses épaules.

— Montrez-moi d'abord votre argent.

Juliana fouilla dans ses poches et en sortit un shilling qu'elle posa sur le comptoir.

Le patron ramassa la pièce et l'examina.

— Ellie, dit-il à la servante, va préparer les œufs et les toats du monsieur.

Ellie replia sa serpillière et la jeta brutalement dans le seau, éclaboussant copieusement alentour. Puis elle soupira bruyamment avant de disparaître dans la cuisine.

Le patron n'avait pas détourné son regard de Juliana.

— Une pinte de bière, jeune homme ?

— Non, seulement du thé, merci.

— Le thé, c'est bon pour les femmes ! On t'a jamais dit, fiston, qu'il fallait commencer sa journée avec une bonne bière ?

Juliana avait conscience que son déguisement n'était pas parfait, mais jusqu'à présent personne ne l'avait démasquée. Pourquoi le patron de la Cloche ferait-il exception à la règle ?

— Je cherche un logement et du travail, dit-elle, en s'efforçant de rester naturelle. Avez-vous entendu parler de quelque chose qui pourrait m'intéresser ?

L'homme se gratta l'oreille, songeur.

— P'têt' ben, ouais. Mais montre-moi d'abord ce que tu caches là-dessous.

— Je ne vois pas le rapport entre mes cheveux et trouver un travail.

Le patron repoussa brusquement sa capuche. Ellie sortit de la cuisine à l'instant où les mèches flamboyantes de Juliana, libérées de leurs épingles emportées avec la capuche, retombaient sur ses épaules.

— Bonté divine, qu'est-ce que vous fabriquez déguisée en garçon ? demanda-t-elle en posant un plateau devant la jeune femme.

— C'est plus commode pour voyager, répondit Juliana, nullement démontée. (Elle saisit un toast avant d'ajouter :) Pourrais-je avoir mon thé, s'il vous plaît ?

— Oh, y a pas le feu, maugréa Ellie. J'peux pas aller plus vite que la musique.

— Ferme-la et occupe-toi du thé, ordonna le patron en la menaçant de la main.

Ellie renifla et se dépêcha de retourner dans la cuisine.

— Pourquoi une lady se promènerait dans les rues déguisée en garçon ? se demanda le patron à voix haute tout en essuyant une chope à bière avec un torchon sale.

Juliana était si affamée qu'elle avait déjà terminé son assiette. Elle reposa sa fourchette.

— Je cherche du travail, je vous l'ai déjà expliqué.

— Vous parlez comme une lady, insista l'homme. Et les ladies ne travaillent pas.

— Les ladies traversent parfois des mauvaises passes, commenta Juliana en s'emparant de la théière que venait d'apporter Ellie.

— Ouais, c'est p'têt' possible, concéda le patron en la regardant se servir.

— Alors, vous pouvez faire quelque chose pour moi ?

— P'têt' ben qu'oui. Attendez un peu ici, j'vais voir c'que j'peux faire.

— Merci, dit Juliana, reconnaissante.

Le patron la gratifia d'un clin d'œil avant de disparaître dans la cuisine. Il héla un commis occupé à récurer les casseroles.

— Tu vas aller chez Mme Dennison, Russell Street, à Covent Garden, et tu lui diras que Josh Bute a quelque chose d'intéressant pour elle. T'as compris ?

— Oui, m'sieur. Mme Dennison, Russell Street, répéta le commis en lâchant sa casserole. J'y vais tout de suite.

Dès que le gamin eut disparu, Josh Bute se frotta les mains. Les Dennison payaient toujours généreusement les recrues de choix, et son instinct lui soufflait que la fille assise à son comptoir était précisément un de ces oiseaux rares que Patrick et Élisabeth Dennison affectionnaient tout particulièrement. Satisfait de lui-même, il retourna dans la salle.

— J' crois que j' vous ai trouvé quelque chose, annonça-t-il avec un sourire qu'il voulait cordial, mais que Juliana trouva inquiétant.

— Quelle sorte de travail ?

— Oh, très facile. Si vous plaisez à Mme Dennison, l'affaire est dans le sac.

— Je serai nourrie et logée ?

— Pour sûr, répondit Bute en se servant une pinte de bière. Et bien logée. Mme Dennison prend soin de ses filles.

Juliana fronça les sourcils. Tout s'était passé si facilement. Trop facilement, presque. Mais elle haussa les épaules : après tout, elle n'avait rien à perdre à rencontrer cette Mme Dennison. Pour commencer, Juliana était même prête à accepter un travail de domestique.

— Où habite-t-elle ?

— Vous inquiétez pas, c'est elle qui va se déplacer, répondit le patron en se servant une autre pinte.

— Alors je vais aller m'asseoir au coin du feu pour l'attendre, annonça Juliana en bâillant. Je crois que j'ai besoin de faire un petit somme.

— Prenez vos aises, répondit Bute en la regardant s'installer devant l'âtre.

Juliana posa la tête sur ses genoux et s'endormit presque aussitôt. Josh Bute resta derrière son comptoir, à la surveiller du coin de l'œil.

Juliana dormait toujours quand une voiture s'arrêta dans la cour de l'auberge, une heure plus tard. Bute se précipita pour ouvrir la porte et il accueillit sa visiteuse en s'inclinant cérémonieusement.

— Qu'as-tu à me montrer, Bute? demanda-t-elle, sans chercher à cacher son irritation. J'espère que tu ne m'as pas dérangée si tôt pour rien.

— J'pense que non, madame, répondit le patron avec une nouvelle courbette. La fille prétend qu'elle est arrivée par la diligence d'York.

— Où est-elle?

— Dans la salle, à côté du feu.

Bute s'effaça pour la laisser entrer. Mme Dennison s'approcha de la cheminée et contempla silencieusement la jeune fille endormie en détaillant son visage d'un œil expérimenté.

Pas exactement belle, conclut-elle. Ses traits étaient trop fermement dessinés pour avoir de la grâce. Mais sa chevelure était somptueuse. Pourquoi s'était-elle déguisée en garçon? Que cachait-elle? Élisabeth Dennison était soudain très intéressée. Une jeune vierge cachant un secret...

Elle s'approcha de Juliana et la secoua doucement.

— Ma chère, il est temps de vous réveiller.

Juliana ouvrit les yeux et découvrit le visage penché sur elle. Un joli visage, avec des lèvres rouges qui lui souriaient et de beaux yeux bleus. Mais elle ne le connaissait pas et elle se sentit désorientée. La femme élégante lui secoua encore l'épaule.

— Ma chère, je suis Mme Dennison.

Juliana retrouva soudain la mémoire. Elle se leva promptement.

— L'aubergiste m'a expliqué que vous cherchiez une femme de chambre, madame.

— Ma chère, excusez-moi, mais vous ne vous exprimez pas comme une domestique, remarqua Mme Dennison en s'asseyant sur la chaise que lui tendait Bute. J'ai cru comprendre que vous veniez d'York.

Juliana hocha la tête, mais Élisabeth ne sembla pas convaincue. Elle connaissait trop bien la nature humaine pour se laisser abuser par un grossier mensonge. Du reste, cette jeune fille n'avait pas l'accent du Yorkshire.

— Où habitiez-vous ?

— Avez-vous besoin de le savoir, madame ?

Élisabeth posa sa main gantée sur l'épaule de Juliana.

— Non, si vous ne souhaitez pas me le dire, mon enfant. Mais puis-je au moins connaître votre nom et votre âge ?

— Juliana Ri... Beresford, rectifia-t-elle hâtivement. (On rechercherait Juliana Ridge.) Je viens juste d'avoir dix-sept ans, madame.

Mme Dennison hocha la tête. Le lapsus de Juliana ne lui avait pas échappé.

— Voulez-vous me suivre, ma chère ? Vous avez besoin de vous reposer et de vous restaurer. Il vous faut également des vêtements neufs.

Elle se leva dans un bruissement de soie, avec un sourire engageant.

— Mais... quel travail voulez-vous me confier, madame ? demanda Juliana, déconcertée.

Tout allait trop vite.

— Nous en discuterons quand vous serez reposée. Ma voiture attend dans la cour.

Juliana avait déjà dépensé presque tout l'argent qu'elle avait emporté dans sa fuite. Il lui restait à peine de quoi vivre deux ou trois jours. Elle ne connaissait personne à Londres, et refuser l'hospitalité d'une femme aussi charmante aurait été une folie de sa part. Elle la suivit jusqu'à sa voiture.

— Et maintenant, ma chère, si vous me racontiez tout ? proposa Mme Dennison quand elles furent installées sur les banquettes. J'ai déjà entendu toutes sortes d'histoires, dans ma vie, et des plus rocambolesques. Il n'y a pas grand-chose qui puisse encore me surprendre ou me choquer.

Juliana se cala contre les coussins de satin bleu et regarda Mme Dennison. Elle songeait que sir John était la seule autre personne à lui avoir souri aussi gentiment, et cette pensée lui fit venir les larmes aux yeux.

— Ma pauvre enfant, que vous est-il arrivé ? demanda Élisabeth en lui prenant les mains. Dites-moi tout, vous pouvez avoir confiance en moi.

Pourquoi ? faillit demander Juliana. Mais la tentation de se confier à quelqu'un était trop grande. En ne dévoilant ni son vrai nom, ni la ville d'où elle venait, elle préserverait l'essentiel de son secret.

— C'est une étrange histoire, madame, commença-t-elle.

Si Votre Grâce consentait à m'honorer de sa visite, ce soir, je crois que je pourrais lui montrer quelque chose susceptible de l'intéresser.

Votre dévouée servante,

Élisabeth Dennison.

Le duc de Redmayne relut la missive avant de s'adresser à son majordome :

— Le porteur de ce message est-il toujours là ?

— Oui. Votre Grâce, il attend une réponse.

Le duc alla à son secrétaire et griffonna quelques mots sur une feuille. Puis il la plia et la tendit au domestique.

— Donnez-lui ça, Roberts.

Le majordome s'inclina respectueusement et sortit.

— De quoi s'agissait-il? demanda Quentin en levant les yeux de son livre.

— Je ne suis pas sûr que tu aimerais le savoir, répondit le duc avec un demi-sourire. Cela concerne un sujet sur lequel tu me désapprouves.

Quentin fronça les sourcils.

— Ce n'est pas cette histoire de mariage de Lucien, j'espère?

— Précisément, si, mon cher. Veux-tu un cognac?

— Oui, volontiers. (Quentin reposa son livre et se leva :) Tu es donc vraiment décidé à mettre en œuvre ton plan diabolique?

— Plus que jamais, répondit Richard en tendant un verre à son demi-frère. Mais pourquoi serait-ce un plan diabolique?

— Parce que ça l'est, répliqua Quentin. Comment comptes-tu protéger la fille, à supposer que Lucien veuille consommer son mariage?

— Oh, pour cela, tu peux t'en remettre à moi. Il n'y a rien à craindre.

— Je n'aime pas ça, insista Quentin.

— Tu l'as déjà dit, remarqua son interlocuteur en souriant. De toute façon, tu n'aimes jamais mes plans.

— En effet, et je ne vois pas pourquoi je changerais. Tu es pire qu'un païen, Richard. Tu es satanique.

Le duc s'assit sur un sofa. Il croisa les jambes

et considéra les boucles de ses souliers d'un air songeur.

— Je me demande si les boucles incrustées de diamants ne vont pas passer de mode. Hier matin, au lever du roi, j'ai remarqué que Stanhope portait des boucles toutes simples, en argent... mais je ne pense pas que ce sujet t'intéresse davantage, Quentin.

— Certainement pas, approuva son frère en jetant un rapide coup d'œil à ses souliers noirs de clergyman. Et j'aimerais que tu ne dévies pas la conversation, Richard.

— Excuse-moi, je croyais que nous en avions terminé.

— Tu ne veux pas renoncer à ton projet ?

— Non.

— Alors, il n'y a plus rien à ajouter.

— C'est bien ce que je disais. Nous en avons terminé sur ce sujet. (Le duc se releva et reposa son verre sur la table.) Ne te tracasse donc pas, Quentin, tu vas prendre des rides.

— Ne joue pas au dandy avec moi, Richard. Tes manières ne m'impressionnent pas.

Le duc, qui se dirigeait vers la porte, se retourna en souriant.

— Dieu merci, lâcha-t-il. Continue ainsi, si tu m'aimes un peu, mon cher frère.

Et il sortit.

Quentin se rassit et but une gorgée de cognac. Il connaissait Richard depuis près de trente ans, et il savait toutes les désillusions qu'il avait dû essuyer durant son adolescence. A dix-sept ans, il avait découvert que la femme qu'il aimait passionnément n'avait cédé à ses avances que pour le profit qu'elle espérait tirer de lui. Quentin savait également que Richard prenait très à cœur son rôle d'aîné. Le troisième duc de Redmayne défendrait jusqu'à son dernier souffle la fortune et l'honneur familiaux dont il était légitimement fier.

Or, Lucien représentait une menace que Richard ne pouvait plus contrôler directement depuis que leur cousin avait atteint sa majorité. Quentin en était parfaitement conscient, et cependant il ne pouvait se résoudre à approuver le plan conçu par Richard pour sauver Edgecombe. Il existait sans doute une autre solution.

Quentin reprit sa lecture, pour se changer les idées. Il aimait sincèrement Richard, mais parfois son demi-frère faisait preuve d'un machiavélisme dont Quentin réprouvait les excès. Il allait devoir le surveiller.

— Ah, Votre Grâce, vous voilà déjà.

Élisabeth se leva et s'inclina devant le duc qu'un laquais venait d'introduire dans son salon.

— Votre message, chère madame, a piqué ma curiosité, répondit Richard tout en sortant une tabatière de sa poche.

Mme Dennison ne put s'empêcher de remarquer que l'or et l'ivoire de sa tabatière s'accordaient parfaitement avec les tons jaune et blanc des vêtements du duc.

— Voulez-vous la voir tout de suite, Votre Grâce ?

— J'en serais fort aise, madame. Je suis d'une nature très impatiente.

— Suivez-moi.

Élisabeth entraîna son invité dans le couloir. La soirée allait bientôt commencer et la maison était en effervescence. Deux jeunes filles en négligé de soie saluèrent Mme Dennison qui les gratifia d'un sourire bref. Plus loin, un laquais portant un plateau d'huîtres et une bouteille de champagne frappa à une porte.

— La soirée s'annonce bien, dirait-on, remarqua le duc.

— Je me suis laissé dire que Son Altesse royale nous rendrait visite tout à l'heure, répondit Mme Dennison d'un air suffisant.

— Ce pauvre Fred, murmura le duc.

Frederick Louis, le prince de Galles, dont le penchant immodéré pour les femmes alimentait les conversations de la bonne société, s'invitait souvent chez les Dennison.

Élisabeth ouvrit une porte qui donnait sur un étroit corridor terminé par une autre porte.

— C'est un passage secret, Votre Grâce, expliqua-t-elle en voyant le duc hausser les sourcils. Vous allez bientôt comprendre son utilité.

Avec précaution, elle tourna la poignée de la seconde porte et s'effaça pour laisser passer le duc. Il se retrouva dans une sorte de placard éclairé seulement par la chandelle que tenait Mme Dennison, derrière lui.

— Dans le mur, Votre Grâce, murmura-t-elle.

Le duc comprit aussitôt ce qu'elle voulait dire. Devant lui, à hauteur d'yeux, deux petits trous avaient été percés dans la cloison.

Il approcha la tête et découvrit, à travers les trous, une petite chambre éclairée. Il y avait un lit à baldaquin, deux fauteuils et une table de toilette. C'était une chambre semblable à toutes celles de cette maison.

Mais une jeune fille s'y trouvait. Elle se brossait les cheveux devant le miroir, et la lumière des chandelles allumait des éclairs de feu dans ses mèches rousses. Elle portait un déshabillé qui s'ouvrit quand elle se releva.

Le duc eut le temps d'apercevoir deux beaux seins bien fermes, un ventre plat et une petite toison rousse avant que la jeune fille disparaisse de son champ de vision. Elle réapparut au bout de quelques secondes, et enleva son déshabillé qu'elle posa sur un fauteuil.

Le duc ne bougeait pas. Dans son dos, Élisabeth attendait anxieusement sa réaction.

Richard détaillait la silhouette de la jeune fille, notant la pureté de ses lignes, la finesse de sa taille et la rondeur de ses seins. Sa peau nacrée contrastait avec la flamboyance de sa chevelure. Elle se dirigea vers le lit, et il remarqua son gracieux déhanchement, le galbe parfait de ses mollets.

Elle grimpa sur le lit et tourna brusquement la tête. L'espace d'une seconde, elle sembla regarder dans sa direction. Ses yeux avaient la couleur et l'éclat du jade. Elle étouffa un bâillement et se glissa sous les couvertures avant de souffler la chandelle.

Le duc de Redmayne revint dans le corridor.

— Est-elle vierge ?

— J'en suis persuadée, Votre Grâce.

— Peut-on l'acheter ?

— Je pense que oui.

— Alors, parlons sérieusement.

3

Juliana se réveilla à l'aube. Elle avait toujours été très matinale et, sitôt qu'elle eut ouvert les yeux, elle s'assit dans son lit et considéra sa chambre avec attention. Elle était petite mais confortable, meublée avec soin, sans luxe inutile. Elle lui rappelait celle de Forsett Towers, chez son tuteur. Mais les bruits qui montaient de la rue étaient bien différents de ceux de la campagne.

Juliana repoussa les couvertures, s'étira et bondit hors du lit. Elle s'approcha de la fenêtre et écarta les rideaux. La pièce donnait sur une petite rue encombrée de charrettes transportant des marchandises de toutes sortes destinées au marché de Covent Garden qui se tenait au coin. Une foule d'hommes et de femmes affairés circulaient entre les attelages. Deux jeunes gens débraillés, en habit de soirée, sortirent d'une taverne et clignèrent des yeux à la lumière du jour. Une femme en manteau rouge les accosta avec un sourire aguicheur et ouvrit son manteau pour leur montrer sa poitrine. Un des jeunes hommes l'attira à lui pour l'embrasser à pleine bouche avant de se sauver en riant pour rejoindre son camarade. La catin les abreuva d'insultes en agitant le poing, puis elle referma son manteau et poursuivit sa promenade, la démarche provocante.

Juliana avait suivi toute la scène, fascinée. Jamais elle n'avait vu Winchester aussi animé — même les jours de marché.

Piquée par la curiosité et l'excitation, elle courut ouvrir la penderie et prit la robe en mousseline, toute simple, que sa bienfaitrice lui avait demandé de porter. Puis elle chaussa des sandales en cuir — également fournies par Mme Dennison —, se rafraîchit rapidement le visage, se brossa les cheveux et les noua sur le dessus de la tête. Moins de dix minutes après son réveil, elle dévalait l'escalier en direction du rez-de-chaussée.

La porte d'entrée était grande ouverte sur la rue, et une servante à genoux briquait les dalles de marbre du hall. Juliana avait à peine visité la maison, depuis son arrivée, la veille. Elle avait passé une grande partie de la journée avec Mme Dennison, dans son boudoir, puis elle y avait dîné seule avant de se retirer tôt dans sa chambre pour se remettre des fatigues de son voyage.

Maintenant qu'elle était reposée et qu'elle avait les idées claires, elle regardait avec curiosité le décor qui l'entourait.

Une porte à double battant ouverte sur la droite lui révéla un immense salon luxueusement meublé. Les sofas et les ottomanes étaient tendus d'un velours émeraude assorti aux draperies et aux tapis richement tissés. Une légère odeur de tabac et d'alcool se mélangeait aux senteurs des pots-pourris disposés dans des coupes sur les guéridons.

Deux domestiques essuyaient la poussière mais, à part eux et la servante dans l'entrée, la maison semblait plongée dans une étrange torpeur. Juliana avait l'impression de se trouver sur la scène d'un théâtre avant le lever de rideau. L'atmosphère ressemblait plus à celle d'un hôtel que d'une maison privée.

Intriguée, Juliana s'apprêtait à franchir la porte donnant sur l'extérieur quand une voix dans son dos l'arrêta.

— Où allez-vous comme cela, mademoiselle ?

Juliana se retourna. Un homme de forte stature, en livrée écarlate et perruque poudrée, la toisait.

— Je partais en promenade, répondit Juliana.

(Elle releva instinctivement le menton, par défi.) Pour autant que cela vous regarde.

La servante qui lavait le sol émit un son étrange. Juliana se tourna vers elle, mais la domestique gardait ostensiblement la tête baissée. Elle reporta son attention sur le majordome, ou du moins celui qu'elle prenait pour tel. Il la dévisageait avec incrédulité.

— J'ai l'impression que vous avez tout à apprendre sur le fonctionnement de cette maison, mademoiselle. Leçon numéro un : Je m'appelle Garston. *Monsieur Garston,* pour vous. Ou simplement : *monsieur*. Et tout ce que vous faites me regarde.

Juliana sortit de ses gonds.

— Mon cher monsieur, la seule personne dans cette maison qui ait autorité pour surveiller mes allées et venues est Mme Dennison. Maintenant, si vous voulez bien m'excuser, je pars en promenade.

Elle s'élança vers la porte, mais l'homme la rattrapa et lui boucha le passage de toute sa carrure.

— La porte est fermée, mademoiselle, dit-il.

Il semblait plus amusé que fâché par sa réaction.

— Non ! répliqua Juliana. Elle est grande ouverte sur la rue.

— La porte est fermée pour les habitantes de cette maison jusqu'à ce que j'aie déclaré le contraire, mademoiselle, répondit-il avec un sourire imperturbable.

Que signifiait tout cela ? Pendant que Juliana cherchait à comprendre, un éclat de rire, venant du perron, la fit sursauter. Deux jeunes femmes suivies d'un laquais entrèrent dans le hall. Elles étaient en robe de soirée et portaient un loup de velours noir.

— Doux Jésus, j'ai cru que la nuit n'en finirait pas ! s'exclama l'une d'elles en repliant énergiquement son éventail. Je t'assure, Lilly, nous sommes tombées sur de fines lames !

L'autre femme éclata de rire en enlevant son loup.

— Ce lord Bringley, vraiment, quel étalon ! C'est bien simple, Emma, il m'a positivement épuisée... Oh, Garston, seriez-vous assez aimable pour me faire monter un bain dans ma chambre ? Je n'en puis plus.

— Tout de suite, mademoiselle Lilly (Il s'inclina poliment, avant d'ajouter :) J'ai cru comprendre que vous aviez toutes deux passé une bonne nuit. M. et Mme Dennison seront ravis de l'apprendre.

— Très bonne, en effet, monsieur Garston, commenta Mlle Emma en bâillant. Pour moi, un bon lait chaud sera le bienvenu.

— Bien sûr, mademoiselle. Montez dans vos chambres. Je m'occupe de tout.

M. Garston semblait presque paternel avec les deux jeunes femmes. Juliana avait observé la scène, médusée. Mlle Emma et Mlle Lilly étaient très belles, et richement habillées. Mais elles étaient si poudrées et si maquillées qu'il était difficile de deviner leur âge. Cependant, Juliana devinait qu'elles étaient très jeunes.

— Oh, mais qui est cette petite ? demanda Mlle Lilly en apercevant Juliana derrière M. Garston. Une nouvelle domestique ?

— Je ne crois pas, mademoiselle, répondit Garston. Mais Mme Dennison ne m'a pas encore expliqué ce qu'elle avait prévu pour cette demoiselle.

— Ah ? (Mlle Emma examina Juliana d'un air

intrigué, puis elle haussa les épaules :) Après tout, nous le saurons bien assez tôt. Viens, Lilly, je ne tiens plus sur mes jambes.

Elles montèrent l'escalier en jacassant comme des pies, laissant Juliana mal à l'aise et surtout très déconcertée.

— Vous aussi, mademoiselle, remontez dans votre chambre, dit Garston. Si vous avez besoin de quoi que ce soit, vous n'aurez qu'à tirer la sonnette. Une domestique viendra vous servir. Mme Dennison vous verra quand elle sera levée.

— A quelle heure ? voulut savoir Juliana en se demandant si elle n'allait tout de même pas tenter de sortir.

— Oh, pas avant midi, répondit M. Garston en refermant la porte d'un coup de pied, comme s'il avait deviné ses pensées.

Juliana fronça les sourcils. Elle était prisonnière. Et quel genre de femme était donc Mme Dennison pour se lever à midi ?

Puisqu'il n'y avait pas d'autre solution, elle réintégra sa chambre pour réfléchir tranquillement à la situation. On ne pouvait pas la retenir indéfiniment ici contre sa volonté, et d'ailleurs Mme Dennison ne semblait pas le souhaiter.

Juliana se sentit brusquement une petite faim. Elle tira la sonnette pour obtenir son petit déjeuner.

La servante qui lui monta son plateau semblait avoir perdu sa langue. Elle se contenta de dire « Bonjour, mademoiselle », et Juliana ne put rien obtenir de plus : ni engager une conversation avec elle, ni encore moins lui poser des questions au sujet de cette étrange maison tenue par Mme Dennison.

La servante s'éclipsa rapidement, laissant

Juliana presque sans appétit, tant son malaise était grand.

Elle n'était pourtant pas au bout de ses surprises. Quelques minutes plus tard, elle entendit une clé tourner dans la serrure. Elle se précipita pour ouvrir : la porte avait été verrouillée. Juliana resta quelques minutes à crier et à tambouriner contre le battant, mais personne ne daigna lui répondre.

Elle revint vers la fenêtre ouverte et considéra la rue à ses pieds, deux étages plus bas. Il était hors de question de s'échapper par là. Elle songea un instant à interpeller les passants, mais pour leur dire quoi ? Qu'elle était prisonnière ? Qui s'en soucierait ? On la prendrait pour une servante enfermée dans sa chambre à la suite d'une quelconque peccadille. Personne ne voudrait se mêler d'une affaire purement domestique.

Juliana se laissa tomber dans un fauteuil. Elle s'en voulait d'avoir accordé sa confiance à Mme Dennison simplement sur sa bonne mine. Mais c'était trop tard, et il n'y avait rien d'autre à faire que prendre son mal en patience.

L'après-midi était déjà largement entamé quand la clé tourna enfin dans la serrure. La porte s'ouvrit et une servante apparut.

— Madame vous attend dans son petit salon, mademoiselle, dit-elle. Si vous voulez bien me suivre.

— Ce n'est pas trop tôt, répondit Juliana en se précipitant dans le couloir.

La servante dut la rattraper en courant pour lui montrer le chemin. Après quelques couloirs et un escalier, elle ouvrit une porte et annonça :

— Voilà la demoiselle, madame.

Mme Dennison se leva de son fauteuil, tout sourire.

— Ma chère, veuillez me pardonner pour la porte fermée à clé, dit-elle en lui tendant les mains. Après votre petite escapade de ce matin, j'avais peur que vous ne disparaissiez avant que j'aie pu vous expliquer certaines choses. Dites-moi que vous ne m'en voulez pas, ajouta-t-elle en s'emparant chaleureusement des mains de Juliana.

Mme Dennison semblait sincère, pourtant Juliana retira ses mains.

— Madame, je vous avoue que j'ai du mal à pardonner une attitude que je ne m'explique pas. Si vous m'aviez demandé de ne pas sortir dans la rue, j'aurais volontiers obéi, après toute la bonté que vous m'avez témoignée hier.

Élisabeth la regarda, perplexe.

— Vraiment ? (Elle hocha la tête, avant d'ajouter :) Après tout, je vous crois. La vie à Londres vous rend tellement méfiant qu'on finit par oublier la sincérité des jeunes filles de nos campagnes.

Elle se rassit sur une chaise longue tendue de velours et désigna le fauteuil à côté d'elle.

— Asseyez-vous, ma chère. J'ai une proposition à vous faire.

— Une proposition ? répéta Juliana en s'asseyant. Je cherche du travail, madame, comme je vous l'ai déjà expliqué. Si vous en avez réellement un à me confier, je vous en serai très reconnaissante.

— Eh bien, ma proposition ne vous semblera pas correspondre à un travail, répondit franchement Mme Dennison. Et pourtant, d'une certaine manière, c'en est un.

Juliana jeta un coup d'œil autour d'elle. Ce salon était beaucoup plus intime que celui qu'elle avait aperçu la veille. Son ameublement incitait à un certain abandon.

— Madame, suis-je dans une maison de tolérance ? demanda-t-elle.

Cette question la taraudait depuis le matin.

— Oh, non ! se récria Mme Dennison. Nos salons accueillent uniquement une clientèle de choix, et nos jeunes filles fréquentent la meilleure société.

— Je vois, répondit sèchement Juliana. Un bordel de luxe.

Mme Dennison perdit brutalement sa bonne humeur.

— Ne montez pas sur vos grands chevaux, ma chère. Votre situation ne vous le permet pas. On vous recherche pour le meurtre de votre mari, et vous êtes arrivée à Londres sans amis et sans argent. Je peux vous offrir les deux.

— Je n'ai aucunement l'intention de devenir une catin. (Juliana se releva, avant d'ajouter :) Si vous voulez bien me rendre les vêtements que je portais en arrivant, je repartirai comme je suis venue. Je vous remercie de votre hospitalité et, si vous le souhaitez, je suis disposée à vous dédommager en travaillant dans vos cuisines.

— Ne soyez pas idiote ! s'exclama Mme Dennison en saisissant les mains de Juliana pour les examiner. Vous n'avez jamais travaillé de votre vie, ma chère.

— Eh bien, je suis prête à commencer. (Juliana retira ses mains.) Je ne suis pas une petite nature, madame Dennison. Et la courtisanerie ne m'intéresse pas. Alors, vous m'excuserez...

— Je saurai peut-être me montrer plus persuasif, intervint une voix masculine.

Juliana sursauta. Un homme venait de sortir de derrière une tenture. Il portait des culottes d'équitation et un manteau noir brodé d'argent. Il sortit une tabatière de sa poche et prisa tout en la regardant. Juliana avait l'étrange impression que ses yeux gris étaient capables de lire dans son âme.

— Qui êtes-vous ? demanda-t-elle en reculant prudemment vers la porte.

— Ne vous effarouchez pas, répondit-il en rangeant sa tabatière. Vous n'avez rien à craindre, Mme Dennison pourrait en témoigner.

— C'est la vérité, ma chère. Je vous présente Sa Grâce, le duc de Redmayne. Il a une proposition à vous faire.

— Je vous ai déjà dit que je n'étais pas intéressée par vos propositions, répondit Juliana, la voix tremblant de colère. Peu me chaut qu'elles viennent d'un duc ou d'une maquerelle.

Elle s'était retournée pour ouvrir la porte, aussi ne put-elle voir le regard admiratif du duc. Il était si habitué à l'obséquiosité des gens à son égard qu'il s'amusait presque de la réaction de cette jeune fille. Mais il se garda bien de le montrer.

— Si je ne m'abuse, d'ordinaire on réserve le bûcher aux femmes accusées du meurtre de leur mari, observa-t-il simplement.

Juliana avait déjà la main sur la poignée de la porte. Elle la relâcha et se retourna vers Mme Dennison.

— Vous avez trahi ma confiance, lâcha-t-elle, le regard brillant de rage.

— C'est pour votre bien, ma chère, répondit Élisabeth. Si vous preniez seulement la peine d'écouter Sa Grâce, vous découvririez ce qu'il vous réserve. Je connais des centaines de filles qui donneraient leurs yeux pour profiter d'une telle occasion. Une vie entière de luxe, de...

— Laissons ces détails matériels de côté, coupa le duc qui ne cherchait plus à cacher son amusement. Il semble que cette jeune fille demande d'autres motifs de persuasion.

— Persuasion ?... Ne voulez-vous pas plutôt dire chantage ? persifla Juliana.

— Mon Dieu, si vous m'y obligez, oui, répliqua le duc. Mais je pense que vous accepterez ma proposition. Parce qu'elle apporte une solution à vos difficultés, sans exiger de vous l'impossible, et qu'elle me permet de résoudre un problème personnel épineux.

Juliana songea un instant à s'enfuir. Elle n'avait qu'à ouvrir la porte, rejoindre le hall et disparaître dans la rue. Mais si elle quittait cette maison dans les vêtements fournis par Mme Dennison, sa « bienfaitrice » aurait beau jeu de crier par la fenêtre qu'elle était une voleuse, et on l'arrêterait sur-le-champ.

— Élisabeth, voudriez-vous nous laisser ?

La voix du duc tira Juliana de ses pensées. Elle s'écarta de la porte, convaincue que pour l'instant toute tentative d'évasion était vouée à l'échec. Elle s'était elle-même prise au piège en accordant si naïvement sa confiance à une inconnue.

— Écoutez bien Sa Grâce, ma chère, lui conseilla Élisabeth en s'arrêtant près d'elle. Et ne faites pas cette tête. Bonté divine, vous devriez sauter de joie, au contraire ! Quand je pense à...

— Merci, Élisabeth.

Le duc l'avait coupée sans ménagement, et Mme Dennison rougit légèrement. Elle s'inclina devant son visiteur et sortit après un dernier regard — mi-encouragement, mi-avertissement — à Juliana.

— Fermez la porte.

Juliana se surprit à obéir au duc. Elle referma la porte avant de se retourner vers lui. Il s'était approché de la fenêtre, et un rayon de soleil allumait des reflets auburn dans ses cheveux retenus en catogan par un ruban argenté.

— Approchez, mon enfant, dit-il avec un geste d'invite.

— Je ne suis plus une enfant, répliqua Juliana.

Elle s'adossa contre la porte.

— Vos dix-sept ans me paraissent bien jeunes, à moi qui en ai trente-deux, répondit-il avec un sourire qui découvrit deux rangées de dents parfaitement blanches.

— Que savez-vous d'autre à mon sujet? demanda Juliana, refusant toujours de bouger.

— Eh bien, par exemple, que vous vous appelez Juliana Beresford... mais je crains qu'il ne s'agisse d'un faux nom. Ai-je tort?

— Si c'est un faux nom, pourquoi vous donnerais-je le vrai?

— Vous avez raison, concéda-t-il en tirant la sonnette. Aimez-vous le cognac?

— Je ne bois que du champagne, déclara Juliana en renonçant à tenir la porte plus longtemps.

Elle voulut se rapprocher du duc, mais sa manche heurta une délicate figurine de porcelaine posée sur un guéridon.

— Zut! s'exclama-t-elle en se baissant pour ramasser l'objet. Pourvu que je ne l'aie pas cassée... Ouf, non, elle semble intacte! Pas même une fêlure.

Elle examina la figurine à la lumière.

— Je suis sûre que ça doit valoir horriblement cher, sinon je ne l'aurais pas fait tomber.

Le duc la regarda, interloqué.

— Avez-vous pour habitude de casser les objets de valeur ?

— Je suis terriblement maladroite, soupira Juliana en reposant la figurine bien au milieu du guéridon pour ne pas risquer de l'accrocher une nouvelle fois.

Le duc s'apprêtait à lui répondre, mais il fut interrompu par l'arrivée de Garston.

— Vous avez sonné, Votre Grâce ?

— Apportez du champagne pour mademoiselle, Garston. Et pour moi, un saint-émilion. Millésime 43, si vous avez.

— Je crois que oui, Votre Grâce, répondit Garston.

Il s'inclina et ressortit.

Encore mortifiée par sa maladresse, Juliana restait silencieuse. Le duc parut s'en accommoder, car il s'absorba dans la contemplation des livres de la bibliothèque jusqu'au retour de Garston, qu'il congédia aussitôt pour ouvrir lui-même la bouteille de champagne avec beaucoup d'élégance. Il remplit une coupe et la tendit à Juliana.

— J'espère qu'il vous conviendra, mademoiselle.

Juliana n'avait goûté qu'une fois du champagne, le jour de ses noces. Mais, par défi, elle but une gorgée et hocha la tête.

— Si vous consentiez à vous asseoir, mademoiselle, je pourrais vous imiter, observa-t-il en se servant un verre de bordeaux.

L'invitation était si courtoise que Juliana obtempéra sans réfléchir. Le duc s'assit face à elle.

Richard humait son vin sans la quitter du regard. Il admirait la volonté inflexible de cette jeune femme. Juliana avait beau se trouver dans une situation désespérée, elle trouvait le courage de l'affronter. Et l'image de sa nudité le hantait depuis la veille au soir.

— Si vous tenez toujours à me faire une proposition, monseigneur, je pense qu'il est temps maintenant, dit Juliana pour rompre ce silence qui la mettait mal à l'aise.

Le regard du duc lui donnait d'étranges frissons.

— Mais certainement. Cependant, j'ai d'abord une question à vous poser. Êtes-vous vierge ?

Juliana se sentit pâlir.

— En quoi cela vous regarde-t-il ?

— Je ne peux vous le dire pour l'instant, mais ma proposition dépend de votre réponse.

— Je ne répondrai pas à une pareille question, déclara Juliana, outragée.

— Ma chère, vous n'avez pas le choix, si vous voulez vous épargner l'humiliation d'un examen. Si vous ne me donnez pas la réponse, Mme Dennison se chargera de la trouver par elle-même.

Juliana secoua la tête, éberluée.

Le duc se leva soudain de son fauteuil et se pencha vers elle. Il lui prit le menton pour l'obliger à croiser son regard.

— Juliana, vous avez dit à Mme Dennison que votre mari était mort avant d'avoir consommé votre mariage. Est-ce vrai ?

— Pourquoi aurais-je menti ?

Il la relâcha en hochant la tête.

— Je vous crois.

— Vous me faites beaucoup d'honneur, monseigneur, ironisa-t-elle, folle de rage.

Bondissant soudain sur ses pieds, elle lui décocha de toutes ses forces un coup de poing dans le ventre.

Le duc se courba sous la douleur, mais il l'empêcha de s'enfuir en l'attrapant par le bras. Juliana tenta de se libérer en levant une jambe pour le frapper au bas-ventre, mais il fit un bond de côté et le pied de Juliana battit l'air.

— Tenez-vous tranquille, par le diable ! cria-t-il en lui tordant le bras jusqu'à ce que Juliana cesse le combat.

A sa grande surprise, il lui sourit.

— J'aurais dû me douter qu'une chevelure aussi rouge que les flammes de l'enfer cachait un tempérament diabolique ! J'essaierai de m'en souvenir à l'avenir.

— Qu'attendez-vous de moi ? haleta Juliana.

— Oh, c'est très simple. Je voudrais que vous épousiez mon cousin, le vicomte d'Edgecombe, dit-il en relâchant son bras.

— *Quoi ?*

— Vous m'avez parfaitement entendu. Désirez-vous encore un peu de champagne ?

Juliana secoua la tête. Elle avait à peine touché à sa coupe.

— Je ne comprends pas.

Le duc reprit son verre et but une gorgée de vin avant de reprendre :

— J'ai besoin de marier mon cousin Lucien. Et il faut pour cela une femme capable de donner un héritier à Edgecombe. Le présent héritier est, disons... un peu simple d'esprit. Il n'aura jamais la capacité de relever le titre, ni le domaine, dans l'état où Lucien l'aura laissé. Mon cousin a entrepris de démembrer Edgecombe, et j'ai résolu de l'en empêcher. Je veux qu'il engendre un héritier qui deviendra mon pupille. (Il sourit, avant d'ajouter :) Je crois que je n'aurai pas trop de vingt et une années pour réparer les dégâts causés par Lucien.

— Pourquoi votre cousin ne se trouverait-il pas lui-même une femme ? demanda Juliana, de plus en plus perplexe.

— Eh bien, je crois que cela lui serait un peu difficile, répondit le duc en contemplant sa chevalière d'un air songeur. Lucien n'est pas un homme très... plaisant à fréquenter. Aucune femme distinguée n'accepterait de l'épouser.

Juliana n'en croyait pas ses oreilles. Elle était tombée chez des fous. Fous et vicieux.

— Tout ce que vous cherchez, c'est une jument poulinière ! s'indigna-t-elle. Vous essayez de m'extorquer par chantage ce qu'une femme respectable refuserait. Mais je ne suis pas la catin que vous pensez.

Richard fronça les sourcils.

— Votre vocabulaire est quelque peu outré, ma chère. Je vous propose un mariage, un titre et ce qu'il reste d'une fortune substantielle. Mon cousin n'en a plus pour longtemps à vivre, ce qui rend les choses d'autant plus urgentes. Dans le pire des cas, vous n'aurez pas à le supporter plus d'un an et après, bien sûr, vous retrouverez votre liberté. Il va sans dire que rien ne transpirera du petit ennui qui vous est arrivé avec votre premier mari.

Il but une autre gorgée de vin. Comme Juliana continuait de le fixer, hébétée, il ajouta :

— Votre secret restera entre vous, moi et les Dennison. Personne ne fera le rapprochement entre lady Edgecombe et Juliana... peu importe votre vrai nom. Vous aurez retrouvé la sécurité. Et la fortune en plus.

Juliana ramassa sa coupe de champagne et la jeta violemment dans la cheminée.

— Mais avant de pouvoir en profiter, cria-t-elle, scandalisée, je devrai porter l'enfant d'un monstre qui a déjà un pied dans la...

— Non, non, non. (Le duc secoua la main, pour lui montrer qu'elle se trompait.) Vous ne porterez pas l'enfant de Lucien, ma chère Juliana, mais le mien.

4

— Je ne vois pas comment nous pourrions vous aider, sir George, dit sir Brian Forsett avec un sourire conciliant. Juliana a cessé d'être sous notre responsabilité dès lors qu'elle s'est mariée. La mort regrettable de votre père l'a rendue maîtresse de ses propres actes.

— Pour l'instant, l'administration de son douaire vous revient de plein droit, commenta sir George Ridge d'une voix acerbe.

A moins de trente ans, il était déjà tout le portrait de son père : un physique corpulent et un visage congestionné.

— C'est exact, concéda sir Brian.

Son hôte faisait les cent pas dans la bibliothèque en s'épongeant le front avec un mouchoir.

— C'est parfaitement injuste, lâcha-t-il, exaspéré. Votre pupille a tué mon père avant de s'enfuir, et pourtant vous administrez son douaire — qui aurait dû me revenir en héritage. Je vous le répète, sir Brian, c'est une meurtrière !

— Il appartiendra à la justice de trancher, répondit laconiquement sir Brian.

— C'est une meurtrière ! répéta sir George. J'ai vu la marque sur l'épaule de mon père. Et si elle ne l'avait pas tué, pourquoi se serait-elle enfuie ?

Sir Brian haussa les épaules.

— Mon cher, Juliana s'est toujours conduite bizarrement. Mais tant qu'elle n'a pas été retrouvée, nous ne pouvons rien faire.

— Une meurtrière ne peut pas hériter de sa victime ! tonna sir George en abattant son poing sur le bureau.

— Mais son enfant, si, objecta sir Brian. Juliana est peut-être enceinte. Son mari est mort dans des circonstances qui laissent supposer... mon Dieu... qui laissent supposer que le mariage a été consommé.

Son visiteur le regarda, stupéfait. Cette pensée ne l'avait même pas effleuré.

— C'est impossible, dit-il, mais sa voix manquait de conviction.

— Pourquoi pas ? Après tout, vous êtes la preuve vivante que sir John n'était ni impuissant ni stérile. Bien sûr, nous ne savons rien à ce sujet sur Juliana. Il faudrait d'abord la retrouver.

— Et si nous ne la retrouvons pas, nous devrons attendre sept ans avant qu'elle soit légalement déclarée disparue. Sept ans pendant lesquels vous profiterez de son douaire.

Sir Brian préféra ne rien répondre. Après tout, ce n'était pas sa faute si sir John, aveuglé par sa bonté, avait signé un contrat de mariage fort avantageux pour le tuteur de Juliana. Sir Brian se flattait d'avoir toujours été avisé en affaires.

— Bon, qu'allons-nous faire pour la retrouver ? demanda sir George en se laissant choir dans un fauteuil.

— Je suggère que nous nous en remettions à la police.

— Ces incapables n'arriveront à rien.

Sir Brian haussa encore les épaules.

— Si vous avez une meilleure idée...

— Oh, oui ! s'exclama sir George en se relevant. Je vais m'en charger moi-même. Je ramènerai cette damnée fille pour qu'elle comparaisse devant ses juges.

— J'applaudis à votre détermination, répondit sir Brian. (Il se leva à son tour et s'approcha de la porte pour encourager son visiteur à partir.) Tenez-moi au courant de vos progrès.

Sir George n'était pas dupe. La politesse de son hôte n'était qu'une façade. Tant que Juliana resterait introuvable, Forsett administrerait ses biens à sa guise. Et il n'y avait pas besoin d'être grand clerc pour deviner qu'il en tirerait un profit personnel.

— Oh, sir George... vraiment, toutes mes condoléances... c'est une tragédie si horrible...

Lady Amélia Forsett venait d'entrer par la porte-fenêtre ouverte sur la terrasse. Malgré sa colère, sir George s'inclina pour la saluer.

— J'espère que je n'ai pas interrompu votre conversation, reprit-elle avec un sourire glacial.

— Pas du tout, ma chérie, la rassura sir Brian. Sir George allait partir.

Il tira la sonnette, et presque aussitôt un laquais apparut. Sir George le suivit après un dernier salut à ses hôtes.

— Que voulait cet imbécile ? demanda Amélia dès que la porte se fut refermée sur lui.

— Il espère retrouver Juliana pour la traîner en justice et récupérer son héritage.

— Quelle honte, murmura lady Forsett. Son père a été enterré il y a seulement deux jours.

— Toute cette histoire est sordide, répliqua son mari. A commencer par cette ridicule...

— C'est tout Juliana! l'interrompit sa femme avec une moue dédaigneuse. Elle a toujours été la maladresse personnifiée.

— Peut-être, mais où est-elle? Pourquoi s'est-elle enfuie? Ce n'est tout de même pas elle qui a pu causer la mort de son mari. Tu n'es pas de cet avis?

— Comment le savoir? C'est une fille si sauvage. Si turbulente.

— Et dotée d'un caractère excessif, ajouta son mari. Cependant, j'ai du mal à croire qu'elle ait pu délibérément...

— Oh, non, pas délibérément, l'interrompit lady Forsett. Mais tu sais très bien qu'elle a causé d'innombrables accidents par maladresse. La bouillotte a dû lui échapper.

— Admettons, concéda sir Brian. Cette histoire a déjà provoqué un énorme scandale. Si la justice s'en mêle, ce sera encore pire.

— Espérons qu'on ne la retrouvera pas, répondit froidement sa femme. Le soufflé retombera de lui-même. Si nous ne nous pressons pas de la rechercher, personne d'autre ne s'en chargera.

— Si. George Ridge.

— Ah... lui, bien sûr, murmura lady Forsett en feuilletant négligemment un livre.

— Mais je doute qu'il soit capable de réussir, observa son mari. Il n'est guère plus intelligent que son feu père.

— Juliana, en revanche...

— ...a de l'esprit à revendre, compléta sir Brian avec un sourire. Si elle ne souhaite pas qu'on retrouve sa trace, ce n'est certainement pas George Ridge qui pourra la rattraper.

George Ridge n'avait toujours pas décoléré quand il quitta l'écurie de Forsett Towers. Son cheval était un étalon aussi fougueux que son cavalier. Dès que sir George lui lâcha la bride, l'animal s'élança comme s'il était poursuivi par les flammes de l'enfer.

George enrageait de n'avoir rien pu tirer de sa visite chez les Forsett. Sir Brian n'était qu'un arrogant personnage. Il n'avait même pas eu la décence de proposer son aide pour rechercher sa pupille.

Juliana. George sentit son sang s'échauffer en repensant à elle. Il l'avait désirée dès le premier jour où il l'avait vue au bras de son père. Ses courbes gracieuses auraient fait se damner n'importe quel homme. Et une chevelure aussi flamboyante qu'un incendie devait cacher une nature passionnée.

Au début, elle s'était montrée aimable et souriante avec lui. Puis il avait commis l'erreur de se laisser entraîner par son désir. Il avait tenté de l'embrasser et elle avait failli lui arracher les yeux. Après cet épisode, Juliana était devenue froide et distante.

George la désirait toujours autant, mais la colère et le dépit l'aveuglaient. A présent, il voyait en Juliana une usurpatrice, une catin qui avait cherché à profiter du béguin que ce pauvre bougre de sir John avait pour elle.

George avait essayé de mettre son père en garde contre les clauses exorbitantes du contrat de mariage, mais sir Brian Forsett s'était montré inflexible. Et sir John avait été assez stupide pour signer sans discuter. Il était trop heureux à l'idée de mettre cette jeunesse dans son lit.

Il avait été exaucé de son vœu, et il en était mort. Juliana avait disparu, son tuteur avait récupéré la gestion de sa fortune et George ne disposait même pas de la moitié de l'héritage auquel il avait droit. Quel gâchis !

Mais il la retrouverait. Et les juges la déshériteraient. Sauf si elle était enceinte. Dans ce cas, on ne l'enverrait pas au bûcher. Et son enfant hériterait à sa place. A moins qu'elle ne se remarie avec lui, sir George Ridge, le fils de son défunt mari. De cette manière, enfant ou pas, l'héritage resterait dans le berceau des Ridge. Et il aurait Juliana dans son lit.

Accepterait-elle ? Oui, parce qu'elle n'aurait pas le choix. En échange, il jurerait que la mort de son père n'avait été qu'un accident. Personne ne songerait à mettre sa parole en doute et l'affaire en resterait là. Les ragots finiraient par s'éteindre, et d'ici quelques mois on n'en parlerait même plus.

Oui, Juliana accepterait. Mais d'abord, il devait la retrouver.

Il engagea sa monture sur la route de Winchester. Pour s'enfuir, Juliana n'avait eu que deux possibilités : partir à cheval, ou prendre une diligence. Comme aucune bête n'avait disparu des écuries de Ridge Hall, il irait se renseigner à l'auberge de la Rose-Couronnée, d'où partaient toutes les diligences.

Juliana passa les trois jours suivants seule, dans sa chambre de Russell Street, ne parlant qu'à Bella, la servante qui lui montait ses repas.

La proposition du duc l'avait tellement outrée qu'elle s'était enfuie du salon pour se réfugier chez elle. On ne l'avait pas suivie, et personne n'était revenu aborder ce sujet avec elle. Sa porte n'était plus verrouillée, mais la seule fois où Juliana s'était aventurée au rez-de-chaussée, M. Garston avait surgi de nulle part pour lui intimer l'ordre de regagner sa chambre. On lui fournissait tout ce qu'elle demandait — livres, nécessaire pour écrire... — mais elle était toujours prisonnière de cette maison qui dormait le jour et vivait la nuit.

Chaque soir, avant de trouver le sommeil, Juliana restait de longues heures à écouter les bruits qui parvenaient jusqu'à elle : la musique dans le salon, les voix d'hommes dans l'escalier, le rire des filles, les verres qui s'entrechoquaient...

Elle s'assoupissait, puis se réveillait, ne trouvant vraiment le sommeil qu'au petit matin, lorsque la maison redevenait enfin silencieuse.

Au troisième jour de ce régime, Juliana commençait à s'ennuyer ferme. Elle avait toujours été très active et rester confinée dans une seule pièce lui devenait de plus en plus insupportable. Par fierté, elle n'avait voulu poser aucune question à ses geôliers — et encore moins les supplier de la libérer. Elle voulait leur montrer que sa détermination était intacte, pour qu'ils se décident enfin à la relâcher.

Mais, l'après-midi du quatrième jour, les choses changèrent. Bella surgit dans la chambre de Juliana, les bras chargés de vêtements.

— Vous dînez en bas, mademoiselle, annonça-t-elle en déposant son fardeau sur le lit. Puis vous serez présentée dans le salon. Regardez la belle robe que Mme Dennison vous a réservée !

Juliana eut à peine un regard pour la somptueuse tenue de soie vert jade que Bella lui désignait.

— Remportez-la, ordonna-t-elle sèchement.

— C'est impossible, mademoiselle, répondit

Bella. Mme Dennison l'a commandée exprès pour vous. Elle vient juste d'être livrée. (Elle étala joyeusement les autres vêtements sur le lit, avant d'ajouter :) Admirez ces bas de soie, et ces ravissantes bottines. Mme Dennison achète toujours ce qu'il y a de mieux pour ses filles.

Juliana prit les bottines et les lança à travers la pièce.

— Vous direz à Mme Dennison que je n'ai pas l'intention de porter ces vêtements, ni d'être présentée, ni quoi que ce soit d'autre.

Bella était médusée.

— Mais, mademoiselle...

— Rien du tout, la coupa Juliana. Allez lui répéter ce que je vous ai dit. Et remportez ces habits de courtisane, ajouta-t-elle avec un geste de dédain en direction du lit.

— Oh, non, mademoiselle, je n'oserai jamais ! répondit Bella avant de s'enfuir précipitamment.

Ignorant son cœur qui battait à se rompre, Juliana s'assit tranquillement devant la fenêtre, dans l'attente de ce qui allait suivre.

Elle n'eut pas à attendre longtemps. Les Dennison arrivèrent quelques minutes plus tard. Mme Dennison, resplendissante dans une robe de soie mandarine, précédait un gentleman de haute taille vêtu d'un costume de taffetas jaune canari, aux cheveux poudrés.

Sachant qu'elle n'avait rien à perdre à se montrer aimable, Juliana s'inclina poliment pour saluer ses visiteurs. Elle n'avait encore jamais rencontré Patrick Dennison, mais elle n'eut aucun doute sur son identité car il correspondait parfaitement à la description de Bella.

— Quelle est cette nouvelle sottise, jeune fille ? demanda Élisabeth, visiblement irritée.

— Je pourrais vous retourner la question, madame.

— Je vous prierais de rester courtoise, intervint Patrick Dennison d'une voix autoritaire. (Il s'approcha du lit.) La robe ne vous plaît pas ? Ou les chaussures ?

— Ce sont des vêtements de courtisane, monsieur. Or, je ne suis pas une courtisane.

— Oh, pitié ! s'exclama Élisabeth. Cette robe est du dernier chic. Toutes les femmes de la Cour portent le même modèle.

— C'est une délicate attention de votre part, madame, mais je refuse votre charité.

— Ce n'est pas moi qui l'ai payée, ma chère, mais...

Elle s'interrompit, en voyant le regard d'avertissement de son mari.

Juliana avait déjà compris. Si la robe n'avait pas été achetée par les Dennison, une seule autre personne avait pu s'en charger.

— Je vous prierais d'informer Sa Grâce que je refuse également sa charité.

— Qui vous parle de charité ? intervint Richard. Nous vous demandons simplement un service en échange de notre hospitalité et de la générosité de Sa Grâce.

— Un service que je ne suis pas disposée à vous rendre, insista Juliana, étonnée elle-même de sa détermination. Je ne suis pas une catin.

— D'après ce que j'ai compris, Sa Grâce vous a offert un titre de vicomtesse... les catins ont rarement cette chance, fit remarquer Mme Dennison.

— Dès lors qu'il m'achète, je ne vois pas la différence.

— Vous vous obstinez dans l'ingratitude, déclara Mme Dennison. Sa Grâce pensait que vous aviez eu le temps de reconsidérer sa proposition, mais...

— Madame, la coupa Juliana, je demande seulement à pouvoir quitter cette maison. Rendez-moi mes vêtements et je repartirai comme je suis venue. Pourquoi me retenez-vous ici contre mon gré ?

— Parce que nous sommes convaincus d'agir pour votre bien, ma fille, expliqua Richard. Comment croyez-vous pouvoir vous débrouiller, à Londres ? Vous n'avez ni argent, ni amis, ni protection d'aucune sorte. Nous vous offrons tout cela, et en échange nous souhaitons simplement vous voir porter ces vêtements et dîner en bas avec nous.

Juliana perdit soudain sa belle assurance. Patrick Dennison disait vrai. Ayant grandi à la campagne, elle n'était pas préparée à affronter seule la vie trépidante de la capitale dont elle avait déjà eu un aperçu sous ses fenêtres.

— Bella m'a annoncé que je serais présentée dans le salon. Je devine ce que cela veut dire.

— Vous ne devinez rien du tout, répliqua Patrick. On n'exigera rien d'autre que votre compagnie. Tout au plus pourra-t-on vous demander de jouer du piano, ou de participer à la conversation, comme dans n'importe quel salon.

— Et le duc de Redmayne... ? demanda-t-elle, de plus en plus hésitante.

M. Dennison haussa les épaules.

— Ma petite, ses projets ne nous regardent pas. Il s'en entretiendra directement avec vous. En ce qui nous concerne, nous voulons juste que vous descendiez dîner ce soir, avant de prendre le thé dans le salon.

— Et si je refuse ?

M. Dennison contint son exaspération.

— Je pense que vous comprendrez où est votre intérêt, se contenta-t-il de répondre.

La menace était parfaitement claire. La police ne tarderait pas à découvrir sa véritable identité si les Dennison la dénonçaient. Et on la ramènerait à Winchester... pour la brûler vive.

— Allons, ma chère, lui dit aimablement Mme Dennison en lui prenant le bras, je vais sonner Bella pour qu'elle vous aide à vous habiller. Vous verrez, la robe vous ira à ravir.

— Compte tenu des circonstances, ce n'est pas une justification suffisante, répliqua Juliana.

— Cessez vos enfantillages, ma chère. Mon mari et moi ne voulons pas vous forcer à faire quoi que ce soit.

Juliana écarquilla les yeux.

— Vous voudriez me faire croire que les projets du duc à mon sujet ne vous procureront aucun avantage ? Permettez-moi de douter de votre désintéressement, madame. Une entremetteuse réclame toujours un salaire.

— Cette petite peste est décidément intraitable, dit Élisabeth à son mari. Je souhaite bien du plaisir à Sa Grâce, ajouta-t-elle en quittant la chambre, Patrick sur ses talons.

Juliana songea qu'elle avait peut-être tort de s'aliéner les personnes dont dépendaient pour l'instant son confort et sa sécurité. Elle revint vers le lit et examina les vêtements de plus près.

Il y avait un jupon vert pomme, coordonné au vert jade de la robe, des sous-vêtements brodés, des bas de soie et des bottines ridicules.

Juliana s'assit sur le lit pour en essayer une. Elle lui allait parfaitement. Quelqu'un avait dû lui emprunter ses chaussures pendant qu'elle dormait pour vérifier sa pointure. Elle tendit la jambe, pour admirer l'effet. Ces bottines rendaient ses grands pieds beaucoup plus élégants, mais saurait-elle marcher avec ? Elle enfila la deuxième et risqua quelques pas jusqu'à la fenêtre. Elles la serraient atrocement.

— N'est-ce pas qu'elles sont ravissantes, mademoiselle ! lança joyeusement Bella en entrant avec un seau d'eau fumante. Voulez-vous prendre un bain avant le dîner ? J'ai demandé à un laquais de vous apporter un tub.

Juliana se rassit sur le lit et retira les bottines. Son dernier bain remontait au matin de ses noces, et elle avait grand besoin de se détendre avant d'affronter la soirée qui l'attendait. Ce serait le bain qu'on accordait aux vierges offertes en sacrifice, songea-t-elle avec amusement, avant de se reprocher de rire de la situation.

— Oui, Bella, avec plaisir.

— Si vous voulez, je pourrais préparer un henné pour accentuer les reflets de vos cheveux, ajouta Bella. C'est toujours ce que je fais quand Mlle Déborah doit passer la soirée avec lord Bridgeworth. Et ses cheveux ne sont pas aussi beaux que les vôtres.

— Chez moi, je me servais de vinaigre, répondit Juliana.

— Le henné est mieux adapté à votre couleur, mademoiselle.

— Très bien, fais comme tu l'entends, Bella.

Visiblement satisfaite, Bella ressortit aussitôt et Juliana inspecta de nouveau la pile de vêtements. Leur élégance était indéniable. Juliana n'avait jamais rien vu d'aussi beau, et elle brûlait de s'admirer devant la glace dans cette robe vert jade. Lady Forsett l'avait toujours obligée à porter des tenues campagnardes toutes simples et même lorsqu'il avait fallu lui confectionner son trousseau de mariage, sa tutrice avait imposé des modèles traditionnels, en prétextant que Juliana n'avait pas besoin d'être habillée à la dernière mode pour épouser sir John Ridge.

Bella revint accompagnée de deux commis apportant le tub ainsi que deux seaux d'eau chaude. Avant de repartir, les deux domestiques s'inclinèrent respectueusement devant Juliana, et elle en conclut que sa position dans cette maison avait notablement évolué.

— Tout le monde est très excité à l'idée de vous voir ce soir, lui confia Bella en vidant les seaux dans le tub. Les filles sont impatientes de vous connaître.

En se déshabillant, Juliana songeait que pendant qu'elle était restée cloîtrée dans sa chambre, toute la maisonnée avait spéculé sur son sort. Elle-même ne s'était pas souciée des autres « pensionnaires » des Dennison un seul instant, et elle s'était imaginé que la réciproque serait vraie. Apparemment, elle s'était trompée.

Elle se laissa glisser dans le bain avec un soupir de plaisir. Chez lady Forsett, elle s'était toujours lavée toute seule, mais Bella insista pour l'aider et Juliana s'abandonna à ses mains expertes.

Un quart d'heure plus tard, elle se détendait sur une ottomane pendant que Bella séchait vigoureusement ses cheveux rincés au henné.

— Regardez, mademoiselle, qu'est-ce que je vous disais ? (Elle lui tendit un miroir pour qu'elle puisse s'admirer.) Voyez comme ils brillent.

Juliana souleva ses lourdes boucles et les rassembla au sommet de sa tête.

— Va chercher mes épingles, s'il te plaît, Bella.

— Oh, non, M. Dennison a dit que vous deviez garder vos cheveux dénoués.

Juliana fronça les sourcils. De quoi M. Dennison se mêlait-il ? Ses ordres étaient sans doute dictés par le duc de Redmayne et, dans ce cas, elle se sentait encore moins le goût d'y obéir.

— Je vais les attacher moi-même, déclara-t-elle en se relevant.

Ignorant les protestations de la servante, elle prit les épingles. Bella la suivait des yeux en se tordant les mains.

— M. Dennison a été catégorique, mademoiselle.

— La façon dont je me coiffe ne le regarde pas... ni personne d'autre, d'ailleurs, répliqua Juliana. (Elle reposa les épingles, avant d'ajouter :) Mais commençons par m'habiller.

A contrecœur, Bella lui tendit les sous-vêtements brodés, puis le jupon, avant de l'aider à lacer sa robe. Enfin, Juliana chaussa les bottines et vint se regarder devant la glace.

Elle écarquilla les yeux de surprise en découvrant une silhouette qui ne lui ressemblait plus du tout. La coupe de la robe accentuait les rondeurs de sa poitrine et lui amincissait spectaculairement la taille. Elle avait soudain conscience d'être vraiment devenue une femme.

Ressemblait-elle à une courtisane ? Elle se tourna d'un côté, puis de l'autre, avant de décider que non. Elle était simplement vêtue à la dernière mode.

— Oh, mademoiselle, vous êtes ravissante ! s'exclama Bella en tournant autour d'elle. A présent, si vous voulez bien me laisser m'occuper de vos cheveux, ajouta-t-elle, pleine d'espoir.

— Non, merci, Bella. Je m'en chargerai toute seule.

Juliana prit la brosse et commença à démêler

ses boucles devant la coiffeuse. Puis elle les rassembla en chignon et enfonça les épingles pour assujettir l'ensemble. Elle savait que dans moins de cinq minutes sa coiffure commencerait à tanguer et qu'elle passerait une partie de la soirée à remettre les épingles tombées, dans le vain espoir que tout reste en place. Mais, dans son entêtement, elle préférait encore cela que d'obéir aux ordres de Patrick Dennison ou du duc de Redmayne.

— Voici votre éventail, mademoiselle, dit Bella.

Juliana l'ouvrit et admira le travail de l'artiste qui avait peint un entrelacs de feuilles et de fleurs dans des tons de vert.

— Je vais vous montrer le chemin jusqu'à la salle à manger, reprit Bella en ouvrant la porte.

Juliana referma son éventail et essaya de marcher. Elle comprit que les bottines et la robe l'empêcheraient d'avancer à grandes enjambées comme elle en avait l'habitude. Elle devrait se contenter de petits pas, la robe ondulant gracieusement autour d'elle.

— Je suis prête, lança-t-elle avec une grimace. Allons-y, Bella.

5

Bella précédait Juliana, qui avançait à pas comptés. Dans l'escalier, elle dut se cramponner à la rampe tout en s'efforçant de rester naturelle.

M. Garston vint l'accueillir au pied des marches et, à sa grande surprise, il s'inclina devant elle.

— C'est un plaisir de vous voir en bas, mademoiselle. Si vous voulez bien me suivre.

Décidément, sa position dans la maison avait radicalement changé ! Juliana lui emboîta le pas jusqu'à une double porte au fond du hall. Garston l'ouvrit et annonça de sa voix carillonnante :

— Mlle Juliana.

— Bienvenue, ma chère, lança chaleureusement Élisabeth Dennison, comme si leur altercation récente n'avait même pas eu lieu. Cette robe vous va à ravir. Et la teinte est parfaite, n'est-ce pas, mesdemoiselles ? (Elle s'approcha de Juliana, avant d'ajouter :) Laissez-moi vous présenter notre petite famille.

S'emparant de la main de Juliana, elle l'entraîna vers une grande table ovale qu'entouraient une dizaine de jeunes filles debout derrière leur chaise. Juliana reconnut Emma et Lilly, mais les autres visages défilèrent devant ses yeux sans qu'elle ait le temps de retenir tous les noms que lui annonçait Mme Dennison. En revanche, elle reconnut Déborah à ses cheveux. Bella avait raison : ils n'étaient pas aussi brillants que les siens et Juliana en retira une satisfaction qui la surprit elle-même. Que lui arrivait-il ? Jusqu'alors, elle n'avait jamais prêté une grande attention à son apparence, et voilà qu'elle dévisageait les autres filles comme si elles étaient des rivales. Rivales en quoi ?

Dieu du ciel ! Elle commençait à raisonner comme une catin ! L'atmosphère de cette maison devait être contagieuse.

Elle salua chaque jeune femme, recevant un sourire poli en retour. Juliana était parfaitement consciente que les « pensionnaires » de Mme Dennison la jaugeaient.

— Asseyez-vous, mes chéries, ordonna Élisabeth. Juliana, votre place est à côté de M. Dennison.

Était-ce la place d'honneur ? Juliana s'installa à la droite de Patrick, qui n'avait pas attendu les consignes de sa femme pour s'asseoir, et aussitôt un laquais commença à servir le vin.

— Aimes-tu le perdreau, Juliana ? lui demanda Lilly en découpant le volatile posé sur un plateau devant elle.

Juliana s'aperçut que la plupart des autres filles étaient pareillement occupées à trancher, qui un canard, qui un pigeon, qui une carpe.

— Savez-vous découper la viande, Juliana ? s'enquit Patrick. Nous considérons qu'une jeune fille élevée à la dernière mode doit maîtriser cet art domestique.

Un travail de catin ? se retint de demander Juliana. Elle ne voulait pas gâcher le dîner des autres filles en les insultant simplement parce qu'elle était en conflit avec les Dennison.

— La femme de mon tuteur était du même avis, répondit-elle d'une voix neutre.

En réalité, si Juliana avait appris à découper le gibier, sa gaucherie l'avait toujours empêchée de mener à bien une telle tâche, de même qu'elle n'avait jamais réussi à coudre un ourlet droit.

Elle goûta une gorgée de vin et écouta les conversations autour d'elle. Ses voisines de table semblaient d'excellente humeur. Elles jacassaient comme des pies, échangeant des plaisanteries ou des potins sur leurs clients réguliers.

Juliana ne disait rien, et personne n'essaya de l'inclure dans la discussion. Pourtant, toutes l'observaient du coin de l'œil, comme si elles épiaient ses réactions.

Patrick Dennison non plus ne parlait pas beaucoup ; il laissait sa femme diriger la conversation, mais Juliana s'aperçut que les filles guettaient son regard tout en parlant. Apparemment, le maître de maison exerçait un pouvoir absolu sur ses pensionnaires.

Le dîner, cependant, était exquis, et Juliana mangea de bon appétit. Après le dessert — un assortiment de tartes suivies d'une crème sabayon —, Mme Dennison se leva.

— Retirons-nous dans le salon, mesdemoiselles. Nos amis ne vont pas tarder à arriver. Lilly, ma chère, vous devriez remettre du rouge à lèvres. Mary, vous avez une tache de sauce sur votre manche. Allez l'enlever. Il n'y a rien de plus désagréable pour un gentleman qu'une apparence négligée.

Involontairement, Juliana porta une main à ses cheveux. Ils s'échappaient de son chignon, comme elle l'avait prévu.

— Bella ne vous a donc pas dit que nous voulions que vos cheveux restent libres ? demanda Patrick.

— Si, mais je les préfère ainsi.

Il y eut un silence dans la salle.

— Vous devrez apprendre à soumettre vos préférences à celles des gentlemen, ma chère, lui rappela aimablement Élisabeth.

— J'entends rester libre de mes goûts, madame, répliqua Juliana, le cœur battant.

A son grand étonnement, Élisabeth lui sourit.

— J'ose espérer que bientôt vous changerez d'avis. Venez.

Juliana suivit tout le monde dans le grand salon qu'elle avait aperçu le premier jour. Il était déjà éclairé aux chandelles, bien que la nuit ne fût pas encore complètement tombée. Le thé et le café avaient été servis sur une table basse entourée d'un sofa et de plusieurs fauteuils. Mme Dennison s'assit sur le sofa et les autres filles firent cercle autour d'elle après s'être servies. La pièce ressemblait à présent à une salle d'attente.

Juliana préféra rester debout. Elle s'approcha d'une fenêtre qui donnait sur la rue. Derrière elle, le murmure des voix et l'entrechoquement des tasses, des soucoupes et des cuillers remplissait l'air. Elle entendit revenir Lilly et Mary, et Mme Dennison approuva leur nouvelle tenue. Quelqu'un se mit à jouer de la harpe.

Dans la rue, deux gentlemen semblaient se diriger vers la maison. Ils parlaient en balançant leurs cannes et paraissaient joyeux. Juliana les vit monter le perron et, deux secondes plus tard, la sonnette de la porte d'entrée retentit. Aussitôt, une tension impalpable régna dans la pièce. Les filles déplissèrent leurs robes et ouvrirent leurs éventails en jetant des coups d'œil discrets vers la porte.

— Lord Bridgeworth et sir Ambrose Belton, annonça Garston.

Mme Dennison se leva pour les accueillir. Toutes les filles l'imitèrent, sauf Juliana qui resta plantée devant la fenêtre. Déborah et une autre fille, dont Juliana se rappela qu'elle s'appelait Rosamund, s'approchèrent des deux hommes. D'après les indiscrétions de Bella, elle savait que lord Bridgeworth était le client attitré de Déborah. Sir Ambrose et Rosamund étaient sans doute appareillés de la même façon.

La sonnette retentit à nouveau et un groupe de six gentlemen entra. Juliana se recula dans l'ombre des rideaux pour observer la scène. Un des nouveaux arrivants la remarqua et se pencha pour chuchoter quelques mots à l'oreille de Mme Dennison. Élisabeth lui répondit à voix basse, mais Juliana crut l'entendre mentionner le duc de Redmayne. Puis Élisabeth lui fit un signe de la main.

— Juliana, le vicomte Amberstock souhaiterait faire votre connaissance.

Juliana n'avait pas le choix. A contrecœur, elle dut quitter sa cachette.

— Redmayne est un sacré veinard ! s'exclama le vicomte en lui baisant la main.

Juliana se contenta de le saluer poliment.

— Grand Dieu, cette jeune fille serait-elle timide ? demanda le vicomte à son hôtesse.

— Pas du tout, répondit Élisabeth. Juliana a la langue bien pendue, quand elle le veut.

— Mais sa langue appartient à Redmayne ! répliqua le vicomte, riant de sa plaisanterie osée. Tant pis, nous nous contenterons de la toucher avec les yeux.

Il relâcha la main de Juliana et elle retourna se placer près du rideau.

— Tu vas fâcher Mme Dennison, à rester toujours dans ton coin, lui murmura Emma en passant à côté d'elle.

— Je m'en moque.

— Tu as tort. Les Dennison sont très gentils avec nous, mais tu risques gros en provoquant leur colère.

Emma semblait sincèrement inquiète pour elle.

— Je suis ici contre mon gré, expliqua Juliana. Je ne vois aucune raison de coopérer avec eux. Tout ce que je souhaite, c'est qu'ils me libèrent.

— Mais tu ne sais pas ce que tu dis, ma

pauvre ! protesta Emma. Dehors, tu auras affaire à des souteneurs qui t'extorqueront ton argent en échange d'un bout de trottoir, ou d'une arcade à Covent Garden. Et si tu refuses, ils te battront

Juliana la regarda, horrifiée.

— Mais je n'ai pas du tout l'intention de devenir une catin. Ni ici ni ailleurs.

Emma fronça les sourcils.

— Que pouvons-nous faire d'autre ? demanda-t-elle, avec un geste large de la main. Regarde, nous vivons dans le luxe. Nos clients sont tous des gentlemen, et si tu mènes bien ta barque tu peux espérer trouver un protecteur qui veillera sur toi.

— Mais je ne suis pas là dans cet espoir, insista Juliana.

Emma haussa les épaules.

— Nous étions toutes comme toi, au début, ma chère. Mais nous avons vite compris notre chance. Crois-moi, tu devrais nous imiter, si tu ne veux pas finir... Oh, voici lord Farquar.

Avec un gloussement de joie — était-elle feinte ? —, Emma se précipita vers un vieil homme engoncé dans un manteau écarlate

Cinq minutes plus tard, Garston annonça le duc de Redmayne. Juliana sentit son estomac se serrer. Elle détourna la tête et regarda obstinément dans la rue.

Richard s'arrêta un instant sur le seuil pour priser. Son regard balaya la pièce avant de se fixer sur la silhouette campée devant la fenêtre. Elle était immobile, mais il percevait sa nervosité.

Élisabeth vint l'accueillir, et il lui baisa la main.

— Vous êtes éblouissante, comme d'habitude,

madame, la complimenta-t-il. Et ces jeunes filles... un vrai jardin des délices.

Élisabeth lui désigna discrètement Juliana d'un regard interrogateur. Le duc secoua la tête et invita son hôtesse à se rasseoir à côté de lui sur le sofa.

— Elle est toujours aussi obstinée, Votre Grâce, dit Élisabeth à mi-voix en lui servant une tasse de thé.

— Vous êtes tout de même parvenus à la convaincre de descendre.

— Difficilement, Votre Grâce. Difficilement.

— Hmmm. (Le duc but une gorgée de thé.) Avez-vous été obligés de la forcer ?

— D'une certaine manière, oui. En lui faisant prendre conscience de sa situation.

Le duc hocha la tête.

— Je suis heureux de constater que Juliana n'est pas assez stupide pour ignorer certaines réalités.

— Oh, je ne pense pas qu'elle soit le moins du monde stupide. Et elle a la langue bien pendue.

Le duc sourit en reposant sa tasse sur la table.

— Si vous voulez bien m'excuser, madame. Je vais aller la saluer.

Juliana le sentit approcher au frisson qui lui parcourut l'échine. Une nouvelle mèche s'échappa de son chignon, et elle porta la main à sa nuque pour la remettre en place.

— Permettez-moi de...

Bien qu'elle s'attendît qu'il lui parlât, sa voix la fit tressaillir.

— Vous aurais-je fait peur ? demanda-t-il aimablement. C'est curieux... j'aurais pourtant juré que vous saviez que j'étais ici.

Il repoussa sa main et entreprit d'enlever les épingles qui tenaient encore.

— Non ! s'exclama Juliana en l'arrêtant. Je ne veux pas !

— Vos cheveux semblent d'un avis contraire, commenta-t-il en lui emprisonnant le bras. (De son autre main, il continuait son travail, et bientôt la chevelure de Juliana retomba en cascade sur ses épaules.) Voilà, c'est beaucoup mieux ainsi.

— Je me moque éperdument de ce que vous trouvez mieux, Votre Grâce, répliqua Juliana en secouant son bras.

Il la relâcha.

— J'espère que cela changera bientôt. (Il lui saisit l'épaule pour l'obliger à se retourner.) On dirait que vous aimeriez me planter un poignard dans le cœur !

— Et je me délecterais de votre agonie ! répliqua-t-elle d'une voix mordante.

Richard éclata de rire.

— Quelle enfant impétueuse !

— Je ne suis plus une enfant ! Ni une poupée que vous pouvez déguiser comme bon vous semble.

— Je crains que nous ne finissions par attirer l'attention sur nous. Venez, allons dans un endroit plus intime où vous aurez tout loisir de me dire ce que vous avez sur le cœur.

Juliana avait conscience que le silence s'était fait peu à peu dans la pièce et que tous les regards étaient tournés vers eux.

— Venez, répéta le duc en lui offrant son bras.

— Je n'irai nulle part avec vous.

— Venez, insista-t-il. (Comme elle hésitait encore, il lui prit la main.) Vous n'avez rien à perdre en acceptant de bonne grâce. Et tout à gagner.

Juliana ne voyait pas d'échappatoire. Elle aurait pu crier et provoquer une scène, mais elle savait que les personnes présentes dans ce salon ne lui viendraient pas en aide. Personne, ici, n'aurait de sympathie pour une courtisane récalcitrante.

Il lui restait la possibilité de s'enfuir. Mais, à supposer qu'elle arrive à déjouer la surveillance de Garston, où irait-elle ? Habillée comme elle l'était, s'aventurer dans les rues semblait dangereux.

A contrecœur, elle laissa le duc de Redmayne l'entraîner hors du salon sous les regards curieux de l'assistance. Au moment de sortir, ils croisèrent Patrick Dennison, qui entrait.

— Votre Grâce. (Il s'inclina respectueusement, puis, avisant la chevelure dénouée de Juliana, il hocha la tête avec un sourire.) Faites les honneurs de cette maison à Sa Grâce, Juliana.

— Pour cela, il faudrait que j'appartienne à votre personnel, répliqua-t-elle.

Patrick pinça les lèvres, exaspéré, mais Richard éclata de rire.

— Bonsoir, Dennison, dit-il en entraînant Juliana vers le petit salon où ils s'étaient rencontrés la première fois.

Dès qu'il eut refermé la porte, il relâcha sa main et tira la sonnette.

— Que désirez-vous boire ? Du champagne ?

— Non, rien, merci.

— Comme il vous plaira.

Il commanda du bordeaux au laquais qui venait d'apparaître, puis s'approcha d'un fauteuil. La main posée sur le dossier, il resta un moment à contempler Juliana. Elle s'était arrêtée devant la cheminée, qu'elle regardait fixement, comme s'il n'y avait rien d'autre dans la pièce.

Richard se sentait ému par elle. Juliana se savait vulnérable, et cependant elle se refusait à rendre les armes. Et si elle n'était pas d'une beauté à couper le souffle, Richard frissonnait pourtant au souvenir de son corps nu, l'autre soir, dans sa chambre. En fait, elle était infiniment désirable.

Soudain, elle se laissa choir dans un fauteuil et se débarrassa de ses chaussures avec une telle énergie que l'une d'elles manqua renverser un chandelier posé sur un guéridon.

— Quelle barbarie ! s'exclama-t-elle en se massant les pieds. Comment peut-on porter de tels instruments de torture ?

— La plupart des femmes y arrivent sans difficulté, observa le duc, amusé par ce brusque changement d'humeur.

— Je me moque des autres femmes ! Moi, elles me font mal !

— Ce n'est qu'une question d'habitude, commenta le duc en ramassant les bottines.

La deuxième avait atterri au pied de la cheminée et de la cendre avait sali le velours.

— Quel traitement cavalier, pour des chaussures à cinquante guinées la paire !

Ainsi, c'était bien lui qui les avait payées.

— Je suis sûre qu'elles ne sont pas perdues, Votre Grâce, riposta-t-elle froidement. Tant de courtisanes seraient enchantées d'un tel cadeau.

— Sans doute, concéda-t-il, à condition d'en trouver une qui chausse aussi grand que vous.

Le retour du laquais apportant le vin commandé par le duc offrit à Juliana une heureuse diversion. Après le départ du domestique, elle décida de changer de tactique. Elle se releva et se tint bien droite face au duc.

— Monseigneur, commença-t-elle, je vous implore de cesser de me persécuter. Je ne puis accepter ce que vous attendez de moi. Il serait... odieux de demander une telle chose à une personne sans défense. Je suppose que beaucoup de femmes seraient ravies de votre proposition, mais je ne suis pas de ce nombre. Je vous en conjure, laissez-moi quitter cette maison.

Richard était convaincu que n'importe quelle femme dans la situation de Juliana aurait bondi sur ce qu'il lui offrait — une position, de l'argent et la sécurité. Soit cette fille était vraiment idiote, soit elle était... différente. Et imprévisible.

— Quelque chose me dit que les supplications ne sont pas dans votre nature, *mignonne*. (Il but une gorgée de vin, avant d'ajouter :) Votre petit discours manquait de conviction.

— Le diable vous emporte ! s'écria Juliana en s'avançant vers lui, les yeux brillants de colère. Si vous croyez pouvoir me plier à votre volonté, vous vous trompez lourdement.

Richard recula prudemment d'un pas. Il avait perdu toute envie de rire. Juliana ne semblait pas goûter son humour.

— Très bien, dit-il avec un geste apaisant de la main. Pardonnez-moi de m'être montré si cavalier. Rasseyez-vous et recommençons depuis le début.

Emportée par sa colère, Juliana ne l'avait même pas entendu.

— Vous n'êtes qu'un immonde goujat ! lui cracha-t-elle au visage.

Richard haussa les sourcils. La mesure était comble.

— Avez-vous fini de m'insulter ? demanda-t-il d'une voix glaciale.

— Mes injures sont bénignes, en comparaison de ce que vous voudriez m'infliger, répliqua-t-elle du tac au tac.

— Je n'ai aucune intention de vous offenser. Asseyez-vous donc calmement et prenez un peu de bordeaux.

Son ton apaisant eut raison de l'emportement de Juliana. Elle se laissa choir dans un fauteuil et accepta le verre qu'il lui tendait. Son explosion de colère l'avait vidée. Soudain, elle ne se sentait plus l'énergie de combattre.

— Pourquoi ne cherchez-vous pas quelqu'un d'autre? demanda-t-elle d'un ton las.

Richard s'assit en face d'elle.

— Parce que vous êtes la personne idéale, ma chère. Vous possédez cette bonne éducation indispensable qui vous permettra de passer pour la femme de Lucien sans qu'on chuchote dans votre dos. De plus, j'ai l'intuition que vous serez une excellente mère pour mes enfants. Et de votre côté, vous avez besoin de ce que je vous offre en échange : la sécurité financière, une position sociale et, par-dessus tout, l'indépendance.

— L'indépendance? répéta Juliana en écarquillant les yeux. Comment voulez-vous que je garde mon indépendance avec le rôle que vous m'attribuez?

Richard se releva pour remplir son verre. Cette fille n'était pas idiote, mais il commençait à se demander si elle valait la peine qu'on lui consacre tout ce temps et toute cette énergie, alors que tant d'autres femmes auraient accepté son offre sans discuter. Il se retourna et l'examina silencieusement, en buvant son vin à petites gorgées.

Elle s'était calée au fond de son fauteuil et avait

fermé les yeux. Ses cheveux flamboyants contrastaient avec la pâleur de son teint. Richard se sentait de plus en plus attiré par cette fille. Ses réactions l'intriguaient et sa résistance était comme un défi qu'il brûlait de relever. Il voulait comprendre pourquoi elle ne se comportait pas comme une fille ordinaire. Qu'est-ce qui, dans son enfance, avait pu la rendre si méfiante ?

Peut-être était-il fou, mais il décida soudain que Mlle Juliana valait la peine qu'on lui consacrât du temps.

Il reposa son verre et s'approcha d'elle. Elle ouvrit les yeux, tandis qu'il lui prenait les mains pour l'obliger à se relever.

— Laissez-moi vous montrer quelque chose.

Juliana voulut protester, mais il s'empara brusquement de ses lèvres. Leurs langues se mêlèrent et elle ressentit une sensation étrange, mais très agréable. Quand il la relâcha, elle frissonnait de la tête aux pieds.

— Voilà ce que je voulais vous montrer, murmura-t-il en souriant.

— Vous... vous m'avez violée ! balbutia-t-elle.

Richard éclata de rire.

— Oh, non, mignonne ! Pas encore ! Ce n'était qu'un préambule.

Juliana le regardait, hébétée, et Richard lut dans ses yeux un désarroi mêlé de confusion. Et peut-être aussi de plaisir.

— Je vous promets que tout ce qui se passera entre nous ne vous procurera que du plaisir, Juliana.

— Dans ce cas, laissez-moi partir, l'implora-t-elle, consciente que, si elle restait, le duc de Redmayne aurait raison de ses défenses.

Déjà, elle l'avait laissé l'embrasser sans le repousser. Doux Jésus !

— Non. Vous ne devez pas quitter cette maison. J'insiste là-dessus.

Juliana récupéra ses bottines puis s'assit pour les enfiler. Elle savait qu'il interpréterait ce geste comme une soumission de sa part, mais dans l'immédiat elle était trop troublée pour le défier davantage.

Elle se releva et se dirigea vers la porte.

— Je vous souhaite une bonne nuit, monseigneur, dit-elle en s'inclinant poliment.

— Nous nous reverrons demain, répondit-il avec un sourire.

6

— Vous voulez que je me marie !

Lucien rejeta la tête en arrière et partit d'un grand éclat de rire qui se termina en une violente quinte de toux.

Richard attendit patiemment que son cousin reprenne son souffle.

— Bon Dieu, Richard, je me demande si vous n'avez pas perdu la tête, réussit-il enfin à dire.

Il était épuisé, mais ses yeux brillaient encore d'amusement.

— J'en doute fort, répliqua calmement le duc.

Il remplit un verre de cognac et le donna à son cousin.

Lucien le vida d'un trait et tendit aussitôt le bras.

— Un autre, mon cher, s'il vous plaît.

Richard jeta un coup d'œil à la pendule de la cheminée. Il était dix heures du matin. Il haussa les épaules et remplit à nouveau le verre.

— Êtes-vous en état de m'écouter, à présent ?

— Oh, certainement... certainement, le rassura Lucien en souriant. Amusez-moi encore, cher cousin. J'ai tellement besoin de distraction.

Richard s'assit et observa silencieusement son cousin pendant quelques instants. Il se demandait parfois pourquoi Lucien avait si mal tourné et si lui-même ne portait pas une part de responsabilité dans le naufrage de ce jeune homme acharné à s'autodétruire. Il avait essayé de se conduire en grand frère avec Lucien, de lui prodiguer des conseils, d'avoir une bonne influence sur lui, mais rien n'y avait fait.

— Votre passion pour les jeunes garçons devient gênante pour notre famille, finit-il par dire en sortant sa tabatière. Cette vilaine histoire avec le petit Dalton est connue de toute la ville.

Lucien se renfrogna soudain.

— Je croyais qu'on n'en parlait plus ?

Richard secoua la tête.

— Détrompez-vous. (Il prit une pincée de tabac et prisa avant de poursuivre :) Si vous souhaitez continuer à vivre à Londres, vous devrez vous protéger des ragots. Une accusation trop précise vous contraindrait inévitablement à l'exil...

— Vous exagérez beaucoup les choses, cousin.

— Vraiment ? Lisez donc ceci. (Il sortit un journal de la poche de son gilet et le lui tendit.) La petite fable qui s'étale en première page alimente les discussions de tous les cafés de la ville. C'est très bien raconté, je dois l'avouer. L'auteur a un certain talent d'écrivain.

Lucien prit le journal en fronçant les sourcils. L'article incriminé décrivait, sans citer de noms, la liaison entre un membre de l'aristocratie et un enfant de chœur de la cathédrale Saint-Paul.

— Qui a écrit ça ? hurla-t-il en jetant le journal par terre. Je vais le faire clouer au pilori !

— Excellente idée. Comme ça, tout le monde saura qu'il s'agissait bien de vous.

— Ce n'est qu'un tissu de mensonges ! s'emporta Lucien.

— Tss, tss, répliqua le duc avec un sourire ironique.

— Si vous osez encore m'accuser, Redmayne, je vous défie en duel.

— N'en faites rien, répondit calmement Richard. Je n'ai aucune envie de commettre un meurtre.

— Quoi ! Vous croyez que...

— Oui, le coupa le duc, soudain sévère. Oui, je vous tuerais, Lucien, et vous le savez parfaitement. Maintenant, cessez de vous agiter et asseyez-vous.

Lucien se laissa choir dans un fauteuil.

— J'ai renoncé depuis longtemps à vous persuader de changer vos mœurs, commença Richard, mais je ne vous permettrai pas de jeter le déshonneur sur notre nom. Ce qui ne manquerait pas d'arriver si les parents d'une de vos victimes décidaient de se plaindre à la justice. Mariez-vous et devenez plus discret, les rumeurs finiront par s'éteindre d'elles-mêmes.

Lucien sourit.

— Je ne suis pas dupe, cousin. Vous vous moquez éperdument de ce qui pourrait m'arriver. Votre seul souci, c'est l'honneur de la famille. Mais pourquoi aurais-je envie de vous donner satisfaction ?

— Tout simplement parce que vous y trouverez votre compte.

Le regard de Lucien s'alluma soudain.

— Ah ? Expliquez-moi donc cela.

— Je vous libère de vos créanciers, et je m'engage à vous verser une rente substantielle, dit le duc. En échange, vous épousez la femme que je vous ai choisie, et vous habitez tous les deux sous mon toit. Cela ne devrait pas vous poser de problèmes, dans la mesure où Edgecombe est en piteux état, désormais.

— Une femme que *vous* m'auriez choisie ! s'exclama Lucien. Et pourquoi ne pourrais-je pas la choisir moi-même ?

— Parce que aucune femme convenable n'accepterait de vous épouser.

Lucien ricana.

— Et à qui donc avez-vous pensé ? Un antidote à l'amour, je suppose. Quelque vieille fille en mal d'être casée.

— Vous vous flattez, Lucien, répondit méchamment le duc. Je ne connais pas de femme, même désespérée, qui voudrait de vous. Celle à qui je pense devra obéir à mes ordres. C'est aussi simple que cela. Vous n'aurez à vous occuper de rien. Vous aurez chacun votre chambre et vous ne vous mêlerez pas de son intimité. En revanche, dès que vous vous trouverez en public, vous vous conduirez comme mari et femme. Cela devrait vous assurer une couverture suffisante.

Lucien le regarda, médusé.

— Obéir à vos ordres ! répéta-t-il. Richard, que diable avez-vous manigancé ? Que savez-vous sur cette femme pour la contraindre ainsi ?

— Cela ne vous regarde pas.

Lucien se releva pour aller remplir son verre.

— Toutes mes dettes ? demanda-t-il.

— Toutes.

— Et mes dépenses ?

— Aussi.

— Bien, bien... murmura Lucien en buvant son cognac. J'ai des goûts de luxe, vous savez. (Comme Richard ne réagissait pas, il continua :) Et je joue beaucoup. Il m'est arrivé de perdre dix mille guinées en une seule soirée. (Toujours aucune réaction.) Vous êtes riche comme Crésus, tout le monde sait cela, bien sûr. Tout de même, je ne voudrais pas vous ruiner, cousin.

— Aucun danger.

— Et cette femme... ? Quand la verrai-je ?

— Devant l'autel.

— Vous allez un peu vite en besogne, Richard. Vous voudriez que je me rende docilement à l'église sans même avoir jeté un coup d'œil à ma femme ?

— Oui.

— Et elle, que pense-t-elle de tout cela ? N'aimerait-elle pas connaître son futur mari ?

— Sa volonté n'a aucune importance.

Lucien détourna la tête. Il détestait que son cousin lui réponde aussi sèchement, comme s'il n'était encore qu'un collégien. Toutefois... la perspective de pouvoir mener grand train grâce à la fortune de Richard ramena un sourire sur ses lèvres.

Sans compter que désormais il habiterait ici, dans cette somptueuse demeure digne d'un prince. Sa propre maison partait à vau-l'eau. Il gardait rarement des domestiques plus d'un mois, faute de pouvoir les payer. Ou alors, ils s'enfuyaient sur un coup de tête. Chez son cousin, Lucien pourrait enfin se faire servir à sa guise.

En échange, il devrait seulement se rendre à

l'église pour épouser une inconnue. Ensuite, il n'aurait plus aucun rapport avec elle. Il n'avait rien à perdre et tout à gagner dans cet arrangement.

— C'est d'accord, dit-il finalement. J'accepte votre offre.

— Vous m'en voyez ravi, Edgecombe, répondit Richard en se relevant. Maintenant, si vous voulez bien m'excuser, j'ai un autre rendez-vous.

— Allez-y, mon cher, allez-y. Je vais rester un peu ici pour continuer à boire de cet excellent cognac. (Il se frotta les mains.) Votre cave est merveilleuse. Je suis déjà impatient de pouvoir en profiter. (A cet instant, la porte s'ouvrit et Lucien tourna la tête.) Oh, ce cher Quentin... Vous connaissez la nouvelle? Je vais me marier et devenir respectable. Que pensez-vous de cela, hein?

Quentin lança un regard ennuyé à son demi-frère.

— Alors, tu n'as pas pu t'empêcher de le faire?

— Eh non, répondit placidement Richard.

— Ma femme et moi nous viendrons habiter chez Richard, reprit Lucien. Cette maison est beaucoup plus pratique pour une jeune lady. Et tellement confortable. Ainsi, vous nous verrez souvent, Quentin.

Quentin soupira.

— Quel bonheur en perspective!

— Vous n'avez pas l'air très convaincu, ricana Lucien en inclinant la bouteille de cognac au-dessus de son verre. Tiens, on dirait qu'elle est vide.

Il se releva pour aller tirer le cordon.

— A plus tard, Lucien, dit Richard en ouvrant la porte. Tu voulais me voir, Quentin?

— Non, répondit son frère. Ce n'est plus la peine.

— Mon pauvre Quentin! sourit Richard en haussant les épaules. Ne désespère pas de moi. Tout se passera beaucoup mieux que tu ne le penses.

— J'aimerais pouvoir le croire, soupira Quentin, tandis que son frère refermait déjà la porte.

— Vendredi dernier, dites-vous?

Josh Bute se gratta l'oreille en regardant son client d'un air circonspect. Il évaluait déjà la récompense qu'il pourrait en tirer.

— Vendredi ou samedi, rectifia George Ridge. A l'arrivée de la diligence de Winchester.

— Une jeune femme... seule? (Bute se gratta encore plus fort l'oreille.) J'peux pas dire l'avoir remarquée. C'est que la diligence d'York est arrivée en même temps. Ça faisait beaucoup de monde d'un coup.

George posa une pièce d'or sur le comptoir.

— Ceci vous rafraîchira peut-être la mémoire.

Bute considéra la pièce d'un air songeur.

— Vous pourriez pas me la redécrire?

— Cheveux roux, yeux verts, répéta George en s'impatientant. Vous n'avez pas pu ne pas remarquer ses cheveux. On dirait un incendie de forêt. De plus, elle est plutôt grande, pour une femme.

— Ah... (Bute hocha lentement la tête.) J'vais demander en cuisine. P'têt' que quelqu'un l'aura vue.

Dès qu'il eut disparu de sa vue, George étouffa un juron. Ses investigations à l'auberge de la Rose-Couronnée n'avaient rien donné. Personne ne se rappelait qui avait pris la diligence dans la nuit de vendredi à samedi. Son seul espoir était ici, au terminus de la ligne.

Tous les bruits de la rue lui parvenaient par la porte restée ouverte. C'était un vacarme assourdissant de cris, de grincements de roues sur le pavé et de sonorités diverses. George résista à l'envie de se boucher les oreilles. Il ne connaissait que la quiétude de la campagne, mais il serait bien obligé de s'adapter au tapage de la ville s'il voulait retrouver Juliana. Car il était convaincu qu'elle se trouvait à Londres. Logiquement, c'était le seul endroit où elle pouvait espérer se cacher.

— Eh ben, on dirait que vous avez d'la chance ! claironna Bute en ressortant de la cuisine.

— Oui ? demanda George, soudain plein d'espoir.

— Y a un commis qu'a aperçu une jeune personne correspondant à votre description, expliqua Bute en louchant sur la pièce d'or restée sur le comptoir.

George la poussa vers lui et Bute l'empocha aussitôt.

— Où est-elle allée ?

Bute se gratta de nouveau l'oreille.

— Ça, j'pourrais pas vous le dire, mon bon monsieur. Elle s'est noyée dans la foule.

George fronça les sourcils. C'était encore raté. Mais au moins, il avait maintenant la preuve qu'elle se trouvait bien à Londres. Et sans argent.

— Comment était-elle habillée ?

— J'en sais rien, mon pauv' monsieur. Il faisait à peine jour, vous comprenez.

George soupira. Il n'obtiendrait rien de plus.

— Apportez-moi une bouteille de bourgogne, ordonna-t-il, et une côtelette de mouton.

— Tout de suite, monsieur. Une bonne côtelette, avec des pommes de terre sautées, répondit Bute en se frottant les mains d'un air radieux. Et du bourgogne !

Il repartit dans la cuisine et George en profita pour aller prendre l'air sur le pas de la porte. En sortant d'ici, il devrait commencer par se trouver un logement. Puis un imprimeur. Il fouilla dans sa poche et en tira un morceau de papier qu'il déplia pour relire les quelques lignes griffonnées dessus. Dès qu'elle serait imprimée, il ferait distribuer cette annonce dans tous les cafés. Ce serait bien le diable si personne ne venait lui parler de Juliana.

— Voilà, monsieur, mon meilleur bourgogne, annonça Bute en réapparaissant.

George regagna le comptoir et prit le verre que lui tendait l'aubergiste.

— Ça vous fait rien, si je trinque avec vous ? demanda Bute en se servant à boire.

La journée s'annonçait bonne. Il avait déjà une pièce d'or dans la poche, et il espérait bien en récolter une autre auprès de Mme Dennison. Elle serait certainement intéressée d'apprendre qu'un gentleman recherchait sa dernière acquisition. Oui, tout allait pour le mieux. Bute leva son verre et trinqua avec son client.

7

— Juliana, veux-tu te joindre à nous ? demanda Déborah en passant sa tête par la porte de la chambre. Lucy et moi nous partons chez la modiste. Je voudrais acheter du ruban rose. Viens !

— Je ne crois pas que j'ai la permission de sortir, répondit Juliana.

Il était onze heures du matin, et elle n'avait pas quitté sa chambre depuis qu'elle avait pris congé du duc de Redmayne, la veille au soir. Juliana s'était réveillée très tôt, comme d'habitude, à une heure où toute la maison dormait encore. Assise dans un fauteuil, elle avait patiemment attendu la suite des événements.

— Oh, mais c'est Mme Dennison elle-même qui m'a suggéré de te le proposer, répondit Déborah, sincèrement surprise. Elle a dit qu'un peu d'air te ferait du bien.

Juliana aurait parié qu'on la confinerait dans sa chambre, après sa conduite de la veille au soir. Apparemment, elle s'était trompée.

— Comme c'est gentil de sa part ! dit-elle en se levant. Allons-y.

Déborah jeta un coup d'œil circonspect à sa tenue. Juliana avait remis la robe de mousseline, dans laquelle elle aurait presque pu passer pour une domestique.

— Tu devrais peut-être te changer ?

Juliana haussa les épaules.

— Ce sera difficile. Je n'ai que cette robe. Ou alors, celle que je portais hier soir.

Déborah semblait stupéfaite mais, avant qu'elle ait pu dire quoi que ce soit, Bella arriva derrière elle et la poussa pour entrer dans la chambre.

— Madame m'a demandé de vous apporter ça pour votre promenade, annonça-t-elle en brandissant une robe de soie couleur bronze. N'est-ce pas qu'elle est jolie ? Et il y a aussi un châle en cachemire pour couvrir vos épaules.

— Oh, comme c'est ravissant ! s'exclama Déborah en tâtant le tissu de la robe. C'est de la très bonne soie, Juliana, ajouta-t-elle avec envie. Sa Grâce n'a pas dû regarder à la dépense. Bridgeworth n'est pas avare non plus, mais je dois toujours lui rappeler de penser à moi. C'est très désagréable, tu n'es pas d'accord ?

— Je ne me suis jamais trouvée dans cette situation, se contenta de répondre Juliana, pour ne pas offenser Déborah.

Elle prit la robe des mains de Bella. La soie était si fine qu'elle glissait entre ses doigts. Puis elle jeta un coup d'œil à la fenêtre ouverte. Le soleil brillait. Depuis combien de temps n'était-elle pas sortie ? Elle était à Londres, et pourtant elle ne connaissait toujours rien de cette ville, à part l'auberge de la Cloche et la portion de rue au-dessous de sa fenêtre. Elle pouvait bien porter la robe du duc, si cela devait lui permettre de quitter sa prison.

— Aide-moi, Bella.

Déborah s'assit sur le lit pendant que Bella passait la robe par-dessus les épaules de Juliana. Puis elle posa le châle et se recula pour laisser Juliana s'admirer devant la glace.

La robe lui allait parfaitement, et le coloris s'accordait subtilement à son teint. Comme si la personne qui lui choisissait ses vêtements savait précisément ce qui lui conviendrait. Le duc de Redmayne avait-il lui-même acheté cette robe ou avait-il confié ce soin à Mme Dennison, à charge de la rembourser ?

Juliana éprouva soudain un immense sentiment d'impuissance. Le piège se refermait insidieusement sur elle. Chaque jour elle perdait un peu plus confiance en elle, et chaque jour elle se résignait davantage. Mais le soleil brillait dehors, et elle ne voulait pas se laisser gâcher sa promenade.

— Venez, Déborah, partons, dit-elle en s'élançant vers la porte.

Lucy les attendait dans le hall.

— Quelle robe superbe! s'exclama-t-elle avec une pointe d'envie en tournant autour de Juliana. Ces plis, dans le dos, sont du dernier chic!

— Et regarde le tombé de la jupe, renchérit Déborah. C'est d'une élégance! Je demanderai à Minnie de me confectionner une robe dans le même style.

Juliana ne se sentait pas le cœur à partager leur babillage insouciant. Elle s'approcha de la porte, et M. Garston lui ouvrit le battant avec un grand sourire.

— Profitez bien de votre promenade, mademoiselle, lui dit-il.

— C'est mon intention, répondit-elle en sortant sur le perron.

Elle offrit son visage au soleil et ferma les yeux en soupirant de plaisir.

— Ah, chère Juliana, quelle parfaite harmonie!

Elle rouvrit les yeux. Le duc de Redmayne se tenait au bas des marches.

— Je venais vous chercher pour vous emmener en calèche, expliqua-t-il, et je vous trouve déjà prête, à m'attendre!

— Vous faites erreur, monseigneur. Je partais avec ces demoiselles, répondit-elle en désignant Lucy et Déborah qui arrivaient derrière elle.

— Elles vous excuseront, dit Richard.

— Bien sûr, Juliana, répondit précipitamment Déborah.

— Mais je n'en ai pas envie !

— Je vous souhaite une bonne promenade, mesdemoiselles, dit Richard en s'effaçant pour laisser passer Lucy et Déborah. (Juliana voulut les suivre, mais il la retint par le bras.) Je suis sûr que vous préférez sortir avec moi, Juliana.

Celle-ci sentit sa peau s'enflammer là où il l'avait touchée.

— C'est un plaisir de vous habiller, mignonne. Peu de femmes pourraient porter une robe de cette couleur sans paraître fades. Ou ternes.

— Ainsi, c'est vous qui l'avez choisie ?

— Oui. Je vous ai déjà commandé toute une garde-robe. Je suis sûr qu'elle vous plaira beaucoup. Venez, mes chevaux attendent.

Le duc lui prit la main et la conduisit jusqu'à un phaéton attelé de deux superbes alezans. Le cocher sauta de son siège pour leur ouvrir la porte.

Juliana hésita. Elle aurait voulu s'enfuir, mais le duc la saisit par la taille et elle se retrouva assise sur la banquette avant d'avoir pu protester.

— Vous semblez particulièrement mal réveillée, ce matin, observa-t-il en la rejoignant. Peut-être n'avez-vous pas assez dormi ? (Il s'empara des rênes.) Grines, vous pouvez rentrer à la maison.

Le cocher le salua respectueusement, avant de s'éloigner à pied.

— Et maintenant, qu'aimeriez-vous voir ? demanda aimablement le duc. Westminster ? Le Parlement ? Hyde Park... ?

Juliana pensa un moment se murer dans le silence, avant de renoncer à cette idée puérile.

— Tout, avoua-t-elle.

Richard hocha la tête.

— Vos désirs sont des ordres, mignonne.

Juliana lui décocha un regard sceptique.

— J'ignorais que vous étiez un menteur, Votre Grâce.

Il sourit sans paraître le moins du monde froissé par sa repartie.

— Nous commencerons par Covent Garden. Je pense que vous trouverez le spectacle intéressant.

Juliana comprit ce qu'il voulait dire dès qu'ils eurent tourné le coin de Russell Street. Elle découvrit enfin ce qu'elle ne pouvait pas voir de sa fenêtre : une grande place entourée d'arcades et remplie d'une foule bigarrée. Des hommes et des femmes de toutes conditions se croisaient sur le pavé ou se côtoyaient aux terrasses des cafés. Des courtisanes attiraient leurs clients dans l'ombre des arcades, des marchandes des quatre-saisons criaient à tue-tête, des ouvriers arboraient des tatouages obscènes sur les avant-bras... Juliana était fascinée, mais elle détourna la tête en voyant un couple enlacé derrière une arcade.

— L'intimité n'a pas cours ici, commenta le duc, qui avait suivi son regard. Et la nuit, c'est encore pire.

Juliana se rappela soudain les paroles d'Emma, et elle eut envie de demander au duc de l'éloigner de ce lieu. Mais elle ne voulait pas lui montrer son désarroi.

Le phaéton se frayait un chemin au milieu de la foule. Ils approchaient à présent de St. Martin in the Fields. Le duc ralentit ses chevaux. Un groupe d'enfants en haillons se tenait sur les marches de l'église et trois vieilles femmes se promenaient parmi eux en les inspectant.

— Que font-elles ? ne put s'empêcher de demander Juliana.

— Ces enfants sont à louer, lui répondit le duc d'une voix nonchalante. Les maquerelles trient ceux qui les intéressent — plus particulièrement les petites filles.

Juliana serra les poings et regarda droit devant elle.

— Quand ils sont pris, ils gagnent un bon repas et quelques pièces, continua le duc sur le même ton. Mais bien sûr, ils doivent reverser cet argent aux adultes qui les ont obligés à venir ici.

— Tout cela est fort intéressant, monseigneur, répondit froidement Juliana.

Elle comprenait à présent le sens de cette incursion dans les bas-fonds de la ville. Le duc de Redmayne voulait lui montrer quelle existence attendait ceux qui n'étaient pas protégés.

Richard engagea le phaéton sur le Strand et le décor changea du tout au tout. Juliana se détendit un peu. Elle préférait nettement cette partie de Londres, qui correspondait mieux à l'idée qu'elle se faisait de la capitale. Ici, les rues étaient larges et bordées de belles vitrines. Des ladies élégantes se promenaient sur les trottoirs, suivies par des laquais ou des pages en livrée qui portaient leurs emplettes.

Ils dépassèrent Piccadilly, puis le duc stoppa les chevaux devant une imposante demeure d'Albermale Street. La porte s'ouvrit aussitôt et un laquais sortit sur le perron. Richard descendit et offrit son bras à Juliana.

— Vous devez avoir besoin d'un rafraîchissement, suggéra-t-il en souriant.

Juliana refusa de bouger.

— Où sommes-nous ?

— Chez moi. Soyez gentille de descendre, ajouta-t-il avec un rien d'agacement dans la voix.

Juliana comprit qu'elle n'avait pas le choix. Elle tendit la main, et le duc s'en empara.

— Bravo, dit-il avec un grand sourire qui donna à Juliana envie de le gifler.

Elle retira prestement sa main et gravit le perron. Le laquais s'effaça avec une courbette pour la laisser entrer.

Juliana pénétra dans un hall immense dallé de marbre, et elle en oublia aussitôt sa colère. Le décor était somptueux : des chandeliers sculptés sur tous les murs, un haut plafond orné d'un grand lustre à pendeloques de cristal, un élégant escalier qui s'élançait devant elle... Le luxe de Forsett Towers semblait bien terne, en comparaison.

— Montez des rafraîchissements dans le petit salon, ordonna le duc au laquais. (Il entraîna Juliana vers l'escalier.) Thé, limonade et petits-fours pour mademoiselle. Cognac pour moi.

— J'imagine que vos domestiques ont l'habitude de vous voir avec des dames sans chaperon, remarqua Juliana en s'arrêtant au beau milieu de l'escalier.

— Je me moque de ce qu'ils pensent, répondit le duc en la tirant à sa suite. Ils sont payés pour m'obéir et c'est la seule chose qui m'importe. (Il ouvrit une porte qui donnait sur un ravissant petit salon tendu de soie jaune d'or.) J'ai pensé que cette pièce pourrait devenir votre salon privé. Vous convient-elle ? ajouta-t-il en la propulsant littéralement à l'intérieur. Bien sûr, vous aurez toute latitude pour changer la décoration.

Juliana n'était pas certaine d'avoir bien entendu. Elle essaya de se persuader qu'elle rêvait... que tout cela n'était qu'un cauchemar qui finirait par se dissiper brutalement. Mais le duc se tenait face à elle, à présent, et il lui souriait. Elle regarda ses lèvres, fines et bien dessinées, et soudain, sans savoir comment, elle se retrouva dans ses bras. Il l'embrassa sans hésitation, et elle lui répondit tout aussi spontanément, avant que sa raison ait pu protester. Elle le laissa même insinuer une main dans son décolleté. Cette caresse lui arracha un gémissement de plaisir et elle se serra davantage contre lui.

Des coups frappés à la porte rompirent brutalement le charme. Juliana s'écarta en rougissant au moment où le laquais entrait avec le plateau des rafraîchissements. Le domestique demanda au duc s'il désirait autre chose, et Richard lui répondit comme s'il ne s'était absolument rien passé, alors que Juliana était encore rouge de confusion.

— Vous êtes délicieuse, mignonne, lui souffla-t-il après le départ du valet en caressant ses lèvres du bout des doigts. Je crois que nous allons beaucoup nous apprécier, tous les deux.

— Non! s'écria-t-elle, heureuse d'avoir retrouvé sa voix. Je ne vous laisserai pas me déshonorer ainsi.

Elle repoussa sa main juste à l'instant où la porte s'ouvrait de nouveau, cette fois sans qu'on ait frappé.

— Le laquais m'a dit que tu étais ici, Richard. Je voulais... Oh, je... excusez-moi, balbutia Quentin en découvrant Juliana. J'ignorais que tu avais de la compagnie. Roberts aurait dû me prévenir!

— Permets-moi de te présenter Mlle Juliana Beresford. Juliana, je vous présente mon demi-frère, lord Quentin Courtney.

Juliana vit que Quentin la regardait fixement et elle se sentit devenir cramoisie. Ses lèvres devaient encore porter la trace du baiser qu'elle venait d'échanger avec le duc!

— Est-ce rendre service à cette pauvre enfant que de l'amener ici sans chaperon, Richard? demanda Quentin d'un ton réprobateur. Sa réputation risque d'être compromise.

Juliana reprit soudain espoir. Peut-être venait-elle enfin de se trouver un allié.

— Sa Grâce ne pense pas que je puisse avoir une quelconque réputation à défendre, se lamenta-t-elle. (Remarquant la tenue austère de Quentin Courtney, elle demanda :) Seriez-vous clergyman?

— Oui, mon enfant.

Juliana se jeta à ses pieds.

— Oh, monsieur, sauvez-moi, supplia-t-elle en sanglotant. Je vous en prie, ne laissez pas le duc poursuivre ses manœuvres condamnables.

— Allons, mon enfant, ne désespérez plus, la rassura Quentin en lui offrant son bras pour l'aider à se relever. Richard, cette sinistre comédie doit cesser immédiatement! Je ne te permettrai pas d'aller plus loin. (Il sortit un mouchoir de sa poche et le tendit à Juliana.) Séchez vos larmes, mon enfant. Vous n'avez plus rien à craindre dans cette maison.

Juliana s'essuya les yeux mais resta tête baissée, dans l'attente de la réaction du duc.

— Richard! reprit son demi-frère. Tu dois la laisser partir.

— Certainement.

A cette réponse, Juliana releva la tête, mais elle le regretta immédiatement. Le duc lui prit le menton et l'obligea à le regarder.

— C'était bien joué, mignonne. Toutes mes félicitations. (Il passa son doigt sur la joue encore humide de Juliana.) Ce sont même de vraies larmes. Pas beaucoup, mais assez pour faire impression.

— Vous êtes répugnant! murmura-t-elle en s'écartant de lui. Laissez-moi partir.

— Volontiers. (Il alla ouvrir la porte.) Vous êtes libre de partir où bon vous semble. Sauf, bien sûr, à Russell Street. Mme Dennison ne sera plus disposée à vous offrir son hospitalité.

Juliana le regarda, incrédule. L'autorisait-il vraiment à quitter cette maison?

— Vous pouvez garder cette robe; les vêtements que vous portiez en arrivant à Londres ont disparu, ajouta Richard avec un sourire destiné à masquer son incertitude.

Répondrait-elle à son coup de bluff, ou bien l'avait-il jugée correctement? Impulsive, mais rationnelle. Entêtée, mais clairvoyante et intelligente.

Juliana considéra sa robe. Où pouvait-elle aller dans cette tenue? Personne ne l'embaucherait comme domestique si elle se présentait avec une robe aussi coûteuse.

— Excusez-moi, reprit Richard, mais je commence à être fatigué de vous tenir la porte.

Juliana sortit sans un regard pour lui. Elle descendit l'escalier et un laquais lui ouvrit la porte d'entrée. Elle disparut dans la rue.

Après son départ, Quentin laissa éclater sa colère.

— Comment oses-tu la traiter ainsi?

— Elle est libre de partir. Je ne souhaite pas la retenir contre son gré. Prendras-tu un cognac?

— Non, répondit sèchement Quentin. Que va-t-elle faire, maintenant?

— Je n'en sais rien, avoua Richard en se servant à boire. Elle avait sans doute un plan en arrivant à Londres, et elle va le mettre à exécution.

— Je vais la rattraper, annonça Quentin. Au moins pour lui donner de l'argent. Elle est trop jeune pour être livrée à elle-même dans cette ville.

— C'est précisément mon avis, cher frère. Trop jeune et trop innocente.

— Tu n'es qu'un salaud, Richard ! s'exclama Quentin, oubliant soudain ses trois années de séminaire et la réserve qui sied aux hommes de religion. Mais si tu ne fais rien pour elle, *moi*, je vais l'aider.

Il se précipita sur la porte juste au moment où elle s'ouvrait. Juliana apparut. Elle regardait Richard.

— Où puis-je aller ? demanda-t-elle. Que puis-je faire ?

— Ce qu'il vous plaira, répondit-il laconiquement.

Mais sa voix avait perdu de sa dureté.

Juliana était devenue blême.

— Vous savez ce qui m'attend. Vous me l'avez montré tout à l'heure, pendant la promenade.

— Ma pauvre enfant, vous n'avez plus à vous inquiéter. Je vais vous donner de l'argent et vous pourrez rentrer dans votre famille, proposa Quentin en fouillant dans ses poches.

Juliana secoua la tête.

— Merci, monsieur. C'est très aimable de votre part mais, voyez-vous, je ne peux pas rentrer chez moi, et le duc le sait parfaitement. Comme il sait également que je n'ai pas d'autre choix que de lui obéir.

8

Une demi-heure plus tard, le duc de Redmayne reconduisit Juliana à Russell Street.

— Mme Dennison demande à Votre Grâce de lui faire l'honneur de monter la voir, si toutefois elle en a le temps, annonça Garston en leur ouvrant la porte.

— Volontiers, répondit Richard. Je voulais justement lui parler. (Il se tourna vers Juliana.) Attendez-moi ici, dit-il en se dirigeant vers l'escalier.

— On dirait que vous êtes parvenue à un arrangement avec Sa Grâce, remarqua Garston en souriant à Juliana. (Il lui pinça la joue.) Ne faites pas cette tête, mademoiselle, il n'y a vraiment pas de raison. Toutes les jeunes filles de cette maison vous envient.

— Alors, j'aimerais bien que l'une d'elles prenne ma place, répondit tristement Juliana.

Elle se rapprocha de la porte d'entrée, restée ouverte.

— Non, non, non, mademoiselle, dit Garston en refermant prestement le battant. Vous avez entendu Sa Grâce : vous devez l'attendre à l'intérieur.

Comme un esclave obéissant à son maître, songea Juliana avec amertume.

Un bruit de conversation monta du salon, et Juliana reconnut la voix d'Emma, suivie d'un éclat de rire général. Comment les autres filles pouvaient-elles accepter leur sort avec autant d'insouciance ? Peut-être seraient-elles capables de lui donner des raisons de se résigner ? Elle entra dans le salon.

— Oh, Juliana ! Viens donc t'asseoir avec nous ! s'exclama chaleureusement Lilly.

Emma et Rosamund lui firent aussitôt une place sur le sofa.

— Le duc a-t-il formalisé sa demande te concernant ? interrogea Lilly.

— Que voulez-vous dire par... « formalisé » ?

— Il doit s'entendre avec les Dennison. Ils prévoient des contrats spéciaux pour les clients qui exigent l'exclusivité d'une fille, expliqua Rosamund. Vas-tu rester ici, ou le duc a-t-il prévu de t'installer dans tes murs ?

— Je vais épouser un cousin du duc, le vicomte d'Edgecombe, répondit laconiquement Juliana.

Elle ne se sentait pas le courage de leur avouer l'autre partie du contrat.

— Un mariage ! s'étrangla Emma. Mais c'est fabuleux, Juliana ! Te voilà casée pour le restant de tes jours.

— Sauf si c'est un faux mariage, intervint Lilly. Souvenez-vous de Molly Petrie. Elle avait cru épouser lord Liverton, mais quand il en a eu assez d'elle, elle s'est retrouvée à la rue sans rien. Elle a fini sous les arcades de Covent Garden en se vendant à qui voulait bien d'elle.

— Qu'est-ce qu'un faux mariage ? voulut savoir Juliana, vaguement inquiète.

— Oh, c'est quand la cérémonie est célébrée par un prêtre défroqué. Le mariage n'a aucune valeur, mais la plupart du temps les filles l'ignorent. C'était le cas de Molly.

— Mais c'est ignoble ! s'exclama Juliana. On n'a pas le droit de traiter une femme ainsi.

Emma haussa les épaules.

— Sans doute, mais les hommes ne s'en

privent pas. Ils font ce qu'ils veulent, et nous ne sommes pas de taille à les en empêcher.

Juliana fronça les sourcils.

— Si vous vous unissiez pour refuser de tels agissements, ils seraient bien obligés de changer de comportement.

Lilly rit avec indulgence.

— Ma chère Juliana, ne sois pas si naïve ! Pour chacune d'entre nous qui refuserait de céder à leurs caprices, il s'en trouverait une bonne demi-douzaine impatientes de prendre notre place.

— Maltraiter une courtisane n'est pas un crime, souligna Rosamund. Les juges refuseraient d'entendre nos plaintes.

— Ils sont bien trop occupés à nous persécuter, renchérit Emma. Si nous n'avions pas la chance d'être dans une maison respectable comme celle-ci, nous aurions déjà fait plusieurs séjours en prison.

— Je persiste à croire que les choses pourraient changer si tout le monde protestait, objecta Juliana.

— C'est un discours courageux, mais tu es nouvelle dans le métier, répondit Lilly. Tu verras que dans six mois tu auras changé d'avis.

— Si elle doit épouser un vicomte, elle n'aura pas le temps de s'habituer au métier, remarqua Rosamund. Mais pourquoi le duc s'est-il chargé de te recruter pour son cousin ? C'est bizarre.

— Ce cousin a peut-être des goûts particuliers, suggéra Emma. Parfois, ils font appel à des courtisanes parce que les femmes respectables refusent de se plier à leurs caprices sexuels. Tu devrais chercher à savoir où tu mets les pieds avant de t'engager.

Juliana ne pouvait pas leur expliquer qu'elle

était victime d'un chantage et qu'elle serait obligée de satisfaire les exigences du duc. Elle ne pouvait pas davantage leur avouer que ses nobles protestations sur le sort misérable des courtisanes n'était qu'un vœu pieux. Elle avait encore moins de liberté qu'elles pour choisir son destin.

— Sa Grâce vous ordonne de les rejoindre, elle et Mme Dennison, dans le petit salon, annonça Garston en apparaissant sur le seuil.

Ordonne, et non pas demande. Juliana se releva. Elle devait obéir aux *ordres* de Sa Grâce.

Elle entra dans le petit salon sans frapper.

— Ah, c'est vous, Juliana !

Élisabeth semblait surprise.

— Est-ce si étonnant, madame ? Je croyais pourtant qu'on m'avait appelée.

Richard esquissa un sourire. Juliana semblait avoir retrouvé son impertinence. Il s'avança à sa rencontre.

— Venez vous asseoir, mignonne, dit-il en lui prenant la main pour la baiser.

Puis, relevant la tête, il l'embrassa sur les lèvres.

Cela ressemblait à un salut chaleureux, mais Juliana prit ce geste pour ce qu'il signifiait : une marque publique de possession. Elle détourna la tête en frissonnant.

— Ma chère, quelqu'un a posé des questions sur vous à l'auberge de la Cloche, annonça Mme Dennison. Savez-vous de qui il peut s'agir ?

Juliana se sentit blêmir. Ils avaient suivi sa trace jusqu'à Londres... Elle secoua la tête.

— Ce monsieur semblait affirmer que vous veniez de Winchester et non d'York, ajouta le duc. Il vous a décrite avec précision, mais peut-être avez-vous un sosie...

— Ne jouez pas avec moi, monseigneur, répondit Juliana. C'est vrai, je venais de Winchester. Qu'est-ce que cela change ?

— Rien, admit le duc. Qui pourrait vous rechercher, à part les policiers ?

— Mon tuteur, sans doute. Sir Brian Forsett.

— Il s'agissait d'un homme plutôt jeune, précisa Élisabeth. Corpulent et... assez fruste, d'après l'aubergiste.

— George, laissa tomber Juliana. Mais pourquoi veut-il me retrouver ? Je croyais que ma disparition arrangeait tout le monde, ajouta-t-elle dans un murmure.

Richard vit ses yeux se voiler de tristesse. A sa propre surprise, il eut soudain envie de la serrer dans ses bras pour la réconforter.

Une seule autre femme lui avait inspiré un tel désir. Paméla Cartwright. Elle l'avait flatté, lui, le jeune homme sans expérience, en le choisissant pour amant alors que tant d'hommes mûrs et plus expérimentés étaient à ses pieds. Et il avait mis longtemps à réaliser que Paméla était uniquement intéressée par sa fortune. Il lui avait acheté chaque baiser, chaque caresse, en se persuadant qu'elle le payait de son amour en retour. Il avait eu une confiance aveugle en elle, et elle s'était jouée de sa naïveté.

Mais tout cela appartenait au passé. Désormais, il n'avait plus rien d'un adolescent idéaliste et romantique.

— Ne soyez pas idiote, dit-il brutalement. Vous ne pouvez pas imaginer disparaître subitement de la surface de la terre sans qu'un membre de votre famille essaye de retrouver votre trace.

— Pourquoi pas ? rétorqua Juliana. Mon tuteur et sa femme étaient ravis de se débarrasser de moi. Je les vois mal partir à ma recherche. Surtout que je suis soupçonnée de meurtre. Je crois plutôt qu'ils m'ont déjà reniée.

Malgré son ton détaché, Richard devinait qu'elle avait souffert de ne pas avoir été aimée par ses tuteurs.

— Ce George, est-il membre de votre famille ? demanda Élisabeth.

— C'est le fils de mon mari, expliqua Juliana. Il veut sans doute me retrouver pour obtenir l'annulation du contrat de mariage. Il était scandalisé par ses clauses.

— Ahhh... soupira Richard, l'argent ! Voilà un motif suffisant. Est-il intelligent ?

— Il ne raisonne pas. C'est une brute obstinée. Quand il a une idée en tête, il ne la lâche pas. C'est un bon chien de chasse.

— Alors je pense que nous n'avons rien à craindre de lui. Dès que vous serez devenue la vicomtesse d'Edgecombe, vous serez à l'abri de ce rustaud.

— Mais pas à l'abri du duc de Redmayne, rétorqua Juliana, du tac au tac.

Richard la regarda un moment en silence, avant de se tourner vers Élisabeth.

— Si vous demandiez à M. Copplet de passer dès aujourd'hui, nous pourrions en finir rapidement avec les formalités. Plus vite Juliana sera établie, et plus vite elle sera en sécurité.

— Établie en tant que quoi ? intervint Juliana. Vais-je être mariée par un prêtre défroqué ?

— Qui a pu vous mettre une telle idée en tête ? demanda Richard, visiblement stupéfait.

— Quelle ingrate ! déclara Élisabeth en lançant un regard de reproche à Juliana. Se montrer si effrontée après tout ce qu'on lui offre !

— Oh, épargnez-moi votre hypocrisie, madame. Appelons un chat un chat : par votre faute, je suis devenue une prostituée.

Elle tourna brusquement les talons, ouvrit la porte à la volée et la claqua derrière elle. Malheureusement, elle coinça le bas de sa robe dans la porte, ce qui atténua considérablement l'effet théâtral de sa sortie, car elle dut rouvrir le battant pour se libérer.

Le duc de Redmayne sortit sa tabatière et prisa.

— Je prévois quelques mois de fortes turbulences, lâcha-t-il avec nonchalance. Mais, après tout, cela peut se révéler intéressant. (Il se leva.) Je reviendrai la voir ce soir. En attendant, confinez-la dans sa chambre. Je ne voudrais pas qu'elle entende davantage les ragots des autres filles.

— Et pour l'homme de loi, Votre Grâce ? demanda Élisabeth en le raccompagnant.

— Dites à Copplet de passer chez moi dès que vous aurez approuvé son contrat. Le mariage doit avoir lieu le plus tôt possible. Et n'oubliez pas de rassurer Juliana à ce propos. Je ne voudrais pas qu'elle s'imagine que je cherche à la duper.

— Je n'arrive pas à imaginer qui a pu lui mettre cette idée en tête.

— Moi non plus, répondit sèchement le duc. Au revoir, madame.

Mme Dennison le regarda descendre l'escalier, songeuse, avant de rejoindre Juliana dans sa chambre.

Elle la trouva occupée à délacer sa robe.

— Vous auriez dû demander à Bella de vous aider.

— J'ai l'habitude de me débrouiller seule, répondit Juliana. Vous vouliez me parler, madame ?

— Sa Grâce a ordonné que vous restiez dans votre chambre jusqu'à son retour.

Juliana s'assit sur le lit.

— Pourquoi ?

— Il était très choqué qu'on vous ait parlé des prêtres défroqués. Il préfère que vous n'entendiez plus de telles billevesées.

Juliana haussa les sourcils.

— Des billevesées, vraiment ? Dois-je croire que les autres m'ont menti, madame ?

— Non, avoua Élisabeth. Ces pratiques existent, mais les filles qui sortent de cette maison ne risquent pas ce genre de déconvenues. Et Sa Grâce est un homme d'honneur.

— Pouah ! s'exclama Juliana avec dégoût. Sa proposition n'a pourtant rien d'honorable.

— Oh, c'est à désespérer de vous, ma fille ! Inutile de discuter plus longtemps. Me donnez-vous votre parole de rester dans votre chambre, ou dois-je vous enfermer à clé ?

— Je ne m'enfuirai pas. Fermez à clé si vous voulez, ça ne changera rien à mon sort. De toute façon, je suis votre prisonnière.

Élisabeth préféra ne rien répondre. Elle sortit en claquant la porte derrière elle.

Allongée sur son lit, Juliana repensa au duc de Redmayne. C'était un homme autoritaire, habitué à ce que rien ne lui résiste. Et depuis le début de cette affaire, il lui avait clairement fait comprendre qu'il entendait bien arriver à ses fins.

Juliana se demanda comment elle aurait réagi s'il s'y était pris autrement avec elle. S'il lui avait *demandé* de réfléchir à sa proposition, au lieu, d'emblée, de la menacer de chantage. Sans doute aurait-elle considéré son offre sous un autre angle. Celui d'un partenariat dans lequel les deux parties trouveraient leur compte, par exemple. Après tout, ce n'était pas pire que d'avoir à supporter le poids de sir John Ridge nuit après nuit...

Le duc de Redmayne se conduisait en tyran arrogant, mais dès qu'il touchait Juliana, son corps s'embrasait. Vue sous cet angle, la relation qu'il lui proposait n'était pas désagréable à envisager. Juliana pressentait même qu'elle y prendrait goût. Mais, bien sûr, il était exclu qu'elle le lui montre, songea-t-elle en retrouvant le sourire.

Après le dîner, qu'elle avait pris seule dans sa chambre, Juliana vit revenir Bella.

— Mme Dennison m'envoie vous porter ce déshabillé, annonça-t-elle. Regardez comme il est joli.

Juliana le contempla sans pouvoir cacher son admiration. C'était une délicieuse architecture de dentelles, de rubans et de petites fleurs brodées. Encore une acquisition du duc ?

Bella confirma involontairement ses soupçons.

— C'est pour la visite du duc, expliqua-t-elle. Je vais vous aider à le mettre.

— *Maintenant ?*

Malgré ses bonnes résolutions de la journée, Juliana sentit son sang se glacer dans ses veines. C'était trop tôt. Elle n'était pas prête.

— Sa Grâce arrivera après le thé, précisa Bella. Mme Dennison m'a aussi demandé de vous apprendre à vous parfumer. (Elle posa une petite fiole sur la coiffeuse, avant d'ajouter :) Nous en mettrons juste derrière vos oreilles, vos genoux et entre vos seins. Certains gentlemen aiment sentir le parfum à d'autres endroits, mais Sa Grâce vous dira lui-même ce qu'il souhaite. Mlle Rosamund a fréquenté un gentleman qui voulait qu'elle en mette entre ses doigts de pieds, parce qu'il adorait les lécher. (Elle pouffa.) Ça la chatouillait, mais elle n'osait pas éclater de rire devant lui.

Juliana laissa Bella la déshabiller en gardant le silence. Les propos de la domestique lui rappelaient étrangement les soins que les fermiers de Winchester réservaient aux bêtes qu'ils présentaient dans les comices agricoles.

— Je me demande si nous ne devrions pas mettre un peu de rouge sur vos tétons, reprit Bella. Beaucoup d'hommes aiment ça, mais j'ignore ce qu'en pense Sa Grâce. (Elle versa de l'eau chaude dans la bassine et mouilla une serviette.) Je vais vous laver un peu. Mme Dennison tient beaucoup à la propreté. Elle a raison : nous n'avons jamais eu besoin de traitement au mercure, ni des petites pastilles du Dr Leakey.

— A quoi servent-elles? demanda Juliana, rompant son silence.

— Contre la vérole, bien sûr, répondit Bella, surprise. Vous ne savez donc pas ce que c'est?

— Pas précisément, avoua Juliana.

— Oh, nos jeunes filles n'ont pas à s'inquiéter là-dessus, assura Bella en frictionnant Juliana avec la serviette chaude. C'est une maison respectable. Avec des clients au-dessus de tout soupçon. Il n'y a jamais de maladies ici.

— Quel soulagement de l'apprendre! murmura Juliana en s'abandonnant aux mains expertes de Bella.

La domestique savait manifestement comment préparer une courtisane pour son client. Elle essuya Juliana avant de déposer quelques gouttes de parfum aux endroits appropriés.

— Et pour le rouge, mademoiselle ? demanda-t-elle en ouvrant un petit pot d'albâtre. (Elle trempa son doigt dedans et l'approcha de la poitrine de Juliana.) Juste une touche.

Juliana se recula.

— Non ! s'écria-t-elle, révoltée. Je peux endurer certaines choses, mais il y a des limites.

Bella sembla déçue, mais elle s'essuya le doigt avec la serviette.

— Voulez-vous que je peigne vos ongles ?

— Non, répéta Juliana. Ni peinture, ni rouge, ni poudre. Rien. Donne-moi simplement le déshabillé.

Bella aida Juliana à enfiler le vêtement et se recula pour juger de l'effet.

— Comme il est sobre ! murmura-t-elle, étonnée. Il ne montre rien de votre corps. Sa Grâce a des goûts bien sages. Certains clients veulent que les filles s'habillent en petites filles... et lord Tarkleton les préfère déguisées en nonnes. Les gentlemen sont des hommes étranges.

Juliana s'examina dans la glace. « Sobre » était bien le mot qui convenait, mais en apparence seulement. Le satin était si fin qu'il épousait ses courbes, et à chacun de ses mouvements le déshabillé virevoltait autour d'elle dans un doux bruissement. C'était un vêtement conçu pour séduire.

Dieu du ciel, voilà qu'elle raisonnait encore comme une courtisane ! Elle fit pourtant quelques pas dans la pièce, pour admirer le tombé du tissu. Le parfum commençait à lui monter à la tête et elle frissonna d'excitation.

— Vos cheveux, mademoiselle, avisa Bella en s'emparant de la brosse. Je vais les démêler.

Juliana s'allongea sur l'ottomane sans protester. Elle avait renoncé à montrer son indépendance pour ce soir. Puisque de toute façon on la préparait pour le duc, autant le faire le mieux possible. Elle laissa Bella nouer un ruban dans ses cheveux afin qu'ils cascadent librement sur ses épaules sans retomber sur son visage.

— Je ressemble à une jeune bergère vierge, murmura Juliana en découvrant le résultat dans le miroir que lui tendait Bella.

Curieusement, cette idée accrut encore son excitation.

— Pure et innocente, renchérit Bella. J'espère que Sa Grâce vous désire ainsi. (Elle ramassa la serviette et la bassine, avant d'ajouter :) Je descends ceci et je reviens avec les rafraîchissements.

Après son départ, Juliana s'approcha de la fenêtre. Le soir tombait, et des bruits lui parvenaient de la place toute proche. Une musique de fifres et de tambourins se détachait de la cacophonie générale.

Elle attendait le duc de Redmayne, mais peut-être se trouvait-il déjà dans les murs. La sonnette avait retenti plusieurs fois, depuis une heure, et la maison commençait à s'animer, comme chaque fin de journée.

— Me revoilà, annonça Bella.

Elle entra, suivie d'un laquais portant un grand plateau chargé de vaisselle, de bouteilles et de plats. Il déposa son fardeau sur la table en évitant soigneusement de regarder Juliana, parée pour séduire. Il devait obéir aux consignes de la maison, songea-t-elle en le voyant disparaître aussi rapidement qu'il était entré.

Bella dressa le couvert.

— Sa Grâce aime beaucoup le bordeaux, expliqua-t-elle. M. Garston a choisi un de ses millésimes préférés, il ne devrait donc pas y avoir de problème. La limonade est pour vous, sauf si le duc vous propose de boire du vin avec lui. Pour souper, il y a du homard et des asperges. Sa Grâce les adore en vinaigrette. Et comme dessert, des fraises.

Juliana n'avait pas de goût particulier pour les asperges, et elle détestait les crustacés. Mais, bien sûr, ses préférences n'avaient aucune importance. En revanche, elle aimait les fraises. Cependant, elle se sentait trop nerveuse pour songer à dîner.

— Je crois que c'est tout, reprit Bella en inspectant minutieusement la chambre. La question est de savoir s'il faut ouvrir le lit dès maintenant. Certains gentlemen aiment croire qu'ils vont se laisser séduire et ne veulent pas entrer dans une chambre où tout est déjà prêt. Mais les autres détestent perdre du temps.

— Laisse-le comme il est, intervint Juliana.

Elle se refusait à attendre le duc en ayant sous les yeux un lit défait.

— Alors, tout est prêt, déclara Bella. Si vous avez besoin de quoi que ce soit, tirez le cordon. Je frapperai avant d'entrer.

— Merci, Bella, répondit Juliana avec un faible sourire.

— Et bien sûr, je reviendrai vous voir dès que le duc sera parti. (Elle recula vers la porte.) Je suis sûre que vous aurez envie d'un bon bain chaud et salé, ajouta-t-elle avec un sourire complice.

Après son départ, Juliana resta au milieu de la

pièce, les bras croisés. Un bain salé, évidemment! Combien de jeunes vierges étaient ainsi passées entre les mains de Bella? Toutefois, Juliana commençait à penser que perdre sa virginité dans cette maison confortable et dévolue au plaisir n'était pas pire que d'avoir dû endurer les assauts de sir John Ridge après un banquet de noces où les convives avaient rivalisé de plaisanteries paillardes. Cependant, elle ignorait à peu près tout de ce qui l'attendait. Lady Forsett n'avait pas jugé utile de l'instruire sur le devoir conjugal, et Juliana n'avait pas eu le loisir d'en apprendre beaucoup plus lors de sa nuit de noces.

La porte se rouvrit et elle eut juste le temps de décroiser les bras. Le duc de Redmayne entrait, sourire aux lèvres.

9

— C'est parfait, approuva Richard en lui prenant la main. Je suis ravi de constater que vous n'êtes pas maquillée. J'avais oublié de préciser à Mme Dennison que je déteste les artifices du rouge ou de la poudre... du moins sur vous.

Il se recula d'un pas, sans lâcher sa main, pour l'admirer.

— Vos goûts semblent très arrêtés, monseigneur, commenta Juliana d'une voix qu'elle espérait neutre.

Elle avait bien du mal à ne pas rougir sous son regard.

— Pas plus que ceux de la plupart des hommes. En fait, mes goûts changent selon les circonstances, ou mon humeur du jour. Du reste, vous ne tarderez pas à vous en apercevoir.

— J'espère que je saurai satisfaire Sa Grâce en toute occasion, répondit Juliana.

Elle baissa les yeux, pour qu'il ne les voie pas briller de colère, mais il lui releva le menton, et elle fut bien obligée de croiser son regard. Il éclata de rire.

— On dirait que vous aimeriez me voir griller en enfer, remarqua-t-il.

— Malheureusement, je n'ai pas de fourche à ma disposition, ne put-elle s'empêcher de répliquer.

— Vous ai-je offensée? Dans ce cas, je vous demande pardon.

Il était devenu soudain si prévenant que Juliana se trouva désarçonnée. Avant qu'elle ait pu reprendre ses esprits, il l'avait embrassée sur les lèvres. Ce n'était qu'un petit baiser, lèvres contre lèvres, mais elle en frissonna.

— Il m'arrive souvent de me montrer trop autoritaire, dit Richard avec gravité. C'est une conséquence de mon éducation, mais je ne vous interdis pas de me remettre à ma place quand le lieu et le moment s'y prêtent.

— Et quand s'y prêtent-ils?

— Dans des occasions comme celle-ci, par exemple. Lorsque nous sommes seuls et que nous avons une conversation... intime.

Juliana se détendit un peu et Richard lui libéra la main en souriant. Il s'approcha de la table pour se servir à boire.

— Désirez-vous du vin, Juliana?

— Oui, s'il vous plaît.

Elle avait besoin d'un remontant, et elle avala

d'un trait le verre que Richard lui tendit. Il fronça les sourcils.

— Avez-vous peur, mignonne ?

— Non, répondit-elle bravement, sans toutefois réussir à cacher le tremblement de ses mains.

Richard s'assit sur le bord de la table, son verre à la main. Il la sondait du regard.

— Racontez-moi comment s'est passée votre nuit de noces.

Juliana avala péniblement sa salive.

— Vous voulez dire... à part l'épisode de la bouillotte ?

— Oui.

— Que voulez-vous savoir exactement ?

— J'aimerais comprendre certaines choses. Votre mari vous a-t-il donné du plaisir d'une quelconque façon ?

Juliana secoua la tête. Sir John s'était simplement allongé sur elle.

— Étiez-vous nus ?

Elle hocha la tête.

— Donc, vous savez à quoi ressemble le corps d'un homme ? demanda-t-il, avec un détachement presque clinique.

— Je sais surtout à quoi cela doit ressembler de périr écrasée, répondit Juliana.

En fait, elle n'avait pratiquement gardé aucun souvenir de cette demi-heure atroce, sinon l'acharnement de sir John à tenter quelque chose que, visiblement, il avait du mal à mener à bien, cependant qu'elle étouffait sous lui.

Richard hocha la tête, songeur.

— Alors, nous dirons que vous ne savez rien du tout.

Il reposa son verre et s'assit sur l'ottomane en

faisant signe à Juliana de le rejoindre. Elle s'approcha timidement.

Le duc l'attira entre ses genoux et, d'un mouvement sûr, dénoua la ceinture de son déshabillé. Le vêtement s'ouvrit et, sans la moindre hésitation, il en écarta les pans pour admirer sa nudité. Juliana frissonnait, mais dès qu'il la toucha elle sentit son sang s'enflammer dans ses veines. Les mains du duc étaient chaudes, solides, expertes. Il lui caressa longuement les hanches, avant de remonter le long de son ventre, jusqu'à ses seins.

Quand il se pencha pour lui embrasser un téton, Juliana sentit une onde de plaisir lui traverser le corps. Elle fut prise de panique à l'idée de s'abandonner totalement, car elle craignait de perdre une partie d'elle-même. Cependant, elle comprit qu'elle ne pourrait pas résister longtemps aux sensations que le duc faisait naître en elle. Elle se sentait les jambes en coton. Son corps la trahissait. Elle se serra instinctivement contre Richard.

— Viens, souffla-t-il après un long silence.

Il la porta dans ses bras pour l'allonger sur le lit et resta un moment à la contempler.

Juliana ferma les yeux. Comment était-ce arrivé ? Comment avait-elle pu s'abandonner aussi facilement ?

— Ouvre les yeux, Juliana.

Elle obéit, presque involontairement. Richard ôta son manteau et commença à déboutonner son gilet.

Juliana s'assit sur le lit. Elle le regardait avec une curiosité naïve enlever ses vêtements un à un avant de les poser sur un fauteuil. Elle eut à peine le temps de réaliser qu'il était torse nu, qu'il se débarrassait déjà de ses culottes et de son caleçon.

Juliana sentit sa gorge se serrer. Le corps du duc de Redmayne était à la fois vigoureux et élancé, sa musculature parfaitement dessinée. Il avait les épaules larges, mais les hanches étroites, et un petit sillon de poils descendait sur son ventre et s'évasait en triangle à la naissance de ses cuisses. Le regard de Juliana s'arrêta sur sa virilité érigée...

— Eh bien, mademoiselle ? (Il sourit, amusé par la curiosité et l'excitation qu'il lisait dans ses yeux.) Ai-je l'heur de vous plaire ?

Juliana aurait voulu qu'il se tourne pour admirer son dos, mais elle n'osa pas le lui demander. Elle hocha la tête.

Comme s'il avait lu dans ses pensées, il pivota lentement sur ses talons. Impulsivement, Juliana tendit la main pour lui toucher les fesses. Elle sentit ses muscles se durcir sous ses doigts.

— Vous êtes très différent de moi...

— Rendons-en grâce à Dieu, fit-il en se retournant. (Il se pencha sur elle pour achever de lui enlever son déshabillé.) Maintenant, nous sommes à égalité, ajouta-t-il en laissant tomber le vêtement à terre avant de s'allonger près d'elle.

Juliana n'avait pas peur. Elle avait même oublié les raisons qui l'avaient conduite à partager ce lit avec le duc. A présent, la curiosité et l'excitation l'emportaient sur tout le reste. Spontanément, elle tendit la main pour toucher son érection. Le duc gémit de plaisir, et Juliana s'enhardit à le caresser. Sa propre excitation croissait à mesure qu'elle sentait sa virilité durcir entre ses doigts. Elle releva la tête et comprit à son regard chaviré de plaisir qu'elle était sur la bonne voie. Elle accentua encore ses caresses, jusqu'à ce que Richard écarte brutalement sa main.

— Ça suffit, dit-il d'une voix rauque.

— Mais pourquoi ? Je sais que vous aimez ça.

Richard éclata de rire.

— Vous avez encore certaines choses à apprendre, mignonne, chuchota-t-il en insinuant un genou entre ses cuisses.

Instinctivement, Juliana écarta les jambes. Mais une subite appréhension la fit tressaillir tandis qu'il commençait à la pénétrer.

— Détends-toi, Juliana, murmura-t-il. Ça ira mieux dans une minute.

Il se retira un peu, avant de s'enfoncer plus profondément en elle. Juliana poussa un cri, mais presque aussitôt sa douleur se mua en un plaisir qui devint de plus en plus intense à mesure que son corps s'accordait à celui du duc, tous deux ondulant bientôt au même rythme. Leur jouissance explosa à l'unisson et, l'espace d'une fraction de seconde, Juliana se crut propulsée dans les étoiles.

Ils restèrent un moment enlacés, l'un dans l'autre, leurs sueurs mêlées, puis Richard roula doucement sur le côté. Juliana émit un petit murmure de protestation et se lova contre lui. Il passa un bras derrière sa nuque, pour qu'elle puisse reposer sa tête au creux de son épaule. Elle s'endormit presque aussitôt, et Richard en profita pour la contempler longuement.

Il s'émerveillait encore de la passion avec laquelle elle lui avait répondu. Il avait cherché à provoquer son désir, pour qu'elle perde sa virginité en souffrant le moins possible, et il avait voulu prendre son propre plaisir, comme avec n'importe quelle autre femme. Mais il n'avait pas prévu qu'elle l'émouvrait autant. Ce mélange curieux d'innocence et de spontanéité, de retenue et d'abandon avait décuplé son désir.

Une pensée lui traversa soudain l'esprit : il eut l'intuition qu'il avait trouvé quelqu'un à aimer. C'était une étrange idée. Extravagante, même. La seule autre fois où il avait ressenti la même joie, il avait été trahi dans ses sentiments et il s'était juré de ne plus jamais s'y laisser prendre.

Juliana rouvrit les yeux et s'étira voluptueusement.

— J'ai dormi longtemps ? demanda-t-elle d'une voix ensommeillée.

— Environ cinq minutes. (Il dégagea son bras et se leva d'un bond pour s'approcher de la table.) Un peu de vin, mignonne ?

— Oui, volontiers.

Juliana s'étira encore avant de s'asseoir. Elle vit alors qu'un peu de sang avait coulé sur sa cuisse, et aussi sur le lit.

— Zut ! Nous aurions dû retirer la couverture.

Richard revenait avec un verre de vin. Il s'amusa de voir Juliana troublée par un souci domestique. Il posa le verre et s'empara d'une serviette qu'il trempa dans l'eau du broc.

— Je vais nettoyer vos jambes.

Intimidée, Juliana voulut lui prendre le linge des mains, mais il l'en empêcha.

— Laissez-moi faire.

Il lui écarta doucement les cuisses, et Juliana ne chercha plus à résister quand elle découvrit qu'il prenait du plaisir à la laver. Il avait transformé une corvée de toilette en un exercice délicieusement érotique.

— Ce n'était pas si désagréable, finalement ? demanda-t-il avec un sourire provocateur quand il eut terminé.

— Je me sentais toute bizarre, avoua Juliana. Comme si je flottais dans les airs.

— Peut-être qu'un bon souper vous ramènera sur terre.

Richard ouvrit la penderie et en tira une robe de chambre masculine en velours. Il l'enfila et ramassa le déshabillé de Juliana.

— Remettez-le, au moins pour le moment.

Juliana obéit, méditant la promesse contenue dans ce « pour le moment ». Elle se demanda vaguement depuis combien de temps la robe de chambre de Richard se trouvait dans la penderie.

Quand elle se fut rhabillée, elle prit le verre de vin qu'il lui tendait, mais elle se refusa à partager le homard et les asperges avec lui, se contentant d'une coupe de fraises.

— Je suppose que nous devrions rapidement organiser le mariage, hasarda-t-elle pour rompre le silence. Si je suis enceinte, il faudra expliquer pourquoi l'enfant est né si tôt.

Richard fronça les sourcils.

— Nous n'avons pas besoin de parler de cela ce soir, Juliana.

— Mais puisque c'est la raison de notre... (Elle se reprochait déjà d'avoir abordé ce sujet, mais elle ne savait plus comment s'en sortir.) J'aurais dû me taire. Excusez-moi, je manque encore d'expérience dans l'art de plaire aux hommes. Quand je serai habituée à vivre dans cette maison, je suis sûre que cela ne se reproduira plus.

Le duc la regarda un moment, avant d'éclater de rire.

— Décidément, vous êtes toujours aussi provocante, dit-il. Reprenez donc des fraises.

Juliana hésita puis, avec un haussement d'épaules, se resservit une coupe. Richard termina son homard, s'essuya avec sa serviette et s'adossa à sa chaise.

— Compte tenu des circonstances, le mariage ne peut plus attendre, annonça-t-il. Vous trouverez dans la poche de mon manteau quelque chose qui devrait beaucoup vous intéresser.

Juliana alla vers le fauteuil où il avait posé ses vêtements. Elle fouilla dans son manteau et en tira une feuille pliée en deux.

— Qu'est-ce que c'est?

— Regardez.

Juliana déplia le papier.

— Oh! C'est moi?

— Il me semble, en effet.

Juliana regarda de nouveau le portrait. C'était un dessin exécuté à la hâte, mais très ressemblant. L'artiste avait dû avoir une description très précise de son visage.

— Où avez-vous trouvé cela?

— Il y en a dans toute la ville.

Juliana lut le texte qui accompagnait le dessin.

On recherche, pour le meurtre de son mari, Juliana Ridge, originaire du village d'Ashford, dans le Hampshire. Une récompense sera offerte à toute personne susceptible d'apporter des informations à son sujet. Contacter sir George Ridge, à l'hôtel du Cygne.

— Je me demande combien il est prêt à offrir, murmura Juliana.

Le duc secoua la tête.

— Peu importe. Vous ne pouvez plus courir le risque de sortir de cette maison tant que vous n'aurez pas épousé Lucien. C'est pourquoi je veux que tout soit terminé d'ici la fin de la semaine.

— Je vois. Et que vais-je penser de votre cousin?

— Il vous répugnera, sans l'ombre d'un doute, mais vous n'aurez aucune intimité avec lui. Vous habiterez tous les deux chez moi, mais dans des appartements séparés, et Lucien ne viendra jamais vous rendre visite.

— J'imagine que dès que je serai enceinte, vous en ferez autant, monseigneur ?

— Cela dépendra de vous. (Il replia sa serviette, en se demandant pourquoi sa question l'avait troublé.) Il n'est pas impossible que je fasse de vous ma maîtresse, après la mort de Lucien. Cela pourrait s'arranger discrètement. Après tout, on trouverait normal que je m'intéresse à la jeune et jolie veuve de mon cousin, dès lors qu'elle se retrouvera habiter seule, et sous mon toit.

— Je vois. La maîtresse en titre du duc de Redmayne. Mon sort sera envié !

— Je refuse de discuter plus longtemps avec vous, déclara le duc en se relevant.

— Mais ne pouvez-vous donc pas comprendre ce que je ressens ? s'écria Juliana.

Richard la regarda. Ses beaux yeux verts semblaient désespérés.

— Je suppose que si, répondit-il. Ayez confiance en moi. Je ne veux vous causer aucun tort. Bien au contraire.

Il se rhabilla en silence, puis revint l'embrasser sur les lèvres.

— Je crois qu'il y aura au moins eu un moment, ce soir, où vous ne souhaitiez plus me voir griller en enfer, ironisa-t-il. Je me trompe ?

Juliana secoua la tête.

— Ne partez pas, dit-elle, soudain certaine de ce qu'elle désirait.

— Si. C'est préférable, pour l'instant.

Juliana n'ajouta rien, et il sortit.

Restée seule, elle termina son verre de vin en méditant sur ce qui venait de se passer. Apparemment. Sa Grâce, le duc de Redmayne, n'appréciait pas qu'une femme ose le défier, et encore moins le contredire. Dans ce cas, il avait fait le mauvais choix, car Juliana n'était pas disposée à infléchir son caractère pour répondre à l'idée que le duc se faisait d'une maîtresse.

Doux Jésus! Elle était devenue sa maîtresse! La maîtresse d'un duc... Elle se laissa tomber sur le lit, prenant soudain pleinement conscience de ce qui lui arrivait. Les courtisanes aimaient-elles leur métier? En retiraient-elles toujours autant de plaisir que Juliana ce soir? Son intuition lui disait que non. Elle était même convaincue que la femme de John Ridge non plus. S'il n'était pas mort la première nuit, elle aurait dû endurer ses pesants assauts pendant des années sans jamais connaître cette ivresse qu'elle avait découverte dans les bras du duc de Redmayne.

Cela voulait-il dire qu'elle devait accepter son sort en se réjouissant? Et sans combattre? Certainement pas!

10

Le lendemain matin, Juliana fut appelée par Mme Dennison dans son salon. Elle y retrouva le duc, et un petit homme replet, John Copplet, qu'Élisabeth lui présenta comme l'homme de loi chargé de rédiger son contrat de mariage.

Copplet s'inclina cérémonieusement devant Juliana, en évitant toutefois de la regarder. Il semblait mal à l'aise, et elle en conclut qu'il n'avait pas l'habitude de fréquenter les maisons comme celle des Dennison.

— Bonjour, mignonne.

Debout devant la cheminée, dans un costume de soie rouge sombre bordé d'argent, le duc la regardait en souriant. Juliana se demanda quelle attitude adopter après leur entrevue de la veille. Ils ne s'étaient pas quittés en mauvais termes, mais pas non plus comme des amoureux. Malicieusement, elle s'inclina profondément devant lui, feignant une humilité exagérée. Richard lui baisa la main en l'aidant à se relever.

— J'ai beau être duc, ma chère, je ne mérite pas les révérences qu'on destine aux altesses royales, dit-il. Mais je suis ravi de constater que vous teniez à me saluer avec autant de soumission.

Il riait presque, et Juliana ne put s'empêcher de lui répondre par une grimace. A l'avenir, elle ferait bien de se méfier si elle voulait damer le pion au duc de Redmayne ; il était très habile à ce genre de petit jeu.

— J'espère que vous avez bien dormi, ajouta-t-il.

— J'ai le sommeil très facile.

Sans cesser de sourire, il lui désigna un siège.

— Asseyez-vous. M. Copplet s'apprêtait à lire la partie du contrat vous concernant.

L'avocat s'éclaircit la voix et, sur un geste du duc, commença sa lecture.

Le contrat comportait toute une série de clauses dont la plupart étaient déjà connues de

Juliana. Elle s'efforça de rester impassible pendant que l'homme de loi les énumérait une à une.

Rien n'avait été laissé au hasard. Dans l'hypothèse où Juliana n'aurait pas donné naissance à un enfant avant la mort du vicomte d'Edgecombe, elle recevrait une généreuse pension prélevée sur l'héritage de son défunt mari. Si, comme le duc l'espérait, elle enfantait dans les temps, elle continuerait d'habiter chez le duc avec l'enfant. Mais Sa Grâce aurait seule autorité sur lui. Sa mère serait consultée sur toutes les décisions le concernant, mais en dernier ressort ce serait toujours le duc qui trancherait.

Tout cela était parfaitement normal. D'après la loi, les enfants dépendaient uniquement de leur père. Cependant, Juliana trouvait désagréable de s'entendre dire dans des termes aussi froids qu'elle n'aurait aucun droit sur son enfant.

— Et si c'est une fille ? demanda-t-elle.

— Ça ne change rien, répondit le duc. Le titre ira à Godfrey, le cousin de Lucien, mais rien n'empêche une fille d'hériter de la propriété de son père.

— Or, c'est uniquement la propriété qui vous intéresse ?

— En effet.

Juliana hocha la tête avant de se tourner vers l'homme de loi.

— Est-ce tout, monsieur ?

— En ce qui vous concerne, oui.

— Pourriez-vous me dire pour quelle somme Mme Dennison m'a vendue ? demanda-t-elle avec l'air de la plus parfaite innocence. J'aimerais savoir à combien on m'a estimée.

L'homme de loi devint cramoisi et Élisabeth fronça les sourcils.

— Vous importunez M. Copplet, Juliana.

— Pourtant, il doit bien le savoir, puisque c'est lui qui a rédigé le contrat, répliqua Juliana.

— Trois mille guinées, annonça le duc d'un air détaché. C'est une jolie somme, vous en conviendrez, ajouta-t-il en la déshabillant littéralement du regard.

— Je suis très flattée, monseigneur. J'espère que vous ne regretterez pas votre investissement.

Richard sourit.

— C'est peu probable, mignonne.

— Je ne pense pas que George fasse monter les enchères aussi haut, reprit Juliana. Et bien sûr, je vais au plus offrant.

— Mesurez vos paroles, Juliana, la mit en garde Richard.

— Si vous voulez bien signer les papiers, mademoiselle... intervint l'avocat, qui semblait impatient d'en finir.

— Ce que je veux n'a aucune importance, monsieur, lui répondit Juliana. Seule compte la volonté de Sa Grâce, dans cette affaire.

— Assez d'impertinences, Juliana, la tança Élisabeth en se levant. (Elle prit le contrat des mains de l'homme de loi, choisit un porte-plume sur le bureau et tendit le tout à Juliana.) Signez, maintenant.

Juliana relut délibérément chaque clause avant d'apposer son paraphe au bas du contrat. Elle avait conscience que ce document l'engageait pour des années. Peut-être même pour le restant de ses jours. Quand elle eut terminé, M. Copplet récupéra les papiers qu'il marqua de son sceau.

— Eh bien, je crois que tout est en règle, madame, dit-il. (Il se tourna vers le duc :) Si Sa Grâce est satisfaite...

— Parfaitement, Copplet, je vous remercie. Mais j'ai encore autre chose à vous demander.

— Bien sûr, Votre Grâce, tout ce que vous voudrez, répondit l'avocat, vaguement inquiet.

— J'aimerais que vous serviez de témoin au mariage de Juliana avec le vicomte d'Edgecombe. La cérémonie aura lieu dans moins de deux heures, à l'église St. James. Je peux vous y conduire dans ma voiture, si vous le souhaitez.

— Mais vous aviez dit à la fin de la semaine ! protesta Juliana, choquée.

— J'ai préféré accélérer les choses... dans votre intérêt. Avez-vous une objection ?

Juliana secoua la tête.

— Non. De toute façon, cela ne changerait rien.

— Je savais que vous vous montreriez raisonnable, approuva Élisabeth. Remontez dans votre chambre pour vous préparer. Sa Grâce vous a choisi une robe de mariée de toute beauté.

Juliana avait accepté sa proposition moins de quarante-huit heures plus tôt ! Mais elle commençait à s'habituer à la célérité du duc en affaires. Elle regagna sa chambre.

Élisabeth avait raison. La robe était somptueuse. C'était une superposition de soie ivoire coupée en bustier et brodée de fils d'argent. Bella passa plus d'une demi-heure à retoucher l'ourlet à la bonne longueur, sous le regard sourcilleux de Mme Dennison, puis elle fixa dans les cheveux de Juliana un diadème incrusté de perles qui retenait son voile.

Quand ce fut terminé, Juliana releva son voile et vint s'admirer devant la glace. Elle s'était trouvée jolie, dans la toilette que lady Forsett lui avait commandée pour ses noces avec sir John, mais la robe d'aujourd'hui était d'une tout autre classe. Juliana se faisait l'effet d'une paysanne devenue princesse.

En moins de dix jours, c'était la deuxième fois qu'elle se mariait ! Et, d'une certaine manière, les deux cérémonies tenaient de la farce. Elle rabattit son voile et s'approcha de la porte.

— M'accompagnez-vous, madame, ou dois-je y aller seule ? demanda-t-elle.

— Bella ira avec vous jusqu'à l'église, ma chère. Sa Grâce vous attendra là-bas.

Juliana réprima difficilement son envie de rire. Mme Dennison parlait solennellement, comme si elle ignorait tout de la machination qui présidait à ce mariage. Mais, après tout, Élisabeth cherchait peut-être à se convaincre elle-même que tout ceci était parfaitement régulier.

— C'est merveilleux de vous voir ainsi, mademoiselle, s'extasia Bella, émue. Une vraie mariée comme il faut.

— Comme il faut, oui, murmura Juliana en ouvrant la porte.

Elle constata avec surprise que les autres filles l'attendaient dans le hall. Elles la complimentèrent sur sa robe et la félicitèrent de sa bonne fortune avec une joie manifestement sincère. Juliana songea qu'elles avaient toutes l'espoir de connaître un jour le même destin qu'elle. Son exemple les encourageait à croire que c'était possible. Elle les remercia aussi chaleureusement qu'elle put, mais suivit Bella avec soulagement, quand M. Garston annonça que la voiture était prête. Bella l'aida à s'installer sur la banquette en prenant garde de ne pas coincer la traîne de la robe dans le marchepied.

L'église se trouvait dans une petite rue calme,

excentrée, où l'air était beaucoup plus pur qu'à Covent Garden. Le duc attendait sous le porche. Il s'avança pour offrir son bras à Juliana.

— Où est votre cousin ?

— A l'intérieur.

— Suis-je à votre convenance, monseigneur ? ne put-elle s'empêcher de demander avec ironie.

— Exactement comme je vous souhaitais, répondit-il. Etes-vous prête ?

Oui. Elle était prête. Juliana releva fièrement la tête et fixa la porte grande ouverte. Bella essuya une larme en la voyant s'engouffrer dans l'église au bras du duc.

Devant l'autel, Lucien était entouré de Quentin et de l'homme de loi. M. Copplet regardait le plafond d'un air absent. Face à eux, le prêtre feuilletait son livre de prières, en cherchant sans doute les bonnes pages.

— Je ne comprends pas pourquoi vous n'avez pas voulu officier à sa place, murmura Lucien à son cousin. Ce serait resté dans la famille.

— Je n'aurais pas commis un tel sacrilège, répondit Quentin, la mine sévère.

Il se reprochait déjà de se trouver ici, mais il n'avait jamais rien pu refuser à son frère. Et, après tout, Juliana serait sans doute contente d'avoir un ami auprès d'elle pour affronter cette épreuve.

— Elle est grande, hein ? remarqua Lucien en regardant Juliana entrer au bras de Richard. J'espère qu'elle n'est pas laide de figure. Je ne tiens pas à être la risée de toute la ville.

La mariée s'approchait de l'autel et Quentin fit signe à son cousin de se taire. Ils se retournèrent pour faire face au prêtre.

Juliana essayait d'apercevoir son mari à travers

le voile qui lui couvrait les yeux. Il semblait petit et chétif, à côté d'elle. Bien qu'elle ne pût distinguer précisément ses traits, elle remarqua ses yeux profondément enfoncés dans leurs orbites. Elle frissonna et préféra se tourner vers le duc qui lui tenait toujours le bras, un sourire rassurant aux lèvres.

Le prêtre commença son office et Juliana se demanda ce qu'elle ressentirait en ce moment si elle épousait le duc de Redmayne. Elle n'aurait sans doute aucune appréhension. Après tout, elle connaissait déjà l'essentiel de lui...

Elle n'épousait pas le duc, et cependant elle liait tout de même sa vie à la sienne. Il serait le père de son enfant, et cela contribuerait davantage à les rapprocher qu'un mariage factice. Cette pensée lui redonna du courage, et elle s'entendit répondre au prêtre d'une voix claire.

Lord Quentin donna l'alliance à son cousin, et Juliana tendit la main. Elle ne tremblait pas. En revanche, celle du vicomte fut prise de mouvements convulsifs tandis qu'il essayait de passer l'anneau au doigt de sa femme. Il étouffa un juron, marmonnant qu'il avait besoin d'un bon verre d'alcool pour se sentir mieux. Le prêtre l'entendit et fronça les sourcils.

Voyant que son cousin n'y arriverait pas, le duc lui arracha l'anneau des mains pour le passer lui-même au doigt de Juliana. Visiblement choqué, le prêtre les déclara mari et femme d'une voix mal assurée.

— Dieu merci, c'est terminé, soupira Lucien dès que le prêtre eut refermé sa bible. Suis-je enfin autorisé à voir à quoi ressemble ma femme ? (Sans attendre de réponse, il releva le voile de Juliana.) C'est mieux que ce que je craignais, commenta-t-il. J'ai soif. Madame ma femme, je vous invite à boire un verre pour célébrer dignement l'événement, ajouta-t-il en lui offrant son bras avec une grimace comique.

Il était richement habillé, et pourtant Juliana frissonna à l'idée de devoir le toucher. Son teint verdâtre, ses yeux cernés et ses épaules chétives lui donnaient un aspect cadavérique. Le duc lui avait expliqué qu'il était malade, mais quelle infection avait-il contractée pour ressembler à un mort ambulant ? Juliana se tourna vers les deux cousins de son mari, hésitante.

Ce fut Quentin qui vola à son secours.

— Je crois que nous avons tous besoin d'un rafraîchissement, dit-il. Venez, ma chère enfant.

Il lui prit la main, et la nouvelle vicomtesse d'Edgecombe quitta l'église au bras du clergyman, tandis que son mari, le duc et l'homme de loi fermaient la marche.

Une fois sur le perron, Juliana respira à pleins poumons avant de risquer un autre regard vers son mari. A la lumière du soleil, son teint paraissait encore plus cireux. Le vicomte ne devait pas être beaucoup plus âgé qu'elle, et pourtant il paraissait aussi vieux que Mathusalem. Soudain, il fut pris d'une si violente quinte de toux que Juliana crut qu'il allait cracher ses poumons.

— Pouvons-nous faire quelque chose ? demanda-t-elle à Quentin, à la fois horrifiée et apitoyée.

— Non, répondit-il. Il a simplement besoin de cognac.

— De quoi souffre-t-il ?

Quentin s'emporta soudain.

— Comment ! Le duc ne vous a donc rien dit ?

— Lui dire quoi ? demanda Richard en les rejoignant, alors qu'ils descendaient les marches.

— Cette enfant ne connaît même pas la maladie de son mari. C'est une honte, Richard !

— Quelle importance, puisque Juliana n'aura aucun rapport avec Lucien ? répondit le duc en sortant sa tabatière. Votre mari a la vérole, mignonne. Mais je vous promets qu'il ne portera même pas l'ombre d'une main sur vous.

Juliana en resta sans voix. Elle regarda le duc priser, puis refermer tranquillement sa tabatière avant de donner une grande tape dans le dos de son cousin.

— Allons, venez, Edgecombe. Nous allons verser un peu de cognac dans votre gosier et vous vous sentirez bientôt comme un sou neuf.

Lucien, encore tout congestionné, sortit son mouchoir pour s'éponger le front.

— Par le diable ! s'exclama-t-il quand il eut retrouvé un peu de souffle, j'ai bien cru que je n'arriverais plus à respirer. (Il rangea son mouchoir, puis se tourna vers Juliana.) Désolé, ma chère. Comme première impression, je crois que j'aurais pu faire mieux, n'est-ce pas ?

— En effet, répondit froidement Juliana. Allons-nous rester longtemps sur le trottoir dans cet accoutrement ?

Elle considéra sa robe immaculée d'un regard méprisant. Quelle ironie de porter une aussi belle toilette pour une farce aussi sinistre !

— Ma voiture nous attend, dit Richard. (Il prit le bras de Juliana et la conduisit à une calèche décorée aux armoiries des Redmayne.) Quentin, viendras-tu avec nous ?

Son frère, qui n'avait pas décoléré, semblait hésiter. Mais en voyant Juliana l'implorer du regard, il hocha la tête et les rejoignit.

— Et moi, personne ne me demande de venir ?

ironisa Lucien. Je crois que je vais tout de suite commencer à me rincer le gosier. (Il fit un geste vague de la main.) Il y a une taverne, par là...

— Comme tu voudras, répondit Richard.

— Mais je serai rentré pour le banquet de noces, vous pouvez compter là-dessus, ajouta Lucien.

Et il s'éloigna dans un grand éclat de rire.

— *Un banquet?* demanda Juliana. Cette comédie ne va donc pas cesser, monseigneur?

— Rassurez-vous, Lucien plaisantait. Nous allons rentrer tranquillement à la maison. Tu es toujours disposé à nous suivre, Quentin?

— Oui, si Juliana permet que je me joigne à vous, répondit sèchement son frère. Mais peut-être préférerait-elle se retirer dans ses appartements pour pleurer?

— Oh, je ne crois pas qu'elle verse à ce point dans le mélodrame, répondit Richard.

Juliana le fusilla du regard.

— Qu'en savez-vous, monseigneur?

— Une intuition, dit-il, moqueur. En tout cas, je vous promets que vous ne croiserez plus Lucien de la journée. Vous le verrez le moins possible, d'ailleurs. Sauf quand vous serez obligés de paraître ensemble en public. Oh, à propos, j'ai adressé des faire-part au *Morning Post* et au *Times*. Attendez-vous à recevoir des visites de congratulations dans les jours qui viennent.

— Mon mari sera à mes côtés?

— Ces mondanités ne sont pas du goût de Lucien. Mais je serai avec vous. Et Quentin également. N'est-ce pas, mon cher frère?

— Bien entendu.

Quentin réalisait maintenant que, malgré

toutes ses préventions, il se retrouvait associé au projet de son frère, à cause de Juliana. Lui seul pourrait lui prodiguer l'amitié dont elle avait besoin.

Elle était si jeune et si vulnérable. Pauvre enfant! Elle n'aurait pu imaginer pire que de tomber dans les rets du duc de Redmayne. Richard avait toujours préféré les sentiers tortueux aux grandes routes rectilignes, et ce projet était le plus pervers qu'il eût jamais conçu. Mais il était inexcusable d'y avoir associé une personne aussi innocente que Juliana.

Discrètement, Quentin jeta un coup d'œil à la jeune mariée assise à sa gauche. Juliana affichait une certaine raideur. Elle avait remis son voile et semblait perdue dans ses pensées. Quentin reporta son attention sur Richard, en face de lui. Il avait renversé la tête en arrière et à demi fermé les paupières, mais Quentin savait qu'il regardait Juliana. Et, curieusement, il trouva son frère changé. Un sourire énigmatique flottait sur ses lèvres, comme si Richard s'était soudain dépouillé de son cynisme pour s'ouvrir à quelque chose qui ressemblait à... de la tendresse.

Cette découverte rassura Quentin. Si Richard ressentait quelque chose pour Juliana, les choses ne se passeraient peut-être pas aussi mal qu'il le craignait.

La calèche ralentit et Juliana sortit de sa rêverie. Elle reconnut la maison d'Albermale Street au moment où les chevaux s'arrêtaient devant le perron. Cette maison serait la sienne, désormais. Et, si elle réussissait à donner au duc l'enfant qu'il espérait, elle y habiterait pendant de longues années.

Richard descendit le premier et offrit son bras à Juliana.

— Bienvenue dans votre nouvelle demeure, lady Edgecombe.

Juliana prit son bras, mais ne répondit rien. Elle bouillait de rage. Comment le duc avait-il osé la marier à cet avorton miné par la maladie sans lui avouer la vérité? Il lui avait demandé d'avoir confiance en lui, mais comment pouvait-il espérer gagner sa confiance en la traitant ainsi? Il s'était servi d'elle comme d'un objet — un objet payé au prix fort —, et les objets ne pensent pas, n'ont pas d'opinions, et encore moins de droits.

Mais elle se vengerait. Dieu, oui, elle se vengerait! Cette pensée lui redonna courage, et elle gravit le perron la tête haute. Malheureusement, sa dignité souffrit quelque peu quand elle se prit les pieds dans sa traîne. Elle dut se raccrocher au laquais qui venait d'ouvrir la porte pour ne pas tomber face contre terre. Quentin se précipita pour lui prendre le bras.

— Merci, murmura-t-elle en pénétrant avec lui dans le hall.

— Juliana a une fâcheuse tendance à tomber et à tout casser, commenta Richard d'un ton détaché.

— Comme vous êtes galant, monseigneur! répliqua Juliana.

Elle arracha son voile d'un geste rageur et le lança sur un guéridon, mais elle rata sa cible et le voile tomba par terre.

— Ne nous querellons pas devant les domestiques, chuchota Richard. Venez avec moi, je vais vous montrer vos appartements.

Et, lui prenant le bras, il l'entraîna vers l'escalier.

Quentin ne les suivit pas. Il ramassa le voile et

le posa sur le guéridon, puis il alla s'enfermer dans la bibliothèque.

En haut des marches, Richard s'arrêta.

— Comme je vous l'ai déjà dit, j'ai pensé que vous aimeriez réserver le petit salon pour votre usage personnel. (Il lui désigna du doigt la porte que Juliana connaissait déjà.) Vous pourrez y recevoir vos amis.

Quels amis ? se retint de demander Juliana.

— Votre chambre et votre boudoir se trouvent à l'étage au-dessus, reprit le duc en l'entraînant vers une deuxième volée de marches. Vous aurez une femme de chambre. Elle est veuve. Son mari travaillait dans l'une de mes fermes ; il est mort il y a quelques mois. C'est une femme très estimable. Je suis sûr que vous vous entendrez bien avec elle. (Il ouvrit une porte à double battant.) Voici votre chambre. Le boudoir s'ouvre sur la gauche, expliqua-t-il en la précédant dans une vaste pièce très claire, décorée dans des tons or et argent.

Le lit, immense, était recouvert d'une courtepointe damassée, rebrodée de fils d'or. Tous les fauteuils étaient tendus du même brocart que les doubles rideaux. Des bouquets de roses jaunes et blanches embaumaient l'air.

— Comme c'est beau ! s'exclama Juliana.

Sa colère et son amertume se dissipaient à mesure qu'elle découvrait le décor qui l'entourait. Elle n'aurait jamais cru qu'elle dormirait un jour dans une chambre aussi magnifique.

Richard sourit de contentement, avant de se demander pourquoi la joie de cette fille l'émouvait à ce point.

— Votre présence contribuera à l'embellir, dit-il.

— Oh, je ne tarderai pas à avoir tout cassé, répliqua-t-elle.

Richard lui prit la main.

— Faisons la paix. Je ne voulais pas me moquer de vous. En fait, je trouve votre maladresse plutôt séduisante.

Juliana le regarda, bouche bée.

— Si, si, reprit Richard. C'est ce qui fait votre charme. (Sa voix était devenue sensuelle comme une caresse, et il posa ses mains sur les épaules de Juliana.) Ne perdons pas notre temps à nous quereller, alors que nous pourrions l'employer à des choses tellement plus agréables.

Juliana aurait dû le traiter de tous les noms, mais au lieu de cela elle plongea son regard dans le sien et attendit qu'il l'embrasse.

Richard ne se fit pas prier. Il l'attira contre lui et elle soupira de soulagement. Leurs langues se mêlèrent en un ballet enfiévré, tandis qu'il lui caressait les cheveux. Puis, sans lâcher sa bouche, il la porta sur le lit et s'allongea sur elle. Entourant leurs deux corps enlacés, la robe de Juliana dessinait une auréole d'une blancheur virginale.

Richard ne souriait plus. Ses yeux trahissaient un désir impérieux dont il pouvait lire le reflet dans ceux de Juliana. Impatiemment, il releva ses jupons, avant de dégrafer son pantalon.

Juliana laissa échapper un petit cri quand il la pénétra d'une seule poussée, mais déjà son corps s'ouvrait tout entier à lui, et ses hanches ondulaient au rythme des siennes. Vague après vague, le plaisir les submergea, montant toujours plus haut, et, à l'instant suprême, Richard chuchota son nom.

— C'était merveilleux, murmura-t-il en

embrassant ses seins juste à l'endroit où ils disparaissaient dans le décolleté de sa robe.

Juliana lui caressa le visage. Elle attendit que son cœur se fût calmé avant de parler.

— J'étais partie dans les étoiles, confia-t-elle.

Richard roula sur le côté.

— C'est un bel endroit, pour se promener.

— Oh, oui ! acquiesça Juliana en remettant de l'ordre dans ses jupons. Et on peut s'y rendre tout habillé, ajouta-t-elle en riant. (Elle s'assit au milieu du lit.) Où sont les appartements de mon mari ?

— Dans l'autre aile de la maison, à l'arrière, répondit le duc.

Il referma son pantalon et se releva.

— Et vos appartements, monseigneur ?

— Contigus à cette chambre.

— Comme c'est pratique ! ironisa Juliana.

— Vous ne pouvez imaginer à quel point. (Il s'approcha de la porte.) Venez voir.

Juliana se leva à son tour. Elle le rejoignit, intriguée. Richard ouvrit la penderie, et elle poussa un cri de surprise en découvrant un trésor de soie, de satin et de taffetas.

— Qu'est-ce que c'est ?

— Votre garde-robe. Je vous en ai déjà parlé. Mais ce n'est pas ce que je voulais vous montrer.

Il poussa les vêtements sur le côté et s'effaça pour que Juliana voie l'intérieur de la penderie. Elle distingua une porte dans le mur du fond.

— Ouvrez-la, dit-il, riant de sa stupéfaction.

Juliana s'exécuta. La porte donnait sur une autre chambre, aussi vaste que la sienne mais meublée différemment. La décoration était plus sobre, plus rustique. Les murs n'étaient pas tendus de soie, mais recouverts de boiseries de chêne. C'était une chambre d'homme.

— Oh...! s'exclama Juliana.

— Merveilleusement pratique, vous en conviendrez, remarqua le duc, une lueur amusée dans le regard.

— En effet, observa Juliana. Est-ce l'une de vos inventions ?

— Non. Cette porte a été installée par le premier duc de Redmayne. Il aimait jouer des tours à sa femme. Mais je crois que nous pourrons l'utiliser à meilleur escient.

— Oui... répondit Juliana, soudain hésitante. Quelqu'un connaît-il l'existence de ce passage ? Le vicomte, par exemple ?

— Non. Très peu de gens sont au courant, et je suis persuadé que Lucien l'ignore. Il connaît mal cette maison.

— Et lord Quentin ?

— Lui il sait, bien sûr.

— Comme il sait aussi ce que cache mon mariage ?

— Oui.

— Et que pense-t-il de tout cela ?

— Il désapprouve, répondit laconiquement le duc. Mais il ne dira rien et il suivra. Comme toujours. (Il referma la porte secrète et remit les vêtements en place.) Lady Edgecombe voudrait-elle choisir une robe pour ce soir ? Je suggère que nous retrouvions Quentin pour un dîner léger avant de sortir. Que diriez-vous d'une soirée au Théâtre Royal ?

Pourquoi pas ? Cet homme avançait dans la vie comme un torrent impétueux, emportant tout sur son passage sans jamais s'arrêter. Mais, bien que cela la troublât de le constater, pour le moment, Juliana ne désirait pas qu'il s'arrête.

11

George Ridge quitta la boutique du tailleur ravi de sa nouvelle acquisition. Il avait troqué ses vêtements de campagnard contre un costume de soie vermillon et un manteau de brocart puce et à présent il se sentait dans la peau d'un vrai Londonien. Il fit quelques pas, admirant son reflet dans les vitrines, avant de consulter sa montre. Bientôt six heures. Qu'allait-il faire de sa soirée ? Retourner à l'hôtel pour savoir si ses affichettes avaient déjà porté leurs fruits, ou dîner dans une auberge du quartier ?

A l'hôtel du Cygne, les repas étaient copieux et la clientèle — des hommes rudes qui aimaient l'alcool et les plaisanteries bien grasses — convenait parfaitement à George. Mais les habitués étaient aussi des joueurs invétérés et la veille au soir, George s'était laissé entraîner dans une partie de cartes qui lui avait coûté une petite fortune.

Si son père l'avait su, il aurait été fou de rage. C'était la première fois que George venait à Londres, car sir John lui avait toujours interdit de s'y rendre. Il considérait la capitale comme un repaire de brigands et de filles perdues.

Pour ce qui était des filles perdues, George en avait largement profité, cet après-midi. Trois filles à la suite ! Trois filles chères. Ses poches s'étaient délestées de presque tout l'argent qu'il avait pris en quittant l'hôtel ce matin, mais il ne regrettait rien. Elles en valaient la peine. Et leur exigence de boire du champagne était sans doute courante, ici. A Winchester, on pouvait régaler une jolie fermière avec une bouteille de cidre, mais des femmes habillées et maquillées à la dernière mode méritaient évidemment des breuvages plus sophistiqués.

Cependant, George se sentait vaguement coupable en réalisant qu'il avait dépensé plus d'argent en vingt-quatre heures qu'en un mois chez lui. Et s'il retournait à l'hôtel du Cygne, il risquait encore de se laisser tenter par une partie de cartes qui écornerait un peu plus sa bourse.

Par prudence, il décida de dîner dans une petite auberge du coin, et de terminer la soirée au Théâtre Royal, tout proche.

Satisfait de sa décision, il s'admira une dernière fois dans une vitrine et tapota le pommeau de son épée avant de se mettre en quête d'une auberge.

Il ne portait pas l'épée, à la campagne, mais il s'était vite aperçu qu'en ville, aucun gentleman digne de ce nom ne sortait sans la sienne. Il s'était donc résolu à en acheter une, chez un armurier d'Ebury Street. Le vendeur lui avait assuré que ce n'était pas une arme décorative. Dans les mains d'un bretteur expérimenté, « comme devait l'être Monsieur », elle pourrait se révéler redoutable.

George était content de son achat. Après tout, les rues de Londres n'étaient pas sûres, la nuit. Cela ne l'empêchait pas d'être tombé amoureux de la capitale et de ses plaisirs. Il avait décidé que désormais, chaque année, il viendrait y séjourner quelques semaines — en hiver, quand le travail aux champs était terminé.

Juliana serait ravie de l'accompagner. Et George serait fier de l'avoir à son bras. Juliana savait se tenir dans la bonne société... Mieux que lui, il était bien obligé d'en convenir. Il ressemblait à son père : son éducation s'était faite à la ferme. Tandis que Juliana avait appris la musique, la littérature... C'était une lady. Mais où diable était-elle passée ? Tous les beaux projets de George n'étaient que châteaux en Espagne tant qu'il ne l'aurait pas retrouvée. Il *fallait* qu'elle devienne sa femme. Il la voulait dans son lit, soumise à lui comme une esclave à son maître, ou alors, elle périrait sur le bûcher.

Avisant l'auberge du Lion-d'Or, dont l'enseigne semblait lui sourire, George poussa la porte et commanda une bouteille de bourgogne.

Il la retrouverait, quel que fût le prix à payer.

Durant le dîner, Quentin put constater que Juliana avait changé. Il ne l'avait rencontrée qu'à deux reprises, mais chaque fois — comme ce matin, à l'église — elle lui avait paru partagée entre le désarroi et la colère. Or, ce soir, elle montrait un visage tout différent. Ses yeux brillaient comme des pierres précieuses et sa peau avait un éclat qui semblait venir de l'intérieur. Elle animait la conversation, riait de bon cœur et lançait souvent à Richard des œillades complices.

Quentin n'ignorait pas tout des femmes, malgré son sacerdoce. Du reste, il n'y avait pas besoin d'être grand clerc pour comprendre que lady Edgecombe avait passé son après-midi au lit en bonne compagnie. La mine réjouie de Richard et la façon dont son regard s'attendrissait quand il se posait sur Juliana prouvaient clairement que le duc de Redmayne s'accordait parfaitement avec la femme de son cousin. Du moins dans une chambre à coucher.

Eu égard à sa religion, Quentin aurait dû désapprouver ce plaisir qu'ils semblaient prendre ensemble. Mais il n'était pas hypocrite. En acceptant d'être le témoin de Richard à l'église, Quentin était devenu son complice. Si Juliana aimait coucher avec Richard, au moins son sort serait plus agréable que si elle avait dû se donner à lui sous la contrainte.

Juliana, pour sa part, ne savait pas trop si sa bonne humeur résultait de son après-midi dans les bras du duc ou du nouveau rôle qu'elle s'apprêtait à jouer.

Seule femme du dîner, elle était le centre de la conversation. A Forsett Towers, on la reléguait toujours en bout de table, avec l'obligation de se taire. Ici, dès qu'elle ouvrait la bouche pour parler, le duc et Quentin étaient pendus à ses lèvres.

— Quelle pièce allons-nous voir ? demanda-t-elle en prenant son verre de vin.

Un laquais se précipita pour ramasser les couverts qu'elle avait accrochés au passage avec sa manche.

— *Macbeth*, répondit Richard.

— Je ne suis jamais allée au théâtre, avoua Juliana. (Elle retint sa manche pour attraper un morceau de pain.) Nous avions parfois la visite de comédiens ambulants, ou de mimes, mais ce n'était pas du vrai théâtre.

— Je suis sûr que vous aimerez beaucoup, affirma Richard.

Il s'émerveillait de découvrir une autre Juliana. Sa conversation était plaisante et elle respirait la joie de vivre. Elle faisait également preuve d'un solide appétit.

— Ai-je une miette sur le nez, monseigneur ? demanda-t-elle en se frottant le nez avec le doigt.

— Non, je ne vois rien.

— Vous me regardiez si fixement que j'étais pourtant persuadée que quelque chose n'allait pas.

— Rien qui puisse se voir, en tout cas. (Il repoussa sa chaise.) Si vous avez terminé, je suggère que nous partions tout de suite.

— Oh, oui ! s'exclama Juliana en se levant si promptement que sa chaise bascula en arrière.

Désormais, elle était résolue à savourer tous les bons côtés de sa nouvelle existence.

Ils se rendirent au théâtre dans la calèche du duc. Juliana regardait par la fenêtre le spectacle de la ville s'éveillant à la nuit. C'était la première fois qu'elle sortait le soir depuis son arrivée à Londres, et elle s'étonnait de voir les rues aussi animées qu'en plein jour. Devant le Théâtre Royal, il y avait même une véritable cohue. Des hommes et des femmes se bousculaient dans l'espoir d'obtenir les derniers fauteuils libres

— Comment allons-nous trouver des places ? demanda Juliana, inquiète à l'idée de devoir affronter cette foule.

— Ne craignez rien, ma chère, la rassura Quentin avec un sourire, Richard a envoyé tout à l'heure un laquais nous réserver une loge.

Juliana songea qu'il était bien agréable d'appartenir au petit nombre des privilégiés. Encadrée par les deux hommes qui jouèrent des coudes pour se frayer un chemin à travers la foule, elle se retrouva à l'intérieur du théâtre beaucoup plus facilement qu'elle ne l'avait espéré.

L'orchestre jouait un prélude, mais la musique était couverte par les bavardages des spectateurs déjà installés et les cris des vendeurs d'oranges.

— Par ici, indiqua le duc.

Ils rejoignirent la loge que gardait un laquais contre d'éventuels resquilleurs. Richard offrit à Juliana le siège de devant.

— A quoi servent ces piques en fer sur le rebord de la scène ? demanda-t-elle.

— A empêcher les spectateurs de monter, répondit Richard.

Juliana sourit.

— Je suis si heureuse d'être à Londres ! (Un voile de tristesse passa soudain devant ses yeux.) Mais je pourrais l'être encore plus, dans d'autres circonstances.

Quentin lui toucha l'épaule, en signe de sympathie, tandis que le duc préférait ignorer son commentaire. L'orchestre avait cessé de jouer et, après un roulement de tambours pour réclamer le silence, le rideau s'ouvrit.

Juliana avait les yeux rivés sur la scène. Dans la salle, les spectateurs continuaient à chuchoter, mais elle ne perdait pas une miette du spectacle. Elle n'aurait jamais imaginé qu'on puisse jouer *Macbeth* dans un décor et des costumes contemporains. Pour elle, c'était une révélation.

Au premier entracte, elle se détendit sur son siège avec un soupir de contentement.

— C'est magique, commenta-t-elle. Et tellement plus agréable d'entendre le texte que de le lire.

— Je suis content que cela vous plaise, mignonne, répondit Richard. (Il se leva.) Si vous voulez bien m'excuser quelques minutes, je dois saluer quelqu'un.

Il quitta leur loge et Juliana reporta son attention sur la salle. Les spectateurs de l'orchestre s'interpellaient bruyamment, riaient fort et mangeaient des oranges. Scrutant la rangée de loges située juste en face, Juliana vit que le duc était entré dans l'une d'elles. Il semblait en grande conversation avec une femme habillée de soie grise, presque noire.

— A qui parle le duc ?

Quentin regardait ailleurs. Il ne daigna même pas tourner la tête.

— A lady Lydia Melton, j'imagine. Sa fiancée.

Sa voix, qu'il voulait détachée, sonnait faux. Mais Juliana était trop stupéfaite pour s'en apercevoir.

— Sa fiancée ? répéta-t-elle. Il va se marier ?

— Il ne vous a donc rien dit ?

— Non... J'ai l'impression qu'il oublie de me dire beaucoup de choses, murmura-t-elle.

Toute sa joie s'était envolée.

— Il a dû penser que ses fiançailles ne vous concernaient pas.

— En effet, répondit-elle amèrement.

— De toute façon, ils ne sont pas près de se marier. La cérémonie devait avoir lieu il y a deux mois, mais Lydia a perdu son grand-père et toute la famille portera le deuil pendant deux ans.

— Alors pourquoi est-elle venue au théâtre ?

— Parce qu'il s'agit de *Macbeth*, expliqua Quentin. Après la représentation, les comédiens donneront une petite farce de leur composition. Les Melton seront partis avant.

— Je trouve cela hypocrite, répliqua Juliana. (Elle jeta un nouveau coup d'œil à lady Lydia, mais elle était trop éloignée pour qu'elle puisse distinguer ses traits.) Quel âge a-t-elle ?

— Vingt-huit ans.

— C'est une vieille fille, trancha Juliana.

— On ne se permet pas de juger les gens quand

on ignore tout d'eux, répliqua sèchement Quentin. Lydia et Richard sont fiancés depuis longtemps, mais la mort de la mère de Richard, il y a trois ans, avait déjà différé leur mariage. La disparition du grand-père de Lydia l'a encore reporté.

— Je ne voulais pas être méchante. J'étais simplement déconcertée.

Quentin se radoucit.

— Oui, je me mets à votre place.

Juliana risqua un autre coup d'œil en face, et elle s'aperçut que lady Lydia la regardait. Puis Richard lui fit un signe amical de la main, et lady Lydia la salua de la tête. Juliana lui rendit son salut.

— Je me demande ce qu'ils se disent à mon sujet.

— J'imagine que Richard lui a expliqué que vous étiez la femme de Lucien. Les Melton devaient se demander ce qu'une inconnue faisait dans notre loge.

— Mais ne vont-ils pas trouver étrange l'absence du vicomte le soir même de notre mariage ?

— Non, répondit Quentin sans plus de détails.

Il y eut un autre roulement de tambours, et Richard quitta la loge des Melton. Trois minutes plus tard, il se rasseyait derrière Juliana.

— Vous ne m'aviez pas dit que vous étiez fiancé, lui chuchota-t-elle d'un ton de reproche au moment où le rideau se relevait.

— Ce n'est pas très important, répondit-il. Taisez-vous, maintenant, et écoutez.

Juliana eut beaucoup de mal à se concentrer sur le reste de la pièce. Elle se demandait quand Richard aurait jugé utile de lui parler de sa fiancée. Et surtout, ce qui arriverait quand la nouvelle duchesse viendrait habiter Albermale Street. On couperait vraisemblablement la maison en deux : une aile pour l'épouse et sa progéniture, une autre aile pour la maîtresse et son enfant. Et le duc se partagerait entre ses deux familles au gré de son humeur.

Juliana serait sans doute priée de quitter ses appartements sitôt Richard marié. Sa si belle chambre convenait mieux à une duchesse. Sans parler du passage secret qui la reliait à celle du duc.

Juliana ouvrit et ferma son éventail si violemment qu'elle brisa sa délicate armature. Le duc posa une main apaisante sur son bras, mais elle le fusilla du regard et il la relâcha aussitôt.

— Calmez-vous, Juliana, murmura-t-il. Pas de disputes en public, s'il vous plaît.

Juliana détourna le regard vers la scène, les mâchoires serrées et le dos raide.

Comme Quentin l'avait prévu, les Melton quittèrent le théâtre avant la farce. Ils s'éclipsèrent si discrètement que Juliana ne les vit même pas partir. Lorsque les lumières se rallumèrent dans la salle, elle jeta un coup d'œil à leur loge. Elle était vide.

Richard héla une vendeuse d'oranges et lui en acheta deux. Puis il sortit un couteau de sa poche et commença à peler la première. Il en détacha un quartier qu'il approcha de la bouche de Juliana.

— Ouvrez grand, mignonne.

— Je ne suis pas d'humeur à m'amuser, répondit-elle sèchement.

Elle prit le quartier d'orange et le porta elle-même à sa bouche.

Richard lui donna le reste de l'orange sans autre commentaire, puis il pela le second fruit, qu'il partagea avec son frère. A la vue de cette scène, Quentin commença à penser que Juliana n'était peut-être pas la pauvre victime sans défense qu'il avait d'abord vue en elle.

Juliana trouva la farce très drôle, et elle rit si fort qu'elle en oublia bientôt sa mauvaise humeur. D'ordinaire, Richard et Quentin quittaient la salle avant ce genre de divertissement qui réjouissait surtout le public de l'orchestre. Mais Juliana y prenait un tel plaisir qu'ils se laissèrent gagner par sa joie communicative.

Lorsque le rideau retomba sur les acteurs, elle essuyait des larmes de joie avec son mouchoir.

— Je n'avais jamais autant ri de ma vie, avoua-t-elle.

George Ridge avait, lui aussi, beaucoup apprécié sa soirée. Il s'était un peu ennuyé pendant *Macbeth,* mais la prestation de l'actrice qui jouait lady Macbeth l'avait fortement impressionné. Et la farce l'avait fait mourir de rire.

Happé par la foule qui désertait l'orchestre, il fut littéralement porté jusqu'au foyer, où quelques courtisanes tentaient de racoler des clients. George faillit céder aux avances de l'une d'elles, avant de se rappeler qu'il avait déjà dépensé trop d'argent et que le plus sage était de rentrer directement à l'hôtel.

Parvenu sur le trottoir, il respira à pleins poumons avant de poursuivre sa route. Il se demandait s'il allait rentrer à pied ou prendre une voiture quand il la vit.

D'abord, il n'en crut pas ses yeux. Juliana se trouvait sur le trottoir d'en face, escortée par deux hommes si élégants que George eut soudain honte de son nouveau costume.

Et Juliana ! Il ne l'avait jamais trouvée si belle. Elle était habillée comme une vraie lady. Sa robe de soie lavande avivait l'éclat de sa chevelure, et elle semblait rayonner.

George se recula dans l'ombre pour continuer d'observer le trio sans être vu. Qui étaient les deux hommes qui l'accompagnaient ? Était-elle devenue une catin ? C'était la seule explication possible, puisqu'elle était arrivée à Londres sans amis et sans argent. Elle s'était trouvé un protecteur. Et peut-être même deux. Sa façon de parler et de rire avec eux prouvait qu'ils se connaissaient intimement.

George devint songeur. Comment réussirait-il à convaincre Juliana de retourner vivre avec lui dans le Hampshire, maintenant qu'elle avait goûté aux plaisirs de la capitale ?

Une calèche s'arrêta devant le trio, et George vit l'un des deux hommes aider Juliana à monter. Puis ils grimpèrent à leur tour et la calèche repartit. Elle portait des armoiries que George était trop éloigné pour déchiffrer, mais il reconnut le blason ducal. Un duc ! Juliana avait tapé haut. Trop haut pour un simple hobereau de Winchester, si riche fût-il.

Avisant un attelage libre, George s'y précipita.

— Suivez cette calèche ! cria-t-il au cocher en se hissant sur la banquette.

Il pencha la tête par la fenêtre, pour ne pas perdre de vue la voiture du duc. Le cocher semblait apprécier la poursuite. Il lança ses chevaux au galop, et George dut se cramponner à la portière pour ne pas tomber de son siège.

— Ils s'arrêtent dans les jardins du Ranelagh, annonça le cocher. Voulez-vous qu'on les rattrape ?

— Non. Je continuerai à pied.

George sauta à terre, paya le cocher et pénétra dans les jardins. Il se dirigea vers la rotonde, où il devinait que Juliana et son escorte s'étaient rendus.

Il passa le restant de la soirée à les épier dans l'ombre. Ils s'étaient installés pour souper dans l'une des loges qui entouraient un orchestre jouant sur une estrade. Juliana parlait beaucoup et riait souvent, mais George ne surprit auçun de ces petits gestes significatifs — œillade langoureuse, petit baiser, caresse de la main... — qui auraient prouvé qu'elle était leur catin. On eût plutôt dit une jeune lady dînant avec ses oncles.

Intrigué, George leur emboîta le pas dès qu'ils quittèrent la rotonde. Il demanda à un autre cocher de suivre la calèche et, quand celle-ci fit halte devant une maison d'Albermale Street, il lui ordonna de la doubler en ralentissant l'allure.

Ils descendirent tous les trois, et George eut le temps de voir Juliana entrer dans la maison avec les deux hommes. Il n'y avait plus de doute possible. Elle pratiquait désormais le plus vieux métier du monde. Elle avait eu beaucoup de chance d'être remarquée par un duc, mais c'était toujours une meurtrière. Et une catin ne pouvait se soustraire à la justice, quelque puissant que fût son protecteur.

George décida qu'il chercherait d'abord à en savoir plus sur ces deux hommes. Ensuite, il attendrait le moment propice pour agir.

12

— Bonjour, milady.

Réveillée par les rayons du soleil qui lui caressaient le visage, Juliana ouvrit les paupières.

Une petite femme rondelette avec des yeux bleu clair et des cheveux gris retenus par une coiffe blanche se tenait au pied de son lit. Elle avait tiré les rideaux pour laisser entrer le soleil.

— Bonjour, répondit Juliana. Vous devez être...

— Mme Henley, milady. Mais tout le monde, ici, m'appelle Martha. Alors, faites-en autant.

— C'est entendu, Martha.

Juliana se redressa sur les coudes et regarda autour d'elle. Elle rougit en se rappelant qu'elle avait éparpillé ses vêtements en se déshabillant au retour du souper.

— Je m'excuse pour le désordre, dit-elle.

— Bonté divine, milady, mais pourquoi suis-je ici ? répondit Martha en souriant. Je vais tout ramasser pendant que vous boirez votre chocolat.

Elle se retourna et attrapa un plateau qu'elle posa sur les genoux de Juliana. Une délicieuse odeur s'échappait d'un pot en argent.

Juliana s'émerveilla de tant de luxe. A Forsett Towers, tous les matins elle devait être habillée et avoir pris son petit déjeuner avant sept heures. Lady Forsett prétendait que la grasse matinée était une invention du diable pour pervertir les âmes.

Elle versa précautionneusement le chocolat dans sa tasse. La porcelaine était si fine que

Juliana redoutait de la casser. Elle se cala contre ses oreillers et but d'abord à petites gorgées. Puis elle s'enhardit à prendre une madeleine pour la tremper dans son chocolat. Malheureusement, à la deuxième bouchée, le gâteau lui échappa et tomba dans la tasse.

Martha se retourna en entendant l'exclamation mortifiée de Juliana.

— Quelque chose ne va pas, milady ?

— J'ai éclaboussé le lit de chocolat. La courtepointe est tachée !

— La lingère ne va pas capituler devant une malheureuse tache de chocolat, répondit Martha. (Elle s'approcha pour estimer les dégâts.) Peuh ! Ça n'est rien du tout.

— Je crois que je ferais quand même mieux de terminer ma tasse assise à la table.

Juliana rendit le plateau à Martha le temps de sauter du lit. Juste à cet instant, la porte s'ouvrit et Lucien apparut.

— Je venais souhaiter le bonjour à ma chère épouse.

Il était tout habillé, mais ses vêtements étaient si froissés qu'on pouvait penser qu'il avait dormi avec. Il tenait un verre de cognac à la main et regardait sa femme d'un air ironique.

— Monseigneur...

Juliana recula si précipitamment qu'elle se prit le pied dans l'ourlet de sa chemise de nuit.

— Diantre, vous semblez étonnée de me voir, milady ! Pourtant, n'est-il pas naturel qu'un mari rende visite à son épouse le lendemain de leur nuit de noces ?

Il but une gorgée de cognac sans cesser de la regarder d'un air moqueur. Juliana décida de retourner au lit.

— Vous m'avez surprise, monseigneur. (Elle se rallongea et remonta les couvertures jusqu'à son menton.) Martha, redonnez-moi le chocolat.

La servante reposa le plateau sur ses genoux, puis fit une courbette devant le duc.

— Dois-je m'en aller, monseigneur ?

— Non, intervint Juliana. Vous n'avez pas besoin de partir.

Lucien haussa les épaules et vint s'asseoir au bord du lit.

— J'espère que vous avez passé une bonne soirée, hier ?

Juliana comprit que le mieux était de garder un ton détaché, comme si elle s'entretenait banalement avec un homme qui avait parfaitement le droit de se trouver dans sa chambre.

— Oui, excellente. Nous sommes allés au théâtre, puis nous avons soupé dans les jardins du Ranelagh.

— Des divertissements insipides ! commenta Lucien avec une moue méprisante. Si vous désirez vraiment connaître la capitale, madame, vous devriez vous en remettre à moi.

— Je doute que Sa Grâce donne son accord.

Lucien partit d'un éclat de rire qui se termina, une fois de plus, en une violente quinte de toux.

— Là, là, monseigneur, ça va passer.

Martha lui avait pris son verre et attendait patiemment que la toux retombe.

— Vous pouvez boire, maintenant.

Elle lui rendit le verre, avec l'air de savoir parfaitement ce qu'elle faisait. Elle devait travailler depuis assez longtemps dans cette maison pour connaître tous les maux et les remèdes de ses maîtres.

Lucien vida son verre d'un trait et soupira de soulagement.

— Désolé, chérie. Décidément, vous n'avez pas de chance avec moi.

Il grimaça, et Juliana s'aperçut qu'il lui manquait la plupart des dents de devant. Il était trop jeune pour les avoir perdues naturellement.

— Bon, que disiez-vous qui m'a fait tant rire... ? Ah, oui... que Richard n'aimerait pas que je vous serve de guide.

Il rit encore, mais prudemment cette fois. Juliana allait lui répondre, quand la porte s'ouvrit à nouveau.

— Bonjour, lady Edgecombe... Ah, Lucien ! Vous êtes venu rendre visite à votre femme ?

Richard resta un instant sur le seuil, essayant de contenir sa mauvaise humeur. Il portait une robe de chambre de brocart rouge.

— Bonjour, Votre Grâce, répondit Juliana.

Puisque tout le monde, dans cette maison, se permettait d'entrer dans sa chambre sans frapper, elle but une gorgée de chocolat d'un air détaché, comme si elle avait l'habitude de recevoir des hommes alors qu'elle était encore au lit. Elle faillit pouffer en songeant qu'elle se trouvait face à son mari et à son amant.

— Vous entrez bien librement dans la chambre de ma femme, Richard, remarqua Lucien. Dois-je jouer les maris outragés ?

— Ne faites pas l'idiot, répondit le duc d'un air las. Je suppose que vous n'êtes pas encore couché ?

— Vous supposez bien, cher cousin. (Il leva son verre à la lumière.) Bonté divine, il est encore vide ! J'ai peur que ce verre ne soit percé. Avez-vous une bouteille dans votre chambre, Redmayne ?

— Retournez dans la vôtre, Lucien. Et mettez-vous au lit.

Lucien se releva en bâillant.

— Vous avez peut-être raison, cousin. (Il se tourna vers Juliana.) Je suis désolé de devoir déjà interrompre notre petite conversation, ma chère épouse.

— Ce n'est que partie remise.

Richard fronça les sourcils.

— Qu'avez-vous dit, Juliana ?

Elle sourit avec innocence.

— J'ai simplement dit que j'avais hâte de reprendre cette conversation avec mon époux. Qu'y a-t-il de mal ?

Richard semblait si ahuri qu'elle dut se retenir pour ne pas éclater de rire.

Lucien ignorait pourquoi Juliana provoquait le duc, mais il tint à ajouter son grain de sel.

— On ne peut pas empêcher une femme d'être avec son mari, vous savez, Richard.

Le duc ouvrit la porte.

— A plus tard, Lucien.

— Vous voudriez m'expulser de la chambre de ma femme ? Il me semble plutôt que c'est moi qui devrais vous prier de partir.

— Dehors !

Lucien se tourna vers Juliana, mais celle-ci évita prudemment de croiser son regard. Dans l'immédiat, elle ne voulait pas prendre le risque de fâcher davantage le duc. Finalement, Lucien haussa les épaules et sortit. Le duc continua à tenir la porte après son départ.

— Lady Edgecombe vous sonnera si elle a besoin de vous, Martha, dit-il sèchement.

La domestique esquissa une révérence, se dépêcha de ramasser le plateau et s'éclipsa. Le duc referma la porte et s'approcha du lit.

— Bon, maintenant vous allez me dire à quoi rime tout cela.

— De quoi parlez-vous ? demanda Juliana, avec l'air de la plus parfaite innocence. Je discutais simplement avec mon mari.

— Je vois... Seriez-vous en train de me défier, Juliana ?

— Pourquoi ferais-je une chose pareille, monseigneur ?

Elle respirait la malice. Conscient que s'il entrait dans son jeu, elle s'intéresserait à Lucien uniquement pour le plaisir de le taquiner, il préféra dévier la conversation.

— J'ai oublié de vous dire, hier soir, que lady Lydia Melton et sa mère viendraient vous voir tout à l'heure.

— Oh ! Votre fiancée est trop aimable.

— Elle pouvait difficilement éviter une visite de politesse à la nouvelle parente de son fiancé. Parente qui se trouve, en outre, vivre sous son toit.

— Vous avez raison, monseigneur. Sait-elle également que cette nouvelle parente habite les appartements de la duchesse ?

— Ne soyez pas stupide.

Juliana tapota les couvertures du bout des doigts.

— Je suppose que je devrai déménager, après votre mariage... ou peut-être même dès que j'aurai accouché ?

— Vous semblez décidée à vous quereller avec moi, ce matin. Je m'étais pourtant levé d'excellente humeur. (Il lui sourit, et ses yeux brillèrent soudain de désir.) Parce que je pensais à vous.

Richard planta ses mains dans l'oreiller, de chaque côté de la tête de Juliana, avant de se pencher sur elle. Leurs lèvres se frôlaient, mais il resta immobile jusqu'à ce que Juliana, n'en pouvant plus, l'attirât contre lui pour l'embrasser.

— Je préfère cela, dit-il quand elle le relâcha, à bout de souffle. Êtes-vous toujours ainsi, au réveil, ou n'avez-vous pas assez dormi, cette nuit ?

— Ma question n'était pas déplacée, répliqua Juliana.

Mais sa voix ne le défiait plus.

Il s'assit à côté d'elle.

— Peut-être aurais-je dû vous dire plus tôt que j'étais fiancé mais franchement, je ne pensais pas que cela avait de l'importance. Je dois me marier, un point c'est tout.

— Auriez-vous préféré ne pas épouser lady Lydia ?

— C'est un mariage de raison, avoua Richard. L'intérêt de ma famille doit passer avant tout. Pour le reste — le plaisir, les sentiments... —, il y a les maîtresses. Je suppose que je ne vous surprends pas vraiment ?

— Non, c'est exact. Avez-vous d'autres maîtresses ? Quelqu'un... quelqu'un que vous aimeriez ? demanda-t-elle sans oser le regarder.

— L'amour est un luxe dont un homme dans ma position doit apprendre à se passer.

— Pourquoi ? demanda-t-elle en croisant son regard, intriguée.

Il semblait amer.

— Que vous êtes curieuse ! (Il la contempla un moment en silence, avant de poursuivre :) Quand un homme possède le pouvoir et la fortune, il ne peut jamais avoir vraiment confiance en ceux qui l'entourent. Or, il faut un minimum de confiance pour pouvoir aimer.

Juliana lui prit la main.

— Comme c'est mesquin ! Les gens feraient donc semblant de vous aimer pour profiter de vous ?

— Quand j'étais jeune et innocent, je ne me méfiais pas d'eux, répondit Richard, ému par son geste spontané. Mais j'ai appris.

— Au moins, il y avait des gens qui prétendaient vous aimer, objecta Juliana, songeuse. Moi, personne ne m'a jamais rien dit de tel. Je ne sais pas ce qui est le pire.

— Mais si, on vous aimait ! protesta-t-il, oubliant soudain son éternel cynisme.

Juliana secoua la tête.

— Non, insista-t-elle. Personne ne désirait ma présence. Excepté sir John, bien sûr. Lui devait m'aimer un peu, à sa façon... Mais peut-être n'était-ce que du désir. George prétendait qu'en vieillissant, il cherchait des filles de plus en plus jeunes.

Richard lui leva le menton pour l'obliger à croiser son regard.

— *Moi,* je vous aime bien, Juliana.

Elle aurait voulu deviner ses véritables sentiments, mais son regard était indéchiffrable.

— Où avez-vous projeté de me déplacer quand lady Lydia sera devenue duchesse ?

Richard relâcha son menton.

— Je n'ai pas l'intention de vous *déplacer* où que ce soit. Si vous donnez un héritier à Edgecombe, vous disposerez de vos propres appartements, ici ou à Redmayne Abbey. Et si vous préférez vous installer ailleurs, vous serez parfaitement libre de le faire. L'enfant, en revanche, restera sous ce toit.

— Et si je n'ai pas d'enfant ?

— Je crois que nous en avons déjà discuté avec l'homme de loi.

— Mais vous ne m'avez toujours pas répondu au sujet de votre mariage.

— Après mon mariage... après la mort de votre mari... (Il énumérait patiemment sur ses doigts.) ... Si vous avez un enfant... si vous n'en avez pas... Dans toutes les hypothèses, vous serez libre de vivre où bon vous semblera. Si vous avez un enfant, il restera ici, mais vous aurez bien sûr le droit de le voir autant qu'il vous plaira. Si vous n'en avez pas, nous nous arrangerons financièrement pour que vous ne soyez pas lésée. Est-ce enfin clair ?

Juliana garda le silence. Son instinct se rebellait contre cette façon d'envisager aussi froidement sa maternité. A supposer qu'elle se fâche irrémédiablement avec le duc, comment pourrait-elle continuer à vivre sous son toit et à voir son enfant ?

Elle n'aurait aucun droit à faire valoir. Dans toutes les classes de la société, les femmes appartenaient aux hommes. Ils les achetaient pour disposer librement d'elles, comme de vulgaires objets. Juliana savait cela depuis qu'elle était en âge de comprendre, et cependant elle avait toujours autant de mal à l'admettre.

Richard l'observait attentivement. Devinant sa nervosité, il préféra changer de sujet de conversation.

— Que comptez-vous faire, aujourd'hui ?

Cette question la surprit. A Forsett Towers, son emploi du temps avait toujours été minuté par ses tuteurs. Ironie du sort, elle n'avait jamais eu autant de liberté que dans sa nouvelle situation !

— Je n'y ai pas encore réfléchi.

— Savez-vous monter à cheval ?

— Oui. Dans le Hampshire, l'hiver, les routes sont impraticables en calèche. On ne peut se déplacer qu'à cheval.

— En voudriez-vous un ?
— Mais où le monterais-je ?
— Dans Hyde Park. Ou à Richmond.
Il s'émerveillait de voir avec quelle rapidité elle avait retrouvé le sourire. Comme elle était facile à satisfaire ! A chagriner, aussi — mais il aimait mieux ne plus y penser.
— Si vous voulez, je vais vous acheter un cheval dès ce matin.
— Oh, est-ce que je peux venir avec vous ?
Elle rejeta les couvertures et bondit du lit, sa chemise de nuit voletant autour d'elle.
— Malheureusement, non. Les ladies ne fréquentent pas le marché aux chevaux. (Il la contempla un moment, avant d'ajouter :) Enlevez votre chemise de nuit.
Juliana se mordit la lèvre.
— Quelqu'un peut entrer.
— Enlevez-la.
Elle la déboutonna et la fit glisser lentement sur ses épaules, devinant qu'il aimerait ce dévoilement progressif. Il la dévorait des yeux mais, même quand elle fut entièrement nue, il ne la toucha pas.
— Tournez-vous, dit-il d'une voix rauque.
Elle s'exécuta et se retrouva face au lit. Richard ouvrit sa robe de chambre et s'approcha d'elle. Il lui caressa les seins, puis ses mains descendirent fiévreusement le long de ses hanches. Juliana rougit violemment en le sentant insinuer une main entre ses cuisses. Mais l'intensité de son désir balaya ce qui lui restait de pudeur ; elle s'arqua contre lui et tendit la main pour caresser son membre érigé. La respiration du duc s'accélérait, tandis qu'il chuchotait tout contre la nuque de Juliana.

— Posez vos mains à plat sur le lit.

Elle obéit encore. Elle le désirait si fort, à présent, qu'elle était près de le supplier de cesser cette exquise torture. Comme s'il avait deviné ses pensées, il lui agrippa soudain les hanches et la pénétra. Ce fut un plaisir différent — plus sauvage, plus violent, aussi. Juliana cria sa jouissance avant de s'écrouler sur le lit. Richard la suivit dans son mouvement, haletant, le visage enfoui dans la chevelure flamboyante. Ils restèrent un long moment unis avant de réussir à reprendre leurs esprits.

Finalement, Richard se releva. Il referma sa robe de chambre, puis caressa doucement le dos de Juliana.

— Redressez-vous, mignonne.

— Je ne peux pas, murmura-t-elle, le visage enfoui dans les couvertures. Je n'en puis plus. C'était trop bon.

Délicatement, il la retourna sur le dos et lui caressa le visage. Il la regardait fixement, et semblait s'interroger.

— Je me demande qui vous êtes, dit-il simplement.

Il l'embrassa sur le front et la quitta sans rien ajouter.

Juliana s'assit lentement. Elle était encore toute frissonnante et, à ce moment précis, elle se demandait aussi qui elle était. Une épouse, une maîtresse, une catin ? Une femme, ou un objet ?

Si elle l'ignorait elle-même, elle devinait que le duc le savait encore moins.

13

Il était presque midi lorsque Juliana quitta sa chambre, vêtue d'une robe de soie jaune à la dernière mode londonienne.

Lady Forsett se serait récriée si elle l'avait vue ainsi parée au beau milieu de la journée. Sa tutrice avait érigé les tâches domestiques en vertu cardinale et, selon elle, une lady devait rester en tablier jusqu'à l'heure du thé.

Arrivée en haut des marches, Juliana s'arrêta, ne sachant où aller. Dans le salon ? Dans la bibliothèque ? Sa position dans cette maison était ambiguë. Elle s'y sentait comme une invitée. Puis elle se rappela l'existence de son petit salon privé.

Elle ouvrit prudemment la porte, redoutant de trouver la pièce déjà occupée, mais heureusement elle était déserte. Quand elle eut refermé le battant, elle songea qu'une tasse de café serait la bienvenue. Supposant qu'elle avait le droit de la commander, elle tira le cordon. Moins d'une minute plus tard, un laquais en livrée noir et argent apparut.

— Vous avez sonné, milady ?

— Oui, j'aimerais du café, s'il vous plaît, demanda-t-elle en s'efforçant de paraître détachée.

— Tout de suite, madame. Ce sera tout ?

— Oh, peut-être du pain et du beurre, aussi.

Le déjeuner n'aurait pas lieu avant deux heures, et ses « activités » de la matinée l'avaient positivement affamée.

Le laquais ressortit après une courbette et Juliana s'assit sur un fauteuil pour attendre son retour. Elle se demandait comment elle emploierait son temps jusqu'au repas. Avisant une pile de gazettes sur une table basse, elle venait d'en saisir un exemplaire quand on frappa à la porte.

— Entrez.

— Bonjour, Juliana.

Lord Quentin lui baisa la main en souriant.

— Je voulais avoir de vos nouvelles. Y a-t-il quelque chose que je puisse faire pour vous ?

— Oh, oui, me trouver une occupation ! répondit Juliana. (Elle rit.) Je suis tout habillée pour sortir et me montrer, mais je ne sais ni où aller ni quoi faire.

Quentin rit à son tour.

— D'ici un jour ou deux, vous aurez reçu plusieurs visites que vous devrez rendre. Et je crois que Richard est parti vous acheter un cheval. En attendant, nous pourrions aller nous promener dans le parc, si vous voulez bien de ma compagnie. Ou vous pouvez partir explorer les boutiques du quartier. Une chaise à porteurs est à votre disposition. Et si vous préférez marcher, un laquais vous suivra.

— Oh ! s'exclama Juliana, étonnée d'avoir soudain l'embarras du choix. Pourrais-je aussi utiliser la bibliothèque du duc ?

— Bien sûr. Tout ce qui est dans cette maison est à votre disposition.

— Sa Grâce vous l'a dit ?

Quentin sourit.

— Non, mais mon frère a le cœur sur la main. Nous vivons tous de sa bonté, et je ne l'ai jamais vu nous interdire quoi que ce soit. Même à Lucien.

Juliana croyait volontiers à la générosité du duc. Intuitivement, elle le percevait comme quelqu'un de désintéressé. Il avait dû beaucoup souffrir en découvrant qu'on pouvait abuser de sa bonté.

— Pourquoi mon mari habite-t-il ici ? Il n'a pas de maison ?

Le laquais revint avec le café et Quentin attendit pour répondre. Juliana nota que le domestique avait prévu deux tasses. Manifestement, les serviteurs de cette maison savaient toujours où étaient leurs maîtres.

— C'était une des clauses de l'arrangement, expliqua Quentin après le départ du serviteur. (Il prit la tasse que lui tendait Juliana.) Pour votre bien. Vous deviez évidemment résider sous le même toit que votre mari, mais la maison de Lucien est... inconfortable, pour parler poliment. Il est assiégé par les créanciers, voyez-vous. De plus, Richard pourrait mieux le surveiller en l'ayant chez lui.

— Pourquoi ? demanda Juliana. Lucien aurait pu me battre ?

Quentin rougit.

— Si je n'avais pas eu la certitude que Richard vous protégerait, madame, je n'aurais jamais accordé mon concours à toute cette histoire.

— Aviez-vous seulement le choix ? Votre frère est très... persuasif.

Quentin devint cramoisi.

— C'est vrai. Mais je veux croire qu'il n'aurait pas réussi à me persuader d'agir contre ma conscience.

— Et son plan ne trouble pas votre conscience ? demanda Juliana, incrédule, en beurrant une tartine.

Elle regretta aussitôt sa question en voyant la détresse se peindre sur le visage de Quentin. Elle n'avait aucune raison de le culpabiliser, alors que depuis le début il était son seul allié.

— Comment pourrais-je le nier ? avoua-t-il pitoyablement. C'est un stratagème abominable... mais il présente l'avantage de résoudre certains problèmes familiaux embarrassants.

— Et, bien sûr, l'intérêt de votre famille l'emporte sur toute autre considération ?

— C'est un peu vrai. Richard et moi, nous nous ressemblons beaucoup sur ce point. Mais je suis intimement convaincu qu'il aurait refusé de vous voir souffrir, et... (Il hésita, avant d'ajouter :) Pardonnez-moi, mais il m'a paru que votre sort était moins pénible dès lors que vous sembliez trouver Richard séduisant.

Juliana était trop honnête pour mentir.

— Vous avez raison, confessa-t-elle. Tout cela est bien compliqué. A certains moments, je le déteste, mais à d'autres...

Elle haussa les épaules, en signe d'impuissance.

Quentin hocha gravement la tête.

— Je veux que vous sachiez que vous pourrez toujours compter sur moi, Juliana. Je suis sans doute la seule personne a avoir quelque influence sur mon frère.

Il semblait sincère, et Juliana le remercia d'un sourire chaleureux. C'était la première fois que quelqu'un lui offrait ainsi son amitié.

On frappa de nouveau, et le majordome entra.

— Lady Melton et lady Lydia Melton sont arrivées, madame. J'ai pris la liberté de les installer dans le grand salon.

— Merci, Roberts, répondit Quentin. Lady Edgecombe descend tout de suite. (Après le départ du majordome, il sourit à Juliana :) Ne vous inquiétez pas. Je vais vous tenir compagnie pendant cette épreuve.

— Parce qu'il s'agit d'une épreuve ? demanda Juliana en inspectant son reflet dans un miroir.

— Pas du tout. Je plaisantais. Lydia est la gentillesse même, et lady Melton n'a rien d'une gorgone.

— Le duc n'a pas l'air de se réjouir à l'idée d'épouser lady Lydia, ne put-elle s'empêcher de dire. Il m'a parlé d'un mariage de raison.

Elle guetta la réaction de Quentin en l'épiant dans le miroir. Il avait blêmi et détourna brusquement la tête pour aller ouvrir la porte. Juliana se rappela soudain son étrange attitude, la veille au soir, au théâtre, quand elle l'avait questionné sur lady Lydia. Quentin avait voulu se montrer détaché, mais Juliana aurait juré que ce n'était qu'une façade.

Le moment était mal choisi pour réfléchir à ce mystère. Après un dernier regard à sa toilette, Juliana se sentit prête à recevoir sa première visite en tant que lady Edgecombe. Mais, au moment de traverser le hall pour rejoindre le salon, elle réalisa brusquement qu'elle n'avait prévu aucune histoire plausible pour expliquer son mariage avec le vicomte. Qui était-elle ? D'où venait-elle ? Le duc avait-il raconté quelque chose aux Melton à son sujet ? Et, si oui, quoi ?

Prise de panique, elle s'arrêta au beau milieu du hall et attrapa Quentin par la manche.

— Qui suis-je ? lui murmura-t-elle.

Il fronça les sourcils, interloqué, puis son regard s'éclaira.

— Une cousine éloignée des Courtney. Originaire du Yorkshire. Richard ne vous a donc rien dit... ? (Il secoua la tête.) Non, bien sûr...

— Je lui couperai la langue ! murmura Juliana, hors d'elle. C'est le plus ignoble des...

Dans sa fureur, elle ne s'était même pas aperçue que le duc arrivait derrière elle.

— Vous parliez de moi, ma chère Juliana ?

Elle se retourna en sursaut, et se prit le talon dans le bas de sa robe. On entendit distinctement un bruit de déchirure.

— Oh, le diable vous emporte ! Regardez ce que vous m'avez fait faire !

— Allez demander à Martha de réparer cela. Je vais faire patienter vos invitées avec Quentin.

Juliana le dépassa en feignant un suprême dédain, mais il lui pinça le nez et elle s'étrangla avec un lamentable manque de dignité. Leurs éclats de rire la suivirent dans l'escalier.

Quand elle entra dans le salon, vingt minutes plus tard, Richard vint au-devant d'elle.

— Lady Edgecombe, permettez-moi de vous présenter lady Melton et lady Lydia Melton.

Les deux femmes étaient assises côte à côte sur un sofa. Vêtues de noir de la tête aux pieds, elles inspiraient la mélancolie.

Juliana les salua respectueusement.

— Je suis très honorée, madame, et je vous prie d'accepter mes condoléances.

Lady Melton lui rendit son salut avec un petit sourire.

— Lady Edgecombe, j'ai cru comprendre que vous étiez arrivée tout récemment du Yorkshire.

Juliana hocha la tête en s'asseyant sur le fauteuil que lui avait approché le duc. Lady Lydia souriait beaucoup mais parlait peu, laissant à sa mère le soin de faire la conversation. Juliana l'observa discrètement, remarquant ses yeux bleu pâle, son joli visage, assez peu expressif, et son attitude toute de réserve.

Le duc se montrait aimable avec les deux femmes, mais il semblait garder ses distances, à l'inverse de son frère, chaleureux et attentif. Juliana crut remarquer que les sourires de lady Lydia s'adressaient plus particulièrement à Quentin.

La visite dura une quinzaine de minutes et Juliana estima s'être fort bien tirée de son rôle. Quand les invitées prirent congé, elle sut que la prochaine fois elle pourrait recevoir ses invités toute seule.

Quentin et le duc raccompagnèrent les deux femmes jusqu'à leur voiture. Juliana les observa depuis la fenêtre du salon. Ce fut Quentin qui prit la main de lady Lydia pour l'aider à monter, alors que Richard réserva cette politesse à sa mère, ce que Juliana trouva bizarre. Elle réalisa que si quelqu'un lui demandait qui était fiancé à qui, elle répondrait sans hésiter « lord Quentin et lady Lydia ». Elle comprenait mieux, à présent, l'attitude de Quentin au théâtre. Et aussi tout à l'heure, quand elle avait évoqué devant lui le mariage de Richard et de lady Lydia. Avec sa maladresse habituelle, elle avait encore commis un impair !

Elle vit Quentin descendre la rue à pied, tandis que le duc rentrait dans la maison. Elle s'attendait qu'il revienne la voir, pour la féliciter de sa conduite... ou au moins lui dire deux mots après cette visite. Mais les minutes passèrent, et il n'arrivait toujours pas. Elle ressortit dans le hall.

— Où est Sa Grâce, Roberts ?

— Dans la bibliothèque, milady.

Elle s'y dirigea tout droit, frappa un coup à la porte et entra avant même d'avoir reçu une réponse.

Richard leva les yeux de son journal, l'air surpris.

— Me suis-je bien conduite, monseigneur? demanda-t-elle en esquissant une courbette ironique.

Richard reposa son journal.

— J'ai bien peur de vous avoir encore offensée. Dites-moi quels sont mes torts, afin que je les corrige.

Il semblait si sincère que Juliana éclata de rire.

— Vous êtes désespérant, monseigneur.

Richard allait répondre, quand le majordome poussa la porte.

— Des visiteuses sont arrivées pour lady Edgecombe. Je les ai installées dans votre petit salon, madame.

— Des visiteuses? Qui? demanda Juliana, stupéfaite.

— Trois jeunes ladies, madame. Mlle Emma, Mlle Lilly et Mlle Rosamund. J'ai pensé qu'elles seraient plus à l'aise dans votre salon.

Roberts était impassible, comme à son habitude. Avait-il deviné que les visiteuses de Russell Street n'étaient pas du même monde que lady Melton et sa fille, ou avait-il simplement pensé qu'elles se sentiraient plus libres avec leur amie dans ses appartements privés?

— Excusez-moi, monseigneur.

Juliana lui fit une révérence et s'esquiva à l'étage.

Après son départ, Richard resta un moment songeur. Jusqu'à présent, sa mère était la seule femme avec laquelle il avait vécu. De toute évidence, il avait encore beaucoup à apprendre sur le beau sexe. Et Juliana Courtney, vicomtesse d'Edgecombe, semblait décidée à se charger de son éducation. Curieusement, cette perspective n'était pas pour lui déplaire.

Juliana monta les marches en courant, vaguement surprise d'être si impatiente de retrouver ses amies de Russell Street. Elle ne les connaissait pas depuis longtemps, mais le simple fait d'avoir vécu pendant quelques jours sous le même toit avait soudé leur camaraderie.

— Juliana, ce salon est ravissant! s'exclama Rosamund en la voyant entrer.

— Ma chère, c'est toute la maison qui est à croquer. Quel luxe! renchérit Lilly en se précipitant pour serrer Juliana dans ses bras. Tu as une chance folle. Et regardez-moi un peu cette robe! Elle est d'un chic!

— J'avoue que je suis folle de jalousie, soupira Emma en agitant son éventail. A moins qu'il n'y ait un hic. (Ses yeux scrutaient Juliana.) Tu dois payer tout cela d'une manière ou d'une autre.

— Oui, raconte-nous tout, supplia Rosamund en attirant Juliana à côté d'elle sur le sofa.

Juliana était tentée de tout leur confesser mais, à la réflexion, elle préféra se taire. Elle devait apprendre la discrétion. Si elle n'avait pas eu la faiblesse d'avouer son aventure à Mme Dennison, elle ne se serait pas retrouvée dans cette situation périlleuse.

— Il n'y a rien à raconter, dit-elle. C'est très simple. J'ai épousé le vicomte d'Edgecombe hier et nous habitons ici, chez le duc de Redmayne.

— Le duc ne t'a donc pas achetée pour lui-même? insista Emma.

— D'une certaine manière, si, répondit prudemment Juliana.

— Donc, tu as deux amants: le vicomte et le duc, conclut Lilly.

— Pas exactement.

— Juliana, cesse tous ces mystères ! tempêta Emma. Nous voudrions savoir comment une pareille bonne fortune a pu t'arriver. Il n'y a rien de honteux à être la maîtresse de deux hommes... surtout quand il s'agit d'un accord amiable. C'est bien le cas, n'est-ce pas ?

— Oui.

Juliana avait décidé que le plus sage était de leur laisser croire qu'elle se partageait entre le duc et son jeune cousin — du reste, ce n'était pas entièrement faux.

— J'appartiens au duc et au vicomte, précisa-t-elle d'un air détaché, et ils subviennent tous deux à mes besoins. (Elle se releva pour tirer la sonnette.) Désirez-vous boire quelque chose ? Du champagne, peut-être ?

— Du champagne ! s'exclama Lilly. Tu peux en commander toute seule ?

— Bien sûr. Tout ce que je souhaite est à ma disposition, répondit fièrement Juliana au moment où un laquais entrait. Apportez-nous du champagne, lui ordonna-t-elle.

— Oui, milady.

Le laquais s'inclina respectueusement et ressortit.

— Vous voyez, reprit Juliana. Je commande ce qui me plaît.

— C'est merveilleux, soupira Rosamund. Quand je pense à cette pauvre Lucy Tibbet...

— Qui est-ce ? demanda Juliana en voyant un voile de tristesse obscurcir les visages insouciants de ses trois jeunes visiteuses.

— Lucy travaillait dans une des boutiques de mode des Haddock, expliqua Emma. Pour l'amour du ciel, Juliana, n'aie jamais affaire à la mère Haddock.

— Elle est encore plus méchante que ne l'était son mari, ajouta Rosamund. Quand il est mort, nous pensions toutes que Glynda serait plus facile à manœuvrer, mais nous nous sommes bien trompées.

Le retour du laquais apportant le champagne provoqua un silence mélancolique rompu seulement par le bruit du bouchon qui sautait et le friselis du champagne coulant dans les coupes.

— Que s'est-il passé dans cette boutique ? demanda Juliana après le départ du domestique.

— C'est un bordel, ma chère, répondit Lilly, étonnée de l'apprendre à Juliana. Il n'y a que ça, à Covent Garden. Tous les commerces cachent des bordels. Ils déguisent leurs enseignes pour ne pas avoir de problèmes avec la police, mais personne n'est dupe. Les Haddock possédaient plusieurs boutiques sur la place.

— Lucy avait signé une reconnaissance de dette de quarante livres à Patrick Haddock, continua Rosamund. Il l'avait sauvée de ses créanciers, et elle était supposée le rembourser un peu chaque semaine. Mais elle ne gagnait pas assez pour cela et, après la mort de Patrick, la mère Haddock a dénoncé sa dette et fait jeter Lucy dans la prison de Marshalsea.

— Nous organisons une collecte pour elle, annonça Lilly. Nous essayons de l'aider de notre mieux.

— On ne peut pas jurer que le même sort ne nous sera pas réservé un jour, commenta Rosamund d'une voix morne.

— Et les gardiens de Marshalsea sont très cruels, ajouta Emma. Ils refusent tout confort aux prisonniers qui n'ont pas de quoi payer. Or, Lucy n'a pas un sou.

— De combien a-t-elle besoin ? demanda brusquement Juliana.

L'histoire de Lucy lui paraissait épouvantable mais hélas crédible, compte tenu de ce qu'elle avait entrevu des bas-fonds de la capitale lors de sa promenade avec le duc.

— Il lui faut quarante livres pour rembourser la mère Haddock, répondit Rosamund. Les filles de Russell Street ont déjà donné dix livres, et nous visitons les autres maisons pour tenter de réunir toute la somme.

— Attendez-moi ici, dit Juliana, prise d'une soudaine inspiration. (Elle se releva d'un bond.) Je reviens dans quelques minutes.

Elle posa son verre et sortit aussitôt.

Richard traversait le hall quand elle l'aperçut du haut des marches. Elle rassembla ses jupes et descendit l'escalier en courant presque.

— Monseigneur, j'ai à vous parler ! C'est très urgent !

Richard sourit en la voyant se précipiter vers lui, tout essoufflée.

— Je suis à votre service, ma chère. En avez-vous pour longtemps ? Je m'apprêtais à sortir, mais je peux demander qu'on reconduise mon cheval à l'écurie.

— Tout dépendra de vous, monseigneur, dit-elle en fronçant les sourcils d'un air malicieux.

— Je vois... Eh bien, je vais m'efforcer de me montrer compréhensif. (Il se tourna vers le majordome :) Roberts, dites à Toby de faire patienter mon cheval. J'arrive tout de suite.

Juliana le suivit dans la bibliothèque et referma la porte derrière elle. Le plus simple était d'entrer directement dans le vif du sujet.

— Ai-je droit à une pension, monseigneur ?

Richard s'assit sur le bras d'un fauteuil.

— Je n'avais pas encore étudié cette question, mais il me semble normal que vous ayez quelque argent de poche, oui.

— Combien ? demanda-t-elle sans fard.

— Eh bien, voyons... (Il se gratta le front.) Vous avez une garde-robe suffisante, je crois ?

— Oui, répondit Juliana. (Elle essayait de contenir son impatience.) Mais il y a...

— ... tous les à-côtés, compléta-t-il à sa place. Je comprends. Si vous deviez fréquenter la Cour, il vous faudrait au moins deux cents livres par an. Mais puisque ce ne sera pas le cas, peut-être que...

— Qui a décidé que je n'irais pas à la Cour ? demanda Juliana, soudain distraite de son inquiétude principale.

Richard semblait surpris.

— J'ai pensé que vous ne souhaiteriez pas vous montrer dans le monde.

— Pourquoi ne déciderais-je pas moi-même de ce que je souhaite ou non ?

Richard comprenait de moins en moins. S'ingéniait-elle à le chicaner, comme ce matin, dans sa chambre, avec Lucien, ou lui causerait-elle plus de problèmes qu'il ne l'avait envisagé ?

— Laissons ce sujet de côté pour le moment, dit-il. Je vous propose quarante livres par trimestre. Je donnerai les instructions nécessaires à mon banquier.

— Pourrais-je toucher mon premier trimestre tout de suite ?

C'était la première fois de sa vie qu'elle réclamait de l'argent, mais il y avait urgence. Et puisqu'elle était devenue vicomtesse, après tout, elle pouvait se permettre ce genre de requête.

— Que voulez-vous faire de cette somme?

— Suis-je obligée de vous informer de la manière dont j'entends dépenser mon argent de poche?

Il secoua la tête.

— Je suppose que non. Avez-vous des ennuis?

— Non. Mais j'ai besoin de quarante livres... trente feraient l'affaire, mais j'en ai besoin immédiatement.

— Très bien.

De plus en plus intrigué, Richard ouvrit un tiroir de son bureau. Il en tira une boîte en fer, dans laquelle il compta trois billets de vingt livres qu'il tendit à Juliana.

— Voilà, mignonne.

— Ça fait soixante livres, observa-t-elle en prenant les billets.

— Gardez tout. Mais vous me jurez que vous n'avez aucun ennui?

— Oui. Merci beaucoup, monseigneur.

Elle tourna les talons et ressortit en coup de vent.

Richard resta songeur un moment. La requête de Juliana avait-elle un quelconque rapport avec ses visiteuses de Russell Street? Probablement. Et il n'était pas sûr d'apprécier qu'elle dispense ses libéralités aux courtisanes des Dennison. Cependant, Juliana avait droit à cet argent, et il n'avait aucune raison de contrôler la manière dont elle le dépensait.

— Voilà; quarante livres, annonça Juliana en posant deux billets sur la table du salon, devant les yeux médusés de ses amies. Ainsi, vous n'aurez même pas à puiser dans vos économies pour sauver Lucy. Et maintenant, allons la libérer!

— Mais... mais, c'est votre propre argent, Juliana ? demanda Lilly.

— Si l'on veut, oui. Je l'ai pris sur la pension que m'accorde le duc.

— C'est Lucy qui va être contente ! s'exclama Rosamund.

— Alors, partons tout de suite, insista Juliana en ouvrant la porte. Comment va-t-on là-bas ? A pied ? Ou dois-je commander une voiture ?

— Nous ne pouvons pas y aller nous-mêmes, objecta Rosamund. Ce n'est pas un endroit pour les ladies. Les geôliers sont des brutes vulgaires. M. Garston ira pour nous. Ils n'oseront pas l'intimider.

— Ils ne m'intimideront pas, *moi*, claironna Juliana. Allons-y. Il n'y a pas une minute à perdre. Qui sait les tortures que doit endurer cette pauvre Lucy !

Cette dernière considération convainquit ses trois amies. Elles lui emboîtèrent le pas. En traversant le hall, Juliana informa Roberts qu'elle serait de retour dans une heure ou deux.

14

— Où allez-vous, lady Edgecombe ? demanda Quentin.

Il gravissait le perron au moment où les quatre femmes quittaient la maison.

— A la prison de Marshalsea pour libérer quelqu'un.

— A Marshalsea ? répéta Quentin, qui n'était pas sûr d'avoir bien entendu. Vous déraisonnez, mon enfant.

— Vraiment, Juliana, il vaudrait mieux demander à Garston d'y aller à notre place, insista Emma.

— Richard me tuerait s'il savait que je vous ai laissée partir, ajouta Quentin.

— Je croyais pourtant que j'étais libre d'aller où bon me semblait !

— Sauf à Marshalsea.

— Même si vous m'y accompagnez ?

— Juliana, je n'ai pas la moindre envie de me rendre dans cette prison.

— Pourtant, vous êtes un homme d'Église. Votre devoir n'est-il pas de venir en aide à votre prochain ? demanda-t-elle avec un sourire enjôleur.

— Pourquoi ne suivez-vous pas le conseil de vos amies en laissant ce M. Garston s'en charger pour vous ?

— Parce que cela nous retardera et que cette pauvre Lucy doit sortir au plus vite. Ses geôliers sont des bourreaux. (Son regard se durcit soudain, et elle cessa de sourire.) Lord Quentin, oublieriez-vous votre devoir ?

Quentin commençait sérieusement à se demander comment il avait pu s'imaginer que Juliana aurait besoin de sa protection. Elle n'avait vraiment rien d'une victime !

— Vous avez raison, concéda-t-il, autant que possible, je dois venir en aide à ceux qui ont des problèmes. Mais je dois également les empêcher d'en avoir. Or, je vous assure, ma chère Juliana, que vous courez un grand danger si jamais Richard apprend où vous êtes allée.

Par la porte restée ouverte, Juliana entendit quelqu'un marcher dans le hall. C'était Lucien. Il se dirigeait vers le salon. Elle eut soudain une idée.

— Si mon mari ne s'y oppose pas, je ne vois pas ce que le duc pourrait y trouver à redire. (Elle se tourna vers ses trois amies, avant d'ajouter :) Attendez-moi une minute. Je reviens tout de suite.

Elle rentra dans la maison, laissant derrière elle un lord Quentin qui n'en croyait ni ses yeux ni ses oreilles.

— Juliana est peut-être un peu impétueuse, commenta prudemment Emma.

— Un peu, seulement ? répliqua Quentin, l'air agacé. Excusez-moi, mesdames.

Il les salua brièvement et se précipita dans le hall, à la recherche de Richard.

Juliana avait rejoint Lucien dans le salon.

— Monseigneur, j'ai besoin de votre permission pour effectuer une certaine course, annonça-t-elle d'entrée de jeu.

— Grands dieux ! s'exclama Lucien. Vous me demandez, à *moi*, la permission de sortir ?

— Oui, monseigneur. N'êtes-vous pas mon mari ?

Lucien se retint d'éclater de rire.

— Si, si, bien sûr.

— Alors, puisque vous êtes bien mon mari, personne d'autre que vous ne peut m'accorder ou me refuser la permission de sortir.

Lucien hocha la tête d'un air entendu.

— Bien, bien, bien. Que je sois damné si vous n'êtes pas en conflit avec Richard. Brave fille !

— Je ne suis pas véritablement en conflit avec Sa Grâce, précisa Juliana, car je ne l'ai pas consulté sur un sujet qui ne le regarde pas. C'est à vous que je demande la permission, monseigneur.

— Et pour aller où ? voulut-il savoir.

Juliana soupira.

— A Marshalsea. Libérer une amie de mes amies.

— Quelles amies ?

— Des filles de la maison où je vivais avant d'arriver ici, répondit Juliana en s'impatientant.

Elle redoutait que le duc, prévenu par Quentin, ne surgisse à l'improviste.

Lucien écarquilla les yeux.

— Sacré nom de nom ! Ne me dites pas que Richard vous a tirée d'un bordel ! (Il rit.) C'est trop beau ! Pour sauver l'honneur de la famille, mon cher cousin a été me chercher une femme dans un bordel !

Juliana avait beaucoup de mal à ne pas le regarder avec dégoût.

— Croyez ce que vous voulez, monseigneur, mais je ne suis pas, et je n'ai jamais été une catin.

Lucien leva la main d'un air conciliant.

— Ne vous offusquez pas, ma chère. Je me moque de ce que vous êtes. Vous seriez une fille à soldats que ça ne me choquerait pas outre mesure.

Juliana s'obligea à garder son calme. Le vicomte d'Edgecombe ne valait pas la peine qu'elle se mette en colère.

— Me donnez-vous votre permission, monseigneur ? redemanda-t-elle.

— Vous pouvez aller où bon vous semble, du moment que cela irrite Richard. (Il rit encore.) Vous avez mon entière permission pour vous livrer à toutes les débauches que vous souhaitez. Simplement, ne me demandez pas d'argent. Je n'ai pas un sou à vous offrir.

— Soyez rassuré, monseigneur, je ne vous demanderai plus rien. (Elle esquissa une révérence.) Si vous voulez bien m'excuser, mes amies m'attendent.

— Pas si vite ! Et si je vous accompagnais ? (Il sourit, avant d'ajouter :) Puisque votre mari sera avec vous, Richard n'y trouvera plus rien à redire.

Juliana n'était guère enthousiaste à l'idée de devoir supporter son mari, mais la perspective de contrarier le duc la séduisait. Après tout, il l'avait bien mérité !

— C'est d'accord, murmura-t-elle.

— Alors, allons-y.

Au moment où ils sortaient dans le hall, ils tombèrent nez à nez avec le duc et lord Quentin.

— Juliana, où allez-vous ainsi ? demanda sèchement Richard.

— Me promener avec mon mari, monseigneur. Je pense que vous n'y voyez pas d'objection.

Le duc se tourna vers son cousin, les yeux brillants de colère.

— Lucien, ne me dites pas que vous encouragez ce projet stupide.

— Ma femme m'a demandé la permission d'aider une amie, et je lui ai offert de l'accompagner, c'est tout. (Ses yeux pétillaient de malice.) Il n'aurait pas été raisonnable que lady Edgecombe se rende seule à Marshalsea, mais puisque son mari est avec elle, cela ne pose plus aucun problème.

— Ne soyez pas stupide, trancha le duc. Juliana, remontez dans vos appartements. Je viendrai vous voir tout à l'heure.

Juliana fronça les sourcils. Elle détestait qu'on lui parle sur ce ton.

— Excusez-moi, monseigneur, mais mon mari exige ma présence à ses côtés, et je dois me plier à sa volonté.

Elle esquissa une révérence et ressortit sur le perron avant que Richard ait pu réagir. Lucien la suivit, après une grimace comique à son cousin.

— Petite insolente! fulmina Richard. Mais pour qui se prend-elle?

— Pour la vicomtesse d'Edgecombe, semble-t-il, répondit Quentin, qui avait du mal à cacher son amusement.

Ce n'était pas si souvent que Richard était mis en échec.

Le duc le fusilla du regard, avant de retourner dans la bibliothèque. Il laissa la porte ouverte et, au bout d'un moment, Quentin se décida à le rejoindre.

— Si cette fille s'imagine qu'elle peut se servir de Lucien pour me provoquer, elle ne tardera pas à déchanter, déclara Richard, les lèvres pincées. Qu'espère-t-elle donc gagner à ce petit jeu?

— Une revanche, suggéra Quentin. Juliana ne manque pas d'esprit.

— C'est une friponne! lâcha le duc en se mettant à marcher de long en large devant la cheminée.

— Ils ne courent aucun danger, voulut le rassurer Quentin. Lucien ne...

— Cet ivrogne dégénéré se moque éperdument de Juliana. Il se sert d'elle pour s'amuser à mes dépens.

— Personne n'a besoin de le savoir, objecta Quentin.

— Personne n'a besoin de savoir que la vicomtesse d'Edgecombe, accompagnée de trois catins, est partie en libérer une quatrième de la prison de Marshalsea! s'emporta le duc. Bon Dieu, Quentin! Les gens vont forcément reconnaître Lucien!

Quentin haussa les épaules, en signe d'impuissance, et le duc recommença à faire les cent pas. Il enrageait contre son cousin. Juliana était tellement innocente que Lucien n'aurait aucune difficulté à la pervertir. Il devait le plus rapidement possible mettre un terme à leur alliance diabolique.

Caché derrière un arbre, sur le trottoir d'en face, George Ridge regarda s'éloigner le petit groupe composé de Juliana, d'un homme et de trois autres femmes. Il épiait la maison d'Albermale Street depuis le milieu de la matinée, et tout ce qu'il avait vu jusqu'à présent le déroutait.

La nuit précédente, il avait cru que Juliana avait été payée pour finir la soirée avec les deux hommes dans cette maison. Mais en réalité, elle semblait vivre ici. Il pensa alors qu'il s'agissait d'un bordel. Cependant, en voyant arriver tout à l'heure deux ladies respectables, et en grand deuil, dans une calèche armoriée, il comprit qu'il s'était trompé. Ensuite, les deux hommes qu'il avait vus cette nuit avaient reconduit les ladies à leur voiture. Puis trois jeunes femmes étaient entrées à leur tour. Juliana paraissait s'être disputée avec l'un des deux hommes, et à présent elle quittait la maison en compagnie des trois jeunes femmes, et d'un autre homme que George voyait pour la première fois.

Tout cela ne rimait à rien ! Juliana était richement habillée, mais ne ressemblait pas à une courtisane. Ses trois compagnes, en revanche... George était prêt à parier qu'elles étaient des catins. Et qui était cet homme chétif qui descendait la rue avec elles ? Plus vite George aurait éclairci ces mystères, plus vite il saurait comment agir.

Sortant de sa cachette, il décida de mener discrètement son enquête dans le quartier. Il finirait bien par apprendre à qui appartenait cette maison et qui étaient les personnes qui l'habitaient.

— Ne pensez-vous pas que nous devrions prendre une voiture, monseigneur? demanda Juliana, alors qu'ils arrivaient en vue de Piccadilly.

— Oh, rien ne presse, rien ne presse, répondit Lucien. Ce n'est pas si souvent que je marche en si galante compagnie. J'espère que nous allons croiser quelques-unes de mes connaissances. J'aurai le plaisir de vous présenter, ma chère femme... ainsi que vos amies... ou plutôt... (il rit)... vos anciennes collègues de travail.

Juliana serra les dents. Elle n'était pas disposée à sacrifier sa réputation simplement pour le plaisir de taquiner le duc. Lucien allait trop loin. Une voiture libre s'avançait dans leur direction, et Juliana héla le cocher.

— Pardonnez-moi, monseigneur, mais je crains que nous n'ayons pas de temps à perdre en mondanités. (Elle ouvrit la portière.) Je pense que nous pouvons tous tenir, si vous consentez à monter avec le cocher, ajouta-t-elle en souriant.

Lucien la fusilla du regard.

— Je crois vous avoir dit que je préférais marcher, madame.

Juliana ne se départit pas de son sourire.

— Certes, monseigneur, mais le temps presse. Cette pauvre Lucy doit être libérée au plus vite.

Elle monta, à la suite de ses trois compagnes.

— Si vous ne voulez pas vous asseoir avec le cocher, monseigneur, prenez donc une seconde voiture. (Comme Lucien ne répondait pas, Juliana insista :) Allons, monseigneur. Si j'y vais seule, Sa Grâce se fâchera contre moi, tandis que si vous venez, il ne pourra plus rien dire.

Le stratagème réussit. Lucien accepta finalement de monter avec le cocher.

— A Marshalsea, ordonna-t-il.

Le cocher fit claquer son fouet, et la voiture s'ébranla.

— Pourquoi es-tu si déterminée, Juliana ? demanda Lilly. Je parie que le sort de cette pauvre Lucy n'explique pas tout.

— Peut-être, concéda Juliana, mais c'est tout de même ma principale motivation.

— Excuse-moi d'être si curieuse, Juliana, intervint Rosamund, mais l'homme qui nous accompagne n'est-il pas ton mari ?

— Hélas, si, répliqua la jeune femme en haussant les épaules.

— Il est malade, ajouta Rosamund. Je me demande si...

— Il a la vérole, la coupa Lilly. Inutile d'ergoter, Rosamund, nous connaissons toutes les symptômes. As-tu couché avec lui, Juliana ?

— Non. Ce n'est pas prévu dans notre arrangement.

— Quel soulagement ! soupira Emma.

— J'espère que nous n'allons rien attraper à Marshalsea, marmonna Rosamund. Il y a des fièvres et toutes sortes de saletés, dans cette prison. Rien que de respirer l'air peut vous rendre malade.

— Alors vous resterez dans la voiture, déclara Juliana. J'irai chercher Lucy avec le vicomte.

— Je t'accompagnerai, annonça Lilly. Lucy ne te connaît pas. Elle n'aura pas confiance en toi.

— C'est vrai, acquiesça Emma. Elle a été tellement trompée qu'elle ne sait plus à qui se fier.

La voiture s'arrêta devant une grande bâtisse aux murs gris. Un homme armé en gardait l'entrée. Juliana et ses compagnes mirent aussitôt pied à terre. Lucien eut plus de mal à descendre de son perchoir ; ce petit exercice lui avait coupé le souffle.

— Je crois que j'ai été un peu fou de m'embarquer dans cette aventure, grommela-t-il en s'épongeant le front avec son mouchoir. Je vais vous attendre dans cette taverne. (Il désigna du doigt une façade de l'autre côté de la rue.) Retrouvez-moi là-bas quand vous en aurez terminé.

Et sans attendre davantage, il s'esquiva, aimanté par l'odeur du cognac.

— Mon Dieu ! murmura Rosamund, désappointée. J'espérais que le vicomte négocierait pour nous.

— Nous nous passerons de lui, déclara Juliana en se dirigeant résolument vers le garde.

Celui-ci empestait le mauvais alcool. Il attendit un moment avant de répondre à la question de Juliana.

— Lucy Tibbet, vous dites ? Ah, oui, cette catin ! (Il déshabilla Juliana du regard.) Et vous êtes une de ses amies ? Bien, bien, bien. On va p'têt' pouvoir s'arranger.

— Tout est arrangé, répliqua Juliana en le fusillant du regard. J'apporte quarante livres pour payer sa dette. Et une guinée pour vous si vous nous facilitez les choses. Maintenant dites-moi où elle se trouve.

— Holà, ma p'tite dame, on se calme ! S'agirait

pas de manquer de respect à M. Cobb. M. Cobb, c'est moi, votre serviteur, ajouta-t-il avec un sourire lubrique.

— Je n'apprécie pas vos manières, monsieur Cobb. Avez-vous, oui ou non, envie de gagner une guinée ?

— Dix guinées, et la Tibbet est à vous.

— Pas question, répondit fermement Juliana. Une seule guinée, ou sinon nous allons demander à un magistrat de faire libérer Lucy, et vous n'aurez rien du tout ! Pas même un penny, monsieur Cobb.

Le garde était médusé. C'était la première fois qu'il voyait une femme — de surcroît aussi jeune — lui tenir tête. D'habitude, les parents ou les amis qui venaient libérer l'un de leurs proches ne tenaient guère à fréquenter les magistrats. Ils préféraient négocier avec lui, et à son prix.

Enhardies par l'attitude de Juliana, Lilly, Rosamund et Emma s'étaient rapprochées. Elles fixaient le garde avec détermination.

— C'est bon, lâcha Cobb. Donnez-moi une guinée.

Juliana secoua la tête.

— Pas avant d'avoir récupéré Lucy.

— Montrez-moi d'abord la couleur de votre argent, insista le garde.

— Puisque c'est ainsi, je vais chercher un magistrat, annonça Juliana, l'air décidé.

Elle tourna les talons, en priant pour que sa ruse réussisse. Avec un magistrat, la libération de Lucy serait retardée de plusieurs heures. Il faudrait peut-être même attendre jusqu'au lendemain.

— Attendez ! la rappela le garde.

Il savait que si un magistrat ordonnait la libération de la prisonnière, il ne toucherait pas un sou. Une guinée valait mieux que rien du tout.

Juliana revint sur ses pas.

— Venez avec moi, dit-il en ouvrant la porte.

Les quatre jeunes femmes suivirent le garde dans un dédale de couloirs sombres et malodorants qui desservaient des cachots surpeuplés.

On n'enfermait pas de grands criminels à Marshalsea. Seulement de pauvres hères qui n'avaient pas de quoi régler leurs dettes ou qui s'étaient rendus coupables de menus larcins. Toute la misère du monde semblait s'être donné rendez-vous ici.

Ceux qui n'avaient pas la chance de connaître quelqu'un susceptible de payer leur caution croupissaient là pendant des années, parfois jusqu'à leur mort. De toute façon, rongés par la vermine et les maladies, leur espérance de vie était très faible.

Juliana et ses compagnes marchaient sans dire un mot, en évitant le plus possible de poser les yeux sur cette détresse humaine qui menaçait de les submerger.

— Elle est là, annonça le garde en leur désignant un minuscule réduit au bas d'une volée de marches. Lucy Tibbet ! cria-t-il. Lucy Tibbet, y a du monde pour toi !

Un faible murmure lui répondit, et Lilly se précipita la première dans le cachot. Juliana et ses deux autres compagnes lui emboîtèrent le pas.

Lucy était allongée sur une paillasse, les cheveux défaits et crasseux, sans chaussures et vêtue seulement d'une misérable chemise repoussante de saleté. Les yeux mi-clos, elle tremblait de fièvre.

Lilly lui prit la main.

— Dieu du ciel, qu'est-ce qu'ils t'ont fait ? s'écria Emma. Où sont tes vêtements ?

— Les gardiens me les ont pris, articula faiblement Lucy, en échange d'un peu de pain et d'eau. (Elle se redressa péniblement, et deux larmes coulèrent sur ses joues sales. C'est une chance qu'ils ne m'aient pas laissée toute nue.

— C'est monstrueux! murmura Rosamund, qui se mit à pleurer, elle aussi.

— Nous sommes venues vous sortir d'ici, annonça Juliana, la gorge serrée. Rosamund, si tu prêtais ta cape à Lucy, elle aurait de quoi se couvrir pour rejoindre la voiture.

Rosamund s'exécuta aussitôt, tandis que Lilly et Juliana aidaient Lucy à se relever.

— Pouvez-vous marcher? demanda Juliana.

— J'ai le vertige, répondit Lucy. Je ne me suis pas tenue debout depuis si longtemps...

— Tu te sentiras bientôt beaucoup mieux, la rassura Emma en lui prenant le bras.

— Le diable emporte la mère Haddock! maugréa Lilly. Elle t'aurait laissée mourir dans ce trou.

— Nous reparlerons de cela plus tard, intervint Juliana. Commençons par sortir d'ici.

Le garde était resté dans le couloir. Il boucha le passage dès que les filles voulurent rebrousser chemin.

— Vous partirez pas tant que j'aurai pas l'argent.

Sur un signe de Juliana, Lilly sortit les deux billets de vingt livres de sa poche.

— Voici le montant de sa dette.

M. Cobb tendit la main pour attraper les billets, mais Lilly recula la sienne. Lucy regardait cette scène, médusée...

— Comment avez-vous réussi à...

— Chut, Lucy. Ne parle pas, pour l'instant, lui chuchota Rosamund. Nous t'expliquerons tout quand tu seras reposée.

— Donnez-moi les sous, répéta Cobb en s'impatientant.

— Ils sont destinés à Mme Haddock, intervint Juliana. Vous ne les aurez qu'en échange d'un reçu.

M. Cobb secoua la tête, éberlué.

— Ah, vous alors, le diable vous emporte ! (Il commença à remonter le couloir, avant d'ajouter :) Qui vous a élevée ? Un grippe-sou ?

Juliana prit cette insulte avec le sourire. L'exemple de sir Brian Forsett, toujours intraitable en affaires, lui servait bien aujourd'hui.

Elle rédigea le reçu elle-même avant de le tendre au garde pour qu'il le signe. Puis elle lui remit les quarante livres.

— Je n'ai que ces billets, dit-elle. Quelqu'un a-t-il une guinée pour cet obligeant monsieur ?

Rosamund donna la pièce, et elles quittèrent enfin Marshalsea, Lucy à demi portée par Juliana et Lilly. Quand elles revinrent à la voiture, Lucien n'avait toujours pas reparu. Emma se proposa pour aller le chercher dans la taverne.

Pendant ce temps, Juliana et Lilly installèrent Lucy, presque inconsciente, sur la banquette.

— Qu'allons-nous faire d'elle ? demanda Lilly. Nous ne pouvons pas la ramener chez la mère Haddock.

— Et chez Mme Dennison ? suggéra Juliana.

— Non plus, répondit Rosamund. Élisabeth nous a déjà dit qu'elle ne voulait pas l'aider.

— Une fois, Lucy a refusé un client que voulait lui imposer Mme Dennison, expliqua Lilly. Parce qu'il était trop pervers. Depuis, Élisabeth ne veut plus entendre parler d'elle.

— Alors, je la prends avec moi, déclara Juliana, moins assurée qu'elle ne voulait bien le montrer.

Après son altercation de tout à l'heure avec le duc, elle craignait fort qu'il ne désapprouve cette nouvelle initiative de sa part.

— C'est parfait ainsi, commenta Lilly en soupirant de soulagement. Pendant que Lucy se remettra d'aplomb, nous essaierons de convaincre Mme Dennison de la reprendre chez elle.

— Elle a bon cœur, dans le fond, ajouta Rosamund. Et Patrick aussi. Du moment qu'on file droit, ils sont gentils avec nous.

La discussion s'engagea sur les mérites des Dennison, tandis qu'elles attendaient le retour de Lucien. Finalement, Emma revint bredouille.

— Il a dit qu'il n'avait pas envie de rentrer pour le moment, expliqua-t-elle.

— Zut ! murmura Juliana.

Le vicomte n'était décidément pas un complice fiable. Si elle ne revenait pas avec lui à Albermale Street, elle risquait d'encourir les foudres du duc. Elle songea un instant à aller le chercher elle-même, avant de renoncer à cette idée. Ivre, Lucien ne lui serait d'aucun secours.

— Tant pis, rentrons, dit-elle.

Elle se pencha par la portière pour ordonner au cocher de les reconduire chez le duc. La voiture s'ébranla aussitôt.

15

Dès que l'attelage s'arrêta devant la maison, Juliana et ses compagnes entourèrent Lucy pour l'aider à descendre.

— Veux-tu que nous montions avec vous ? demanda Lilly.

Après un moment d'hésitation, Juliana finit par secouer la tête.

— Non. Je crois qu'il vaut mieux que je sois seule.

— Si tu en es sûre... dit Rosamund.

— Occupez-vous plutôt de convaincre les Dennison de la reprendre, suggéra Juliana en soutenant Lucy. Je passerai demain à Russell Street pour vous donner de ses nouvelles. (Elle s'apprêtait à gravir le perron, quand elle se ravisa :) J'en profiterai pour vous soumettre une idée.

— De quoi s'agit-il ? voulut savoir Lilly.

— Je ne peux pas vous l'expliquer aujourd'hui. Je dois y réfléchir encore un peu. (Elle agita la main en signe d'adieu.) A demain !

Ses trois amies lui rendirent son salut alors qu'elle montait les marches en portant presque Lucy. Roberts lui ouvrit la porte avant même qu'elle ait frappé, et pour une fois son masque d'impassibilité se fissura quand il découvrit sa compagne. Juliana pouvait difficilement l'en blâmer. Lucy, toujours à demi inconsciente, était dans un piteux état. Et le contraste de sa tenue avec la robe luxueuse de Juliana était pour le moins choquant.

Juliana installa la malheureuse dans un fauteuil du hall pour réfléchir posément. Qu'allait-elle faire ? Il devait y avoir des chambres libres, dans une maison aussi vaste, mais avait-elle le droit d'en disposer à sa guise, sans l'accord du duc ?

— Roberts, pourriez-vous demander à Martha de...

— Que diable se passe-t-il ici ?

La voix du duc fit sursauter Juliana. Visiblement, il n'avait pas retrouvé sa bonne humeur pendant son absence — du reste, elle ne s'y attendait pas. Quentin le suivait comme son ombre.

— Monseigneur, commença-t-elle en s'éclaircissant la voix, voici la femme que nous avons sauvée de Marshalsea, et...

— Roberts, vous pouvez disposer, l'interrompit le duc.

Le majordome contemplait Lucy, fasciné, comme s'il avait devant lui un monstre de foire.

— Continuez, reprit Richard dès que le domestique se fut éclipsé.

Juliana prit une profonde inspiration.

— Je vous en conjure, monseigneur...

Lucy gémit faiblement et Quentin, bousculant son frère, se précipita vers elle.

— Ils l'auraient laissée mourir de faim si nous n'étions pas intervenues, déclara Juliana. Elle a besoin d'être soignée, et j'ai pensé que nous pourrions la prendre ici pendant quelque temps.

— C'est vrai, Richard, cette fille a été épouvantablement maltraitée, constata Quentin. Il faut appeler un docteur.

Le duc contempla Lucy, et son regard se radoucit un instant. Mais quand il reporta son attention sur Juliana, ses yeux jetèrent des éclairs.

— Conduisez-la à l'étage et confiez-la à Martha. Elle saura s'en occuper. Ensuite, vous viendrez me voir dans la bibliothèque. J'ai à vous parler.

Juliana esquissa une révérence.

— Merci, monseigneur. Je suis à vos ordres.

Elle baissa humblement les yeux en signe de soumission et, quand elle les releva, elle crut voir passer une lueur d'amusement dans ceux du duc. Mais il tourna les talons et retourna s'enfermer dans la bibliothèque.

— Venez, Juliana. Je vais monter cette pauvre fille là-haut.

Quentin prit Lucy dans ses bras et s'avança vers l'escalier. Juliana lui emboîta le pas.

— Nous allons l'installer dans la chambre jaune, annonça Quentin en tournant à droite sur le palier. Ensuite, nous appellerons Martha.

Il déposa Lucy sur le lit et remonta les couvertures sur elle pendant que Juliana tirait le cordon. Puis elle vint s'asseoir sur le lit, à côté de Lucy.

— Comment ont-ils osé la traiter ainsi? murmura-t-elle, indignée. Regardez dans quel état ils l'ont mise! Et toute cette prison n'était peuplée que de malheureux comme elle. Il y avait même des enfants. C'est abominable!

— J'aimerais que de telles choses puissent disparaître, dit Quentin, mal à l'aise.

— Mais c'est possible! Vous en avez le pouvoir! s'exclama Juliana en bondissant sur ses pieds. Vous, et tous ceux qui ont l'autorité et l'argent. Ça peut changer, et vous le savez très bien.

L'arrivée de Martha dispensa Quentin de répondre. La domestique s'occupa de Lucy avec beaucoup d'efficacité, sans même sourciller devant son état.

Quentin entraîna Juliana vers la porte.

— Laissons Martha tranquille, dit-il. Richard vous attend.

Juliana ne put retenir une grimace.

— Il semblait très fâché.

— C'est le moins qu'on puisse dire. (Il sourit,

avant d'ajouter :) Mais si vous jouez finement, il ne le restera pas longtemps. Croyez-moi, c'est vraiment un homme très bon...

Juliana haussa les épaules.

— Je dois le penser également, remarqua-t-elle. Sinon je ne resterais pas dans cette maison.

Richard avait eu beaucoup de mal à recouvrer son sang-froid. Il n'arrivait pas à comprendre comment Juliana pouvait causer une telle révolution dans sa vie si tranquille. Mais depuis le premier soir où il l'avait vue, par le trou dans la cloison, chez les Dennison, elle exerçait sur lui une sorte de pouvoir... un pouvoir qui n'avait fait que se renforcer de jour en jour. Il ne savait pas du tout où cela allait le mener, et cette perspective ajoutait encore à son trouble.

Quand elle frappa, il se laissa choir dans un fauteuil et s'empara d'un journal avant de lui dire d'entrer. La porte s'ouvrit aussitôt, mais il garda les yeux rivés sur sa lecture.

Juliana resta un moment sur le seuil, ne sachant comment se comporter. Elle ne s'attendait pas à cet accueil silencieux.

— Fermez la porte, ordonna finalement Richard.

Juliana s'exécuta. Puis elle s'avança jusqu'au milieu de la pièce, le menton fièrement relevé. S'il avait l'intention de l'humilier en la traitant si cavalièrement, il se trompait lourdement.

Elle s'assit dans un fauteuil, sans y avoir été invitée, et prit un exemplaire du *Morning Post* sur le guéridon voisin.

Richard releva les yeux, et il eut beaucoup de mal à ne pas rire en voyant Juliana, raide et tendue, faisant mine d'être absorbée par sa lecture.

La vicomtesse d'Edgecombe luttait pied à pied. Il reposa son journal.

— Ne tournons pas autour du pot, mignonne, dit-il. Si j'ai bien compris, vous avez décidé de vous allier avec Lucien. Je me trompe ?

Juliana haussa les sourcils.

— Je ne comprends pas très bien, monseigneur. Le vicomte est mon mari. Nous sommes indéfectiblement liés devant Dieu et devant la loi.

Richard serra les dents.

— Je vous préviens tout de suite, Juliana, que je ne tolérerai pas ce petit jeu. Pas plus que je ne tolérerai que vous entreteniez des relations avec les filles de Mme Dennison. Elles ne mettront plus les pieds ici, et vous n'irez pas les voir chez elles. Vous ne devez pas avoir d'accointances avec un bordel.

— C'est un peu tard pour cela, il me semble. Qui suis-je, sinon votre catin, achetée par contrat à une maquerelle ?

— Vous êtes ma maîtresse, Juliana, et non ma catin.

— Allons, monseigneur, lança-t-elle d'un ton dédaigneux. Vous m'avez achetée pour trois mille guinées, si mes souvenirs sont exacts. Je suis flattée que vous m'ayez estimée à un prix aussi élevé, mais je ne suis pas naïve. Les hommes n'achètent pas leurs maîtresses. Ils achètent des catins.

— Je croyais que nous avions déjà longuement débattu ce sujet. Puisque vous vous répétez, moi aussi. Dorénavant, vous n'aurez plus aucun contact avec les filles de Russell Street. Martha s'occupera de cette pauvre malheureuse, là-haut, jusqu'à ce qu'elle soit en état de quitter la maison, après quoi je lui donnerai assez d'argent pour qu'elle puisse vivre sans avoir besoin d'un protecteur.

Quentin prétendait que le duc avait le cœur sur la main; et il n'exagérait pas. Autant de générosité envers une fille que Richard ne connaissait même pas refroidit la colère de Juliana. Mais puisqu'il voulait lui interdire Russell Street, le combat devait continuer.

— C'est très aimable à vous, dit-elle poliment. Lucy vous en sera très reconnaissante.

— Bon Dieu, Juliana, je n'attends aucune gratitude. J'exige simplement que vous m'obéissiez.

— Je ne dois obéissance qu'à mon mari, monseigneur.

— Vous devez obéissance à l'homme qui vous fait vivre, déclara-t-il brutalement en se levant. En croyant me provoquer, vous rentrez dans le jeu de Lucien. Il était trop heureux, ce matin, de parader dans les rues de Londres en compagnie de trois courtisanes. Quand je pense à tous ceux qui ont pu vous voir! Lucien s'est moqué de vous, et vous avez été assez naïve pour n'y voir que du feu.

Juliana pâlit sous l'insulte. Non, elle n'était pas aussi naïve que cela!

— Jusqu'ici, la conduite de votre cousin n'a jamais entaché votre réputation, il me semble, monseigneur? répondit-elle froidement. Je ne vois pas en quoi sa femme pourrait aggraver les choses. (Elle esquissa une révérence.) Avec votre permission, je voudrais me retirer, monseigneur.

Richard s'approcha d'elle.

— Ne faites pas cela, Juliana. S'il vous plaît.

Il semblait sincère, et Juliana avait conscience qu'il lui offrait une occasion de cesser les hostilités sans qu'elle perde la face. Mais son ressentiment ne pouvait pas disparaître d'un coup de baguette magique.

— Monseigneur, vous récoltez ce que vous avez semé.

Leurs regards se croisèrent un long moment, et Juliana put lire dans ses yeux un mélange de colère, de résignation et de regret. Du désir, aussi.

— C'est exact, concéda-t-il. Mais gardez bien à l'esprit que la formule vaut également pour vous.

Il s'empara brutalement de ses lèvres. Ce fut un baiser âpre, violent, comme une déclaration de guerre qui aurait mêlé défi et passion et qui les porta au sommet du désir. Puis Richard la relâcha.

— Vous avez la permission de partir, dit-il.

Juliana esquissa une révérence et quitta la bibliothèque en refermant doucement la porte. Un laquais traversait le hall au même instant.

— Savez-vous si le vicomte est rentré ? lui demanda-t-elle.

— Je ne crois pas, milady.

— Pourriez-vous me prévenir dès son retour ? Je serai dans mon petit salon.

Le laquais s'inclina respectueusement, et Juliana continua son chemin, songeuse. Le baiser du duc avait éveillé en elle un désir qui restait inassouvi. Elle se demanda s'il ressentait la même chose, mais elle devina qu'il savait mieux se contrôler qu'elle. En l'embrassant, il savait exactement ce qu'il faisait...

Elle repassa par la chambre jaune. Lucy était assise dans le lit et Martha lui donnait de la soupe.

— Vous avez déjà meilleure mine, remarqua-t-elle en s'approchant du lit.

Lucy avait été lavée et coiffée, elle portait une chemise de nuit blanche et son regard avait repris un peu de vie. Elle se tourna vers Juliana et lui sourit.

— Je ne sais pas qui vous êtes, ni où je suis, mais je vous dois la vie.

Juliana secoua la tête. Elle n'avait fait que son devoir, et tant de gratitude l'embarrassait.

— Je m'appelle Juliana, dit-elle en s'asseyant au bord du lit. Et vous êtes dans la maison du duc de Redmayne. Je suis mariée à son cousin, le vicomte d'Edgecombe.

Lucy paraissait médusée. Elle refusa la nouvelle cuillerée de soupe que lui tendait Martha.

— Je ne pourrai rien avaler de plus.

— Hé, votre estomac avait perdu l'habitude de se remplir ! répondit Martha avec un bon sourire. Je vous laisse en compagnie de milady. Si vous avez besoin de quelque chose, n'hésitez pas à sonner.

— Comment avez-vous connu Lilly et les autres ? demanda Lucy après le départ de la domestique.

— Oh, c'est toute une histoire, répondit Juliana en grimaçant. Mais vous avez l'air fatiguée. Je vous raconterai cela quand vous aurez dormi un peu.

Lucy ne chercha pas à protester. Ses yeux se fermaient tout seuls. Juliana tira les rideaux et quitta la chambre sur la pointe des pieds. Puis elle rejoignit son petit salon et s'installa face à la fenêtre, qui donnait sur le jardin, pour réfléchir.

Richard pouvait empêcher les filles de Russell Street de venir ici, mais comment pouvait-il s'opposer à ce qu'elle leur rende visite chez les Dennison dès lors que son mari était d'accord ? Pourtant, il semblait sûr de lui...

Sans doute avait-il l'intention d'obliger Lucien

à lui retirer sa permission en le menaçant de lui couper les vivres s'il ne s'exécutait pas. Voilà pourquoi elle devait absolument voir Lucien avant le duc. Elle devait trouver un stratagème pour le convaincre de résister à Richard. Ça ne devait pas être impossible. Lucien ne lui donnait pas l'impression d'être très intelligent. Vindicatif, malveillant, dégénéré, oui. Mais pas raisonneur pour deux sous. Avec un peu de chance, elle obtiendrait de lui ce qu'elle désirait.

Juliana fut tirée de ses pensées en voyant Quentin pénétrer dans le jardin. Il portait un sécateur et s'arrêta devant un massif de roses jaunes. Il en coupa six, puis il cueillit dans le massif d'à côté une autre demi-douzaine de roses blanches et arrangea le tout en bouquet. Il souriait, et Juliana s'étonna de constater à quel point les deux frères étaient différents.

Quentin rentra dans la maison avec son bouquet, et elle se demanda à qui il était destiné. À lady Lydia, peut-être ?

Cette idée lui trotta un moment dans la tête. Elle était persuadée que Quentin et Lydia formeraient un couple merveilleux. Et elle était convaincue qu'ils étaient amoureux l'un de l'autre. Mais le duc de Redmayne se dressait entre eux. Pourtant, le duc n'éprouvait rien pour lady Lydia. Il avait consenti à l'épouser par devoir. Juliana parviendrait peut-être à trouver une solution. Il était souvent plus facile à une tierce personne de démêler une situation qu'à ses protagonistes.

On frappa à la porte et Quentin entra. Il avait toujours son bouquet à la main, et Juliana crut un instant qu'il était pour elle.

— J'ai pensé que votre amie trouverait un peu

de réconfort dans ces fleurs, dit-il. Elles sont si jolies, et elles sentent si bon. Mais je n'ose pas lui imposer ma présence. Voudriez-vous m'accompagner ?

— Bien sûr, répondit Juliana. Elle dormait, quand je l'ai quittée, mais elle sera ravie de voir ces roses. Elles sont vraiment magnifiques.

Ils remontèrent le couloir jusqu'à la chambre de Lucy. Juliana entra sur la pointe des pieds et tira les rideaux. Lucy ouvrit aussitôt les yeux.

— Lord Quentin vous a cueilli des roses, annonça-t-elle. Je vais sonner pour qu'une domestique les mette dans un vase.

Juliana s'écarta, supposant que lord Quentin désirait avoir un petit entretien pastoral avec Lucy. Mais il se contenta de poser le bouquet sur la table de nuit.

— La servante s'en occupera, dit-il. Je ne voudrais pas vous déranger.

— Merci, monsieur, répondit Lucy avec un doux sourire. Je ne sais pas ce que j'ai fait pour mériter autant d'attentions.

— C'est tout naturel, se récria Juliana. Vous avez été si maltraitée que vous avez droit à toute notre compassion. N'est-ce pas, lord Quentin ?

— Certainement, acquiesça-t-il, un peu honteux de n'avoir pas pensé à tenir lui-même ce petit discours. (Juliana se chargeait de lui rappeler les principes de la religion ! Se tournant vers Lucy, il ajouta :) Je vais vous laisser vous reposer, maintenant. Mais si vous désirez me parler, n'hésitez pas à sonner.

— Que pourrais-je lui dire ? demanda Lucy après son départ. Je n'oserai jamais sonner un lord !

— C'est un clergyman, l'informa Juliana en s'asseyant au bord du lit. Il sera heureux de parler avec vous des choses de la religion.

— Ah... je comprends, à présent, répondit Lucy. Racontez-moi votre histoire, Juliana. Je me sens beaucoup mieux.

Juliana ne lui en dit pas plus que ce que savaient déjà les autres filles. Quand Martha revint avec une tasse de bouillon chaud pour la malade, elle partit dans sa chambre s'habiller en prévision du dîner.

Elle choisit une robe de soie mauve qui s'accordait parfaitement avec la couleur de ses cheveux, qu'elle coiffa en chignon. Son éventail à la main, elle sortit. Elle s'apprêtait à descendre, quand Lucien, émergeant de sa chambre, la rattrapa en haut des marches. Il empestait l'alcool.

— Descendrez-vous avec moi, milady ? (Il lui offrit son bras, avec une grimace ironique.) D'habitude, je ne dîne jamais à la table de mon cousin. Je déteste ce genre de corvée, même si le vin est bon et la cuisine, excellente. Mais j'ai pensé que je me devais d'honorer ma femme !

Juliana prit son bras. Il était parfaitement normal qu'elle arrive à dîner au bras de son mari, mais le duc de Redmayne serait furieux ! Elle sourit à Lucien.

— Après le repas, j'aimerais vous entretenir en privé, monseigneur.

— C'est d'accord, à condition que votre conversation ne soit pas ennuyeuse.

— Oh, je peux vous assurer que je ne vous ennuierai pas.

Il lui sourit à son tour.

— Dans ce cas, milady, je serai ravi de vous accorder un peu de mon temps.

16

George Ridge contemplait son assiette avec l'air d'un homme qui vient d'éprouver un grand choc. Il s'était attablé à la Taverne des Caraïbes, réputée pour sa spécialité de soupe à la tortue, mais soudain il n'avait plus faim.

Juliana était mariée à un vicomte ! Il laissa retomber sa cuiller, assommé par cette nouvelle dont il réalisait brutalement toute la portée. C'était un garçon d'écurie au service du duc de Redmayne qui l'avait renseigné. D'abord, George n'avait pas voulu le croire, mais les descriptions données par le domestique correspondaient parfaitement à Juliana et aux trois hommes qu'il avait vus en sa compagnie. L'un était le duc lui-même, le deuxième, son demi-frère, lord Quentin, et le troisième, chétif et malade, n'était autre que le mari de Juliana, le vicomte d'Edgecombe. « Ils se sont mariés hier, et désormais ils vivent ici », avait précisé son informateur.

George reprit sa cuiller. C'était stupide de laisser perdre une soupe aussi délicieuse, et surtout aussi chère ! Il termina son assiette et la récura avec un morceau de pain, puis il s'adossa à sa chaise pour se détendre un peu.

Il aurait volontiers quitté la taverne, maintenant, mais il avait commandé une oie farcie pour suivre la soupe, en pensant qu'un bon dîner aurait raison de l'angoisse qui le taraudait. Si Juliana était vraiment mariée à un vicomte, alors elle ne pourrait plus l'épouser ! A moins qu'il ne s'agisse d'un mariage factice. Cet espoir lui redonna le courage de s'attaquer à sa volaille.

Oui, un faux mariage semblait hautement probable. Comment, en si peu de jours, Juliana avait-elle pu épouser un vicomte ? Le cousin d'un duc ! George n'était pas familier de la grande aristocratie, mais il se doutait bien que ces gens-là ne se mariaient pas sur un coup de tête. Et ils n'épousaient pas des femmes sans fortune ni titre, aussi belles fussent-elles. Donc, c'était un arrangement. Mais Juliana l'ignorait sans doute. Après tout, George la voyait mal accepter de devenir une catin. Il était persuadé qu'elle avait cru de bonne foi épouser vraiment un vicomte.

Rasséréné, George termina son oie et commanda une bouteille de porto. Juliana lui serait reconnaissante, quand elle apprendrait qu'on l'avait trompée. Et bien sûr, il saurait se montrer magnanime avec elle. Il lui expliquerait que plus aucun gentleman ne voudrait l'épouser, dès lors qu'elle était devenue une catin. Sauf lui, George Ridge. Ce réconfort, allié à la promesse de la disculper de la mort de sir John, jetterait Juliana dans ses bras.

Tout sourire, George porta un toast à sa bonne fortune. Puis un deuxième. Et encore un autre... A la fin, il avait presque vidé la bouteille de porto et il s'endormit brutalement au milieu des restes de son dîner. Dans l'auberge, personne ne se soucia de lui.

Le vicomte d'Edgecombe but une grande rasade de cognac avant de reporter son attention sur sa femme. Aussitôt après le dîner, ils s'étaient retirés dans le salon de Juliana.

— Bon sang, ma femme, si vous y tenez vraiment, je peux vous montrer le vrai visage de la capitale ! (Il sourit.) Je suis sûr que cela vous plaira beaucoup.

— Sa Grâce ne sera pas d'accord, objecta Juliana pour le sonder.

Lucien fronça les sourcils.

— Oh, ça, non !

— Mais vous vous moquez de son avis, n'est-ce pas ? insinua-t-elle. J'ai du mal à vous imaginer obéissant aux ordres de quelqu'un.

— Vous avez raison. (Il termina son verre, avant d'ajouter :) Mais je vais être franc avec vous : c'est Richard qui tient les cordons de la bourse. Et je n'ai pas envie qu'il me coupe les vivres. La vie est si chère, de nos jours...

— Pourquoi subvient-il à vos besoins ?

— Pour une bonne raison, ma chère : en échange de mon consentement à ce mariage de comédie.

— Vous pourriez lui laisser entendre que s'il vous coupe les vivres, vous me répudiez, suggéra Juliana, du ton le plus détaché possible.

Lucien la regarda, étonné.

— Diantre, mais voilà une idée malicieuse ! Pourquoi en voulez-vous tant à Richard ?

Juliana haussa les épaules. Lucien ignorait vraisemblablement les clauses de son contrat avec le duc.

— Je n'aime pas être manipulée.

— Ah... fit Lucien. Richard m'a dit que vous étiez obligée de lui obéir. Que sait-il sur votre compte ?

— Seulement que je suis sans amis ni protection, répondit Juliana. Et que je dépends entièrement de lui.

— Alors pourquoi cherchez-vous à le fâcher ? Ce n'est pas dans votre intérêt.

— Nous avons signé un contrat qu'il ne peut désavouer. L'acte a été enregistré par un homme de loi et il prévoit que le duc doit me verser une pension, quoi qu'il arrive.

Lucien sourit de nouveau.

— Sauf le respect que je vous dois, ma chère épouse, j'aime autant vous prévenir que vous avez tort de croire pouvoir damer aussi facilement le pion à Richard.

— Vous avez sans doute raison, répondit Juliana en s'impatientant, mais je voudrais me rendre à Covent Garden pour voir exactement comment les gens y vivent — spécialement les femmes. Votre cousin refuserait de me conduire là où je veux aller, mais vous, non. J'ai cru comprendre que vous passiez une bonne partie de votre temps là-bas.

— Je n'ai pas dit que je ne pouvais pas, mais Richard sera vraiment fâché, insista Lucien. (Il se resservit à boire.) Cela dit, même les femmes de la bonne société fréquentent Covent Garden.

— Donc, rien ne s'oppose à ce que je vous y accompagne ?

— Non, rien ne s'y oppose, petite friponne ! s'exclama-t-il, revigoré par une nouvelle rasade de cognac. (Il reposa son verre, avant d'ajouter :) Et je me réjouis déjà de la tête que fera Richard. S'il veut s'en prendre à moi, je trouverai bien à lui répondre.

— Je savais que je pouvais compter sur vous ! l'encouragea Juliana. Partons-nous tout de suite ?

— Hmmm. (Il la regarda en fronçant les sourcils.) J'imagine que vous n'avez pas de pantalons, dans votre garde-robe ?

— Des pantalons ? répéta Juliana, interloquée. Si, j'en ai, mais...

— Peu importe, la coupa-t-il. Vous êtes trop féminine pour être séduisante en homme. Même avec la meilleure volonté du monde, vous n'arriverez jamais à ressembler à un garçon.

Juliana resta un moment sans voix.

— Vous aimez les femmes déguisées en garçons, monseigneur ? finit-elle par demander.

Lucien grimaça.

— Je préfère les garçons tout court, ma chère. Mais si je dois me contenter d'une femme, j'aime bien qu'elle se déguise.

Bonté divine, que lui restait-il encore à apprendre sur son mari ? Juliana avait déjà entendu parler des hommes qui aimaient les hommes mais à Winchester, ce genre de pratique sentait le soufre.

Lucien avait deviné ses pensées.

— Que vous êtes innocente ! se moqua-t-il. Je vous montrerai tous les plaisirs que recèle Covent Garden. Et qui sait, vous y trouverez peut-être votre compte ? Prenez un manteau.

Juliana hésita soudain. N'était-ce pas risqué de lier son sort à celui de cet être dépravé ? Mais après tout, elle avait de l'argent sur elle, et elle pourrait revenir à la maison à tout moment, en louant une voiture. De plus, elle tenait absolument à se rendre compte par elle-même de ce qu'était la vie de ces femmes qui hantaient les arcades de Covent Garden.

— Je reviens dans un instant, dit-elle. Attendez-moi.

— Avec plaisir. Je vais en profiter pour boire un petit verre.

Juliana prit un grand manteau noir dans sa penderie et s'en enveloppa pour cacher sa belle robe de soie, puis elle regagna le salon. Lucien l'attendait, vautré sur le sofa, un verre à la main. Il semblait perdu dans ses rêveries et ne parut pas la reconnaître immédiatement.

— Ah, c'est vous, balbutia-t-il en se relevant avec difficulté.

Juliana nota que sa voix était pâteuse.

— Êtes-vous sûr d'être en état de sortir ?

— Ne dites pas de bêtises. Je suis en pleine forme. (Il vida son verre d'un trait, avant d'ajouter :) Et je n'ai pas l'intention de terminer ma soirée dans ce mausolée lugubre.

D'un pas chancelant, il se dirigea vers le couloir. Juliana fronça les sourcils, mais se décida à le suivre. Ils arrêtèrent la première voiture qui passait.

Cinq minutes plus tard, Richard sortit de la bibliothèque. Il avait décidé de se rendre à son club, pour y parler politique et peut-être jouer une ou deux parties de cartes. Avant de quitter la maison, il ne songea même pas à demander aux domestiques où se trouvait Juliana. Il était persuadé qu'elle était dans son salon. Ou dans la chambre jaune, avec Lucy.

Juliana contemplait à travers les fenêtres de la voiture le spectacle nocturne de la capitale. A mesure qu'ils approchaient de Covent Garden, les rues s'animaient comme en plein jour. Le cocher, pris dans la circulation, dut même ralentir ses chevaux plusieurs fois.

Les portes du Théâtre Royal étaient fermées : la représentation de ce soir avait déjà commencé. Ils s'arrêtèrent un peu plus loin, près de Saint-Paul. Juliana descendit, pendant que Lucien payait le cocher.

Une foule bruyante s'était amassée devant l'église. Un joueur de fifre avait toutes les peines du monde à se faire entendre par-dessus le brouhaha ambiant.

— Que se passe-t-il ici ?

Lucien haussa les épaules.

— Je n'en sais fichtre rien. Allons voir.

Juliana s'approcha de la foule et se dressa sur la pointe des pieds pour tenter d'apercevoir quelque chose.

— Il faut jouer des coudes, chuchota Lucien à son oreille. La politesse ne vous servira à rien.

Il se fraya un chemin dans la foule. Juliana sur ses talons. Lucien dut batailler ferme, échangeant quelques insultes avec ceux qui ne voulaient pas les laisser passer, mais ils se retrouvèrent finalement au premier rang.

Un homme en habits d'ouvrier se tenait sur les marches, à côté d'une femme simplement vêtue d'une chemise de lin. Ses mains étaient attachées dans son dos, et elle avait autour du cou une corde dont l'homme se servait comme d'une laisse. Elle baissait la tête, comme si elle avait voulu se rendre invisible, mais la foule murmura son approbation quand l'homme lui tira les cheveux pour l'obliger à regarder droit devant elle.

— Alors, qui me fait une offre ? cria l'homme, pour couvrir le bruit. Elle sait tenir une maison, elle a de bonnes jambes, une belle croupe...

Il touchait chacune des parties de son corps qu'il désignait, tandis que la femme essayait de se reculer. Mais il la ramena sur le devant en tirant un coup sec sur sa laisse.

Lucien riait avec la foule. Juliana était horrifiée.

— Que se passe-t-il ?

— Il vend sa femme. Ça ne se voit pas ? répondit Lucien sans perdre une miette du spectacle.

Soudain, une voix retentit dans la foule.

— Allez, Dick, tu t'es assez amusé avec elle ! A moi, maintenant.

Un petit homme brun se démena pour rejoindre le couple sur les marches.

— Dix livres, et tu me la donnes, proposa le nouvel arrivant.

— Marché conclu, répondit le mari.

Les deux hommes se tapèrent dans les mains pour sceller leur accord. Le brun compta dix pièces qu'il remit au mari, puis il s'empara de l'extrémité de la laisse et entraîna la femme dans une ruelle derrière l'église. Ses pleurs augmentèrent encore l'hilarité de la foule.

— C'est monstrueux! murmura Juliana.

Elle avait déjà entendu parler de l'existence de telles horreurs, mais c'était la première fois qu'elle y était confrontée. La foule commençait à se disperser, maintenant qu'il n'y avait plus rien à voir. Lucien se dirigea vers une taverne, sans se soucier d'attendre Juliana.

Elle le rattrapa dans la salle. Une épaisse fumée de tabac flottait dans l'air, et les yeux de Juliana se mirent à pleurer.

Lucien s'assit à une table, mais elle répugna à l'imiter en voyant la crasse accumulée sur le banc. Finalement, elle se résigna, en songeant que son manteau lui éviterait de tacher sa robe.

— Ça n'a pas l'air de vous convenir, grimaça Lucien.

— Cette taverne est une porcherie, répliqua-t-elle sèchement.

— Notre hôte n'aimerait pas vous entendre dire ça. Tom King est très fier de son établissement.

Un serveur s'approcha de leur table.

— Du tord-boyaux maison! commanda Lucien en lui donnant une pièce.

Le serveur revint deux minutes plus tard et

déposa devant eux deux verres remplis d'un breuvage foncé avant de filer vers une autre table où on l'appelait. Il ne dut pas arriver assez vite au gré du client, qui lui décocha un coup de poing en pleine figure.

Juliana avait suivi toute la scène, médusée.

— Buvez, lui dit Lucien en lui tendant son verre.

Elle le porta à ses lèvres et but distraitement une gorgée. Elle eut soudain l'impression que son gosier s'embrasait et elle manqua s'étouffer.

— Quelle petite nature! commenta Lucien en lui tapant violemment dans le dos.

Mais son regard malveillant n'avait pas échappé à Juliana. Il l'avait fait exprès!

— Ne me touchez pas! dit-elle, furieuse. Pourquoi ne m'avez-vous pas prévenue?

— J'aurais gâché mon plaisir!

Juliana repoussa son verre loin devant elle. Elle aurait aimé boire du lait, pour dissiper l'amertume de sa bouche, mais commander du lait dans un pareil endroit ne manquerait pas d'attirer l'attention.

— Bon Dieu, mais c'est Edgecombe! s'exclama quelqu'un, à l'autre bout de la salle. Hé, l'ami, qu'est-ce qui t'amène ici? On avait entendu dire que t'étais marié!

Trois hommes, chacun muni d'un verre, se dirigèrent vers eux. Ils étaient jeunes — sans doute à peine plus de vingt ans —, mais l'alcool et la débauche avaient marqué prématurément leurs traits.

— Asseyez-vous donc, les invita Lucien. Je vais vous présenter ma femme. (Il se leva et esquissa une révérence comique en désignant Juliana :) Voici lady Edgecombe, mes amis. Madame ma femme, veuillez saluer le capitaine Frank Carson, l'honorable Bertrand Peters et le meilleur d'entre tous, mon très cher ami Freddie Binkton.

Il serra contre lui ce dernier et l'embrassa bruyamment sur la joue.

Juliana se leva à son tour et salua. Elle se sentait ridicule mais ne voyait pas comment se soustraire à cette réunion. Les trois hommes lui rendirent son salut en riant, mais elle eut l'impression qu'ils la dévisageaient avec hostilité.

— Pourquoi diable t'es-tu marié, Lucien? demanda le capitaine Frank. Je croyais que tu avais juré de rester célibataire.

— Oh, j'ai dû céder aux pressions familiales, répondit Lucien en buvant une gorgée d'alcool. Mon cousin pensait que c'était le meilleur moyen d'éviter un scandale.

Ils éclatèrent tous de rire et Juliana se rassit, de plus en plus mal à l'aise. Les amis de Lucien lui inspiraient de la répulsion, et elle détourna le regard.

Près de la porte, une lady élégante, accompagnée d'un laquais, était en grande conversation avec un gentleman d'âge respectable. Juliana vit le gentleman donner cinq pièces à la lady, qui les confia aussitôt à son laquais. Puis elle traversa la salle au bras du gentleman, et ils gravirent un petit escalier qui menait à l'étage, tandis que le laquais restait en bas, à attendre.

Juliana ne comprenait pas. Cette femme semblait trop riche pour avoir besoin de racoler des clients dans la rue, et trop distinguée pour les emmener dans une taverne aussi mal famée que celle-ci. Elle demanderait à Lilly de lui expliquer ce mystère.

— Bon Dieu, madame, vous ne buvez pas?

demanda Bertrand d'un air narquois. Lucien, mon bon ami, vous négligez honteusement votre femme !

Lucien grimaça.

— J'ai voulu l'initier au tord-boyaux du patron, mais elle n'a pas apprécié. Que puis-je vous offrir d'autre, ma chère ? Du porto ?

— Rien, merci, répondit Juliana, comprenant qu'ils cherchaient à se moquer d'elle par tous les moyens.

Elle jeta un coup d'œil alentour, mais elle n'avait aucune aide à espérer de cette assemblée sordide. Un couple s'était roulé à terre, et la femme agitait ses jambes en l'air pendant que l'homme se vautrait sur elle. Juliana eut soudain la nausée. Elle se leva.

— Si vous voulez bien m'excuser, monseigneur. J'ai un peu mal à la tête ; je crois que je vais rentrer.

— Il n'en est pas question, déclara Lucien. (Il lui prit le bras, pour l'obliger à se rasseoir.) Vous devez obéir à votre mari, madame. Or, votre mari exige que vous restiez ici.

Juliana savait qu'elle n'aurait aucune peine à fausser compagnie à Lucien, mais ses trois amis ne la quittaient pas des yeux, attendant sa réaction. Elle ne pourrait pas leur échapper, s'ils décidaient de la rattraper. Personne ne viendrait à son secours dans cette taverne, et elle serait humiliée publiquement. Lucien s'en réjouirait sans doute, comme il s'était réjoui, tout à l'heure, de voir cette femme vendue au plus offrant par son mari.

Elle se rassit en s'efforçant de sourire.

— Comme vous voudrez, monseigneur.

Lucien parut déçu, mais il ne fit pas de commentaire. Juliana regarda autour d'elle d'un air détaché, comme si plus rien ne pouvait la surprendre. Le couple, par terre, continuait ses ébats. La femme s'était mise à quatre pattes, et l'homme, derrière elle, mimait la copulation. Tout le monde riait, et la femme n'était pas en reste. Seul, Lucien semblait se désintéresser de ce spectacle, mais ses amis participaient à l'hilarité générale.

— Se fait-elle payer pour ça? voulut savoir Juliana.

Lucien haussa les épaules.

— Je n'en sais rien, et je m'en moque. Ce genre de divertissements ne m'intéresse pas. (Il se leva soudain.) Venez.

— Où allons-nous?

— Vous montrer quelques amusements plus consistants. Vous m'avez demandé de vous faire découvrir Londres... et vos désirs sont des ordres, madame, ajouta-t-il en lui offrant son bras avec une grimace comique.

Juliana le saisit, déterminée à ne pas lui donner la satisfaction de voir son désarroi.

— On part déjà? regretta le capitaine.

— Oui. Suivons Lucien et sa femme, déclara Bertrand en s'emparant de l'autre bras de Juliana.

— Par quoi commençons-nous? demanda Freddie quand ils se retrouvèrent dans la rue.

— Le hammam, répondit Lucien. Pour que milady voie ce qui se passe dans la vapeur.

— Je ne crois pas que ce soit une bonne idée, objecta Juliana. La vapeur va abîmer ma robe.

Le capitaine éclata de rire.

— Pas de danger, madame! On vous enlève tous vos vêtements pour ne vous laisser qu'une serviette. Le hammam est un endroit très plaisant.

Juliana n'avait aucunement l'intention de se rendre au hammam, aussi plaisant fût-il. Elle suivit son escorte, attendant le moment propice pour lui fausser compagnie.

Ils passèrent devant une sorte de kiosque qui affichait des dessins obscènes, en vente libre.

— Que pensez-vous de cela, messieurs? demanda Juliana.

Ils s'approchèrent des dessins pour les examiner, et Juliana en profita. Elle lâcha le bras de Lucien et tourna brusquement les talons. Malheureusement, elle avait voulu aller trop vite et elle glissa sur le pavé. Le capitaine Frank la retint à temps pour l'empêcher de tomber. Juliana, la mort dans l'âme, comprit qu'elle ne pourrait plus échapper au bain de vapeur.

— J'ai failli oublier qu'il y avait un combat de coqs, ce soir, annonça soudain Bertrand. Qu'en penses-tu, Lucien? Ça fait un bail qu'on n'en a pas vu.

— Tu as raison, répondit Lucien. Et je suis sûr que ma femme appréciera. (Il se tourna vers Juliana.) Alors, madame, quel est votre choix? Le hammam ou le combat de coqs?

Le choix était tout tracé... Au combat de coqs, elle garderait ses vêtements. Et en fermant les yeux, elle pourrait supporter ce cruel spectacle.

— Le combat de coqs, monseigneur.

Son sourire déconcerta encore Lucien.

— Alors, allons-y! s'exclama Bertrand. (Il arrêta une voiture.) Après vous, lady Edgecombe.

Les quatre hommes montèrent à sa suite et, sur ordre de Lucien, le cocher lança ses chevaux en direction de St. James's Park.

17

Richard rentra à trois heures du matin. Il monta aussitôt dans sa chambre et commença à se déshabiller. Son valet de pied, qui s'était assoupi dans un fauteuil face à la cheminée, se réveilla en sursaut.

— Bonsoir, Votre Grâce, dit-il en réprimant un bâillement. Avez-vous passé une bonne soirée ?

— Oui, merci.

Richard contempla la penderie qui communiquait avec l'autre chambre, pendant que le valet ouvrait le lit et tirait les rideaux. Juliana devait dormir depuis longtemps.

— Ce sera tout, Votre Grâce ?

Le duc hocha la tête et le valet s'éclipsa. Après son départ, Richard ouvrit discrètement la penderie pour jeter un coup d'œil dans la chambre d'à côté.

Martha ronflait sur une chaise longue, mais le lit n'avait pas été défait. Et il n'y avait aucune trace de Juliana.

— Par le diable !

— Oh, monseigneur ! (Martha bondit sur ses pieds.) Vous m'avez fait peur.

— Où est Juliana ?

— Je l'ignore, Votre Grâce. Elle est sortie avec lord Edgecombe, et ils ne sont pas encore revenus. D'ordinaire, Sa Seigneurie ne rentre jamais avant l'aube.

Richard hésitait entre la colère et l'appréhension. Juliana avait voulu le défier en s'alliant au vicomte, mais elle était bien trop innocente pour imaginer la vraie nature de Lucien. Maintenant, elle devait se retrouver prise à son propre piège.

Il savait qu'il devait mettre rapidement un terme à leur entente, mais il ne s'était pas douté que Lucien agirait aussi vite.

— Quelque chose ne va pas, Votre Grâce? demanda Martha, intriguée de voir le duc pâlir. Si j'ai mal agi...

— Bien sûr que non, Martha. Vous n'avez rien à vous reprocher. Allez vous coucher, à présent. Lady Edgecombe n'aura plus besoin de vous pour aujourd'hui.

Richard retourna dans sa propre chambre pour se changer. Il enfila rapidement un pantalon, des bottes et un manteau noir, et il prit son épée avant de redescendre dans le hall.

— Savez-vous à quelle heure lord et lady Edgecombe sont sortis? demanda-t-il au laquais qui lui ouvrit la porte.

— Non, Votre Grâce, mais d'après Roberts, ils ont quitté la maison assez tôt.

Le duc se reprocha sa stupidité. Pourquoi ne s'était-il pas assuré de la présence de Juliana avant de sortir? Il avait eu tort de la croire aussi sage qu'une écolière.

Il se précipita dans la rue et héla la première voiture qui passait.

— Où allons-nous, milord? demanda le cocher.

— A Covent Garden.

C'était forcément là que Lucien avait traîné Juliana.

Juliana respira à pleins poumons l'air frais de St. James's Park dans l'espoir de chasser cette odeur de sang qui la poursuivait depuis tout à l'heure. Mais les images, hélas, s'effaceraient moins facilement. Bien qu'elle eût fermé les yeux la plupart du temps, la vision de ces malheureux coqs sanguinolents, obligés de combattre jusqu'à la mort sous les hurlements d'un public aviné l'obséderait encore longtemps. Pour la première fois de sa vie, elle avait cru s'évanouir.

Cependant, elle avait tenu le choc. Consciente que Lucien l'épiait, elle n'avait pas voulu lui donner la satisfaction de défaillir au beau milieu de ce spectacle qui le réjouissait si fort. Il avait fini par s'en lasser, pourtant, à force de perdre régulièrement l'argent qu'il misait sur une bête à chaque début de combat. Et c'était lui qui avait donné le signal du départ.

— Alors, ma chère, j'espère que vous appréciez cette plongée dans les plaisirs de la capitale ? lui demanda-t-il avec un sourire sardonique.

— C'est très instructif, monseigneur, répondit Juliana, heureusement surprise de constater que sa voix ne tremblait pas.

Lucien fronça les sourcils, désappointé. Il avait espéré que Juliana demanderait grâce rapidement.

— J'ai le gosier sec, déclara Frank Carson. Allons dans une taverne. Nous en profiterons pour faire une partie de dés.

— Bonne idée, approuva Freddie. Tu es partant, Edgecombe ?

— Pour sûr, répondit le vicomte. La nuit ne fait que commencer. Venez, ma femme.

Il prit le bras de Juliana et héla une voiture.

— Où allez-vous ? demanda le cocher.

— A la Taverne des Caraïbes, ordonna Lucien pendant qu'ils s'installaient tous à l'intérieur.

Juliana se cala dans un coin et resserra son manteau autour d'elle. Elle commençait à se sentir fatiguée, et surtout elle avait peur. Le comportement de son mari l'inquiétait. Il s'agitait nerveusement sur son siège, la respiration haletante, et ses yeux brillaient d'une lueur diabolique. Juliana devinait qu'il avait l'intention de s'amuser à ses dépens. Elle se reprochait à présent d'avoir été assez sotte pour imaginer cette alliance contre le duc. Elle avait cru qu'elle pourrait se servir de Lucien, alors que c'était lui qui se servait d'elle pour son amusement personnel. Et il n'avait pas encore fini.

Seule contre quatre, elle ne pouvait rien faire, sinon attendre une occasion de s'échapper. A force de boire et de s'enivrer, ils finiraient peut-être par ne plus prêter attention à elle.

Covent Garden était toujours aussi animé, mais plus la nuit avançait et plus la tension devenait palpable. Des hommes et des femmes s'invectivaient ou se battaient dans la rue, sans que personne s'interpose pour les séparer. Juliana vit une jeune femme s'enfuir d'une maison en courant. Un homme la poursuivait en brandissant une canne. Il était rouge de colère, et la femme, blanche de terreur. Juliana frissonna.

— Qu'a-t-elle fait ? demanda-t-elle.

Bertrand haussa les épaules.

— Est-ce que je sais ?

— Elle a dû voler, déclara Frank. Elles passent leur temps à ça. A voler leurs maquerelles ou leurs clients. Elles méritent le bâton.

Juliana contint sa colère. Cela les amusait ! Il devait y avoir un moyen d'améliorer la condition de ces femmes qui faisaient commerce de leur corps. A présent, elle en avait assez vu pour comprendre que la société ne se passerait jamais de catins. Mais du moins pouvait-on les protéger davantage de ceux qui les exploitaient.

La voiture s'arrêta dans une rue étroite et Juliana se retrouva propulsée à l'intérieur d'une autre taverne, aussi enfumée que la première.

Ils s'installèrent à une table, et Bertrand commanda de la bière pour tout le monde. Juliana avait soif, et la perspective d'une bonne bière lui redonna courage.

Deux minutes plus tard, une serveuse pressée déposa leurs chopes au bout de la table. Bertrand se chargea de la distribution, en poussant les chopes vers chacun des convives. Juliana reçut des éclaboussures sur son manteau, mais il y avait déjà longtemps qu'elle ne s'inquiétait plus pour ses vêtements. Elle serait trop heureuse si cette soirée se soldait simplement par quelques taches de bière. Elle remercia Bertrand et but.

Au bout de quelques minutes, voyant que ses compagnons s'étaient absorbés dans une discussion sur les mérites des différentes tavernes du quartier, elle se leva discrètement, dans l'intention de leur fausser compagnie.

Lucien l'attrapa brutalement par le poignet. Ses doigts étaient décharnés, et pourtant sa force semblait redoutable.

— Où allez-vous, madame ? demanda-t-il d'une voix acerbe.

— Aux toilettes, répondit-elle calmement. Vous me faites mal.

Il rit et relâcha son poignet.

— C'est derrière la cuisine. Ne soyez pas longue.

Juliana traversa la salle en évitant soigneusement les mains des clients qui se tendaient vers elle. Les toilettes se trouvaient au fond d'un petit couloir sans issue. Comment allait-elle s'échapper ? Elle ne pouvait risquer une fuite par la porte principale. Lucien et ses compagnons n'auraient aucun mal à la rattraper. Et Lucien prendrait trop de plaisir à la voir ainsi humiliée. Faute d'une solution acceptable, elle décida de revenir dans la salle. Lucien l'attendait.

— Nous allons jouer aux dés, madame. Vous vous tiendrez derrière moi, et j'espère que vous me porterez chance.

Juliana n'avait pas le choix. Elle les suivit jusqu'à une table de jeu autour de laquelle plusieurs clients étaient déjà rassemblés. La fatigue la gagnait et elle bâillait de plus en plus souvent, alors qu'autour d'elle l'excitation montait à chaque lancer de dés. Lucien s'exclamait bruyamment et son regard brûlait de fièvre.

Au début, il gagna. Encouragé par ses bons résultats, il misa de plus en plus gros. Mais la chance tourna et ses pertes allèrent en augmentant. Quand il n'eut plus d'argent liquide, il se débarrassa de sa montre, de sa chevalière et même de sa tabatière. Finalement, en désespoir de cause, il tira de ses poches une poignée de reconnaissances de dettes qu'il jeta sur la table. Juliana s'aperçut que les autres joueurs ne semblaient pas apprécier.

— Si vous n'avez plus d'argent, je ne lance plus les dés, annonça l'un d'eux.

— Oui, à quoi servent vos bouts de papier quand on veut s'acheter une bière ? demanda un autre.

— Le diable vous emporte ! répondit Lucien. Mes reconnaissances de dettes sont aussi bonnes qu'un lingot d'or. Signées de la main de Sa Grâce, le duc de Redmayne en personne ! Présentez-les chez lui demain matin, et il vous paiera rubis sur l'ongle.

— Qui a envie d'attendre jusqu'à demain matin ?

Un murmure désapprobateur répondit à cette question, et un homme solidement bâti se leva d'un air menaçant. Il serrait les poings.

— Payez vos dettes, milord, ou il vous en cuira.

Lucien et le capitaine Frank Carson dégainèrent leur épée en même temps.

— Vous osez insulter un gentleman ! hurla ce dernier, rouge de colère. Prenez garde, monsieur !

Frank pointa son épée, mais l'autre esquiva avec une surprenante agilité. L'épée du capitaine trancha net une chandelle. Une femme poussa un cri de terreur, mais déjà les autres clients se rapprochaient de la table. Certains montaient même sur les chaises pour mieux voir.

Juliana était tout à fait réveillée, maintenant. Son regard se tournait vers la porte grande ouverte sur la rue, mais les spectateurs se pressaient derrière elle, lui bloquant la sortie.

L'atmosphère, dans la salle, était devenue très tendue. Lucien et ses compagnons faisaient maintenant face à une bande de gaillards armés de couteaux. Les deux groupes s'observaient sans dire un mot, guettant le signe qui les jetterait l'un contre l'autre.

Ce fut Freddie Binkton qui rompit le silence. Leurs adversaires étaient en surnombre, et leur retraite coupée par les spectateurs. Il essaya de ménager une issue honorable.

— Ne nous emportons pas, intervint-il. Lucien, vous devez bien encore avoir quelque chose à donner. Nous allons tous vous aider.

Il fouilla dans ses poches, espérant y trouver quelques pièces.

— J'aurais bien offert ma montre, intervint Bertrand, mais je l'ai déjà perdue en pariant sur ce damné coq. Bon Dieu... une montre de cinquante guinées... perdue en deux minutes !

Sa voix n'était plus qu'un murmure, et il abaissa son épée. Acceptant la trêve, les ruffians firent de même avec leurs couteaux en attendant la réponse de Lucien.

Celui-ci regardait autour de lui, comme s'il cherchait l'inspiration. Juliana le voyait trembler, sans doute de colère et de peur. Quand son regard tomba sur elle, elle se recula instinctivement, dans le vain espoir de se fondre dans la foule des spectateurs. Les yeux du vicomte brillèrent soudain d'une lueur machiavélique, et un mauvais sourire étira ses lèvres.

— Je crois que j'ai trouvé quelque chose à vendre, lâcha-t-il.

— Non ! murmura Juliana, qui avait deviné son intention. Vous ne pouvez pas faire ça !

— Oh, mais si, madame ma femme ! Les épouses appartiennent à leur mari. J'ai le droit de disposer de vous à mon gré. Vous devriez vous sentir honorée de pouvoir me rendre service, ma chère. (Il l'attrapa brutalement par le bras.) Que quelqu'un m'apporte une corde. Nous allons faire ça dans les règles.

— Non, Lucien, arrête, plaida Frank, mal à l'aise.

— Espèce de cornichon, répondit Lucien avec un sourire amical, ce que je fais avec ma femme ne te regarde pas. Ah, voilà ! (Il prit la corde qu'un spectateur lui tendait et fit un nœud coulant.) Venez, madame, penchez votre tête.

— Non !

Juliana se recula, mais quelqu'un la retint par les deux bras, si bien qu'elle ne pouvait plus bouger.

Lucien s'approcha et lui passa la corde autour du cou, puis des mains la portèrent pour la hisser sur la table. Juliana se débattait comme un beau diable. La rage, à présent, l'emportait sur la peur, mais ses assaillants étaient trop nombreux. Elle se retrouva debout au milieu de la table, et Lucien saisit l'autre extrémité de la corde qui pendait comme une laisse.

Dans un accès de rage, Juliana lui décocha un coup de pied en pleine mâchoire. Sous le choc, il lâcha la corde et Juliana allait sauter de la table, quand deux hommes la retinrent solidement par les chevilles. Lucien ramassa la corde en se frottant le menton.

— Traînée ! Tu vas me le payer !

Juliana l'aurait encore frappé, si les deux hommes n'avaient emprisonné ses chevilles. Voyant qu'elle ne pouvait s'échapper, la peur la reprit. Comment avait-elle pu se retrouver dans un pareil cauchemar ? Elle savait que Lucien était mauvais, mais elle n'aurait jamais imaginé qu'il irait aussi loin. Le duc, lui, savait de quoi était capable son cousin. Et pourtant, cela ne l'avait pas empêché de la marier à Lucien.

— Combien m'offrez-vous pour cette belle pièce, messieurs ? demanda Lucien. J'ouvre les enchères à vingt guinées.

Une clameur lui répondit aussitôt, et des dizaines de paires d'yeux injectés de sang déshabillèrent littéralement Juliana.

Le public criait si fort que George Ridge fut réveillé en sursaut de sa sieste digestive. Il releva la tête et cligna des yeux, un moment désorienté. Puis il se rappela où il était en voyant les restes de son dîner. Il s'étira et but une rasade de porto avant de jeter un coup d'œil autour de lui.

Son regard fut attiré par un attroupement à l'autre bout de la salle. A cause de la fumée, il ne voyait pratiquement rien, mais il comprit qu'on vendait quelque chose aux enchères. Mû par la curiosité, il se leva pour s'approcher, mais à peine avait-il fait quelques pas qu'il se laissa retomber lourdement sur la chaise la plus proche.

Juliana était debout sur une table. Ce ne pouvait être qu'elle. Aucune autre femme n'avait des cheveux aussi flamboyants. Ni ces yeux verts comme le jade.

George secoua la tête, ahuri. Que se passait-il donc ici ? Il se releva, pour tâcher de comprendre.

— Cent guinées ! cria une voix. Allons, messieurs, encore un effort. Ma femme vaut plus que ça !

Sa femme ! George se rapprocha encore. Les enchères montaient rapidement. Cent cinquante guinées... deux cents. Juliana était aussi inerte qu'une pierre, mais l'homme qui la tenait en laisse et se prétendait son mari excitait la foule de la voix et du geste.

George avait du mal à en croire ses yeux. Et pourtant, il ne rêvait pas ! Il bouscula les spectateurs pour s'avancer jusqu'au premier rang.

— Cinq cents guinées !

Sa voix tremblait tant que personne ne l'entendit. Il s'éclaircit la gorge.

— J'offre cinq cents guinées ! cria-t-il.

Juliana reconnut la voix de George. *Ne le regarde pas ! Ne réagis pas !* lui murmura sa conscience. Si elle refusait de le reconnaître, il n'aurait aucun moyen de prouver son identité. Elle était devenue la vicomtesse d'Edgecombe, et elle était protégée par le duc de Redmayne. Dieu du ciel ! Comment pouvait-elle encore y croire, dans sa situation présente ?

— Cinq cents guinées, répéta Lucien en se tournant vers George. Voilà déjà une proposition plus raisonnable, monsieur. Mais il s'agit d'un article de premier choix, comme vous pouvez le constater.

George ne semblait pas l'avoir entendu. Il contemplait Juliana, s'attendant qu'elle baisse les yeux sur lui. Mais elle restait de marbre, le regard perdu loin devant elle. Même quand il toucha ses chevilles, elle ne réagit pas.

— Quelqu'un offre-t-il plus de cinq cents guinées ? demanda Lucien. Ce gentleman va emporter la vente. Et il fait une affaire, je vous le dis.

Dans son excitation, Lucien n'avait même pas remarqué que le duc de Redmayne se tenait depuis quelques minutes sur le pas de la porte. Quand il décida qu'il en avait assez vu, Richard traversa la salle.

— Il y a des fois, Edgecombe, où l'étendue de vos vices arrive encore à me surprendre.

Juliana était si perdue dans son cauchemar qu'elle ne réagit pas tout de suite. Comprenant finalement qu'elle tenait peut-être son salut, elle tourna la tête, oubliant George Ridge, à ses pieds. Ainsi, *il* était venu pour elle.

— Richard... murmura-t-elle d'une petite voix suppliante, comme si elle n'osait croire que c'était bien lui.

— Je suis là, la rassura-t-il avant de se tourner vers son cousin.

Lucien s'était réfugié derrière la table. Sans dire un mot, Richard s'approcha et lui décocha un coup de poing en pleine figure. Le vicomte s'écroula à terre.

La foule ne put réprimer un murmure quand le duc regarda ensuite autour de lui. Toujours sans rien dire, il dégaina son épée, et aussitôt les spectateurs reculèrent. Les deux hommes qui retenaient Juliana aux chevilles décampèrent prestement.

George Ridge ne comprenait pas très bien ce qui arrivait, mais il pressentait que Juliana lui échappait. N'osant soutenir le regard du duc, il baissa les yeux en signe d'humble soumission.

Richard se retourna vers Juliana. Il la souleva dans ses bras et la posa à terre avant de lui ôter la corde qui lui enserrait le cou.

— Vous a-t-on fait mal ?

Elle secoua la tête.

— Seulement à mon orgueil, réussit-elle à dire.

Richard ne put cacher sa surprise. Toute autre femme se serait répandue en pleurs hystériques. Mais Juliana était unique.

— Pouvez-vous marcher ?

Ses genoux tremblaient, mais elle puisa dans le regard de Richard la force de lui répondre « Bien sûr ». Elle s'accrocha à son bras et réussit à mettre un pied devant l'autre, tandis que la foule s'écartait pour leur ouvrir le passage.

Enfin, ils se retrouvèrent dehors. L'aube se levait et un calme étrange régnait à présent sur Covent Garden. Des gens s'étaient endormis sous les arcades et les quelques passants attardés marchaient en bâillant.

Le duc claqua dans ses doigts, et un attelage apparut comme par magie. Richard aida Juliana à monter.

Pour la première fois depuis le début de la soirée, elle n'avait plus peur. L'intérieur de la voiture ressemblait à un cocon protecteur. Assis face à elle, le duc la contemplait en silence.

— A quoi pensez-vous, monseigneur ?

— Oh, à beaucoup de choses. Que vous êtes la femme la plus entêtée, la plus bêtement obstinée que... (Comme Juliana allait ouvrir la bouche pour protester, il l'arrêta d'un geste de la main.) Non, laissez-moi finir. Que Lucien, ce soir, a surpassé tout ce qu'on pouvait redouter de lui. Et, par-dessus tout, que je n'aurais jamais dû vous le présenter.

— Alors, vous regrettez votre plan ?

— Non, je n'ai pas dit ça. Mais je regrette de vous y avoir associée.

— Pourquoi ?

Richard ne répondit pas tout de suite. Il y avait encore quelques heures, sa première réaction aurait été de dire qu'elle n'était pas assez docile pour le rôle mais quand il l'avait vue sur cette table, trivialement exposée, dans son ingénue candeur, à tout ce que la ville comptait d'abjection, il avait été pris d'une colère d'une rare violence. Et curieusement, cette colère était beaucoup plus dirigée contre lui-même que contre Lucien.

— Pourquoi ? répéta Juliana. Parce que je ne suis pas assez obéissante ? Je suis vraiment désolée de vous avoir causé un tel dérangement.

Maintenant qu'elle n'avait plus peur, elle avait retrouvé tout son mordant. Et elle jugeait le duc à peu près aussi coupable que Lucien.

Richard lui prit la main.

— Je suis prêt à endosser une partie de la responsabilité des événements de cette nuit, Juliana. Mais vous n'êtes pas non plus complètement innocente. Vous avez cru pouvoir vous servir de Lucien contre moi. Oseriez-vous le nier ?

L'honnêteté l'obligea à secouer la tête.

— Mais qu'espériez-vous d'autre de moi ?

Juliana était exaspérante; pourtant, Richard retrouva le sourire.

— Oh, j'espérais simplement que vous m'obéiriez sagement, et que vous me laisseriez décider de ce qui était bon pour vous. C'était naïf de ma part, n'est-ce pas ?

— En effet !

— Je vous jure que Lucien ne vous importunera plus jamais. En retour, puis-je avoir votre parole que vous ne chercherez plus à le provoquer ?

— Je sais tirer profit de mes erreurs, monseigneur.

— Je devrais bien essayer d'en faire autant, répondit-il en relâchant sa main. (La voiture venait de s'arrêter devant Albermale Street.) Peut-être nos relations deviendront-elles enfin plus harmonieuses.

Peut-être, songea Juliana, sans grand optimisme. Après ce qu'elle avait vu cette nuit, elle était plus que jamais déterminée à venir en aide aux femmes de Covent Garden. Mais dans l'immédiat, elle se sentait la tête de plus en plus lourde, et ses jambes se dérobèrent sous elle quand elle voulut descendre sur le trottoir. Richard la retint à temps pour l'empêcher de tomber.

— Je me sens toute chancelante, murmura-t-elle pour s'excuser. Je ne comprends pas pourquoi.

Il rit.

— Moi, si. Venez vous coucher.

Il la souleva dans ses bras pour la porter à l'intérieur. Quand il pénétra dans le hall, Juliana s'était déjà endormie sur son épaule.

18

Richard fut réveillé par une délicieuse sensation. Il ouvrit les yeux et découvrit Juliana penchée sur lui. Elle avait tiré les couvertures et, les mains posées sur ses hanches, elle le caressait avec sa bouche. Il referma les yeux et s'abandonna à cette exquise torture.

Quand ils étaient rentrés, à l'aube, il avait aidé Juliana à se déshabiller, avant de la coucher dans son lit où elle s'était aussitôt rendormie. Il s'était allongé à son tour, se demandant bien pourquoi il partageait son lit uniquement pour dormir, alors que sa chambre était à côté. Jusqu'à présent, il n'avait jamais terminé la nuit avec aucune de ses maîtresses, mais avec Juliana tout était différent. Incapable de résister à l'attrait de son ravissant minois et de ses cheveux entourant son visage comme une auréole de feu, il s'était couché à côté d'elle, et elle était venue se lover contre lui comme un petit animal à la recherche d'un peu de chaleur.

Il s'était endormi en souriant, et il se réveillait avec le même sourire. Il laissa un moment Juliana continuer de lui donner du plaisir avec sa bouche, puis il l'attira tendrement vers lui. Leurs deux corps s'épousaient parfaitement et, d'une légère poussée de ses hanches, il la pénétra ainsi. Juliana frissonna aussitôt de plaisir.

— Ce serait encore mieux si tu t'asseyais sur moi, mignonne.

Elle lui obéit et ne tarda pas à découvrir l'intérêt de cette nouvelle position. Sans pudeur, elle s'empalait d'elle-même sur son sexe érigé tout en caressant ses pectoraux musclés aux tétons durcis par le désir. A mesure que leur jouissance augmentait, elle s'arqua de plus en plus, la tête renversée en arrière, jusqu'à toucher ses chevilles avec ses mains, le corps tendu à se rompre. Ils crièrent ensemble, mus par un même spasme qui les projeta loin, très loin dans l'infini.

Puis, quand tout fut consommé, ils restèrent encore un moment sans bouger, repoussant l'instant où leurs corps devraient se séparer. Finalement, Juliana posa gracieusement la tête sur son torse et s'endormit.

Pendant ce temps, Richard s'interrogeait. Pourquoi cette femme le troublait-elle à ce point ? Pourquoi prenait-il autant de plaisir dans ses bras ? Et surtout, pourquoi désirait-il tant la protéger et la rendre heureuse ? Il avait trente-deux ans et il était fiancé depuis longtemps à une jeune femme de son monde qui ferait une parfaite épouse — une épouse connaissant les règles de leur milieu, et qui ne l'empêcherait pas d'entretenir des maîtresses. Pourquoi la perspective d'épouser Lydia le rendait-il soudain si sombre ?

Avec Lydia, leurs rapports étaient sans surprise. Chacun savait exactement ce qu'il devait attendre de l'autre. Leur relation était uniquement fondée sur des conventions de titre et de fortune.

En revanche, avec Juliana, tout était différent. Il était convaincu que n'importe quelle autre femme dans sa position aurait sauté sur la chance qu'il lui offrait. Mais pas Juliana. L'argent qu'il pouvait lui apporter ne l'intéressait pas. Elle voulait quelque chose *qui vienne de lui*. Quelque chose de profond, et qui n'avait aucun rapport avec des biens matériels.

Il réalisait aussi qu'il avait beau serrer Juliana dans ses bras, comme en ce moment, son bonheur n'était pas complet. Comme si la seule possession de son corps ne suffisait pas à le combler.

Juliana avait l'attrait de la nouveauté, voulut-il se persuader. Il confondait la fascination qu'il éprouvait pour sa jeunesse et sa beauté avec autre chose de plus indicible. Sa fraîcheur lui plaisait, son esprit l'amusait, son courage l'émouvait. Mais c'était tout. Avec un peu de chance, elle lui donnerait un enfant et il la garderait comme maîtresse ; il n'y avait pas besoin d'aller chercher plus loin.

Juliana rouvrit les yeux. Elle s'étira, avant d'embrasser Richard sur le bout du nez.

— J'ai oublié de vous dire que George Ridge se trouvait dans la taverne, cette nuit.

— Bon sang, Juliana, comment avez-vous pu oublier une chose pareille ?

— Si je n'avais eu que ce seul souci ! dit-elle en s'asseyant dans le lit pour démêler ses cheveux. Quand nous sommes partis, je ne tenais plus sur mes jambes, et tout m'est sorti de la tête.

— C'est compréhensible, admit-il en lui caressant un sein. Vous a-t-il vue ?

— Il était difficile de ne pas me remarquer, debout sur une table avec une corde au cou.

— Lucien répondra de tout cela, promit-il. Dès qu'il rentrera ici, je vous vengerai.

Il se leva d'un bond et alla se planter devant la fenêtre.

Juliana regarda son dos raidi par la colère.

— Je me souviens de tout, à présent, reprit-elle. Le mari qui vendait sa femme à Saint-Paul, le combat de coqs, l'alcool...

— Quel alcool ? demanda-t-il en se retournant. Lucien vous a laissée boire de l'alcool ?

— Il m'a obligée. Mais j'ai failli tout recracher.

— Cela aussi, il le paiera. Mais revenons à George Ridge. Vous a-t-il reconnue ?

Juliana hocha la tête.

— Oui, sinon il n'aurait pas offert cinq cents guinées pour m'avoir.

Richard fronça les sourcils. Il se tenait près du lit, les mains sur les hanches, l'air absorbé.

— Qu'avez-vous fait ?

— Rien, répondit-elle distraitement.

Son regard était irrésistiblement attiré par la vision de ce corps superbe. Elle baissa les yeux sur son sexe, et aussitôt il recommença à se dresser, comme s'il répondait à un appel silencieux.

Richard semblait ne s'être aperçu de rien.

— Comment ça, vous n'avez rien fait ?

Juliana tendit la main pour le toucher, mais il se déroba en souriant.

— Je crois que je ferais mieux d'enfiler une robe de chambre, si nous devons poursuivre cette conversation.

Il disparut chez lui et quand il revint, il avait enfilé sa robe de chambre. Juliana ne put cacher sa déception, et Richard sourit encore.

— Je suis très flatté, mignonne. Vous savez comment complimenter un homme.

— Ce n'était pas de la flatterie, soupira Juliana en se lovant sous les couvertures.

— Maintenant, répondez à ma question. Que vouliez-vous dire par « rien » ?

— J'ai fait semblant de ne pas m'apercevoir de sa présence, expliqua-t-elle. Cela lui compliquait la tâche. Si j'avais nié être Juliana Ridge, ça aurait été sa parole contre la mienne.

— Hmmm. (Richard se gratta l'oreille.) Ce n'est pas si mal raisonné. Mais, tôt ou tard, vos tuteurs auraient fini par vous identifier formellement.

— Je pouvais continuer à nier. Vous auriez juré que j'étais quelqu'un d'autre. Qui oserait mettre en doute la parole du duc de Redmayne ?

Juliana semblait s'imaginer que les aristocrates étaient capables de contourner la loi. Richard pouvait certes essayer d'intimider George Ridge, et même les Forsett, mais toute son influence n'aurait que peu de poids devant un tribunal.

— Il vaut mieux que Ridge ne vous revoie pas, dit-il après un moment de réflexion. Ne sortez plus de cette maison, sauf si je vous accompagne... ou éventuellement Quentin.

Juliana fronça les sourcils. Cette décision contrecarrait ses plans pour se rendre à Russell Street.

— Je n'ai pas peur de lui, protesta-t-elle. Je n'ai pas envie d'être prisonnière simplement parce que cet idiot me tourne autour. C'était différent quand j'étais sans amis ni protection. Mais maintenant je vous ai, monseigneur. (Elle lui sourit.) Sa Grâce, le duc de Redmayne, est un adversaire trop coriace pour un rustre comme lui.

— C'est précisément pourquoi je vous interdis de sortir seule, dorénavant. (Il se pencha pour l'embrasser tendrement.) Écoutez-moi, pour une fois. Vous m'obligeriez infiniment.

Dès que Richard l'eut quittée, Juliana sauta du lit et réfléchit à un plan d'action. Elle devrait s'entourer d'un maximum de précautions : voyager dans une voiture fermée, par exemple. Et ne pas montrer son visage en pleine rue. Sauf en cas d'absolue nécessité.

Avant de descendre, elle fit un détour par la chambre jaune. Lucy dormait profondément, cependant on voyait au premier coup d'œil qu'elle se portait déjà beaucoup mieux. L'angoisse avait déserté ses traits, et ses joues avaient retrouvé des couleurs.

Juliana ne voulut pas la réveiller. Elle ressortit sur la pointe des pieds et descendit prendre son petit déjeuner dans la salle à manger. Quentin s'y trouvait déjà. Il se leva pour l'accueillir avec un chaleureux sourire.

— Cette maison a complètement changé depuis que vous l'habitez, ma chère. Désirez-vous que je vous coupe un peu de jambon ?

— Oui, volontiers.

Juliana s'assit sur la chaise que lui tendait un laquais en méditant les paroles de Quentin. Qu'avait-il voulu dire ?

— Est-ce un compliment, milord ? demanda-t-elle, mal assurée.

Quentin sourit encore.

— Bien sûr. La maison est beaucoup plus vivante qu'avant.

Juliana lui rendit son sourire.

— J'espère que Sa Grâce partage votre avis.

— A quel propos ? demanda Richard, qui entrait à cet instant.

Il les rejoignit à la table.

— Lord Quentin était assez aimable pour prétendre que cette maison était plus vivante depuis que j'y habitais. (Elle prit une tartine, avant d'ajouter, sur le mode de la confession :) Je n'avais encore jamais entendu ce genre de compliment. D'habitude, les gens disent que je leur rends la vie impossible.

Le duc fit la moue.

— Cela revient au même.

— Merci de votre galanterie, monseigneur !

— J'imagine que beaucoup de gens doivent trouver très vivant de devoir vous chercher dans toute la ville à trois heures du matin.

— Oh, comment osez-vous reparler de cela maintenant ! s'exclama-t-elle, indignée. Quel manque de courtoisie !

Richard lui sourit.

— Comme vous me l'avez déjà dit, ma chère, on ne récolte que ce qu'on a semé. (Au grand soulagement de Juliana, il se tourna vers Quentin et changea de conversation :) Quand nous quittes-tu ?

— Je l'ignore, mais l'archevêque semble satisfait de moi, et je pense que nous allons prolonger notre séjour à Londres.

— Tant mieux, commenta le duc. J'aime bien te savoir ici.

Juliana termina son café et laissa les deux frères discuter tranquillement. Elle avait décidé d'attendre que le duc parte vaquer à ses affaires avant de s'esquiver elle-même, aussi remonta-t-elle dans sa chambre pour surveiller la rue depuis sa fenêtre.

Richard sortit un peu avant midi, et Juliana redescendit aussitôt dans le hall. Elle demanda à Roberts de lui appeler une chaise à porteurs.

— Ne voulez-vous pas plutôt prendre un des équipages de Sa Grâce ? lui proposa le majordome.

Juliana n'avait pas pensé à cela. En empruntant la chaise du duc, elle se retrouverait sous la protection de ses hommes. Si Richard se fâchait à son retour, elle pourrait toujours lui objecter qu'elle avait pensé être aussi en sécurité qu'avec lui-même.

— Oui, Roberts, c'est une bonne idée.

Roberts fit venir la chaise dans le hall et, pendant que Juliana s'installait à l'intérieur, il tança les porteurs.

— Prenez soin de milady. Et surtout, pas de cahots! (Se penchant par la portière, il demanda à Juliana :) Où dois-je leur dire de vous conduire, milady?

— A Bond Street, répondit-elle.

Une fois dans la rue, elle leur donnerait de nouveaux ordres.

Les porteurs commencèrent à descendre Albermale Street, sans remarquer qu'un homme, embusqué derrière un arbre, les avait pris en chasse. Il devait courir pour suivre leur rythme, et son visage était encore plus congestionné que d'habitude.

Juliana attendit que la chaise eût dépassé Piccadilly pour appeler le porteur de tête.

— J'ai changé d'avis, dit-elle. Conduisez-moi dans Russell Street.

Le porteur parut surpris — Covent Garden n'était pas un quartier très fréquentable pour une lady —, mais il cria le nouvel ordre à son collègue et ils changèrent de direction.

Pendant ce temps, George, fatigué de courir après eux, avait fini par héler des porteurs:

— Suivez cette chaise, leur dit-il. Celle avec le blason ducal.

Juliana mit pied à terre devant la porte des Dennison. Elle embrassa du regard cette maison qui avait été sa prison. D'abord son refuge, puis sa prison. Elle reconnut même la fenêtre de sa chambre, au deuxième étage. Que lui serait-il arrivé si l'aubergiste n'avait pas appelé Mme Dennison? Elle n'aurait certainement jamais rencontré le duc de Redmayne. (Elle se caressa le ventre.) Portait-elle déjà son enfant ?

— Attendez-moi ici, ordonna-t-elle aux porteurs, ignorant délibérément leur étonnement.

Ils devaient se demander ce qu'elle venait faire ici.

Juliana frappa à la porte et M. Garston lui ouvrit aussitôt. Il la regarda un moment, médusé, avant de s'incliner cérémonieusement devant elle. Juliana Ridge n'avait jamais eu droit à de telles courbettes.

— Entrez, milady.

— Je suis venue voir Mlle Lilly et les autres, annonça-t-elle.

A son grand plaisir, M. Garston semblait intimidé. Il ne savait plus comment se comporter avec elle. Juliana savourait sa revanche !

— Voulez-vous les attendre dans le grand salon, milady ?

Elle hocha la tête et Garston lui ouvrit les deux battants. Le ménage avait été fait, mais il flottait toujours dans l'air cette odeur capiteuse, mélange de tabac, de vapeurs d'alcool et de parfum.

Juliana s'approcha de la fenêtre pour contempler le spectacle de la rue. Moins de deux minutes plus tard, la porte s'ouvrit de nouveau et les filles entrèrent joyeusement.

— Comment va Lucy ? demanda Rosamund.

— Beaucoup mieux. Elle dormait quand je l'ai quittée. Martha s'occupe très bien d'elle. (Elle s'assit sur le sofa, avant d'ajouter avec tact.) Comme elle a encore besoin de repos, Sa Grâce a interdit toutes les visites. J'étais venue vous en informer.

Fort heureusement, personne ne se récria à

cette nouvelle, et Lilly raconta comment elles avaient presque réussi à convaincre les Dennison de reprendre Lucy dès qu'elle serait rétablie.

— Élisabeth a dit que puisque Lucy avait les faveurs de Sa Grâce, elle était disposée à reconsidérer sa position, expliqua-t-elle.

— Comme tout peut changer, avec un protecteur influent ! soupira Rosamund.

— Oh, je ne sais pas si le duc de Redmayne y est vraiment pour grand-chose, rectifia Lilly. Je crois plutôt qu'Élisabeth est trop contente de contrarier la mère Haddock !

Il y eut un éclat de rire général, puis Lilly reprit :

— Alors, Juliana, quel était ce projet dont tu voulais nous parler ?

— Ah... (Juliana ouvrit et ferma son éventail plusieurs fois.) Eh bien, j'ai pensé que si nous nous associions toutes, nous pourrions mieux nous protéger. De cette façon, ce qui est arrivé à Lucy ne pourrait plus se reproduire.

— Mais comment s'y prendre ? demanda Déborah, perplexe.

— Si toutes les filles, dans toutes les maisons, acceptaient de verser chaque semaine un pourcentage de leurs gains, nous pourrions constituer un fonds de secours qui servirait en cas d'urgence.

Ses amies méditèrent silencieusement sa proposition, puis l'une d'elles se décida à parler :

— Ça pourrait marcher avec nous... et aussi avec les pensionnaires des meilleures maisons, mais la plupart des filles de Covent Garden ne gagnent même pas assez d'argent pour joindre les deux bouts. Quand elles ont fini de payer à leurs souteneurs le linge, les chandelles, les boissons et le charbon pour chauffer leur chambre, il ne leur reste plus rien.

— Mais si elles n'achetaient pas toutes ces fournitures à leurs exploiteurs, leur situation serait déjà meilleure, objecta Juliana.

— Elles n'ont pas le choix, expliqua patiemment Emma, comme si elle s'adressait à une enfant. En échange d'une chambre pour recevoir leurs clients, les filles doivent s'engager à se fournir auprès de leurs souteneurs ou de leurs maquerelles.

— Peut-être, mais si toutes refusaient ces conditions draconiennes, et que nous puissions leur offrir ces fournitures à des prix moins élevés, elles ne se trouveraient plus sous la dépendance de quiconque.

— J'ai peur que ton projet ne nécessite des sommes folles, souligna une fille.

— L'argent est le nerf de la guerre, soupira Rosamund. Je ne vois pas comment nous pourrons y arriver, Juliana.

— Ce qui compte, c'est moins l'argent que la solidarité, insista celle-ci. Si tout le monde est d'accord pour donner en fonction de ses ressources, je suis convaincue que nous pourrons réunir une somme d'argent conséquente. A condition que chacune participe.

Il y eut un autre silence prolongé, et Juliana comprit que la partie n'était pas gagnée. Ces femmes étaient si habituées à être asservies qu'elles n'osaient même pas envisager la possibilité de prendre leur destin en main. Elle ouvrit son réticule et en tira le billet de vingt livres qui lui restait.

— Je donne ceci pour commencer, dit-elle en posant le billet sur la table.

— Mais, Juliana, pourquoi participes-tu ? demanda Lilly. Tu n'es plus des nôtres. En fait, tu ne l'as jamais été.

— Détrompe-toi. Ma position est sans doute plus sûre que la vôtre, mais je ne l'ai pas davantage choisie. Parce que j'étais seule et vulnérable, on m'a exploitée comme n'importe laquelle d'entre vous. Et je suis devenue dépendante d'un homme qui refusera toujours d'avouer qu'il est mon souteneur ; pourtant, c'est bien ce qu'il est.

Juliana ne put s'empêcher de jeter un coup d'œil vers la porte, comme si elle redoutait que le duc de Redmayne n'apparaisse soudain devant elle. Elle préférait ne pas penser à sa réaction s'il l'entendait parler de lui dans ces termes. Cependant, c'était la pure vérité.

— Nous allons en parler aux filles des autres maisons, annonça Lilly. Si personne ne veut participer, ça ne marchera pas. Nous ne pourrons jamais y arriver à nous toutes seules.

— C'est vrai, concéda Juliana. Il faut que se crée une vraie solidarité féminine.

— Solidarité féminine... répéta Rosamund. J'aime bien cette idée. Veux-tu venir avec nous pour parler aux autres, Juliana ? Tu es si convaincante... et puis, c'est ton idée.

— Bien volontiers, mais pas aujourd'hui, répondit-elle en se gardant de leur avouer qu'elle ne voulait pas s'absenter trop longtemps de sa maison.

Si le duc rentrait avant elle, il ne pourrait lui reprocher une petite promenade d'une heure ou deux, tandis que si elle revenait en fin d'après-midi...

— L'idéal serait de pouvoir réunir tout le

monde en une seule fois, suggéra Emma. Il suffirait de fixer une heure et un lieu de rendez-vous.

— Où pourrions-nous aller? demanda une autre.

Tous les regards se tournèrent vers Lilly, qui semblait assumer naturellement le rôle de meneuse.

— A la taverne de Bedford, proposa-t-elle. Nous pourrions demander à Mme Mitchell de nous réserver l'arrière-salle pour une matinée.

Juliana se souvenait d'être passée devant cette taverne pendant son périple cauchemardesque avec Lucien. La perspective de retourner dans ce genre d'établissement ne la réjouissait qu'à moitié, mais le jeu en valait la chandelle. Et puis, en pleine matinée, l'ambiance devait être plus plaisante.

Un laquais entra avec du café et des gâteaux. Il apportait également un message de Mme Dennison priant lady Edgecombe de bien vouloir l'honorer de sa présence dans son petit salon.

— Elle ne m'*ordonne* plus de monter la voir, elle me *prie,* commenta Juliana devant ses amies. Quel changement!

Un éclat de rire général salua cette remarque, et l'atmosphère devint soudain beaucoup moins solennelle. La conversation était à présent aussi légère et pétillante que du champagne. Lorsqu'elle habitait cette maison, Juliana s'était demandé si la bonne humeur continuelle de ces filles n'était pas feinte. Elle savait maintenant que non. Lilly, Emma et les autres refusaient de se laisser attrister par les tracas quotidiens. Mais c'était sans doute pour elles un moyen de se défendre contre la précarité de leur situation. Si elles pensaient trop à leur sort, elles perdraient bien vite toute envie de rire.

Juliana n'avait encore jamais eu l'occasion de goûter à l'amitié féminine. Dans le Hampshire, lady Forsett avait limité ses fréquentations aux deux filles du vicaire, qui regardaient Juliana comme une sorte d'animal dont il valait mieux éviter le contact. Il faut dire que depuis qu'elle s'était cassé un bras en tombant d'un arbre, elle s'était forgé une réputation de garçon manqué. La camaraderie joyeuse et insouciante des filles de Russell Street était donc pour elle une agréable nouveauté.

A l'extérieur, George Ridge avait engagé la conversation avec les porteurs de Juliana. Il leur désigna la porte des Dennison.

— Quelle est cette maison ? leur demanda-t-il en prenant l'air d'un touriste.

— Un bordel, répondit l'un d'eux. Mais attention : un bordel de luxe.

— La lady ne ressemblait pourtant pas à une catin, objecta George d'un ton détaché.

— Qui ? Lady Edgecombe ? (L'autre porteur éclata de rire.) Non, elle, c'est une vraie lady, pour sûr.

— Alors que fait-elle dans un bordel ? insista George.

Les deux porteurs le regardèrent soudain avec des yeux suspicieux.

— De quoi vous mêlez-vous ? demanda le premier d'une voix agressive.

George haussa les épaules.

— Oh, de rien. Simplement, je croyais avoir déjà vu cette lady dans une taverne, hier soir. Avec un homme. Son mari, sans doute... ?

Les deux porteurs crachèrent par terre en même temps.

— Le vicomte risque pas d'être le mari de personne, dit le premier. Je comprends pas ce qui a pu le convaincre d'épouser cette malheureuse. Elle va en baver.

— Heureusement, Sa Grâce veille au grain, ajouta l'autre. Bah, les affaires des nobles nous regardent pas. Nous autres, on peut pas comprendre ces gens-là.

— Ouais, t'as raison.

Ils s'enfermèrent tous deux dans un silence méditatif, et George en profita pour s'éclipser. Le mystère restait entier. Juliana était-elle vraiment mariée à ce vicomte qui avait essayé de la vendre la nuit dernière ou était-elle victime d'une mascarade ? Cette deuxième hypothèse paraissait plus probable, car il était difficile d'imaginer la véritable vicomtesse d'Edgecombe tenue en laisse dans une taverne. Un homme de naissance aristocratique n'aurait jamais exposé sa femme à une telle humiliation. D'un autre côté, pourquoi Juliana aurait-elle participé à pareille duperie ?

Pour de l'argent, bien sûr. Elle s'était enfuie de Winchester sans un sou, et même sans vêtements de rechange. Le duc et le vicomte avaient dû lui proposer de subvenir à ses besoins à condition qu'elle se plie à leurs caprices. Mais savaient-ils que leur catin était recherchée pour meurtre ? Quelqu'un devait se charger de le leur apprendre.

George entra dans la première taverne venue et se commanda une bière. Il se demandait s'il ne devait pas d'abord rencontrer Juliana seul à seule, avant de la dénoncer à ses protecteurs. Elle aurait sans doute si peur, en le voyant, qu'elle capitulerait sans condition. Et puisqu'elle n'était pas légalement mariée, rien ne s'opposait à ce qu'il la possédât. Elle n'avait pas paru le reconnaître, cette nuit, mais après tout, c'était sans doute normal. Elle semblait si terrifiée qu'elle n'avait rien dû remarquer de ce qui se passait autour d'elle. La prochaine fois qu'elle se trouverait face à lui, il s'assurerait qu'elle ne puisse pas ne pas le reconnaître.

George termina sa bière, puis commanda une bouteille de bourgogne. Il se sentait d'excellente humeur, à présent, et tout près de toucher au but. Le plus difficile serait de coincer Juliana à un moment où elle se trouverait seule. Pour le reste, il ne s'inquiétait plus. Elle comprendrait bien vite où était son intérêt.

Après quelques verres de bourgogne, il ressortit de la taverne. Presque involontairement, ses pas le ramenèrent dans Russell Street. La chaise était toujours là, et George s'assit sur les marches d'une librairie pour attendre la suite.

Pendant ce temps, chez les Dennison, Juliana était cordialement reçue par Élisabeth. Son hôtesse lui offrit un verre de porto, avant de lui demander le plus naturellement du monde si elle était enceinte.

D'abord, Juliana faillit s'étrangler. Puis elle se rappela que dans cette maison, certains sujets typiquement féminins étaient abordés sans fausse pudeur.

— Je pense qu'il est encore trop tôt pour le dire, madame, répondit-elle.

Mme Dennison hocha la tête.

— J'imagine que vous connaissez les symptômes ?

— Je crois, madame. Mais vous pourriez peut-être me les rappeler.

Lady Forsett n'avait abordé ce sujet qu'une seule fois avec elle. Et encore s'était-elle contentée d'évoquer l'interruption des règles. Juliana devinait que les signes d'une grossesse ne se limitaient pas à cela.

Élisabeth se resservit un porto avant d'énumérer tous les symptômes de la grossesse, et la façon de calculer la date probable de l'accouchement. Juliana écoutait, fascinée. Mme Dennison ne mâchait pas ses mots. Elle appelait les choses par leur nom ; elle savait que c'était la meilleure façon de bien se faire comprendre.

— Voilà, mon enfant. J'espère avoir éclairé votre lanterne.

— Oh, oui, madame. (Juliana se leva pour partir.) Je vous remercie beaucoup.

— Sachez, ma chère, que lorsqu'une fille quitte cette maison pour s'établir, même très richement, comme c'est votre cas, elle ne quitte jamais totalement mon cœur. Vous trouverez toujours ici les réponses à toutes les questions que vous pourriez vous poser. Et, quand le moment sera venu, je serai ravie de pouvoir assister à la naissance. Nous sommes une petite famille, voyez-vous, ajouta-t-elle avec un sourire.

— J'espère que vous aurez la bonté d'ouvrir votre famille à Lucy Tibbet, madame. Sa Grâce a promis de lui donner un peu d'argent quand elle sera rétablie, mais Lucy aura besoin d'amies. Comme nous toutes.

Mme Dennison parut agacée d'être pressée sur ce sujet, mais elle garda un sourire imperturbable.

— Sa Grâce est toujours aussi généreuse, rétorqua-t-elle. Lucy a beaucoup de chance. Peut-être plus qu'elle ne le mérite. Mais on peut supposer que cette petite expérience lui aura servi de leçon, et qu'elle se montrera plus docile à l'avenir.

Juliana se mordit la lèvre pour ne pas dire le fond de sa pensée.

— Je suis sûre que vous agirez pour le mieux, madame.

— Ne vous inquiétez pas, ma chère. J'en ai l'habitude.

Juliana n'était pas certaine de pouvoir tenir sa langue encore longtemps. Elle esquissa un salut mais, dans sa hâte à s'éclipser, elle bouscula un guéridon et renversa toutes les figurines en ivoire qui ornaient la tablette.

— Oh, excusez-moi.

En se penchant pour ramasser les statuettes, elle accrocha un chandelier en bronze qui tomba à son tour.

— Laissez cela. Une domestique se chargera de tout remettre en ordre.

Juliana redescendit au rez-de-chaussée. Les filles s'étaient retirées dans leurs chambres, et elle quitta aussitôt la maison.

Alors qu'elle s'apprêtait à monter dans sa chaise à porteurs, elle aperçut George qui l'épiait depuis la devanture d'une librairie. Il la salua de la tête, avec une grimace ironique. Juliana fronça les sourcils.

— Porteurs, cet homme, là-bas, m'a regardée d'une manière fort désobligeante.

— Voulez-vous que je lui donne une correction, milady ? demanda le premier porteur.

— Non, ce ne sera pas nécessaire. Reconduisez-moi à Albermale Street.

George étouffa un juron. Comment cette misérable traînée osait-elle le regarder avec autant de mépris ? Pour qui se prenait-elle ? Il essaya de se raisonner. Tout n'allait pas si mal. Maintenant qu'il savait qu'elle sortait seule, il ne lui restait plus qu'à arrêter un plan d'action. La prochaine fois qu'il la verrait quitter Albermale Street, il l'enlèverait. C'était aussi simple que cela.

19

Le duc n'était pas encore revenu quand Juliana rentra à la maison. Une confrontation de moins ! songea-t-elle avec soulagement. Le mieux serait encore qu'il ignorât complètement son escapade à Russell Street. Malheureusement, il y avait George. S'il continuait à la suivre dès qu'elle sortait, elle serait bien obligée d'en parler à Richard... ce qui la forcerait à avouer qu'elle quittait la maison sans son consentement. Mais elle n'en était pas encore là.

Elle s'installa devant le secrétaire de son petit salon et commença à inscrire sur une feuille de papier toutes les dépenses que devrait couvrir le fonds de solidarité. Elle décida qu'il servirait uniquement pour les filles qui accepteraient de payer leur cotisation. C'était le seul moyen de s'en sortir.

Elle fut interrompue dans ses calculs par un laquais venu lui annoncer que Sa Grâce souhaitait qu'elle la rejoigne sur le perron. Intriguée, Juliana suivit le laquais. La porte était grande ouverte, et elle entendit le duc parler avec Quentin.

— Ah, vous voilà, mignonne ! s'écria-t-il en la voyant apparaître. Dites-moi si elle vous plaît.

Richard lui désignait une superbe jument baie qui se tenait au bas des marches.

— Oh, elle est magnifique! s'exclama Juliana en s'approchant. Puis-je la monter?

— Elle est à vous.

— A moi? répéta-t-elle, médusée.

Elle n'avait jamais possédé de cheval. A Forsett Towers, elle devait se contenter des montures dont personne ne voulait.

— Mais pourquoi me faites-vous un tel cadeau? demanda-t-elle, soudain suspicieuse.

— Je vous avais promis de vous acheter un cheval. L'aviez-vous oublié?

Richard lisait dans son regard qu'elle se demandait ce qu'il exigerait en échange.

— Non, je n'avais pas oublié. Mais pourquoi une bête aussi magnifique? Je n'ai rien fait pour la mériter.

— Oh, je ne sais pas, mignonne. Je peux penser à certaines choses qui m'ont donné beaucoup de plaisir.

Il avait accompagné ces paroles d'un sourire appuyé et Juliana se sentit rougir. Heureusement, Quentin semblait regarder ailleurs.

Finalement, Juliana se décida à caresser la jument. Après tout, elle n'allait pas bouder son plaisir en pensant à ce que pouvait cacher ce cadeau. Si le duc exigeait des contreparties, elle les refuserait.

— Bonjour! dit-elle à la jument en lui frottant les naseaux.

Une fois de plus, Richard s'émerveillait de constater à quel point elle était facile à contenter. En achetant cette jument, il avait d'abord pensé donner à Juliana une occasion d'occupation qui la rendrait plus sage et plus docile. Mais de la voir si heureuse le comblait d'une joie indicible.

Quentin souriait autant que son frère. Juliana

avait le cœur pur. Comme Lydia Melton, ne put-il s'empêcher de penser tristement. Il se désolait de savoir que Richard épouserait Lydia sans l'aimer, alors que lui resterait sur le bord du chemin, débordant d'un amour inutile. Mais le destin en avait décidé ainsi, et Quentin s'inclinait devant la volonté du Très-Haut.

— Comment allez-vous l'appeler ? demanda-t-il.

Juliana réfléchit un court instant, avant de répondre :

— Bérénice.

— Grands dieux, pourquoi ce nom ? voulut savoir Richard.

— Parce que c'était une reine énergique. Une femme qui savait ce qu'elle voulait, répondit Juliana avec un sourire malicieux.

Richard lui rendit son sourire, et lui désigna l'homme qui tenait la bride de la jument.

— Voici Ted, Juliana. Il vous accompagnera partout où vous irez.

Juliana le regarda, intriguée. Au lieu d'une livrée de domestique, Ted portait une culotte et une veste en cuir. Il était grand, très large d'épaules et on devinait qu'il était bâti tout en muscles. Ses mains étaient énormes, et son nez cassé prouvait qu'il avait dû se battre plus souvent qu'à son tour. Il la salua poliment, mais il semblait réservé et dépourvu de tout sens de l'humour.

— Partout ? répéta-t-elle.

— Partout, confirma Richard.

— Mais je n'ai pas besoin d'un garde du corps, protesta Juliana, évaluant déjà ce que cette nouveauté lui imposerait comme restrictions.

— Oh, mais si, déclara Richard. Puisque je n'ai

pas pu vous persuader de prendre certaines précautions, quelqu'un va désormais s'en charger pour vous. Pas de Ted, pas de cheval, Juliana.

Juliana soupira. Manifestement, il avait été informé de sa petite escapade.

— Comment avez-vous su ? demanda-t-elle. Vous n'étiez pas là.

— Rien de ce qui se passe sous mon toit ne m'est inconnu, répondit-il en souriant. Acceptez-vous mes conditions, Juliana ?

Elle regarda de nouveau Ted. Allait-il l'espionner en même temps qu'il la protégerait ? Probablement. Comment réussirait-elle à retrouver les filles dans la taverne, avec cet encombrant garde du corps ? Elle devrait se débarrasser de lui d'une manière ou d'une autre. En guise de réponse au duc, elle désigna Bérénice.

— J'aimerais la monter tout de suite, dit-elle.

— Nous déjeunons dans dix minutes, lui fit remarquer Quentin, amusé.

— Après déjeuner, Ted vous escortera et vous pourrez la monter dans Hyde Park, proposa Richard, soulagé de la voir capituler. Tout le monde se demandera qui vous êtes, et vous ferez sensation.

Juliana sourit. Cette perspective n'était pas pour lui déplaire.

— Je vais remettre un peu d'ordre dans ma toilette, annonça-t-elle.

Elle rentra dans la maison, et Quentin invita son frère à en faire autant.

— Si elle a vraiment besoin d'être protégée, Ted est l'homme de la situation, constata-t-il.

Richard hocha la tête et ils sourirent tous les deux en se rappelant leurs souvenirs d'enfance. Ted Rougley avait été leur compagnon de jeu.

C'était lui qui leur avait appris à monter à cheval, à pourchasser les lapins dans leurs terriers, à traquer le cerf... Ted était dévoué corps et âme à la famille Courtney. Richard ne lui donnait jamais aucun ordre, mais s'il exprimait la moindre requête, il savait que Ted mettrait tout en œuvre pour y satisfaire. Juliana ne tarderait pas à s'apercevoir qu'il serait bien difficile de lui fausser compagnie.

— Et pour Lucien, qu'as-tu décidé ? demanda Quentin, alors qu'ils pénétraient dans la salle à manger.

— Il n'est pas encore rentré à la maison, dit le duc en pinçant les lèvres, mais il ne perd rien pour attendre.

Quentin hocha la tête. Juliana arrivait à son tour, et ils passèrent à table.

— Si j'ai bien compris, résuma-t-elle en se servant du civet aux champignons, je ne dois plus recevoir aucune visite, et je ne pourrai sortir de cette maison qu'accompagnée de mon garde du corps, c'est bien cela ?

— Ma chère, vous pouvez recevoir toutes les visites que...

— Sauf celles de mes amies, le coupa-t-elle.

— Sauf les filles de Mme Dennison, confirma Richard.

— Je crois que je vais mourir d'ennui, soupira-t-elle.

— Dieu nous en préserve ! répondit le duc en feignant un effroi comique. Franchement, Juliana, je vous imagine mal vous ennuyer un jour. Et puis, vous recevrez toutes sortes de gens. Vous pourrez aller au théâtre, au concert... On vous invitera...

— Eh bien, me voilà soulagée ! soupira encore Juliana.

Richard ne put s'empêcher de sourire, et Quentin s'étonna de voir son frère manifester autant d'indulgence dès lors qu'il s'agissait de la jeune femme.

Quand les serviteurs apportèrent le porto pour le duc et son frère, Juliana en profita pour remonter dans sa chambre se changer. Vingt minutes plus tard, elle redescendait et passait la tête par la porte de la salle à manger. Les deux hommes savouraient silencieusement leur porto, chacun perdu dans ses pensées.

— Puis-je entrer ?

— Bien sûr, mignonne.

— Puisque vous avez choisi ma garde-robe, j'ai pensé que vous aimeriez voir ce que donnait la tenue d'équitation, dit-elle en virevoltant devant eux pour les laisser admirer son ensemble kaki. Le velours, sur le col, fait très chic. Et je n'ai jamais porté de chapeau aussi ravissant.

Richard ne put s'empêcher de sourire. Le plaisir qu'il avait eu à commander sa garde-robe était décuplé par celui qu'elle prenait à la porter.

— Vous êtes ravissante, déclara Quentin. Richard a toujours eu un goût très sûr en matière de vêtements féminins.

— Dépensez-vous autant de temps et d'argent pour toutes vos maîtresses ? demanda Juliana en resserrant son col.

Quentin détourna la tête pour cacher son amusement, tandis que Richard la regardait, médusé.

— Quoi ?

— Oh, pardon, je me suis montrée indiscrète, peut-être ? (Elle lui offrit son plus charmant sourire.) Je vous assure que ce n'était pas dans mon intention. J'étais simplement curieuse. Il est si rare que les hommes s'intéressent aux toilettes féminines.

— Laissons tomber ce sujet, voulez-vous ? répliqua le duc en fronçant les sourcils.

Juliana haussa les épaules.

— Si vous insistez... mais vous en avez combien ?

— Combien de quoi ?

— De maîtresses.

Le visage de Richard s'assombrit soudain, et Quentin préféra intervenir :

— Juliana, je crois qu'il est temps que vous partiez en promenade, suggéra-t-il en se levant. Je vais vous accompagner jusqu'aux écuries pour vous regarder monter.

Il l'entraîna dehors avant qu'elle ait pu ajouter quoi que ce soit et que Richard ait eu le temps de se fâcher.

— Vous manquez parfois singulièrement de tact, lui fit remarquer Quentin quand ils furent arrivés.

— Croyez-vous vraiment que ma question était indélicate ? demanda Juliana d'une voix désinvolte. (Elle monta en selle, avant d'ajouter avec un sourire taquin :) Pour ma part, je la trouvais parfaitement raisonnable.

— Vous êtes incorrigible !

Ted montait un robuste étalon. Il donna le signal du départ, et Juliana dirigea Bérénice vers la rue. Quentin les salua de la main, puis il retourna dans la maison pour prendre sa canne et son chapeau. L'après-midi s'annonçait radieux, et il avait décidé de s'accorder lui aussi une petite flânerie dans Hyde Park.

Juliana essaya d'engager la conversation avec son garde du corps mais, voyant qu'elle ne recevait d'autres réponses que « Oui » ou « Non » à ses questions, elle préféra profiter silencieusement de sa promenade. Elle était si heureuse de chevaucher Bérénice qu'elle ne s'aperçut même pas que George les suivait discrètement.

Ted, en revanche, avait noté la présence de leur poursuivant. Mais il se refusa à presser le pas, pour ne pas montrer à l'inconnu qu'il avait été repéré.

George bouillait littéralement de rage. Il avait épié la maison d'Albermale Street pendant des heures, attendant le moment où Juliana ressortirait seule. Mais voilà qu'elle était maintenant escortée par ce solide gaillard qui devait être à lui seul aussi fort qu'un régiment !

Aveuglé par son obsession de récupérer Juliana, George n'avait même pas le cœur à goûter les plaisirs de la capitale. Il ne pensait plus qu'à elle. Voilà pourquoi il devait absolument lui mettre la main dessus, et l'obliger à le reconnaître. Juliana. *Sa* Juliana.

Il vit sa proie s'engager dans Hyde Park, et il s'arrêta pour réfléchir. Il n'arriverait à rien en continuant à les suivre. Il n'avait aucune chance de réussir à l'enlever pour l'instant, à cause de cet Hercule qui ne la quittait pas d'une semelle. Le mieux serait de retourner en embuscade à Albermale Street et d'attendre le moment propice pour agir. Mais son estomac, soudain, se rebella. Dans son acharnement à traquer Juliana, George avait oublié de déjeuner. La mort dans l'âme, il se décida à rentrer à son hôtel. Il reprendrait son guet après un bon repas.

Juliana avait mis sa jument au pas, et elle se promenait tranquillement dans le parc. Ted la suivait sans broncher.

Ils allaient s'engager dans une autre allée, quand Juliana aperçut lord Quentin marchant avec une lady vêtue de noir. Bien qu'elle portât un voile de crêpe épais, elle reconnut aussitôt lady Lydia et se dirigea vers eux.

— Bonjour, lady Lydia.

L'espace d'un instant, Juliana vit la consternation se peindre sur les traits de Quentin. Elle comprit que son interruption n'était pas la bienvenue. Mais il se reprit très vite et retrouva son sourire habituel.

— Marchez donc un peu avec nous, proposa-t-il en lui offrant son bras pour l'aider à descendre. Ted s'occupera de Bérénice.

— Bérénice ? Quel nom étrange pour une jument ! remarqua Lydia en rendant son salut à Juliana.

— Elle est adorable, mais je crois qu'elle a son caractère, répondit Juliana. (Elle tendit les rênes à Ted, avant de se retourner vers Quentin :) Quelle surprise de vous retrouver ici, lord Quentin. J'ignorais que vous vous rendiez aussi au parc.

— Je me suis décidé subitement. Cette journée est si belle.

— Oui, magnifique, renchérit Lydia. Malgré mon deuil, je pense que rien ne m'empêche de me promener, du moment que je ne quitte pas mon voile.

— Bien sûr que non, la rassura chaleureusement Quentin.

— Aimez-vous Londres, lady Edgecombe ?

— Oh, oui, lady Lydia. Tout est si nouveau pour moi. Le Hampshire est un trou perdu.

Quentin lui donna un coup de coude mais elle avait déjà pris conscience de sa bévue.

— Le Hampshire ?

Lydia releva son voile pour la regarder, intriguée.

— Je croyais que vous veniez du Yorkshire ?

— C'est vrai, j'oubliais, répondit Juliana avec désinvolture. En fait, je séjournais souvent chez des parents, dans le Hampshire, et j'avais fini par m'y sentir chez moi.

— Je vois, répondit Lydia. (Elle laissa retomber son voile.) Mais j'ignorais que les Courtney avaient de la famille dans le Hampshire.

— Oh, c'étaient des cousins très éloignés, voulut préciser Juliana.

— Et vous passiez plus de temps chez des cousins éloignés que chez vos propres parents? Comme c'est bizarre!

— Lady Edgecombe a une façon bien à elle de voir le monde, intervint Quentin. J'imagine que vous avez hâte de rejoindre votre cheval, Juliana. Ce ne doit pas être très agréable de marcher, quand on vient juste d'étrenner une monture.

Juliana ne savait pas s'il la congédiait dans son propre intérêt, ou parce qu'il voulait rester seul avec Lydia. Elle fit signe à Ted de la rejoindre.

Lydia releva de nouveau son voile pour lui dire au revoir.

— J'espère que nous nous entendrons comme des sœurs, dit-elle en l'embrassant gentiment sur la joue. Ce sera si plaisant d'être deux femmes dans cette maison.

En lui rendant son baiser, Juliana remarqua que Quentin s'était renfrogné. Elle n'eut aucune peine à deviner pourquoi. Elle était plus convaincue que jamais qu'il aimait Lydia et que cet amour était réciproque, alors que c'était Richard le fiancé officiel de Lydia. Il devait bien y avoir un moyen de sortir de cet imbroglio. Quentin n'était certes pas un aussi beau parti que son frère, mais il appartenait tout de même à une grande famille, et il était promis à un bel avenir au sein de l'Église anglicane. Il ferait un excellent mari pour Lydia — à condition que les fiançailles de celle-ci avec Richard puissent être rompues.

Mais Richard se retrouverait alors sans épouse. Et sans mère pour ses héritiers légitimes.

Juliana décida qu'elle réfléchirait plus tard à cet autre problème. Elle remonta sur Bérénice et s'éloigna après un dernier salut à Quentin et Lydia.

— Connaissez-vous les Courtney depuis longtemps, Ted ?

— Oui.

— Depuis très longtemps ?

— Oui.

— Depuis que Sa Grâce était toute petite ?

— Encore avant.

Il avait dit deux mots ! C'était un début encourageant.

— Et connaissez-vous les Melton depuis longtemps ?

— Oui.

— Depuis très longtemps ?

— Oui.

— Donc, c'est qu'ils ne fréquentent pas les Courtney d'aujourd'hui ?

— Les terres des Melton sont mitoyennes de celles des Courtney.

— Ah !

Cela expliquait tout. Et en particulier ce mariage d'intérêt. Ted se révélerait sans doute une mine d'informations, si elle arrivait à le faire parler, mais il gardait les lèvres obstinément serrées et elle devina qu'elle n'en tirerait rien d'autre pour l'instant.

Ils rentrèrent à Albermale Street. Juliana laissa Ted reconduire Bérénice à l'écurie. Alors qu'elle regagnait sa chambre pour se changer, elle se retrouva nez à nez avec Lucien. Son cœur manqua un battement. Richard lui avait pourtant juré qu'elle ne le reverrait plus jamais!

— Tiens, tiens, mais ne serait-ce pas ma charmante femme! (Lucien lui bloqua le passage. Il empestait l'alcool et ses yeux brillaient méchamment.) Vous m'avez quitté un peu vite, cette nuit. Vous ne vous amusiez pas?

— Laissez-moi passer!

— Tiens donc! Vous recherchiez davantage ma compagnie, hier. L'avez-vous déjà oublié?

Il l'attrapa par le poignet et lui tordit violemment le bras. Juliana ne put retenir un cri de douleur.

— Auriez-vous perdu l'habitude d'obéir, ma chère? Je vous avais promis que vous me paieriez votre coup de pied. Vous prenez un peu trop de grands airs, pour une catin de Russell Street. Je vais vous apprendre le respect.

Juliana le vit lever le bras et, dans la seconde qui suivit, il abattit sa cravache sur son épaule. Elle hurla de douleur.

Lucien riait de la voir souffrir. Il leva de nouveau sa cravache, mais il avait sous-estimé la résistance de sa victime. Il l'avait eue par surprise, la première fois, mais à présent la colère décuplait ses forces, et Juliana se jeta sur lui comme une furie.

Lucien essaya de lui tirer les cheveux, mais désormais elle semblait insensible à la douleur. Elle lui décocha un coup de pied dans le tibia qui le plia en deux. Il lâcha sa cravache et se protégea le visage des deux mains en voyant que

Juliana, toutes griffes dehors, voulait lui arracher les yeux.

— Ordure... porc immonde... fumier! hurlait-elle en le rouant de coups.

Lucien se mit à tousser comme un damné, et Juliana en profita pour ramasser la cravache qu'elle abattit sur son dos.

— Jésus, Marie, Joseph! Que se passe-t-il ici? cria Richard en se précipitant vers eux. (Il arracha la cravache des mains de Juliana.) Calmez-vous, mignonne.

Juliana reprit lentement son souffle, mais sa colère était intacte. Après un dernier regard méprisant pour l'homme qui avait osé lever la main sur elle, elle se tourna vers Richard.

— Où étiez-vous? *Où étiez-vous?* demanda-t-elle d'une voix tremblante. Vous m'aviez *promis* que je ne le reverrais plus jamais.

— Jusqu'à cet instant, j'ignorais qu'il était rentré, répondit Richard. Sinon, je ne l'aurais pas laissé vous approcher. Croyez-moi, Juliana. (Elle tremblait de plus en plus fort, et il lui prit le bras.) Allez dans votre chambre, je me charge de lui. Martha soignera vos blessures. Je viendrai vous voir tout à l'heure.

— Il m'a frappée avec cette cravache, s'indigna Juliana, au bord des larmes.

— Il le paiera, soyez-en assurée. (Il lui caressa la joue.) Mais d'abord, regagnez votre chambre.

Juliana s'éloigna à petits pas et Richard se retourna vers son cousin, toujours prostré.

— Arrangez-vous pour avoir quitté cette maison dans une heure, Edgecombe.

Lucien releva la tête. Il respirait difficilement, ses yeux étaient injectés de sang, mais sa langue était toujours aussi venimeuse.

— Ainsi donc, vous revenez sur votre engagement, cher cousin! (Il ricana.) La honte soit sur vous!

Richard s'obligea à garder son calme.

— J'ai été stupide de penser qu'on pouvait s'arranger avec vous. Je considère notre contrat comme nul et non avenu. Maintenant, déguerpissez!

— Vous me laissez tomber, Richard? (Il se releva péniblement, et dut s'adosser au mur pour tenir debout.) Pourtant, vous m'aviez promis que vous ne m'abandonneriez jamais. Que même si tout le monde me tournait le dos, vous me tendriez encore la main. Vous vous en souvenez?

Richard le regarda avec un mépris mêlé de pitié.

— Oui, je m'en souviens, riposta-t-il. Vous aviez douze ans, et dans ma grande naïveté, je croyais que les autres avaient tort de vous traiter de voleur et de menteur. Je pensais que la famille devait vous accepter comme l'un des nôtres, pour que...

— Votre famille n'a jamais voulu de moi, l'interrompit Lucien. Vous et Quentin m'avez toujours méprisé.

— C'est faux, répliqua Richard. Nous avions beaucoup d'indulgence pour vous, car nous connaissions les lacunes de votre éducation.

— Des *lacunes,* oui! ricana Lucien. Un père fou à lier, et une mère qui ne quittait jamais son lit!

— Nous avons fait ce que nous avons pu, affirma Richard.

Mais, en son for intérieur, il ne pouvait s'empêcher de nourrir quelques doutes. Lucien n'avait pas complètement tort, quand il prétendait que

Quentin et lui l'avaient d'abord méprisé. Cependant, ils avaient patiemment essayé d'exercer une bonne influence sur lui. Et ils avaient échoué. Il était trop tard, à présent, pour revenir en arrière.

— Quittez cette maison, Edgecombe, et disparaissez de ma vue. Désormais, je me lave les mains de ce qui pourra vous arriver.

Lucien ricana encore.

— Mais que vont penser les gens ? Une séparation, après seulement trois jours de mariage !

— Je me moque de l'opinion publique. Je refuse que vous respiriez plus longtemps le même air que Juliana.

— Je la répudierai ! Je divorcerai pour épouser une catin !

— Vous n'êtes même pas assez bien pour cirer ses bottes ! répliqua Richard d'une voix méprisante. Et je vous préviens, Edgecombe, si vous proférez un seul mot en public contre Juliana, je vous expédie dans votre tombe encore plus rapidement que vous ne vous y employez.

Et sur ces mots, il tourna les talons.

— Vous le regretterez, Redmayne. Croyez-moi, vous regretterez vos paroles !

Richard ne se retourna même pas. Hébété, Lucien le regarda s'éloigner, puis il reprit le chemin de sa chambre en jurant de se venger.

20

Le soleil se couchait lorsque Lucien quitta la maison de Mme Jenkins. Il arborait la mine satisfaite d'un homme en paix avec son corps et sa conscience. Les filles de Mme Jenkins ne répugnaient à aucune fantaisie, et il avait pu donner libre cours à son besoin de punir quelqu'un après l'humiliation qu'il avait subie tout à l'heure devant sa femme et Richard.

Mais au bout de quelques minutes de marche dans les rues, Lucien s'assombrit de nouveau. Il ne pouvait pas se cacher la réalité de sa situation : il s'était fait bel et bien mettre dehors de chez son cousin.

Il entra à la Taverne des Caraïbes et s'assit à une table isolée, morose, refusant de s'intéresser à la compagnie. Il achevait de vider son deuxième verre de gin, quand il s'aperçut qu'un homme le fixait. Ce visage rouge et congestionné ne lui était pas inconnu.

Se voyant remarqué, l'homme se leva et s'approcha de lui.

— Excusez-moi de vous importuner, milord, mais j'étais là, hier soir, quand vous vendiez votre femme.

— Je me souviens. C'est vous qui avez offert cinq cents guinées pour l'avoir.

— Est-elle vraiment votre femme? ne put s'empêcher de demander George.

Lucien le regarda d'un œil soupçonneux.

— En quoi ça vous regarde?

George voulut s'asseoir, mais le regard inamical du vicomte l'en dissuada. Il resta debout.

— Je crois la connaître, dit-il.

— Oh, ce n'est pas un exploit! A mon avis, la moitié de Londres la connaît. (Il haussa les épaules.) Elle sort d'un bordel.

— Je m'en doutais! (George tremblait d'excitation.) Donc, elle n'est pas vraiment votre femme? C'est un faux mariage, n'est-ce pas?

— Hélas, non. (Lucien rit jaune.) Je vous jure qu'elle est bien lady Edgecombe. Mon satané cousin avait tout prévu. Que le diable l'emporte !

George ne comprenait plus rien. Il était si déçu d'apprendre que Juliana était légalement mariée au vicomte qu'il en resta un moment sans voix. Tous ses plans s'écroulaient comme un vulgaire château de cartes.

— Pourquoi vous intéressez-vous tant à cette catin ? voulut savoir Lucien.

— Elle a tué mon père.

— Quoi ? (Le regard de Lucien s'éclaira soudain.) Oh, après tout, ça ne me surprend pas. Elle m'a à moitié assassiné, cet après-midi. S'il ne tenait qu'à moi, je lui ferais administrer une solide correction.

George hocha la tête.

— C'est une meurtrière. Je ne dormirai pas en paix tant qu'elle ne sera pas montée sur le bûcher.

— Asseyez-vous, mon brave. (Lucien lui désigna une chaise et héla un serveur :) Une bouteille de bon vin, et que ça saute ! (Il se tourna vers George, avant d'ajouter :) J'ai l'impression que nous poursuivons le même but. Racontez-moi donc les horribles méfaits de ma charmante épouse.

George approcha sa chaise et commença son récit à voix basse. Lucien l'écoutait sans broncher, mais il n'eut aucune peine à comprendre que Ridge, derrière sa soif de vengeance, voulait posséder Juliana. Lucien saurait tirer profit de cet élément nouveau. Ridge n'était qu'un rustaud de province, sans subtilité, mais quand le désir et la vengeance animaient ce genre d'hommes, ils devenaient des ennemis implacables.

Si Juliana était condamnée à mort, la disgrâce de Richard serait totale. Son damné orgueil mordrait irrémédiablement la poussière.

— J'ai pensé que je devais d'abord en parler au duc, expliqua George, à la fin de son récit. Dénoncer Juliana et voir comment il réagirait.

Lucien secoua la tête.

— A mon avis, il sait déjà.

George regarda d'un air contrit la bouteille de vin. Elle était vide.

— Comment pouvez-vous l'affirmer?

— Parce qu'il me l'a plus ou moins avoué, répondit Lucien. (Il commanda une autre bouteille, avant de préciser :) Richard m'a dit que cette traînée lui obéirait. Pour en être aussi sûr, il devait savoir quelque chose sur elle. Quelque chose d'assez sérieux pour l'obliger à filer droit.

— Si je portais plainte contre elle, suggéra George, elle serait obligée de répondre aux convocations de la justice. À supposer même qu'elle nie son identité, je saurai bien convaincre ses tuteurs de venir témoigner.

Lucien semblait sceptique.

— Malheureusement, Richard est coriace.

— Même un duc ne peut pas remettre en cause le témoignage des tuteurs de Juliana. Elle est arrivée chez eux à l'âge de quatre ans. Si les Forsett jurent qu'elle est bien Juliana Ridge, cela devrait amplement suffire à convaincre les magistrats.

— Peut-être. A condition que Richard ne nous ait pas déjà coupé l'herbe sous le pied, d'une manière ou d'une autre. (Lucien contempla un moment son verre, avant d'ajouter :) Le plus simple serait de s'en prendre directement à cette traînée.

— L'enlever, vous voulez dire? (Le regard de George s'éclaira soudain.) J'y ai déjà pensé. Si je la tenais à ma merci, j'arriverais facilement à lui extorquer des aveux.

A présent, il n'avait plus aucune envie de l'épouser, mais il savait qu'il ne retrouverait pas la tranquillité tant qu'il n'aurait pas satisfait ce désir qui lui fouaillait les reins. Pour cela, il devait absolument mettre la main sur Juliana.

Lucien ne put s'empêcher de sourire. Il pouvait lire dans les pensées de Ridge comme dans un livre ouvert.

— Je pense que nous devrions d'abord recourir à la voie légale, dit-il. (Il se délecta de voir son compagnon essayer de masquer sa déception.) Portez plainte contre Juliana, avec l'aide de ses tuteurs. Si ça ne suffit pas... alors, nous aviserons.

George réfléchit un moment. Si Juliana se retrouvait en prison, il pourrait corrompre ses gardes et abuser d'elle dans sa cellule autant qu'il lui plairait. Ce plan n'était pas si mauvais, finalement. Il hocha la tête.

— Je retourne dans le Hampshire dès demain matin pour tout expliquer aux Forsett. Où pourrais-je vous joindre, milord?

Lucien se renfrogna en songeant qu'il devrait réintégrer sa demeure inconfortable.

— J'habite dans Mount Street, dit-il, réticent, mais nous pourrions aussi bien nous retrouver dans cette taverne. (Il désigna l'aubergiste à George :) Vous n'aurez qu'à laisser un message à Tom.

Comprenant qu'il devait prendre congé, George se leva et souhaita une bonne nuit au vicomte qui se contenta de le saluer de la tête. Il se sentait plus d'énergie, à présent, et au lieu de retourner à sa propre table il quitta la taverne. Une jeune femme l'accosta.

— Une demi-guinée, sir ? lui proposa-t-elle en dévoilant sa poitrine.

— Cinq shillings, répondit George.

La fille haussa les épaules avant de lui prendre la main et de l'entraîner dans un coin sombre. Pour cinq shillings, elle n'allait pas le conduire jusque dans sa chambre, où elle devrait payer les bougies et le linge propre.

Mercredi matin, à la taverne Bedford.

On se passa le mot dans toutes les « maisons » de Covent Garden. Les filles de Mme Dennison avaient excité la curiosité de leurs consœurs en évoquant à mots couverts le cas de Lucy Tibbet et en parlant de « fonds de solidarité », de « projet entièrement nouveau » qui les concernait toutes.

Lilly réserva l'arrière-salle de la taverne en expliquant à Mme Mitchell qu'un groupe de filles voulait s'y réunir pour célébrer l'anniversaire de l'une d'entre elles. La tenancière donna son accord et promit de leur fournir, moyennant finance, du café, du chocolat chaud et des gâteaux. Mais Mme Mitchell était intriguée.

Pourquoi ces filles voulaient-elles louer une salle, alors que n'importe quelle patronne de bordel aurait accepté de les recevoir gratuitement sous son toit ? Aucune n'aurait refusé de leur laisser fêter un anniversaire...

Mme Mitchell consulta secrètement ses amies maquerelles, qui ne comprirent pas davantage. Il fut décidé qu'elle épierait ce qui se dirait dans son arrière-salle.

Juliana se trouvait dans la chambre de Lucy, quand elle reçut le mot de Lilly la prévenant que la réunion était prévue pour le mercredi matin. Lucy avait recouvré assez de forces pour quitter son lit, et elle s'était assise devant la fenêtre. Juliana lui tendit le mot, qui s'achevait par un message de sympathie à son intention signé par toutes les filles de Russell Street.

— Quelle est cette réunion, Juliana ? demanda Lucy après avoir lu le papier.

Juliana lui expliqua son projet.

— Il est temps que nous réagissions, dit-elle en conclusion, avec sa véhémence habituelle. Pourquoi se laisserait-on exploiter par ces gens sans protester ?

Lucy reposa la lettre sur ses genoux. Elle semblait ne pas comprendre.

— Mais cela ne vous concerne pas, Juliana. Personne ne vous exploite.

— Le duc a payé trois mille guinées à Mme Dennison pour m'avoir. J'ai été vendue et achetée comme une esclave, simplement parce que je n'avais ni argent, ni amis, ni protection d'aucune sorte. Si le fonds de solidarité avait existé, les choses ne se seraient pas passées ainsi. Quelques guinées auraient fait la différence.

Lucy secoua la tête.

— Je crois que vous sous-estimez le pouvoir des maquerelles et des souteneurs, Juliana.

— Non, Lucy. Ils ne sont pas si puissants que cela. C'est à cause de telles attitudes défaitistes qu'ils se croient tout permis.

On frappa à la porte, et Juliana dit « Entrez » avant de se souvenir qu'elle ne se trouvait pas dans sa chambre, mais dans celle de Lucy.

Richard apparut sur le seuil, et Lucy se leva précipitamment.

— Ne vous dérangez pas pour moi, fit-il en s'approchant de son fauteuil. J'étais venu voir comment vous vous portiez.

— Oh, beaucoup mieux, Votre Grâce, répondit Lucy en rougissant. Je... je pense que je vais bientôt pouvoir partir et...

— Il n'y a pas urgence. (Il ramassa la lettre que Lucy avait fait tomber en se levant.) Vous êtes la bienvenue ici tant que Martha ne vous jugera pas en état de sortir.

Il lui rendit la lettre et Juliana se demanda s'il en avait lu le contenu. Il ne semblait même pas y avoir accordé un regard, mais avec Richard on ne savait jamais à quoi s'en tenir.

Il prisa en jetant un coup d'œil autour de lui.

— J'espère que vous vous sentez bien, dans cette chambre.

Lucy devint cramoisie.

— Oh, oui, Votre Grâce ! Je ne saurai jamais comment assez vous remercier. Je ne mérite pas autant de...

— Bien sûr que si ! la coupa Juliana. Vous méritez autant de considération que n'importe quel être humain. Vous n'êtes pas de cet avis, monseigneur ? demanda-t-elle en le défiant du regard.

— Oh, Juliana, vous ne pouvez pas dire cela, protesta Lucy. Vraiment, je ne voudrais pas vous gêner.

— Vous ne nous gênez pas. N'est-ce pas, monseigneur ?

Richard secoua la tête, sans pouvoir cacher son amusement.

— Quand vous aurez terminé votre visite à Lucy, rejoignez-moi dans la bibliothèque. (Il se tourna vers Lucy :) Je vous souhaite un prompt rétablissement, madame, ajouta-t-il avant de les quitter.

— Il est si gentil, murmura Lucy.

— C'est l'impression qu'il donne, reconnut Juliana. Mais je crois qu'il n'est vraiment gentil que lorsque cela ne le gêne pas. Il pourrait passer à côté de quelqu'un gisant dans la rue sans s'arrêter, s'il craignait d'être retardé.

Pourtant, en disant cela, Juliana ne pouvait s'empêcher de repenser à la façon dont il l'avait sauvée des mains de Lucien, et combien elle lui en avait été reconnaissante. Il avait banni son cousin de cette maison parce qu'il avait osé lever la main sur elle. Les querelles de famille étaient toujours terriblement délicates, et cependant le duc n'avait pas hésité à sacrifier sa tranquillité pour elle. Cela dit, c'était lui qui l'avait exposée au danger que Lucien représentait. Il était donc normal qu'il répare les dégâts.

Lucy la regardait d'un air de reproche, et Juliana se rappela qu'elle devait lui annoncer la promesse de Richard la concernant. C'était certainement généreux de sa part, mais après tout il ne s'était pas engagé à grand-chose. Il était si riche que l'argent qu'il offrirait à Lucy n'entamerait pas sa fortune. Quentin prétendait que son frère avait le cœur sur la main, mais pouvait-on vraiment parler de bonté, quand ce qu'il donnait ne représentait pas le moindre sacrifice pour lui ?

Cependant, elle dut écouter les remerciements éperdus de Lucy, qui chanta interminablement les louanges du duc en apprenant sa bonne fortune.

Assis à son bureau, Richard relisait le discours qu'il devait prononcer le soir même à la Chambre des lords. Il fut distrait de sa tâche par l'arrivée de Juliana.

— Vous souhaitiez me voir, monseigneur ?

Il se leva pour l'accueillir et, à sa grande surprise, lui baisa la main.

— Comment vous sentez-vous, mignonne ?

— Martha m'a donné de l'arnica, mais mon épaule me fait encore souffrir.

Il garda sa main dans la sienne, et lui embrassa tendrement chaque doigt.

— M'avez-vous pardonné de ne pas m'être occupé de Lucien à temps ?

Juliana se sentit perdre pied. Comment pourrait-elle dire qu'elle ne pardonnait rien, alors que dès qu'il la touchait elle se sentait fondre comme neige au soleil ?

Il releva la tête. Ses yeux souriaient, et pourtant il semblait grave.

— Nous avons à profiter de tant de choses, mignonne. Si nous prenions la vie du bon côté, à partir de maintenant ?

Juliana ne savait que répondre. Son corps lui dictait une réponse, et son esprit une autre. Elle ne pouvait oublier qu'elle était toujours prisonnière de son projet. Elle devait lui donner un enfant sur lequel il aurait toute autorité, et elle dépendrait pour le restant de sa vie des faveurs du duc.

Voyant qu'elle ne disait rien, Richard finit par relâcher sa main. Il semblait déçu.

— Je crois qu'il est temps que vous rendiez sa visite à lady Melton, dit-il d'une voix neutre. Nous ne devons pas être en retard d'une politesse.

— Vous avez raison, concéda Juliana. (Ce changement de conversation tombait à point nommé pour la distraire de la confusion de ses sentiments.) Dois-je y aller seule ?

— Non. Je vais vous y conduire dans mon phaéton. Allez vous changer.

— A vos ordres, monseigneur. (Elle lui fit la révérence.) Avez-vous des instructions à me donner concernant ma toilette ?

— J'aimerais vous voir dans la robe de mousseline bleue, dit-il en ignorant délibérément son ton ironique. Sa sobriété me paraît tout indiquée pour une visite dans une maison en deuil.

Pour toute réponse, Juliana exécuta une deuxième courbette, très exagérée, et tourna les talons. Richard la regarda partir, amusé.

— Vous avez une demi-heure, lui lança-t-il avant de se replonger dans son discours.

Exactement une demi-heure plus tard, elle redescendait. Richard l'attendait dans le hall, et elle s'arrêta sur la dernière marche pour le laisser inspecter sa toilette.

Il la contempla solennellement de la tête aux pieds, et lui fit signe de se tourner avant de rendre son verdict :

— C'est parfait, dit-il. Allons-y. Le phaéton attend devant la porte.

Il l'aida à monter et s'assit à côté d'elle.

— Il ne sera pas nécessaire de rester plus d'un quart d'heure avec lady Melton. Si elle ne peut nous recevoir, vous lui laisserez votre carte.

— Mais je n'ai pas de carte !

— Si. (Il tira de sa poche un bristol sur lequel était écrit en lettres élégantes : « Vicomtesse, lady Edgecombe ».) Mon secrétaire s'en est chargé. Il a une belle écriture, n'est-ce pas ?

— Plus belle que la mienne, répondit Juliana en tournant le bristol entre ses doigts.

Cette simple carte concrétisait soudain sa situation. Elle était réellement devenue lady Edgecombe.

Devant la demeure des Melton, Richard mit pied à terre et s'offrit pour aider Juliana à descendre. Mais au lieu de lui tendre simplement la main, il la saisit à la taille et la retint contre lui un peu plus longtemps qu'il n'était nécessaire. Juliana sentit son sang s'échauffer dans ses veines, mais il l'avait déjà reposée à terre. Un laquais ouvrit la porte. Richard lui donna sa carte et il invita Juliana à l'imiter. Le laquais le conduisit dans le salon.

Juliana avait repris ses esprits, et elle regarda autour d'elle. La plupart des meubles étaient cachés sous des housses, et les rideaux à moitié tirés plongeaient la pièce dans la pénombre.

— Lady Melton observe un deuil très strict, commenta Richard pour répondre à son regard interrogateur.

Il s'accouda à la cheminée et fixa soudain son regard sur elle.

— Lucy a reçu une lettre de ses amies, aujourd'hui ?

Juliana se sentit pâlir. Avait-il lu le texte ? Non, c'était impossible : il n'en avait pas eu le temps. Mais dans le cas contraire, il était maintenant informé de la réunion de mercredi. Et il savait qu'elle s'y rendrait.

— Y voyez-vous une objection ? demanda-t-elle d'un ton de défi, pour masquer son angoisse.

— Pas le moins du monde, quelle idée ! répondit-il sans cesser de la regarder bizarrement.

— Comme vous aviez interdit à ses amies de lui rendre visite, je me demandais si même une simple lettre de leur part était autorisée à franchir la porte de cette maison.

Le retour du laquais venant annoncer que Madame et lady Lydia recevraient leurs invités dans le petit salon dispensa Richard de répondre.

Le petit salon était à peine mieux éclairé que le grand. Les fauteuils étaient recouverts de tissu noir, les tableaux bordés d'un crêpe et il n'y avait pas de fleurs dans les vases.

Lady Melton et sa fille les accueillirent cependant avec beaucoup de chaleur. Assis sur le sofa à côté de Lydia, Quentin se leva pour embrasser Juliana sur la joue.

— J'ignorais que tu te trouvais ici, lui dit le duc, étonné.

Juliana vit Lydia tressaillir, mais Quentin répondit le plus naturellement du monde que, passant par hasard devant la maison, il était entré pour saluer lady Melton et qu'il s'apprêtait justement à partir. Il s'inclina devant son hôtesse avant de baiser la main de Lydia.

— La prochaine fois, je vous apporterai ce livre de gravures sur les jardins dont nous avons parlé, lui promit-il.

— Merci, lord Quentin. J'ai hâte de le voir, répondit-elle en abandonnant sa main dans la sienne.

Juliana jeta un coup d'œil à Richard. Il semblait ne s'être aperçu de rien. Mais, comme le disait le proverbe, il n'est pire aveugle que celui qui ne veut pas voir. De toute évidence, le duc de Redmayne se refusait à penser que le moindre petit grain de sable pût contrarier ses plans.

— Asseyez-vous près de moi, Juliana, l'invita Lydia en tapotant le sofa à côté d'elle.

Juliana la rejoignit, tandis que le duc engageait la conversation avec lady Melton. Il avait à peine échangé deux mots avec sa fiancée, mais Lydia n'en semblait pas offusquée.

Juliana fut distraite de ses pensées par l'arrivée de deux ladies corpulentes d'un âge respectable. On la présenta, et elle fut aussitôt bombardée de questions au sujet de son mariage.

— Je crois savoir que vous habitez chez Sa Grâce, lui dit la duchesse douairière de Mowbray.

— La maison de mon époux avait besoin d'être réparée, répondit Juliana. Sa Grâce a bien voulu nous offrir son hospitalité en attendant.

— Je vois. Donc, Edgecombe réside également chez vous, Redmayne ?

— Mon cousin est très occupé par la rénovation de sa demeure, commenta Richard. Il a préféré rester là-bas pour mieux surveiller les travaux.

Juliana se retint d'éclater de rire. Toute personne connaissant un peu Lucien ne pourrait jamais croire ce scénario.

— Que dites-vous ? demanda l'autre visiteuse, lady Briscow.

La duchesse approcha ses lèvres du cornet acoustique de son amie.

— Redmayne explique qu'Edgecombe habite chez lui, mais que sa femme est hébergée par le duc.

Lady Briscow mit quelques secondes à déchiffrer ces paroles.

— Ah, dit-elle finalement. C'est mieux ainsi. (Elle se tourna vers Juliana.) Vous êtes très jeune, n'est-ce pas ?

— Je viens d'avoir dix-sept ans, madame.

— Trop jeune pour Edgecombe, déclara lady Briscow. De toute façon, il n'aime pas les femmes.

— Cornélia, on ne parle pas de ces choses devant une jeune lady ! protesta la duchesse.

— Qu'est-ce que vous dites ? J'ai toujours su que Lucien aimait les petits garçons.

— Cornélia ! répéta la duchesse en criant presque pour se faire entendre. Une jeune lady ne doit pas entendre des horreurs pareilles.

— Pouah ! s'exclama lady Briscow. Pourquoi devrait-elle rester innocente ?

— Nous allons vous quitter, lady Melton, annonça le duc d'un air détaché, comme s'il n'avait rien entendu de la conversation.

Il se releva et, dans sa hâte à l'imiter, Juliana renversa la tasse de thé posée sur l'accoudoir du sofa. La tasse se brisa en mille morceaux et le thé se répandit sur le sol.

Mortifiée, Juliana se baissa pour réparer les dégâts. Lydia s'accroupit à côté d'elle. Elle était cramoisie.

— Ce n'est rien, lady Edgecombe ! s'écria-t-elle en ramassant les éclats de porcelaine.

Les propos de lady Briscow avaient amusé Juliana, mais Lydia semblait profondément choquée. Elle devait être aussi innocente que Juliana avant sa nuit de noces avec sir John Ridge. Juliana avait l'impression d'avoir perdu toute naïveté depuis des lustres, pourtant elle avait quitté Forsett Towers moins d'un mois plus tôt !

Elle se releva en s'excusant de sa maladresse, mais cette diversion avait soulagé tout le monde. Sauf lady Briscow, qui à aucun moment ne s'était sentie mal à l'aise.

— Ne vous inquiétez pas, lady Edgecombe, lui

dit chaleureusement lady Melton. Toute la faute en revient au laquais. Quelle idée de poser une tasse sur un accoudoir!

Juliana voulut innocenter le domestique, mais Richard l'interrompit :

— Venez, lady Edgecombe. L'incident est clos.

Et il l'entraîna dans le hall.

— Si seulement je pouvais être moins maladroite! soupira-t-elle. C'est tellement embarrassant!

— En l'occurrence, votre maladresse s'est révélée payante, répliqua le duc. Cornélia Briscow est la plus incorrigible commère de toute la ville.

— J'ai l'impression que les... goûts de mon mari sont connus de beaucoup de monde.

— Évidemment. Mais généralement, on évite d'aborder ce sujet en public.

— Lord Quentin semble fort apprécier la compagnie de lady Lydia, lança-t-elle pour dévier la conversation.

— Il n'est pas le seul, commenta laconiquement le duc.

— Bien sûr, concéda Juliana. C'est une charmante jeune femme. Et si aimable.

— Oui.

— Très jolie, également. Je crois que beaucoup d'hommes aiment ce genre de beauté blonde.

— Où voulez-vous en venir? demanda Richard en la regardant d'un air mi-figue, mi-raisin.

— Je me demande si lord Quentin n'est pas attiré par elle.

— Ce sont de vieux amis. Quentin et Lydia se sont connus enfants.

— Rien ne s'oppose à ce que lord Quentin se marie, n'est-ce pas?

— Bien sûr que non. Quentin deviendra

évêque, et il saura trouver la femme qui lui conviendra. Celle qui sera un exemple pour les autres femmes de son diocèse, et qui lui donnera de beaux enfants. Allons, venez.

Elle prit la main qu'il lui tendait, et remonta dans le phaéton sans rien ajouter. Pourquoi Richard se refusait-il à voir l'évidence ? Pendant tout le trajet, elle réfléchit à un moyen de lui dessiller les yeux.

— A quoi pensez-vous ? demanda-t-il alors qu'ils arrivaient devant la maison.

— Je me disais que Lucy aimerait sans doute se promener un peu dans le quartier.

— Pourquoi pas ? Mais vous sortirez avec Ted.

Juliana se contenta de hocher la tête. Elle mit pied à terre et disparut aussitôt dans la maison.

Richard la suivit des yeux. Elle ne pensait pas à Lucy. Quelque chose d'autre la préoccupait. Mais quoi ?

Il aurait aimé pouvoir lire dans ses pensées. Pour la connaître aussi bien qu'elle se connaissait elle-même... peut-être mieux encore. Et il se surprit à souhaiter la réciproque : que Juliana puisse le connaître et le comprendre mieux que quiconque.

Il secoua la tête, comme pour chasser ces pensées extravagantes. Le romantisme n'avait pas de place dans sa vie. Et jamais encore il n'avait éprouvé des sentiments aussi ridicules. Peut-être avait-il un peu de fièvre ? Il se passa une main sur le front et ne trouva rien d'anormal. Il secoua encore la tête, et se décida à suivre Juliana dans la maison.

21

— Voilà encore cet imbécile ! commenta lady Forsett en laissant retomber le rideau de la fenêtre du salon.

— Quel imbécile, ma chérie ? demanda sir Brian en levant les yeux de son journal.

— Le fils de John Ridge. Que peut-il bien nous vouloir ?

— J'imagine qu'il s'agit toujours de Juliana, répondit son mari.

Amélia semblait avoir complètement oublié l'existence de leur ancienne pupille. Il ne l'avait pas entendue prononcer une seule fois son nom depuis sa disparition.

— Cette gamine ne nous a jamais apporté que des ennuis, tempêta lady Forsett en agitant son éventail comme si elle cherchait à chasser une mauvaise odeur.

— Tout de même, ma chère, vous... Ah, Dawkins, faites entrer le visiteur.

Le laquais qui venait annoncer l'arrivée de George semblait stupéfait d'avoir été devancé.

— Pas dans le salon, protesta Amélia. Il doit avoir de la boue à ses souliers. Conduisez-le dans la bibliothèque.

Le laquais s'inclina et ressortit.

— Si j'ai bien compris, vous n'avez pas envie de le voir, dit sir Brian en se levant à regret de son fauteuil. Je vais y aller seul.

— Je n'y tiens pas, c'est vrai, mais j'aimerais savoir ce qui l'amène, répondit Amélia en le suivant. Croyez-vous qu'il ait retrouvé Juliana ?

— J'en doute fort, ma chère. Cet imbécile ne trouverait même pas un éléphant dans un jardin.

George paradait au beau milieu de la bibliothèque, dans son costume rapporté de la capitale. Lorsque ses hôtes le rejoignirent, il s'inclina à la mode londonienne, en espérant les impressionner.

Sir Brian et lady Forsett se contentèrent de le saluer de la tête, et George parut vexé. Lady Forsett le regardait comme s'il sortait d'une cour de ferme et qu'il eût encore de la paille dans les cheveux.

— Sir Brian... madame... commença-t-il en pontifiant, je vous apporte des nouvelles qui hélas, j'en ai peur, vont beaucoup vous décevoir.

Il attendit une réponse, qui ne vint pas. Ses hôtes semblaient se désintéresser de son discours. Et ils ne lui avaient même pas proposé un rafraîchissement...

— Juliana, essaya-t-il à nouveau. Il s'agit de Juliana.

— Je m'en serais douté, dit poliment sir Brian. Vous semblez avoir chaud, sir George. Le soleil tape fort, aujourd'hui.

— Foutrement chaud... oh, pardon, madame.

Il rougit de confusion et sortit son mouchoir pour s'éponger le front.

— Vous prendrez bien un verre de limonade, proposa Amélia en tirant le cordon.

George regarda sir Brian et son hôte eut pitié de lui.

— Je crois que notre invité préférerait une bonne bière. (Il donna ses ordres au laquais appelé par la sonnette avant de se retourner vers le visiteur :) Avez-vous retrouvé Juliana, sir George ?

— Oh, oui, certainement. Mais je l'ai retrouvée dans des circonstances... assez désastreuses.

— Elle est tombée dans la misère ? demanda froidement lady Forsett.

— Non, non... mais la vérité... Eh bien, la vérité est un peu délicate à dire devant une lady.

— Mes oreilles ne sont pas chastes à ce point, sir George. Expliquez-vous, riposta-t-elle en s'asseyant dans un fauteuil.

George prit une profonde inspiration avant de commencer son récit. Son auditoire l'écouta sans broncher et il fut seulement interrompu par le retour du laquais apportant sa bière.

— Résumons-nous, dit sir Brian quand il eut terminé. Vous dites que Juliana est devenue vicomtesse d'Edgecombe, et qu'elle habite chez le duc de Redmayne ?

— Oui, monsieur, répondit George en hochant vigoureusement la tête.

— Son mariage est-il légal ?

— Apparemment, oui.

— Alors, nous devons la féliciter.

George était déconcerté.

— Elle est devenue une catin, monsieur. Il me semblait pourtant vous l'avoir expliqué clairement.

— Cependant, vous nous dites qu'elle a épousé un pair du royaume. Je vois mal comment les deux états peuvent coexister.

George avait l'impression que le plancher se dérobait sous ses pieds.

— Elle a refusé de me reconnaître... elle... elle m'a ignoré, alors que j'étais devant elle.

— Je ne l'aurais jamais créditée d'autant de bon sens, murmura Amélia.

— Madame, elle a tué son mari... mon père ! s'exclama George en tapant sur la table avec sa chope de bière qu'il avait déjà vidée.

— Calmez-vous ! lui intima sir Brian. Il n'y a pas de quoi s'emporter.

— Mais je veux qu'on la traîne en justice !

— Je ne peux pas vous empêcher d'agir à votre guise, répondit tranquillement sir Brian.

George était de plus en plus dérouté.

— Mais si elle nie être Juliana Ridge et qu'elle a la protection du duc, j'aurai beaucoup de mal à dénoncer son usurpation. J'ai besoin que vous m'aidiez à prouver son identité.

Sir Brian haussa les sourcils.

— Mon cher, vous n'oseriez pas me demander de me rendre à Londres. Je déteste cette ville.

— Mais comment pourrez-vous la voir, sinon ?

— Je n'ai aucune intention de la voir. Si elle est vraiment aussi bien établie que vous le dites, je ne pourrais que lui porter préjudice.

— Vous refusez qu'elle comparaisse en justice ? demanda George, les yeux écarquillés de stupeur.

— Il me paraît difficile de croire que Juliana soit responsable de la mort de votre père, objecta sir Brian. Certes, ce fut une coïncidence malheureuse, mais je ne pense pas qu'on puisse l'accuser simplement parce qu'elle s'est enfuie.

George s'approcha de la porte.

— Je la verrai monter sur le bûcher. Avec ou sans votre aide.

— Libre à vous, se contenta de répondre sir Brian.

George ouvrit la porte. Son visage était rouge de colère, à présent.

— Et je récupérerai mon héritage, sir Brian. Sachez que je me doute bien des raisons pour lesquelles vous ne tenez pas à ce qu'elle revienne.

Sir Brian prit un air offusqué.

— Permettez-moi de protester, mon cher. Dans une minute, vous allez prétendre que je suis responsable de sa disparition.

George sortit en claquant violemment la porte.

— Bonté divine, quel bonhomme assommant ! déclara sir Brian d'un ton las.

Lady Forsett replia sèchement son éventail.

— Si Juliana est bien devenue ce qu'il prétend, nous n'avons aucun intérêt à la reconnaître. Outre le scandale de la mort de sir John, sa situation actuelle me paraît compromettante. Pour épouser ce vicomte, il a bien fallu qu'elle joue les courtisanes.

— De toute façon, je doute fort que Juliana tienne à ce que nous la reconnaissions, observa son mari en souriant. Souhaitons-lui bonne chance, et lavons-nous les mains de toute cette affaire.

— Mais si jamais cet imbécile parvient à la traîner devant un tribunal ?

— Eh bien, nous n'aurons qu'à la renier. Du jour où elle a épousé sir John, nous avons perdu toute responsabilité à son égard.

— Seulement, son douaire vous échappera.

Sir Brian haussa les épaules.

— Tant pis. Pour l'instant, je continue à l'administrer, et soyez assurée que j'en profite largement. (Son sourire s'élargit.) En outre, il se peut qu'elle soit enceinte. Dans ce cas, son douaire restera entre mes mains jusqu'à la majorité de son enfant, si bien sûr elle est jugée coupable de la mort de son mari. De son premier mari, rectifia-t-il. Juliana n'a pas perdu de temps. Mais il est vrai qu'elle a toujours eu beaucoup d'énergie.

Amélia ne sembla pas goûter son humour.

— Encore faudra-t-il prouver que l'enfant est bien de sir John.

— Et comment voudriez-vous prouver le contraire ?

— Ce sera une question de dates, lui fit remarquer Amélia. L'enfant devra être né moins de neuf mois après la mort de sir John.

— Eh bien soit, concéda son mari. Je suggère que nous attendions tranquillement la suite. Si Juliana comparaît en justice, nous la renierons publiquement. Mais je ne souhaite pas que cela lui arrive. Je n'aimerais pas la voir souffrir. Vous non plus, j'imagine ?

Amélia fronça les sourcils.

— Non, répondit-elle après un moment d'hésitation. Tant qu'elle ne nous cause pas d'ennuis, elle peut bien épouser un duc ou aller au diable, elle aura ma bénédiction.

Son mari hocha la tête et se dirigea vers la porte.

— Je serai dans mon bureau jusqu'à l'heure du dîner, annonça-t-il.

Après son départ, Amélia tira la sonnette et demanda à un laquais d'aérer la bibliothèque. Ce rustre de sir George empestait l'écurie.

Mme Mitchell colla son oreille contre la serrure. Elle n'arrivait pas à croire ce qu'elle entendait. Ces ingrates se plaignaient de leur sort, parlaient d'exploitation et de mauvais traitements et voulaient même se liguer contre leurs protecteurs. C'était de la rébellion ! Et tout avait été manigancé par cette langue de vipère qu'Élisabeth Dennison avait confiée au duc de Redmayne. Cette petite garce le prenait d'un peu trop haut, depuis qu'elle habitait chez Sa Grâce. Avait-elle déjà oublié tout ce qu'elle devait à Mme Dennison ? Mais si elle s'imaginait pouvoir dévoyer les autres filles, alors cette Mlle Juliana ne tarderait pas à déchanter, foi de Maggie Mitchell !

Malgré son envie de courir tout de suite alerter ses amies, elle s'obligea à continuer d'espionner. Bien lui en prit, car elle les entendit décider d'une seconde réunion. Elles discutèrent un moment du lieu, car certaines prétendaient qu'elles ne devaient pas se retrouver deux fois au même endroit, pour ne pas éveiller les soupçons, ce qui fit ricaner Mme Mitchell. Comment pouvaient-elles s'imaginer tramer leur odieux complot à la barbe de leurs protecteurs ?

Finalement, les filles optèrent pour l'établissement de la mère Cocksedge. Mme Mitchell se frotta les mains. Une petite surprise les attendrait là-bas.

Au bruit des chaises raclant le plancher, elle comprit que la séance était levée, et elle se dépêcha de rejoindre son bar. Une minute plus tard, les filles quittaient la salle en bavardant joyeusement.

— Vous vous êtes bien amusées, mes chéries ?

— Oui, merci, madame Mitchell, répondit Déborah.

— C'était l'anniversaire de qui ?

Il y eut un bref silence, que brisa Lilly :

— Le mien, madame. Et je vous remercie de votre hospitalité.

— De rien, ma chérie. J'ai été ravie de pouvoir vous faire plaisir, répondit Mme Mitchell avec son plus charmant sourire. Revenez quand vous voulez.

Juliana était la dernière à sortir de la salle. Inexplicablement, ce petit échange entre Lilly et la patronne de la taverne la mit mal à l'aise. L'amabilité de cette femme semblait forcée.

— Viens, Juliana, lui dit Lilly. Tu vas nous raccompagner jusqu'à Russell Street.

Son amie l'entraîna dehors, et Juliana en oublia l'hypocrite Mme Mitchell. La réunion s'était très bien passée. Son projet avait été accueilli avec beaucoup plus d'enthousiasme qu'elle ne l'avait espéré. Même s'il restait encore quelques sceptiques — celles qui n'arrivaient pas à imaginer qu'une courtisane puisse exister sans l'aide de son souteneur.

Juliana marcha bras dessus, bras dessous avec Lilly jusqu'à Russell Street. Elle jetait de temps à autre un coup d'œil par-dessus son épaule, s'attendant plus ou moins à découvrir Ted derrière elle. Elle avait réussi à lui échapper en s'esquivant d'Albermale Street par la porte de service mais Ted avait peut-être déjà retrouvé sa trace. Quoi qu'il en soit, le retour à la maison s'annonçait houleux. Mais elle refuserait de dire où elle s'était rendue. Puisque le duc n'avait pas reparlé de la lettre adressée à Lucy, c'était qu'il ne l'avait pas lue.

Pendant qu'elle écoutait Lilly lui confier son enthousiasme après le succès de la réunion, Juliana continuait à regarder discrètement dans son dos. Et soudain, elle étouffa un juron en reconnaissant George. Il la suivait tranquillement, sans se cacher. Quand elle s'était retournée, il lui avait même souri, comme si cela le réjouissait de savoir qu'elle l'avait vu.

Maintenant, Juliana aurait donné n'importe quoi pour voir surgir la silhouette rassurante de Ted. Arrivée devant la maison des Dennison, elle entra avec les autres.

— Y a-t-il une issue à l'arrière ? demanda-t-elle aussitôt.

— Pourquoi ? voulut savoir Lilly, intriguée.

Juliana fronça les sourcils. Devait-elle tout leur avouer ? Elle opta pour une demi-confidence.

— Un homme me suit. Je ne veux pas lui parler.

Toutes les filles se pressèrent autour d'elle. Leurs yeux brillaient de curiosité.

— Juliana, qui est-ce ?

— Quelqu'un du passé, répondit-elle mystérieusement. Un être odieux, qui m'épie depuis plusieurs jours.

— Comme cet affreux capitaine Waters, commenta Rosamund. Il a suivi Lilly pendant des mois, malgré les menaces de M. Garston.

— Quel fléau c'était ! s'exclama Lilly en agitant vigoureusement son éventail, comme si elle voulait chasser ce souvenir. Il ne voulait jamais rien m'offrir. Et il ne payait même pas ses dettes aux Dennison. Pas étonnant que Patrick l'ait mis dehors.

— Ça ne l'a pas empêché de te courir après, rappela Emma en riant. Il t'a même proposé le mariage, hein !

— Pouah ! Il était bien trop pauvre ! déclara Lilly avec dégoût. Je connais ma valeur, figurez-vous.

Voyant que la conversation s'égarait, Juliana dut réitérer sa question. Cette fois, Rosamund la conduisit dans les cuisines, où une petite porte de service donnait dans une ruelle sombre.

George n'en croyait pas sa chance. Juliana était rentrée dans le bordel de l'autre jour, et il savait qu'elle ne pourrait pas lui échapper. Aujourd'hui, elle n'avait pas de porteurs à sa disposition. Et il n'avait pas vu trace de ce colosse qui l'accompagnait depuis quelque temps dans tous ses déplacements. Seule, Juliana était à sa merci. Puisque les Forsett avaient refusé de l'aider à récupérer légalement Juliana, George était décidé à agir. Il l'enlèverait, et il se la réserverait jusqu'à ce qu'il en ait assez d'elle. Ensuite, il la livrerait à ses juges. Et il n'aurait même pas besoin du concours de cet ivrogne d'Edgecombe. Il se débrouillerait seul.

Mais Juliana l'avait vu, il en était certain. Et il se doutait qu'elle n'avait aucune envie de tomber entre ses mains. Prudemment, il fit le tour de la maison. Pour tenter de lui fausser compagnie, il ne devait pas y avoir trente-six solutions.

Juliana inspecta la ruelle. Personne. Elle se dépêcha de sortir et courut le plus vite possible pour fuir ce boyau étroit et sombre. Parvenue dans Charles Street, elle chercha des yeux un cocher libre. Elle n'était pas là depuis trente secondes que le noir se fit soudain autour d'elle. Elle ne voyait ni n'entendait plus rien. Quelqu'un avait jeté une épaisse couverture sur sa tête et l'entraînait de force vers le trottoir. Puis elle se sentit soulevée et devina qu'on l'avait hissée dans une voiture, qui démarra aussitôt.

Juliana essaya de se débattre, mais la couverture, qui empestait l'écurie, l'empêchait de respirer, et son ravisseur la tenait fermement aux poignets. Il respirait bruyamment, comme si l'exercice l'avait essoufflé, mais il avait une force herculéenne et Juliana comprit qu'elle était tombée entre les mains de George. Qu'allait-il faire d'elle ? Hélas, la réponse n'était que trop facile à deviner. Elle imaginait déjà ses yeux concupiscents se posant sur elle, ses grosses mains calleuses lui retirant ses vêtements... Prise de panique à cette idée, elle voulut encore se débattre, sans plus de succès. Ses poumons lui brûlaient, et elle commençait à suffoquer, quand soudain la voiture fit une embardée et s'arrêta net, comme si un obstacle s'était jeté en travers de sa route.

George la tenait toujours, mais il avait relâché sa prise. Juliana n'avait aucune idée de ce qui s'était passé, mais elle entrevit une chance de s'échapper et voulut en profiter. Alors qu'elle gigotait comme un beau diable, elle fut brutalement jetée sur le plancher de la voiture. Ses mains enfin libres, elle put retirer la couverture et respirer à pleins poumons. La première chose qu'elle vit, en relevant la tête... ce fut George, étendu inanimé en travers de la banquette. Ted, le poing encore serré, la regardait sans cacher son irritation.

— J'ai mieux à faire que de vous courir après dans toute la ville, grommela-t-il avant d'interpeller le cocher : Eh, l'ami, aidez-moi à sortir ce gros tas !

Le cocher apparut devant la porte grande ouverte. Il jeta un coup d'œil désabusé à George.

— Qui va me payer la course, maintenant ?

Ted ne répondit rien. Il attrapa George par les épaules, et fit signe au cocher de le soulever par les pieds. Un petit attroupement s'était formé autour de la voiture, mais personne ne réagit lorsque les deux hommes déposèrent le corps de George, toujours inconscient, sur le trottoir.

— Parfait, dit Ted en se frottant les mains. Maintenant, conduisez-nous à Albermale Street.

— Vous me paierez les deux courses ? Celle du gros et la vôtre ? demanda le cocher, suspicieux.

— Ne vous inquiétez pas pour ça, répondit Ted en remontant dans la voiture.

— C'est bon, opina le cocher.

Il referma la porte et, moins d'une minute plus tard, ses chevaux prenaient la direction d'Albermale Street.

Juliana repoussa la couverture sous la banquette. C'était sans doute le cocher qui l'avait aimablement fournie à George. Après tout ce qu'elle avait déjà vu depuis son arrivée à Londres, elle ne s'étonnait pas d'avoir été enlevée en plein jour sans que personne s'en mêle.

Ted s'était assis dans un coin et la regardait d'un air morose.

— Comment avez-vous su où me trouver ? demanda-t-elle.

— Sa Grâce avait une petite idée, se contenta-t-il de répondre.

Ainsi, il avait lu la lettre ! Alors, pourquoi n'avait-il rien dit... ni rien fait pour l'empêcher de fausser compagnie à Ted ? Mais, après tout, peut-être avait-elle simplement *cru* l'avoir semé.

— Vous me suiviez depuis le départ ?

Il hocha la tête.

— Donc, je ne courais aucun danger, murmura Juliana.

Son soulagement céda rapidement le pas à la colère. Ted l'avait laissée délibérément tomber dans l'embuscade de George.

Il avait retrouvé son mutisme habituel, et elle n'insista pas. Dès que la voiture s'arrêta devant la maison, elle sortit et gravit rapidement le perron pendant que Ted payait le cocher.

— Où est Sa Grâce, Roberts ?

— Ici. (Le duc était sorti de la bibliothèque

avant que le majordome ait eu le temps de répondre.) Montons dans votre chambre, lady Edgecombe, ajouta-t-il en l'invitant d'un geste à le précéder dans l'escalier.

Juliana hésita une seconde, mais elle préféra ne pas laisser éclater sa colère devant le domestique. Si le duc avait des reproches à lui faire, elle aussi !

Il la suivit dans sa chambre et claqua la porte derrière lui. Avant qu'elle ait pu dire quoi que ce fût, il la prit aux épaules et la secoua comme un prunier.

— Regardez-vous, Juliana, votre toilette est tout en désordre ! (Il l'entraîna devant la glace.) Voyez un peu ! On dirait que vous vous êtes roulée dans un champ avec un fermier !

Juliana était si déconcertée par cette attaque qu'elle ne sut quoi répondre. Elle se regarda dans le miroir. Ses cheveux étaient défaits, elle avait de la poussière sur le visage et sur la robe, et même des crins de cheval, laissés par la couverture.

— A quoi voudriez-vous que je ressemble après ce qui m'est arrivé ? dit-elle enfin. George m'a ligotée dans une couverture d'écurie. Je n'arrivais même plus à respirer ! Et à qui la faute, je vous le demande ?

— Alors, c'est George qui est responsable de votre état ! Dieu du ciel, vous êtes vraiment incorrigible ! s'exclama Richard. Il vous menaçait depuis des jours, et il a fini par passer à l'acte, mais vous avez le culot de me rendre responsable de votre stupide inconscience !

— Parfaitement ! cria-t-elle, rouge de colère. Ted m'a suivie toute la matinée. Vous saviez où j'allais, et vous lui avez dit de laisser George m'enlever. Espèce d'immonde goujat ! Monstre !

— Holà, modérez votre langage et écoutez-moi un peu ! Vous vous êtes délibérément exposée à un danger que vous connaissiez pourtant. Et vous avez délibérément essayé de fausser compagnie à l'homme chargé de vous protéger. Vous avez répété la même erreur qu'avec Lucien. La première fois, je voulais bien endosser une part de responsabilité, mais pas aujourd'hui !

— J'ai peut-être eu le tort de sous-estimer George, mais vous l'avez encouragé ! insista Juliana. Ted ne l'a pas empêché de m'enlever et vous m'avez laissée croire que j'étais en danger alors que c'était faux.

— J'ignore de quoi vous parlez, dit-il en s'impatientant. Je ne me doutais pas que George vous suivrait ce matin. Je savais simplement que vous aviez projeté de retrouver les filles des Dennison dans une taverne. Je ne vous en avais pas parlé, parce que j'espérais que votre bon sens finirait par l'emporter, mais puisque vous êtes partie quand même, j'ai demandé à Ted de vous suivre. Pour le reste, je ne sais rien. Ted avait simplement pour mission de vous ramener sans dommage à la maison. Il fait son travail comme il l'entend, et je ne lui donne jamais aucun ordre.

Juliana n'était pas encore convaincue.

— Vous ne lui avez pas suggéré de laisser George m'enlever ?

— Bien sûr que non ! Mais il a dû penser que vous méritiez une leçon.

Juliana se détendit un peu. Mais elle ne s'avouait pas vaincue.

— Je ne comprends pas pourquoi vous prétendez n'être responsable de rien, objecta-t-elle. Si vous ne m'aviez pas empêchée de voir mes amies, tout cela ne serait pas arrivé. Vous avez le droit de leur interdire votre maison, mais pas celui de m'interdire d'aller chez elles.

— Nous avons un contrat, lui rappela-t-il. Et l'une de ses clauses stipule que vous devez adopter un comportement digne de la vicomtesse d'Edgecombe. Fréquenter des courtisanes n'en fait pas partie.

— J'aimerais savoir, monseigneur, quelle est la validité d'un contrat lorsqu'une des deux parties a dû signer sous la contrainte.

— Vous avez signé en échange de ma protection et de l'assurance que vous ne manqueriez de rien. Je ne vois pas où est la contrainte, répondit-il froidement.

— Mais si je n'avais pas signé, vous m'auriez dénoncée à la police.

— Ai-je jamais dit une chose pareille ?

Juliana faillit s'étrangler.

— Non... mais... mais vous l'avez laissé entendre.

Il haussa les épaules.

— Je ne suis pas responsable de vos interprétations.

— Comment osez-vous dire cela ? Oh, je n'ai jamais entendu une telle perfidie ! Allez-vous-en, et laissez-moi tranquille.

Elle lui tourna le dos, en prenant sur elle pour ravaler ses larmes de colère.

Richard ne répondit rien. Il ne l'aurait jamais dénoncée à la police, mais Juliana ne pouvait pas le savoir. Au contraire, il l'avait sauvée du danger, et peut-être même d'une mort prématurée. Grâce à lui, elle avait échappé à la misère, et qu'il ait agi en pensant d'abord à ses propres intérêts ne changeait rien à l'affaire. Pourquoi s'obstinait-elle à ne pas accepter sa situation ? Il ne comprenait pas ce qu'elle pouvait trouver à y redire. Elle aimait ce plaisir qu'ils prenaient au lit, elle n'avait désormais plus rien à craindre de Lucien, et elle aurait largement de quoi vivre pour le restant de ses jours. Alors pourquoi s'ingéniait-elle à le défier ? C'était la créature la plus perverse qu'il eût jamais rencontrée. S'il avait su qu'elle lui causerait tant d'ennuis le soir où il l'avait découverte chez les Dennison, il aurait trouvé quelqu'un d'autre pour épouser Lucien.

— Allez-vous-en ! répéta Juliana. Vous avez obtenu ce que vous vouliez, mais il n'y a pas de quoi jubiler !

Jubiler ! Il faillit éclater de rire. Si quelqu'un pouvait se réjouir de la situation, c'était bien Juliana.

Il tourna les talons et l'abandonna à sa colère.

22

— J'ai l'impression que vous connaissez lady Lydia depuis toujours, remarqua Juliana alors que Quentin la rejoignait dans le salon après le départ de leurs visiteuses.

Il s'approcha de la fenêtre et contempla le jardin pour qu'elle ne puisse pas voir son visage.

— Qu'est-ce qui vous fait dire cela ?

— Oh, simplement parce que vous avez l'air de très bien vous entendre. Comme deux vieux amis.

Ces derniers jours, lady Lydia avait rendu de fréquentes visites à lady Edgecombe. Comme par hasard, elle arrivait toujours à un moment où Quentin se trouvait dans la maison. Lady Lydia ne venait jamais seule : elle enrôlait comme chaperon les amies de sa mère désireuses de connaître la nouvelle vicomtesse d'Edgecombe. Mais Juliana n'était pas dupe. Assis côte à côte sur un sofa, tous les deux penchés sur un livre de gravures, Lydia et Quentin se parlaient et riaient ensemble, indifférents à ce qui se passait autour d'eux.

— Nous sommes de vieux amis, confirma Quentin en se retournant pour prendre sa tasse de café.

— Mais vous éprouvez l'un pour l'autre bien plus que de l'amitié.

Sans l'avoir prémédité, Juliana venait de prendre le taureau par les cornes. Elle regrettait rarement de céder à sa première impulsion : c'était souvent la bonne.

Quentin resta silencieux un moment. Il vida sa tasse, avant de répondre :

— Est-ce si évident ?

— Pour moi, oui.

— Pourtant, j'essaye tellement de me contrôler, Juliana, dit-il d'une voix angoissée. Mais je ne peux pas supporter l'idée de la voir épouser Richard. Ou n'importe quel autre homme que moi. (Il se mit à faire les cent pas entre la porte et la fenêtre.) Je sais que je devrais retourner dans mon diocèse, ajouta-t-il, mais c'est impossible pour l'instant.

— Vous n'avez pas terminé votre mission à Londres ?

Quentin secoua la tête.

— Sinon, je n'aurais aucune excuse pour rester... et trahir Richard à chaque minute que je passe avec Lydia.

— Vous êtes trop sévère avec vous-même,

objecta Juliana. Vous ne trahissez pas le duc en étant simplement assis à côté de Lydia.

— Je la désire ! s'exclama-t-il. Dieu me vienne en aide, Juliana, mais je désire la femme d'un autre !

— Elle n'est pas encore sa femme, lui fit remarquer Juliana.

— Ne jouez pas avec les mots.

Il se laissa choir dans un fauteuil et enfouit sa tête entre ses mains.

— C'est un péché mortel, reprit-il. Je le sais, et pourtant je ne peux pas m'en empêcher.

— Mais elle éprouve la même chose pour vous.

Quentin releva la tête. Il était hagard.

— Oui, elle me l'a dit. Dieu me pardonne, mais je le lui ai demandé. Je l'ai forcée à avouer son propre péché.

Il semblait rongé par la culpabilité.

— Pourquoi ne demandez-vous pas au duc de la libérer de son engagement ?

Quentin eut un sourire amer.

— Comme vous êtes innocente, Juliana ! La famille de Lydia n'acceptera jamais qu'elle m'épouse, alors qu'elle est destinée à devenir duchesse. Notre monde ne fonctionne pas aussi simplement que vous le pensez, ma chère.

Juliana ne pouvait pas se satisfaire d'une telle réponse.

— Lydia n'est certainement pas aussi intéressée que sa famille.

— Lydia ? Dieu du ciel, bien sûr que non ! Lydia est un ange !

— Dans ce cas, si elle se moque éperdument de devenir duchesse, elle pourrait convaincre ses parents qu'elle aime un autre homme.

Quentin secoua la tête, amusé par tant de naïveté.

— Lord et lady Melton ne renonceront jamais à une alliance aussi avantageuse pour leur fille.

— Mais supposons que le duc accepte de libérer Lydia ? Il pourrait faire cela pour vous, s'il apprenait vos sentiments réciproques.

— Ma chère Juliana, cela reviendrait à répudier Lydia. Richard ne lui fera jamais cet affront... ni à sa famille. (Il soupira tristement, avant d'ajouter :) De toute façon, je ne pourrais pas demander à Richard un tel sacrifice. Il veut ce mariage, et je lui dois déjà tant que j'aurais honte de vouloir ruiner sa vie.

— Peuh ! s'exclama Juliana avec dédain. Vous ne ruineriez rien du tout. Vous savez pertinemment qu'il n'aime pas Lydia. Et un arrangement privé ne regarderait que vos deux familles. Il n'y aurait pas de scandale.

Quentin se demanda si elle n'avait pas raison, et un court instant l'espoir éclaira son visage. Mais il finit par secouer tristement la tête.

— Lydia a été éduquée pour devenir l'épouse de Richard. Elle connaît par avance ses droits et ses devoirs. Elle lui apportera les terres des Melton, sera une bonne mère pour ses enfants et, en retour, elle n'attendra rien de plus que sa considération et sa courtoisie. Elle ne se formalisera pas qu'il ait des maîtresses, car elle sait très bien que toutes les femmes de son rang ne se marient jamais par amour. Richard n'a que faire des sentiments, ajouta-t-il avec amertume.

— Vous avez peut-être raison, concéda Juliana.

Elle triturait nerveusement une rose, dans le vase à côté d'elle, et les pétales tombaient un à un sur le tapis. Elle n'avait pas reparlé avec Richard depuis leur dispute. Il s'était montré poli et distant, mais n'était pas venu lui rendre visite dans sa chambre. Peut-être attendait-il une invitation ? Après tout, elle lui avait demandé de la laisser seule.

— Ne pensez-vous pas qu'il puisse changer, Quentin ? demanda-t-elle, sans oser le regarder.

— Il a déjà un peu changé, répondit-il, l'air songeur. J'ai l'impression que son caractère s'est assoupli depuis que vous êtes là.

Juliana se sentit rougir.

— Le pensez-vous vraiment ?

— Hmmm. Mais vous n'êtes pas une femme ordinaire, ma chère. (Il se leva et lui baisa la main.) Je ne voudrais pas vous importuner avec mes soucis.

— Vous ne m'importunez pas, Quentin, bien au contraire. Je suis honorée d'avoir votre confiance.

Il sourit.

— Vous m'avez ouvert les yeux, Juliana. Si vous avez percé les sentiments que j'éprouve pour Lydia, alors Richard s'en apercevra tôt ou tard. Et je ne le veux pas.

— Qu'allez-vous faire ?

— Demander à être déchargé de ma mission pour quitter Londres au plus vite.

C'était une solution bien triste — pathétique, même. Pourtant, Juliana hocha la tête, comme si elle l'approuvait, et il la quitta sur ces mots.

Après son départ, elle se cala dans son fauteuil et ferma les yeux, une main posée sur son ventre. Était-elle déjà enceinte ? Cinq semaines s'étaient écoulées depuis ses dernières règles. Elle ne ressentait aucun des signes énumérés par Mme Denison, et pourtant elle avait le sentiment que quelque chose se passait, au plus profond d'elle-même. C'était indéfinissable, bien sûr, mais elle le *sentait*.

Elle attendrait cependant d'en être tout à fait certaine avant d'en parler au duc. Dans l'état actuel de leurs relations, il serait sans doute soulagé d'apprendre qu'il n'aurait plus besoin de coucher avec elle. Elle aurait dû s'en réjouir aussi, mais Juliana était trop honnête pour ne pas s'avouer que cette perspective l'attristait. Elle détestait cette froideur qui s'était installée entre eux, mais par fierté elle se refusait à faire le premier pas. C'était au duc de briser la glace. S'il le souhaitait.

— Il loge à l'hôtel du Cygne, Votre Grâce, annonça Ted avant de vider sa bière d'un trait.

Pister George Ridge à travers Londres lui avait donné soif.

Le duc était assis sur le rebord de son bureau, un verre de bordeaux à la main. Son costume de soie jaune contrastait avec les vêtements grossiers de son compagnon, et cependant, quiconque serait entré à cet instant dans la pièce aurait pu jurer que les deux hommes conversaient sur un pied d'égalité.

— Il s'est remis de ta petite intervention ?

Ted grimaça.

— Sans problème. Il est solide.

Richard hocha la tête et saisit le pichet posé sur le bureau pour remplir la chope de Ted. Son compagnon avala une autre gorgée, avant d'ajouter :

— Il y a autre chose que vous devez savoir, Votre Grâce. D'après le patron de l'hôtel, il reçoit un visiteur régulier.

Richard haussa les sourcils, intrigué.

— Oh ?

— Un jeune homme blafard et souffreteux, avec des yeux de cadavre, m'a raconté l'aubergiste.

— La description est saisissante, commenta le duc en sirotant son vin. Devons-nous en conclure que Lucien et George marchent main dans la main ?

Il sortit sa tabatière d'un air songeur. Il se rappelait, à présent, que George se trouvait à la Taverne des Caraïbes le soir où Lucien avait cherché à vendre Juliana. Il était plus que probable que ces deux lascars avaient songé à s'allier contre elle.

Ted resta silencieux. Il devinait que le duc avait déjà répondu à sa propre question.

— Occupons-nous d'abord de George, décida Richard. Ce soir, nous lui rendrons une petite visite à son hôtel. Apporte une cravache. Nous devrons employer des arguments convaincants.

— Vous avez raison, Votre Grâce.

Ted reposa sa chope sur le bureau, et s'éclipsa après un rapide salut de la tête.

Le duc resta assis un moment, à contempler son verre qu'il faisait tourner entre ses doigts. Si George Ridge s'était allié avec Lucien, la situation s'avérait plus délicate que prévu. Lucien était imprévisible, et jamais à court d'imagination quand il s'agissait de faire du mal. De son côté, Ridge avait déjà montré sa force. A eux deux, ils pouvaient devenir redoutables.

Richard se releva brusquement, mû par une impulsion qu'il s'était efforcé de combattre pendant tous ces jours derniers. Il désirait Juliana. C'était plus fort que lui. Il ne pouvait plus conserver à son égard cette attitude distante qui était la sienne depuis leur dispute. En voulant se tenir loin d'elle, il s'était imposé une véritable torture qu'il n'était plus en mesure de supporter.

Jamais il ne s'était senti dans un tel état. Et tout ça pour une petite effrontée de dix-sept ans qui ne savait même pas ce qui était bon pour elle !

Il se rua hors de son bureau et monta l'escalier quatre à quatre. Il entra dans le salon de Juliana sans frapper, referma la porte et s'adossa au battant, les yeux rivés sur elle.

Juliana avait commencé une lettre pour Lilly. Les filles avaient prévu de se retrouver à minuit chez la mère Cocksedge. Juliana avait organisé sa soirée en conséquence. Elle se rendrait à l'Opéra, à l'invitation d'une amie de lady Melton, et s'esquiverait avant le souper en prétextant une migraine. Elle s'arrangerait pour monter seule dans une voiture de louage et dirigerait le cocher sur Covent Garden. Le duc passerait la soirée à son club. S'il rentrait avant elle à la maison, il penserait qu'elle s'était attardée après le souper.

Juliana expliquait dans sa lettre qu'elle arriverait chez la mère Cocksedge juste avant minuit, quand Richard fit irruption dans la pièce. Elle se sentit rougir et repoussa instinctivement la lettre sous une pile de papiers.

— Mon... monseigneur, quelle surprise... réussit-elle à dire, en essayant de garder son sang-froid.

— Vous m'avez manqué, bon sang ! s'écria-t-il en s'avançant vers elle. Je ne peux pas continuer ainsi, Juliana. Je ne sais pas ce que vous m'avez fait.

Il la souleva de sa chaise et l'embrassa violemment sur la bouche, tandis que ses doigts se perdaient dans sa coiffure, dont les épingles tombaient une à une.

Juliana fut tellement prise de court qu'elle ne répondit pas immédiatement à son baiser. Puis un sentiment de triomphe l'envahit brusquement. Elle avait ce pouvoir sur lui. Un pouvoir spécifiquement féminin, mais dont elle devinait qu'elle était la première à l'exercer sur le duc. Elle se lova contre lui, avide à son tour de combler ces jours de privation que son corps avait dû endurer.

Richard la porta sur le sofa sans lâcher sa bouche. Il releva ses jupes d'un geste impérieux et la pénétra sans attendre. Juliana enroula les jambes autour de ses hanches et ondula aussitôt au même rythme frénétique que lui, dicté par l'urgence de leur désir.

Les yeux grands ouverts, ils se contemplaient l'un l'autre, tandis qu'ils sentaient le plaisir irradier tout leur corps. Juliana s'offrait sans la moindre arrière-pensée et il sut, à cet instant, qu'elle s'abandonnait totalement à lui, corps et âme.

Mais il comprit autre chose, aussi. Qu'elle attendait qu'il se donne à elle avec le même abandon. Et pas seulement à cet instant où leurs deux corps étaient réunis mais pour toujours. Pour toute une vie d'amour.

23

George Ridge jeta les dés. Ils roulèrent sur la table crasseuse et s'arrêtèrent au beau milieu d'une flaque de bière. Un six et un un. Dégoûté, il cracha par terre et but une rasade de porto, à même la bouteille.

Un autre joueur ramassa les dés, les frotta dans sa main en murmurant un blasphème avant de les jeter. Il poussa un cri de triomphe en voyant s'afficher un double six.

George repoussa sa chaise. Ce soir, le borgne avait une chance du diable. Lui-même avait déjà trop joué, et il redoutait que ses pertes ne fussent encore plus lourdes que ce qu'il pensait. Il avait l'esprit trop embrumé par l'alcool pour calculer sereinement, mais demain, à la lumière du jour, il serait bien obligé de constater l'étendue des dégâts.

Alors qu'il se relevait péniblement, une main se posa sur son épaule.

— Vous alliez quelque part, Ridge ?

La voix avait simplement chuchoté à son oreille, et pourtant George frissonna des pieds à la tête tant l'intonation en était glaciale. Il se tourna et croisa un regard gris qui le fixait sans pitié. Il reconnut immédiatement l'homme à qui il avait affaire et jeta un coup d'œil autour de lui, pour chercher du secours. Mais personne ne prêtait attention à la scène. Tous les regards étaient rivés sur les dés.

— Je pense que nous pourrions discuter plus tranquillement dans les écuries, suggéra le duc de Redmayne.

Il enleva sa main de son épaule, mais aussitôt deux bras d'acier empoignèrent George sous les bras.

— Par là, mon gars, lui dit une autre voix, dans son dos, tandis qu'il était propulsé hors de la salle.

La nuit était chaude. Deux valets d'écurie qui prenaient le frais en fumant la pipe à côté d'un baquet d'eau regardèrent avec curiosité le groupe de trois hommes se diriger vers les stalles. L'un portait un costume noir élégant, comme s'il sortait à l'instant du théâtre ou d'une grande réception, l'autre arborait un ensemble rouge et jaune criard, et le troisième, tout vêtu de cuir, ressemblait à un travailleur manuel. Le deuxième semblait vouloir échapper à la poigne du troisième, tandis que le gentleman élégant agitait négligemment sa cravache.

— Lâchez-moi, cria George en se débattant si énergiquement qu'il réussit à voir les traits de son agresseur.

Malgré l'obscurité, il reconnut avec horreur celui qui l'avait déjà attaqué quand il avait tenté d'enlever Juliana.

— Je voudrais juste avoir une petite explication avec vous, dit le duc en tapotant le sol du bout de sa cravache.

George frissonna de terreur en sentant la menace qui pesait sur lui.

— Écoute bien Sa Grâce, mon gars, siffla Ted. Écoute-la bien.

— Peut-être souhaiteriez-vous d'abord nous expliquer pourquoi vous teniez tant à « inviter » lady Edgecombe, suggéra Richard. Pour sa part, je crois qu'elle n'était pas du tout disposée à monter dans votre voiture.

George avala péniblement sa salive.

— Vous hébergez une meurtrière, Votre Grâce. Juliana Ridge a tué son mari, qui était aussi mon père.

Il avait voulu donner à sa dénonciation une emphase solennelle, mais sa voix tremblait tant qu'elle rendait ses paroles incohérentes.

— Qui est cette Juliana Ridge ? demanda distraitement le duc en sortant sa tabatière pendant que George cherchait à comprendre à quoi rimait tout cela.

Le vicomte d'Edgecombe lui avait assuré que le duc connaissait l'histoire de Juliana.

Il prit une profonde inspiration avant de se lancer.

— La femme qui vit sous votre toit. Celle qui se fait appeler la vicomtesse d'Edgecombe. Elle vivait dans le Hampshire, où elle a épousé mon père. (Comme le duc semblait l'écouter d'une oreille à peine attentive, George continua, de plus en plus affolé :) Je veux bien croire, Votre Grâce, que vous ignoriez tout quand vous l'avez tirée de son bordel, mais à présent...

Il s'arrêta net en voyant le regard du duc.

— Je pense que vous avez perdu l'esprit, monsieur, s'indigna ce dernier en tapotant sa cravache dans la paume de sa main. Oseriez-vous encore insulter le nom d'une femme mariée à mon cousin, vivant sous mon toit et bénéficiant de ma protection ?

Il avança d'un pas vers George, que Ted empêchait de reculer.

— Monseigneur, balbutia-t-il, alors que la peur se lisait dans ses yeux, je vous assure que je ne mens pas. Elle vous a trompé et elle doit être jugée. Son mari la répudiera et...

— J'en ai assez entendu, l'interrompit le duc. (Il promena le bout de sa cravache sous le menton de George.) La femme qui vit chez moi est une lointaine cousine originaire du Yorkshire. Vous devriez mieux vous renseigner avant de calomnier vos supérieurs.

Le duc le fusillait du regard, pourtant George savait qu'il mentait délibérément. Il connaissait la vérité au sujet de Juliana. Mais George ne se sentait plus la force de le défier.

Après un silence tendu, le duc reprit :

— N'approchez plus jamais lady Edgecombe à moins de cinq cents mètres.

Puis il confia la cravache à Ted et lança un dernier regard glacial à George avant de tourner les talons et de disparaître.

— Et maintenant, mon gars, à nous deux, dit Ted en faisant tournoyer la cravache dans les airs.

Les yeux révulsés, George se mit à brailler comme un beau diable quand il comprit ce qui l'attendait.

Dehors, les deux valets d'écurie avaient assisté à toute la scène sans broncher.

Juliana avait beaucoup de mal à se concentrer sur l'opéra. Autant parce qu'elle pensait déjà à la réunion de tout à l'heure que parce que autour d'elle les spectateurs parlaient entre eux à voix haute, indifférents aux chanteurs qui mettaient toute leur âme dans la nouvelle œuvre de Pergolèse.

La salle resplendissait grâce aux centaines de chandelles et de torches restées allumées pendant la représentation. Le roi George II et la reine Caroline occupaient la loge royale, et Juliana trouvait plus intéressant de les observer que de tendre l'oreille pour capter les bribes d'italien qui lui parvenaient de la scène. Elle ne retrouverait sans doute pas de sitôt l'occasion d'approcher ainsi Leurs Majestés.

George II était un homme d'allure insignifiante, avec un visage rougeaud sous sa perruque blanche. Il parlait fort avec ses invités, et sa voix éraillée couvrait sans peine le brouhaha ambiant.

Après le premier entracte, Juliana jugea qu'il était temps de s'alanguir un peu. Elle agita son éventail en poussant quelques soupirs, puis se frotta le front d'un air soucieux.

— Quelque chose ne va pas, Juliana ? lui demanda l'aînée des sœurs Bowen, lady Sarah Fordham.

— C'est ma tête, répondit-elle avec un pâle sourire. Je suis sujette aux migraines, et malheureusement elles arrivent sans prévenir.

Sarah eut un geste de sympathie.

— Comme je vous plains, dit-elle, compatissante. (Elle se tourna vers sa mère.) Lady Edgecombe ne se sent pas bien, maman. Elle a une atroce migraine.

— Essayez ça, ma chère.

Lady Bowen lui tendit un flacon de sels qu'elle respira délicatement. Ignorant le picotement de ses narines, elle ferma les yeux en soupirant de plus belle et replia son éventail d'un mouvement las destiné à souligner son extrême fatigue. Elle avait dû renoncer à son plan pour quitter l'Opéra et se rendre à Covent Garden dans une voiture de louage. Richard avait insisté pour qu'elle prenne son propre cocher pendant toute la soirée. A présent, elle devait trouver un moyen de se débarrasser de ce John Coachman.

— Je crains de m'évanouir, madame, murmura-t-elle. J'aurais besoin de prendre l'air quelques minutes.

— Cédric va vous accompagner, proposa lady Bowen. (Elle se tourna vers un jeune homme élégant qui semblait apprécier l'opéra — du moins ce qu'il réussissait à en entendre :) Emmenez lady Edgecombe prendre un peu l'air, Cédric.

A regret, le jeune homme renonça au duo du ténor et de la soprano pour offrir son bras à Juliana. Elle soupira derechef, avant de se lever en portant théâtralement la main à son front.

Dehors, sur les marches de l'Opéra, elle respira à pleins poumons avant de lâcher un autre soupir, des plus pathétiques.

— Je crois vraiment qu'il me faut rentrer, monsieur, dit-elle d'une toute petite voix. Si vous pouviez présenter mes excuses à votre mère et m'appeler mon cocher... Je suis désolée de vous distraire de votre musique.

— Ce n'est pas grave... madame... pas grave du tout, bégaya-t-il, sans grande conviction.

Laissant Juliana en haut des marches, il alla prévenir un laquais de faire avancer l'équipage de Sa Grâce. Le cocher arriva cinq minutes plus tard. Juliana fut promptement installée à l'intérieur de la voiture et, après avoir donné au cocher l'ordre de rejoindre au plus vite Albermale Street, Cédric Bowen put enfin retourner écouter Pergolèse.

Alors que la voiture s'engageait sur Pall Mall, Juliana interpella le cocher :

— Conduisez-moi d'abord à Covent Garden, ordonna-t-elle de son ton le plus impérieux. Ce matin, j'y ai oublié mon éventail dans un café et je voudrais savoir si on me l'a gardé.

Le cocher n'avait aucune raison de désobéir à milady. Il dirigea ses chevaux sur Covent Garden.

Pendant ce temps, Juliana s'efforçait de garder son calme. Elle ressentait un mélange d'appréhension et d'excitation, comme si elle s'était engagée dans une grande aventure. Elle espérait que la plupart des filles pourraient se rendre à la réunion. A cette heure-ci, elles étaient en plein « travail » mais, comme Lilly, elles pourraient toujours prétexter une visite à un client de l'extérieur pour s'échapper de leurs maisons. Juliana comptait en outre sur l'heure tardive de la réunion pour attirer les filles travaillant sur le trottoir : entre deux clients, elles n'auraient qu'à se glisser cinq minutes chez la mère Cocksedge, le temps de boire un café.

Quel que fût le soutien de ses amies de Russell Street, Juliana savait que le succès dépendrait avant tout de son pouvoir de persuasion. Elle devrait amener les filles à partager ses vues, et les convaincre de l'utilité de son projet.

Quand la voiture arriva en vue de Saint-Paul, elle ordonna au cocher de l'arrêter. Elle mit aussitôt pied à terre et se faufila dans le dédale de ruelles qui menaient à l'établissement de la mère Cocksedge. Juste à cet instant, le clocher de Saint-Paul sonna les douze coups de minuit.

La grande salle était enfumée et peuplée d'une clientèle interlope. L'endroit était beaucoup moins accueillant que la taverne de Mme Mitchell, mais Juliana savait que les filles qu'elle espérait attirer ce soir s'y sentiraient plus à l'aise que dans un établissement cossu.

A peine avait-elle commencé à traverser la salle que son allure et ses cheveux flamboyants attirèrent l'attention. Un jeune homme l'attrapa par le bras.

— Hé, d'où tu sors, beauté? Je t'avais encore jamais vue ici.

— Lâchez-moi, répliqua froidement Juliana en secouant son bras.

— Oh, tout doux, ma jolie! susurra un autre. (Il s'approcha d'elle.) Donne-nous d'abord un baiser, chérie, si tu veux passer.

Juliana le repoussa sans ménagement et il atterrit contre une table dans un éclat de rire général. Avant qu'il ait pu réagir, Juliana était déjà parvenue au fond de la salle. Alors qu'elle se demandait où aller ensuite, Lilly entrouvrit une porte et lui fit signe de la rejoindre.

— Par ici, Juliana ! chuchota-t-elle. Ils ne savent pas que nous sommes ici. Si jamais ils l'apprenaient, ils débouleraient comme une meute. (Elle referma la porte derrière Juliana.) Malheureusement, il n'y a pas de clé à la serrure. Espérons qu'ils n'entendront rien. Ces jeunots ont la tête près du bonnet.

— Bah, ce sont eux qui nous font vivre, commenta une fille attablée devant une chope de bière. Mais je parlais pas de vous, bien sûr, milady, ajouta-t-elle avec une grimace sardonique à l'intention de Juliana. C'est facile d'échafauder des grands projets quand on nous regarde de loin.

— Sois pas bégueule, Tina. Laisse-la dire ce qu'elle a en tête, intervint une autre femme, habillée en jaune. (Elle sourit chaleureusement à Juliana :) Venez, chérie. Faites pas attention à Tina. Elle a ses humeurs.

Juliana parcourut la salle du regard. Elle reconnaissait des filles qui avaient déjà assisté à la première réunion, mais il y avait aussi beaucoup de nouveaux visages qui la considéraient d'un air sceptique.

— D'accord, écoutons ce que vous avez à dire, répliqua Tina. On va pas passer toute la nuit ici. Faut qu'on gagne notre croûte.

Juliana décida qu'il était inutile de leur expliquer sa propre situation. Elle les laisserait penser ce qu'elles voulaient à son sujet. Le plus important était ailleurs. Les filles des trottoirs respiraient la pauvreté. Leurs vêtements étaient modestes et sans doute d'occasion. En comparaison, les filles de Russell Street et des autres maisons paraissaient opulentes. Mais toutes avaient dans le regard cette même résignation face à leur destin, comme si elles n'imaginaient pas que leur vie pût changer.

Elle commença à exposer son projet avec des mots simples, en parlant lentement. Cependant, à mesure qu'elle avançait dans son discours, elle se laissa emporter par sa conviction.

— Rien ne nous oblige à nous comporter comme les souteneurs et les maquerelles l'exigent. Rien ne nous oblige à voir nos gains disparaître dans leurs poches. Rien ne nous oblige à vivre perpétuellement dans la crainte de la prison pour la plus bénigne offense. Rien de tout cela n'est inévitable, si nous nous entraidons.

Elle usait du « nous » à dessein, car elle savait que si elle ne s'identifiait pas à ces femmes, elles la regarderaient comme une sorte de prêcheur leur parlant depuis sa chaire. Et du reste, elle s'identifiait à elles, même si sa situation n'était pas comparable.

Quand elle eut terminé, Lilly prit le relais, les larmes aux yeux :

— Nous devons créer ce fonds de solidarité dont Juliana a eu l'idée. Nous verserons chacune notre écot, en fonction de...

— Notre écot ! s'étrangla Tina. Ah, ben oui, la riche idée ! C'est facile, pour vous : vous vivez dans des belles maisons, vous gagnez bien... mais nous, on s'estime heureuses quand il nous reste encore six pence à la fin d'une journée.

— Justement ! intervint Juliana. Si vous n'étiez pas forcées de payer vos fournitures aux souteneurs, vous auriez de quoi participer à notre fonds. Celles qui gagnent plus verseront davantage, c'est normal. Et les autres mettront ce qu'elles pourront. Mais *ensemble,* nous achèterons ce dont nous avons toutes besoin : la nourriture, le linge, les chandelles, le charbon... Si nous sommes assez nombreuses, je suis sûre que nous trouverons des commerçants qui accepteront de nous consentir des conditions avantageuses. Et peut-être même de nous faire crédit pour commencer.

— Dieu du ciel, ma chérie, mais qui donc nous ferait crédit ? objecta une femme assise dans un coin.

Elle éclata de rire, comme si cette idée lui paraissait totalement farfelue.

— Ils feront crédit à la vicomtesse d'Edgecombe, s'entêta Juliana.

Un long silence accueillit cette réplique. Juliana attendit patiemment, mais son sang bouillait dans ses veines. Elle aurait tant voulu les persuader qu'elles pouvaient prendre leur destin en main. *C'était possible.*

— Vous mettriez votre nom dans la balance ? demanda finalement Tina, en la regardant soudain avec respect.

— Oui. (Elle hocha vigoureusement la tête.) Et aussi mon argent, chaque semaine, comme n'importe laquelle d'entre vous. Et je me chargerai de trouver les commerçants qui accepteront de traiter avec nous.

Il y eut un autre silence, puis Tina reprit la parole :

— Eh bien, si c'est vraiment comme ça, on vous remercie de votre aide. Vous êtes d'accord, les filles ?

Après une dernière hésitation, elles répondirent « Oui » toutes en chœur. Juliana s'apprêtait à leur soumettre les calculs auxquels elle s'était déjà livrée, quand un coup de sifflet couvrit ses paroles. Elles entendirent un bruit de chaises renversées, venant de la salle d'à côté, qui devint bientôt un véritable tumulte.

— Dieu du ciel, une bagarre! s'exclama Emma, soudain pâle comme un linge. C'est la police!

Dans un même mouvement, toutes les filles se précipitèrent vers le fond de la salle, à la recherche d'une issue de secours. Il n'y avait qu'une fenêtre à guillotine, qu'elles ouvrirent aussitôt pour tenter de s'échapper. Juliana était la seule à n'avoir pas bougé. Elle ne s'expliquait pas cette panique. Le grabuge avait lieu dans l'autre salle. Si elles restaient tranquilles, personne ne viendrait les voir. Elles n'avaient rien à se reprocher.

Soudain, dans la rue, une silhouette s'interposa devant la fenêtre.

— Non, mesdames, vous ne sortez pas d'ici. Reculez, s'il vous plaît.

Déborah laissa échapper un gémissement de désespoir. Médusée, Juliana contempla le policier qui bouchait la fenêtre en agitant son bâton d'un air menaçant. Derrière lui, deux de ses collègues avaient rattrapé la seule fille qui avait réussi à s'échapper. Puis la porte s'ouvrit en grand, et toute une escouade de policiers se rua à l'intérieur de la pièce.

Juliana eut le temps d'apercevoir, dans la grande salle, Mme Mitchell et une autre femme en robe imprimée qui s'entretenaient avec un officier, avant d'être attrapée. Elle se débattit comme un beau diable, mais les policiers étaient trop nombreux. Les filles furent emmenées dans la rue, sous l'œil de Mme Mitchell qui arborait un sourire triomphant.

Elles avaient été trahies, et il n'était pas difficile de deviner par qui. Les exploiteurs de Covent Garden n'avaient pas l'intention de laisser échapper leurs esclaves sans combattre.

24

Assis à une terrasse sous les arcades de la place, le cocher du duc sirotait tranquillement une bière en attendant le retour de sa passagère, quand un grand vacarme provenant d'une rue avoisinante le fit sursauter.

— La police a dû descendre dans une maison, commenta une fille à côté de lui. (Elle termina sa bière et se leva, avant d'ajouter :) Encore une bagarre entre ivrognes.

Et, sur ces mots, elle s'éloigna d'un pas chaloupé.

On entendait maintenant un bruit de cavalcade dans la rue et, par prudence, John Coachman décida de rejoindre son attelage, au cas où la bagarre prendrait de l'ampleur. Mais ce qu'il vit le stupéfia. Des policiers encadraient un groupe de femmes qu'ils conduisaient vers Bow Street, sans doute pour les présenter à sir John Fielding, le magistrat du quartier. Suivant cette procession, une foule de courtisanes déchaînées abreuvaient les policiers d'insultes et les bombardaient de fruits pourris qu'ils tentaient d'esquiver de leur mieux.

John Coachman commençait à se sentir mal à l'aise. Où diable était donc passée lady Edgecombe, dans tout ce chaos ? Il se reprochait de ne pas l'avoir accompagnée, même si elle ne lui en avait guère laissé l'occasion. Que dirait le duc, si jamais il arrivait quelque chose à la vicomtesse?

Il remonta sur son siège, pour avoir une vue d'ensemble. Les policiers et leurs prisonnières arrivaient au coin de Russell Street quand il aperçut, au beau milieu de cette mêlée, une chevelure flamboyante qui le fit tressaillir. Mais non, il se trompait! Lady Edgecombe ne pouvait pas se trouver avec ces catins qu'on venait d'arrêter. Elle devait tranquillement attendre quelque part que le tumulte s'apaise. Aussi décida-t-il de ne pas bouger de sa place. Si elle revenait entre-temps à la voiture et qu'elle ne le trouvait pas, la situation serait encore pire.

Pendant ce temps, Juliana continuait de protester contre l'intervention des policiers. Autour d'elle, elle n'apercevait que Lilly et Rosamund et elle espéra que les autres filles de Russell Street avaient réussi à s'échapper. Il n'était pas possible que les policiers aient pu s'emparer de toutes les participantes à la réunion.

Rosamund pleurait, alors que Lilly insultait copieusement les policiers avec un vocabulaire à faire rougir un corps de garde.

— Où nous emmènent-ils? demanda Juliana.

— Devant le juge Fielding, répondit Lilly. Et ensuite à Bridewell, je suppose.

— Bridewell? Qu'est-ce que c'est?

— Une maison de correction pour femmes débauchées.

— Mais nous n'avons rien fait! protesta Juliana.

— On nous a trouvées au milieu d'une bagarre. Ça suffit amplement.

— Mme Mitchell était là.

— Je l'ai vue aussi. Elle discutait avec la mère Cocksedge.

— Elle nous aurait dénoncées à la police ?

— Bien sûr. (Lilly se tourna vers Juliana :) Nous avons essayé de t'expliquer qu'il était impossible d'échapper aux souteneurs, dit-elle avec véhémence. Que j'ai été bête de me laisser séduire par ton éloquence, Juliana. J'ai cru que nous allions enfin réussir à damer le pion à ces maudits salauds... (Elle secoua la tête, dégoûtée.) Inconscientes... nous étions toutes inconscientes.

Juliana ne répondit pas. Rien de ce qu'elle pourrait dire, à cet instant, ne changerait quoi que ce soit à leur situation. Et elle devait d'abord se concentrer sur son propre sort. Elle ne donnerait pas sa véritable identité au magistrat, pour ne pas jeter l'opprobre sur le nom des Courtney. Malgré son machiavélisme, le duc ne méritait pas cela.

Les policiers s'arrêtèrent devant une grande maison de Bow Street et l'un d'eux frappa à la porte. Un laquais à moitié endormi leur ouvrit.

— Nous venons déférer des courtisanes devant sir John, annonça l'officier avec solennité. Pour désordre public et incitation à la débauche.

Le laquais jeta un coup d'œil amusé aux filles qui ressemblaient plus à des harpies qu'à des courtisanes. Leur toilette avait beaucoup souffert de la bagarre avec les policiers.

— Je vais réveiller sir John, dit-il en ouvrant grande la porte. Conduisez-les dans son bureau pendant que je vais le chercher.

Les policiers poussèrent leurs prisonnières dans une pièce à gauche du hall. Devant le mur du fond, un grand bureau et sa chaise évoquaient un tribunal. Les filles furent disposées en demi-cercle face au bureau, tandis qu'un laquais allumait les chandelles.

Un étrange silence régnait dans la pièce, comme si les filles craignaient d'aggraver leur cas en parlant ou en bougeant. Juliana regardait autour d'elle, dans l'espoir de trouver une solution pour sortir de ce pétrin.

Au bout d'un quart d'heure de ce silence lugubre, la porte s'ouvrit et un laquais annonça l'arrivée de Son Honneur.

Vêtu d'une simple robe de chambre enfilée par-dessus sa chemise de nuit, sir John Fielding s'assit à son bureau en regardant les filles d'un air réprobateur.

— Quelle est l'accusation ?

— Désordre public, sir John, répondit l'officier de police. Atteinte à la propriété et incitation à la débauche.

— Qui porte l'accusation ?

— Mme Mitchell et Mme Cocksedge, Votre Honneur.

— Sont-elles ici ?

— Elles attendent votre convocation, sir.

— Alors, faites-les entrer.

Juliana se tourna vers la porte. Mme Mitchell affectait un air digne, tandis que Mme Cocksedge pleurait à chaudes larmes.

— Cessez vos lamentations et expliquez vos griefs à Son Honneur, leur dit l'officier.

— Oh, je suis ruinée, Votre Honneur, complètement ruinée, sanglota Mme Cocksedge. Et tout ça, à cause de ces diablesses. Elles ont excité mes clients, pour qu'ils cassent tout chez moi... (Elle désigna du doigt Juliana, Lilly et Rosamund :) Surtout ces trois-là. Elles encourageaient les autres.

Juliana faillit s'étrangler.

— Comment osez-vous...

— Silence ! tonna sir John. Si vous parlez encore une fois, femme, je vous condamne au pilori en place publique.

Juliana n'eut d'autre solution que de continuer à écouter les mensonges des deux commères. Mme Mitchell raconta comment elle avait cru en toute bonne foi offrir sa salle à ces filles pour fêter un anniversaire, alors qu'en réalité elles avaient comploté de s'attaquer à la respectable Mme Cocksedge. Elles voulaient se venger d'elle pour une raison inconnue en mettant à sac son établissement.

Entre deux sanglots, Mme Cocksedge opinait vigoureusement de la tête au récit de sa complice.

Sir John Fielding regarda les deux plaignantes d'un air de dégoût. Il savait, comme tout le monde, ce qu'abritait leur commerce soi-disant respectable. Mais elles ne comparaissaient pas pour cela, et leurs récriminations semblaient légitimes. Il se tourna vers les trois filles désignées comme les meneuses.

Lilly et Rosamund baissèrent aussitôt la tête, mais Juliana croisa fièrement son regard.

— Votre nom ? demanda-t-il.

— Juliana Beresford, répondit-elle d'une voix claire.

Interrogées à leur tour, Lilly et Rosamund balbutièrent leur nom en s'inclinant respectueusement devant le magistrat. Il s'adressa de nouveau à Juliana :

— Avez-vous des commentaires concernant l'accusation ?

— Seulement que c'est un tissu de mensonges, répliqua-t-elle froidement.

Le magistrat haussa les sourcils.

— Vous n'étiez pas toutes réunies dans l'établissement de cette dame ?

— Si, mais...

Sir John tapa du poing sur la table, pour réclamer le silence.

— C'était tout ce que je voulais savoir. Il est contraire à la loi de se rassembler dans un lieu pour causer des troubles à l'ordre public. Je vous condamne, vous et vos deux compagnes, à trois mois d'emprisonnement à Bridewell. Les comparses que vous avez incitées à vous suivre peuvent être libérées en échange d'une caution de cinq shillings.

Sur ces mots, il repoussa sa chaise et se leva en bâillant.

— J'ai déjà siégé tard hier soir, et me voilà réveillé en pleine nuit pour juger trois catins séditieuses, dit-il à l'officier de police. C'est plus qu'un homme ne peut en supporter, ajouta-t-il avant de s'éclipser.

La mère Cocksedge regarda les trois condamnées, une lueur de triomphe dans les yeux.

— Vous montrerez un peu plus de respect à vos supérieurs quand vous sortirez de prison, cracha-t-elle. Je doute que Mme Dennison et son mari vous reprennent jamais. (Elle pointa un doigt en direction de Juliana.) Nous n'aimons pas les fauteurs de troubles, dans le quartier. Enfoncez-vous ça bien dans le crâne, ma petite.

Si un policier ne l'avait pas tenue fermement, Juliana aurait volontiers giflé la matrone. Elle se contenta de détourner la tête avec dédain.

— Rosamund ne survivra pas à Bridewell, murmura Lilly. Moi, oui, et toi aussi. Mais Rosamund est trop fragile.

— Ça va s'arranger, répondit Juliana avec plus d'assurance qu'elle n'en éprouvait réellement.

Pendant qu'on leur attachait les mains, Lilly lui décocha un regard qui semblait dire « regarde la réalité en face », mais elle ne desserra pas les dents. Rosamund pleurait toujours, alors que les autres filles étaient libérées une à une après s'être acquittées de leur caution.

— Venez, leur dit un policier. (Il secoua Rosamund.) C'est dommage d'abîmer de si jolis yeux en pleurant. Gardez plutôt vos larmes pour Bridewell, ajouta-t-il en éclatant de rire.

On les conduisit dans une charrette qui attendait devant la porte. Juliana s'efforçait de rester calme. Elle passa son bras sur l'épaule de Rosamund et serra très fort la main de Lilly dans la sienne.

L'aube se levait. Les gens de la nuit étaient partis se coucher et les rues étaient maintenant encombrées par les travailleurs et les ménagères qui se rendaient au marché. Au passage de la charrette, ils jetèrent des fruits pourris sur les trois prisonnières en les abreuvant d'obscénités.

Juliana songea au bûcher. Elle s'imaginait gravissant les marches menant au supplice au milieu d'une foule hurlante pour mieux se rendre sourde à l'humiliation qu'elle vivait en ce moment.

John Coachman avait fini par s'endormir sur son siège. Quand il se réveilla, le jour était déjà levé. Il sauta à terre en réprimant un bâillement, mais son cœur commençait à s'affoler. Abandonnant ses chevaux, il traversa le marché en remontant la rue dans la direction qu'avait prise lady Edgecombe. Où était-elle passée ? Il inspecta les terrasses de la place, espérant la trouver assise à boire un café, cependant il savait déjà qu'il était arrivé quelque chose. Et il avait dormi pendant tout ce temps ! Le duc serait furieux. Il le renverrait sans ménagement.

— T'as perdu quelque chose, mon gars ? lui demanda un charretier qui transportait des salades.

John Coachman semblait affolé.

— Milady, répondit-il, blanc comme un linge. J'ai perdu milady.

Le charretier éclata de rire.

— Covent Garden est l'endroit idéal pour perdre une lady. Mais on en trouve dix autres à la place !

Le cocher renonça à expliquer ce qu'il ne s'expliquait pas lui-même. Il craignait que lady Edgecombe, dans ses beaux atours, n'ait été enlevée par des rançonneurs. Ce ne serait pas la première fois que cela arriverait dans le quartier.

— T'as pas entendu parler de l'esclandre chez la mère Cocksedge ? demanda le charretier en allumant sa pipe.

John Coachman l'écoutait à peine. Il regardait désespérément autour de lui, de plus en plus paniqué.

— La police a embarqué une bande de courtisanes. Trouble à l'ordre public, qu'ils ont dit, continua le charretier, très informé. Je parie que celle que t'as perdue était dans le tas.

Le cocher se remémora soudain la scène dont il avait été témoin avant de s'endormir. Il revoyait cette silhouette aux cheveux roux...

— Qu'avez-vous dit ?

Le charretier répéta son histoire, avant de préciser :

— On les a présentées au juge Fielding, à ce qu'on m'a dit, mais...

John Coachman n'attendit même pas la suite. Il se rua vers sa voiture, remonta sur son siège et lança ses chevaux en direction de Bow Street.

Il s'arrêta devant la maison du juge et descendit aussitôt pour cogner à la porte d'une main tremblante. Le laquais qui lui ouvrit se montra d'abord hautain mais, en apercevant le blason ducal sur les portières de la voiture, il devint soudain plus affable. Oui, des courtisanes avaient bien été déférées devant sir John cette nuit. Trois d'entre elles avaient été emprisonnées à Bridewell, et les autres libérées contre une caution. Oui, une des trois prisonnières avait bien des yeux verts et des cheveux roux. Il croyait aussi se rappeler qu'elle portait une robe vert foncé.

John Coachman le remercia et revint à sa voiture. Il avait l'impression que son monde s'écroulait. Lady Edgecombe prise pour une courtisane et enfermée à Bridewell ! C'était insensé. Cependant, cela expliquait la disparition de milady.

Il reprit la direction d'Albermale Street dans un état de grande agitation. Des rumeurs circulaient chez les domestiques sur la façon dont lady Edgecombe était arrivée chez le duc. Et son mariage avec le vicomte d'Edgecombe ne manquait pas d'intriguer. D'autant plus qu'elle était installée dans la chambre voisine de celle du duc, alors que le vicomte avait lui-même quitté Albermale Street.

Cependant, toutes les conclusions auxquelles il pouvait aboutir ne lui seraient d'aucun secours quand il s'agirait d'affronter le duc.

Le cœur battant, il entra dans la maison par la porte de service et se rua dans la cuisine, où il savait trouver le majordome à cette heure-ci. En effet, Roberts buvait tranquillement son café en compagnie des autres domestiques.

— Eh, John Coachman, vous êtes bien matinal ! lui dit-il.

— J'aimerais m'entretenir avec vous, expliqua-t-il nerveusement.

— Quoi ? Vous voulez interrompre mon petit déjeuner ?

— C'est très urgent, monsieur Roberts. Cela concerne milady et Sa Grâce.

Roberts repoussa sa chaise avec un mouvement d'impatience.

— Allons dans l'office, proposa-t-il. Suivez-moi.

Dès qu'il eut refermé la porte de l'office, le majordome demanda :

— Alors, de quoi s'agit-il ?

Il écouta, abasourdi, le cocher lui raconter la disparition de lady Edgecombe et les événements survenus pendant la nuit à Covent Garden.

— On l'aurait prise pour une courtisane ? (Roberts secoua la tête, incrédule.) Comment est-ce possible ?

— Une méprise, un accident... je ne sais pas. Elle a dû se trouver prise dans la bagarre en allant récupérer son éventail.

— Sir John Fielding n'aurait pas emprisonné lady Edgecombe, objecta Roberts. A moins qu'elle ne lui ait pas révélé son nom.

— Mais pourquoi ?

— Ça, ce n'est pas à nous de le demander, déclara Roberts. Mais Sa Grâce doit être prévenue immédiatement. Vous feriez mieux de m'accompagner dans sa chambre.

Le cocher suivit le majordome à l'étage.

— Attendez-moi une seconde, lui dit Roberts devant la chambre du duc.

Il entra dans la pièce, referma la porte derrière lui et toussa bruyamment.

Le duc semblait profondément endormi. Ses traits étaient calmes, et il souriait presque.

Roberts toussa à nouveau et, voyant que cela ne produisait toujours aucun effet, il tira les rideaux. Le soleil entra à flots dans la pièce. Richard ouvrit les yeux.

— Que diable... ?

— Pardonnez-moi, Votre Grâce, mais il y a un petit problème à régler d'urgence.

Richard cligna des yeux et se dressa sur les coudes.

— Pourquoi ne pas en avoir parlé à mon valet de chambre, au lieu de me réveiller, Roberts ?

Le majordome toussa encore.

— J'ai pensé, Votre Grâce, qu'il était préférable que le moins de gens possible soient au courant.

Richard s'assit dans le lit, tout à fait réveillé à présent. Il jeta un coup d'œil à la penderie qui donnait sur la chambre voisine. *Juliana*. Elle n'était pas encore rentrée, quand il s'était couché, mais il n'avait pas songé à s'en inquiéter. Elle était sortie avec lady Bowen, une femme au-dessus de tout soupçon, et c'était son propre cocher qui devait la ramener à la maison.

— Expliquez-moi.

— John Coachman attend dans le couloir, Votre Grâce. Il vaudrait mieux qu'il vous raconte tout lui-même, suggéra Roberts.

— Faites-le entrer.

Le cocher s'approcha du lit, tout tremblant. Il débita son récit en triturant nerveusement son chapeau dans ses mains, tandis que le duc l'écoutait, impassible, les mâchoires serrées et le regard vide.

Quand le cocher eut terminé, il baissa humblement les yeux devant son maître.

— Je m'occuperai de vous plus tard, lança Richard en sautant du lit. Disparaissez de ma vue !

Le cocher s'éclipsa misérablement.

— J'appelle votre valet de chambre, Votre Grâce ? demanda Roberts.

— Non, répliqua sèchement Richard. Je peux m'habiller tout seul. Faites immédiatement préparer le phaéton.

Roberts ressortit et Richard se dépêcha d'enfiler ses vêtements, l'esprit en alerte. Il n'arrivait pas à comprendre comment Juliana avait pu se mettre dans une telle situation, mais elle semblait avoir le don de s'attirer des ennuis. George ne pouvait pas être responsable de ce qui s'était passé cette nuit. Après la correction qu'avait dû lui administrer Ted, il n'avait sans doute pas pu quitter son lit. Une vengeance de Lucien paraissait plus probable. Encore que Richard l'imaginât mal échafauder un tel traquenard. Son cousin ne préméditait jamais rien, il se laissait seulement guider par ses impulsions du moment. Mais, bon Dieu, pourquoi Juliana avait-elle encore enfreint ses ordres pour se rendre à Covent Garden en pleine nuit, après ce qu'elle y avait déjà vécu ?

Simple malice pour le provoquer... ou perversité plus profonde ? La réponse n'était pas facile à trouver. Juliana était impulsive... mais pas infantile. Elle était même très mûre pour son âge — sans doute parce qu'elle avait manqué d'affection dans son enfance. Elle avait dû s'engager une fois de plus dans une action de charité, comme avec Lucy. Pour une raison qu'il ne s'expliquait pas, les filles de Russell Street semblaient exercer une étrange fascination sur elle.

Pourquoi ne la laisserait-il pas moisir quelques jours à Bridewell ? L'expérience lui servirait définitivement de leçon. Cependant, Richard ne pouvait se résoudre à cette extrémité. L'idée que Juliana pût être maltraitée le rendait fou d'angoisse. Il ne comprenait pas pourquoi, mais c'était ainsi.

Il quitta sa chambre en claquant la porte et dévala les escaliers. Alors qu'il traversait le hall, Quentin sortit de la salle à manger.

— Bonjour, Richard, où vas-tu de si bon matin ?

Son frère, qui avait toujours été un lève-tôt, paraissait frais et détendu.

— Juliana a réussi à se faire enfermer à Bridewell, expliqua-t-il. J'ai peut-être tort, mais je vais la libérer sur-le-champ.

Quentin écarquilla les yeux de stupeur.

— Mais comment...

— Je n'en sais rien, le coupa Richard. Elle est décidément incorrigible. Je crois que je vais finir par l'attacher !

— Je viens avec toi.

— Ce n'est pas nécessaire. Je peux m'occuper de Juliana tout seul.

— Je m'en doute, répliqua Quentin en le suivant dehors. Mais nous ne serons peut-être pas trop de deux. Qui sait ce que nous allons trouver là-bas ?

Le duc ne répondit rien et les deux frères s'installèrent dans le phaéton. Richard s'empara des rênes, l'air apparemment serein, mais Quentin n'était pas dupe. Depuis quelque temps, il avait acquis la conviction que l'affection que Richard portait à sa « mignonne » cachait un sentiment beaucoup plus profond.

Richard lança ses chevaux au galop. Chaque minute comptait, à présent. Juliana était si indomptable qu'elle risquait de provoquer ses geôliers. Et Richard savait qu'ils avaient les moyens de lui faire demander grâce.

25

Juliana et ses deux compagnes furent poussées sans ménagement dans un cachot crasseux, et la porte grillagée se referma sur elles avec un grincement sinistre.

Face à elles, un groupe de femmes en haillons les dévisageaient méchamment en lorgnant leurs beaux vêtements. La pièce était vaste, mais éclairée seulement par un minuscule soupirail, trop haut pour qu'on puisse l'atteindre. Les murs étaient de brique nue et l'air empestait le moisi.

Les autres femmes se tenaient debout derrière une rangée de billots en bois sur lesquels étaient disposés des écheveaux de chanvre. Chacune tenait à la main un lourd maillet en bois.

Comme Rosamund essuyait un sanglot pathétique, une femme au nez crochu s'approcha d'elle.

— C'est ton premier séjour ici, hein, ma chérie ? (Elle caressa son fichu de mousseline.) Jolis habits, ma foi. Ça vaut des sous, ça.

— Laissez-la tranquille, intervint Juliana.

La femme se tourna vers elle, l'air méchant.

— J'aurai ses habits. Et les tiens aussi, ma jolie. Dès qu'on aura terminé le travail de la journée. Et si tu n'es pas contente, je ne te laisserai rien sur le dos. On sait comment mater les fortes têtes, ici. Pas vrai, les filles ?

Il y eut un murmure d'approbation, et Juliana, angoissée, se retourna vers la porte. Un garde avait assisté à toute la scène à travers le grillage. Il souriait.

— Ne vous mettez pas Maggie à dos, la prévint-il. Elle est redoutable. Et ce qui se passe pendant la nuit ne me regarde pas. (Il désigna du regard les trois billots inoccupés :) Mettez-vous au travail, maintenant.

Maggie sortit trois écheveaux d'un panier et leur donna à chacune un maillet. Elle regarda d'un œil méprisant les petites mains blanches de Rosamund.

— Je parie que dans une heure ta main saignera tellement que tu ne pourras même plus soulever le maillet, dit-elle en ricanant.

Les autres s'étaient déjà replongées dans leur tâche. Elles rirent également.

— Celles qui travaillent pas vont au pilori, commenta le garde.

Rosamund pleurait si fort, à présent, qu'elle ne voyait plus rien autour d'elle. Mais Juliana et Lilly comprirent de quoi voulait parler le garde. Un pilori était dressé contre l'un des murs, et au-dessus, quelqu'un avait écrit : *Mieux vaut travailler que d'en passer par là*.

Juliana souleva son maillet et l'abattit sur l'écheveau. Le maillet était terriblement lourd, mais son effet se voyait instantanément. Le but était de séparer la fibre de chanvre de l'enveloppe qui l'entourait. Après quelques coups, Juliana sentit que la paume de ses mains commençait à lui brûler. Elle regarda furtivement Rosamund qui tapait faiblement sur son écheveau en étouffant de gros sanglots. Lilly, au contraire, s'abrutissait au travail, les lèvres serrées, sans doute pour tenter d'oublier leur sort.

Discrètement, Juliana échangea son écheveau contre celui de Rosamund. Lilly acquiesça de la tête.

— A nous deux, nous devrions pouvoir l'aider à s'en tirer, murmura-t-elle.

— Silence ! tonna le garde. C'est pas le moment de parler. Vous devez avoir terminé six écheveaux avant midi. Sinon, c'est le pilori.

Juliana commençait à se laisser gagner par le désespoir. Il n'existait aucun moyen de s'échapper d'ici. Cependant, quelqu'un, dehors, devait bien s'inquiéter à son sujet. Le cocher la recherchait sûrement. On lui expliquerait ce qui s'était passé.

Mais qui lui viendrait en aide ? Et pourquoi ? Le duc penserait qu'elle avait bien mérité une punition. De toute façon, pour la libérer il devrait justifier publiquement qu'il la connaissait. Quel homme, dans sa position, prendrait le risque d'avouer qu'il était allié à une courtisane emprisonnée pour débauche ?

A moins, bien sûr, que le duc ne cherche à protéger son investissement. Prise d'un accès de rage, Juliana abattit violemment son maillet, ignorant la douleur qui lui vrillait le bras. Elle bénissait sa colère car, dans sa situation présente, c'était la meilleure défense contre le désespoir.

Avec Lilly, elles devraient terminer leurs six écheveaux et se partager en plus ceux de Rosamund, si elles voulaient lui éviter le pilori. Juliana savait qu'elle saurait se défendre contre le garde, ou contre Maggie. Lilly aussi. Mais pas Rosamund. Leur arrestation l'avait brisée.

Sir John Fielding dévisagea ses visiteurs avec un étonnement poli.

— Lady Edgecombe se trouverait parmi les courtisanes que j'ai expédiées à Bridewell ? Monseigneur, vous devez vous tromper.

— Je ne crois pas, répondit Richard, la mâchoire crispée. Une femme grande, avec des yeux verts et des cheveux roux.

— Oui, je me souviens d'elle, acquiesça le magistrat. Maintenant que vous m'y faites penser, elle semblait se distinguer des autres. Mais pourquoi se trouvait-elle là ? Et pourquoi n'a-t-elle pas... ?

— Pardonnez-moi de vous interrompre, dit Quentin, mais je pense que cela a un rapport avec l'intérêt que porte Juliana au sort des courtisanes. (Il se tourna vers Richard :) Rappelle-toi qu'elle avait absolument tenu à sortir Lucy de Marshalsea. Apparemment, elle avait décidé cette nuit d'élargir le champ de ses opérations.

Richard hocha la tête.

— Ce serait bien dans son caractère.

Sir John, en revanche, ne semblait pas convaincu.

— Pourquoi une lady s'intéresserait-elle au sort des filles des rues ?

— Je suppose que certaines injustices ont ému lady Edgecombe, expliqua Quentin.

— Et elle voudrait tout réformer ? demanda sir John, un peu narquois.

— Non, sans doute pas à ce point, précisa Quentin. Juliana ne manque pas d'esprit pratique.

— Sauf quand il s'agit de sa sécurité, rectifia le duc avec une grimace.

— Eh bien, si ce que vous dites est vrai, messieurs, je suggère qu'à l'avenir le vicomte surveille mieux sa femme, commenta sir John.

— Oh, ne vous inquiétez pas pour cela, promit Richard. Dorénavant, lady Edgecombe sera surveillée de très près. (Il reposa sa tasse de café et se leva brusquement.) Maintenant, si vous vouliez bien signer sa libération...

— Bien sûr, Votre Grâce, bien sûr. (Le magistrat se tourna vers son secrétaire, qui avait assisté silencieusement à l'entretien :) Écrivez, Hanson : « Libération immédiate et sans condition de lady Edgecombe. »

— Milady a donné le nom de Juliana Beresford, se rappela le secrétaire. C'est écrit dans le registre.

— Elle aura pensé que donner sa véritable identité pourrait te gêner, murmura Quentin à son frère.

— Juliana pense beaucoup trop, répliqua Richard.

Ils attendirent impatiemment que le secrétaire ait fini de rédiger l'ordre de libération. Richard le lui arracha pratiquement des mains et, après un salut expéditif au magistrat, ils retournèrent à leur voiture.

Le duc lança ses chevaux en direction de Bridewell avant de regarder son frère d'un air de reproche.

— Quand t'a-t-elle parlé de son obsession d'améliorer le sort des courtisanes ? demanda-t-il, furieux de n'avoir pas été mis dans la confidence.

— Dans la chambre de Lucy, répondit Quentin. Je suppose que sa propre expérience a incité Juliana à s'intéresser aux autres femmes exploitées.

— Bon sang! s'exclama Richard. Qui diable l'a jamais exploitée, *elle* ?

— Mais toi, bien sûr.

Richard le fusilla du regard mais ne répondit pas, et Quentin jugea plus prudent de ne rien ajouter.

La prison de Bridewell se profilait déjà au bout de la rue. Richard arrêta ses chevaux devant la grande porte en fer et mit aussitôt pied à terre.

— Je veux parler au directeur, dit-il au garde en faction dans sa guérite.

— Il est chez lui, Votre Grâce, répondit ce dernier, impressionné par les deux gentlemen.

— Où est-ce? demanda Quentin, qui sentait que la patience de son frère était à bout, et qu'il risquait d'étrangler le garde.

— Dans la cour, à gauche. Il n'y a qu'une maison, vous ne pouvez pas vous tromper.

Quentin le remercia et lui confia les rênes du phaéton en lui glissant une pièce. Puis il rattrapa son frère, qui était déjà entré dans la cour ceinte de hauts murs et ornée en son centre d'un sinistre pilori. Ils se dirigèrent droit vers la petite maison, et Richard frappa à la porte.

Ce fut une femme qui leur ouvrit. Elle écarquilla les yeux en découvrant les deux visiteurs.

— Je voudrais parler au directeur, annonça Richard. Allez le chercher.

— M. Bloggs prend son petit déjeuner, monseigneur. Si vous voulez bien vous donner la peine d'entrer.

Les deux frères la suivirent dans une petite pièce où un homme entre deux âges, manches retroussées et col ouvert, buvait son café.

A l'entrée de la servante, il releva la tête.

— Agnès, je vous avais demandé de ne pas me

déranger... (Il s'interrompit en découvrant ses visiteurs.) Excusez-moi, messeigneurs. Que puis-je pour votre service ?

— J'ai ici un ordre de libération pour une femme qui a été emprisonnée ce matin par erreur, expliqua Richard en posant le document sur la table. Si vous voulez bien la faire chercher.

Le directeur s'essuya la bouche d'un revers de la main.

— Mon Dieu, ce n'est pas si facile que cela !

— Bien sûr que si, répliqua sèchement le duc. Ce papier ordonne la libération immédiate et sans condition de Juliana Beresford. Si vous avez des difficultés à accomplir votre devoir, je vous promets que vous serez remplacé par quelqu'un de plus compétent.

— J'ignore où elle a été enfermée, tenta de se justifier Bloggs. Le mieux serait que vous la cherchiez vous-mêmes.

— D'accord. Mais vous nous accompagnez.

Bloggs abandonna à contrecœur son café. A sa suite, Quentin et Richard retraversèrent la cour et s'engagèrent dans un dédale de couloirs sombres qui ouvraient sur les cachots. Le directeur ne semblait nullement incommodé par l'odeur pestilentielle, mais les deux frères durent se couvrir le nez avec leurs mouchoirs. Des rats se faufilaient entre leurs pieds, courant d'un cachot à l'autre. Devant chaque porte, un garde surveillait le travail de femmes hagardes tapant avec des maillets sur des billots de bois.

Quentin était horrifié. Il savait depuis toujours que de tels endroits existaient, et il pensait que les maisons de correction étaient nécessaires à la société. Mais devant tant de misère, il commençait sérieusement à se poser des questions.

Richard restait impassible, mais son frère devinait qu'il était aussi troublé que lui.

Finalement, Bloggs s'arrêta devant une porte.

— Je pense qu'elle se trouve ici, messeigneurs. (Il secoua la tête, incrédule.) Je ne comprends pas comment sir John a pu commettre une telle erreur.

Juliana était hypnotisée par le bruit de son maillet retombant à intervalles réguliers sur le billot. Ignorant la douleur de ses mains, elle ne pensait à rien d'autre qu'à son travail, se réjouissant chaque fois que la fibre de chanvre se séparait de son écorce. A côté d'elle, Lilly réagissait pareillement. Elles s'arrangeaient discrètement pour aider Rosamund mais, malgré tous leurs efforts, la malheureuse souffrait le martyre. Comme l'avait prévu Maggie, ses mains étaient déjà tout écorchées, et des gouttes de sang se mêlaient aux larmes qu'elle versait sur son écheveau.

Il devait bien exister un moyen de fuir ce cauchemar, mais l'esprit de Juliana était trop engourdi par le bruit du maillet pour qu'elle puisse réfléchir posément. Elle n'avait pas dormi depuis plus de vingt-quatre heures, et il lui faudrait sans doute travailler jusqu'à la nuit. Il était impossible de penser dans ces conditions.

Quand la porte s'ouvrit, Rosamund poussa un cri. Elle lâcha son maillet, jeta un coup d'œil horrifié à ses mains puis regarda autour d'elle, incrédule, comme si elle réalisait seulement maintenant où elle se trouvait. Elle cria encore, plus faiblement, et s'évanouit.

Ignorant ce qui se passait à la porte, Juliana et Lilly s'agenouillèrent à côté d'elle. Lilly lui souleva la tête pendant que Juliana lui tapotait les joues.

— Garde, allez chercher un linge et de l'eau! cria-t-elle sans même se retourner.

Maggie ricana.

— Un linge et de l'eau! Et pourquoi pas un flacon de sels?

Juliana se releva d'un bond. Elle allait se précipiter sur Maggie, quand une voix l'arrêta net :

— Juliana, n'aggravez pas votre cas!

Elle se retourna vers la porte. Le duc la fixait. Il semblait furieux.

— Que faites-vous ici? demanda-t-elle.

Elle aurait voulu se jeter dans ses bras et qu'il la serre contre lui en lui murmurant des paroles de réconfort, mais de le voir si tendu la déçut à un point qu'elle n'aurait pu imaginer.

Elle aperçut Quentin, derrière lui, qui paraissait effondré. Lui, au moins, comprenait ce que ne voyait pas son frère : l'horreur de l'épreuve qu'elle avait dû endurer, le soulagement que cela soit enfin terminé.

— Je pourrais vous retourner la question, répondit le duc.

Il s'approcha d'elle, lui prit les mains et regarda ses paumes. Sa colère n'eut plus de bornes quand il vit ce qu'elle avait souffert. Il aurait voulu embrasser chaque centimètre de chair meurtrie, apaiser ses blessures par la douceur de ses baisers, mais il y avait plus urgent. Il devait la tirer au plus vite de cet endroit immonde.

— Venez, dit-il en l'entraînant vers la porte.

Juliana lui retira brusquement sa main. Elle bouillait de rage. S'imaginait-il qu'elle allait le suivre en laissant ses amies derrière elle?

— Je ne partirai pas d'ici sans Lilly et Rosamund, déclara-t-elle. (Elle reprit son maillet, avant d'ajouter :) Elles sont ici à cause de moi, et je ne les abandonnerai pas dans cet enfer. Je n'ai pas besoin de votre aide, et du reste je n'en veux pas.

Et sur ces mots, elle abattit son maillet à toute volée sur son écheveau.

Quentin eut du mal à retenir un sourire, mais Richard la regardait, éberlué.

— *Quoi ?*

Juliana ignora sa question, et Richard fronça les sourcils en jetant un coup d'œil à la malheureuse fille étendue sur le sol et à son amie agenouillée près d'elle. Il se sentit soudain honteux, et ce n'était pas un sentiment auquel il était habitué.

Il arracha le maillet des mains de Juliana et le jeta par terre.

— Quentin, emmène-la pendant que je m'occupe des deux autres, dit-il en poussant Juliana dans les bras de son frère.

— Je ne partirai pas sans elles ! insista Juliana.

— Juliana, pourriez-vous m'obéir au moins une fois dans votre vie ? demanda Richard d'un air menaçant.

— Allons, venez, murmura Quentin. Il va arranger leur libération.

Juliana regarda tour à tour les deux frères et comprit qu'elle pouvait avoir confiance en eux.

— Rosamund a besoin d'être transportée, dit-elle. Il faudra trouver un brancard.

— Je m'en charge. Maintenant, quittez cet endroit sordide et allez respirer l'air frais... Bloggs, j'ai à vous parler.

Il se tourna vers le directeur, qui se réjouissait déjà à l'idée du pot-de-vin qu'il toucherait pour ces deux libérations imprévues.

Pendant que Richard négociait avec Bloggs,

Juliana suivit Quentin dehors. Dans la cour, elle respira à pleins poumons.

— Vous saviez que de tels endroits existaient, Quentin ?

— Oui. Mais je n'y avais jamais pénétré.

On voyait à ses traits qu'il ne s'était pas encore remis de sa découverte.

— Je ne m'avoue pas vaincue, murmura Juliana alors qu'ils ressortaient dans la rue. Nous avons été dénoncées. Je ne laisserai pas ces exploiteurs impunis.

— Bonté divine, Juliana ! Vous ne pouvez quand même pas porter toute la misère du monde sur vos épaules !

Il récupéra les chevaux et donna une autre pièce au garde.

— Moi toute seule, non, concéda Juliana. Mais des gens comme vous peuvent m'aider. Des gens qui ont le pouvoir de faire bouger les choses.

Touché par sa ferveur, Quentin n'osait pas briser son rêve en la ramenant à la réalité.

— Voici Richard, annonça-t-il avec soulagement.

Le duc portait Rosamund dans ses bras. Lilly suivait, à côté de Bloggs qui recomptait avec un sourire radieux les billets du duc. Richard n'avait même pas cherché à marchander. Il s'était contenté de donner la somme exigée par le directeur en le regardant d'un air de dégoût.

Juliana se précipita vers eux.

— Il faut emmener Rosamund chez un docteur... Oh, et puis non ! Martha s'occupera aussi bien d'elle. Nous ne pouvons pas les reconduire à Russell Street tant que nous ignorons si les Dennison faisaient partie du complot.

Une fois de plus, Juliana transformait Albermale Street en maison de convalescence pour catins maltraitées. Cependant, le duc n'arrivait pas à lui en vouloir. Il déposa Rosamund dans le phaéton sans un mot. Juliana et Lilly s'installèrent près de leur amie, tandis que Quentin partageait avec son frère le siège du conducteur.

Pendant que l'équipage regagnait Albermale Street, Lilly et Juliana se tenaient la main pour se réconforter l'une l'autre, en couvant Rosamund du regard. Elle avait les yeux grands ouverts et pourtant elle semblait ne rien voir. Elle était toujours en état de choc et n'avait sans doute même pas réalisé qu'elle était libre.

Juliana avait perdu ses illusions. A elle seule, elle savait à présent qu'elle ne ferait pas de miracle. Elle jeta un coup d'œil au duc, impassible sur son siège. Si seulement il acceptait de mettre son influence dans la balance, quel formidable avocat il serait pour sa cause ! Hélas, c'était un rêve sans espoir.

A moins que... Juliana se caressa le ventre. Bientôt, elle devrait parler à Richard de l'enfant. Il serait sans doute enchanté. Et du coup, prêt à écouter toutes ses suggestions. Et prêt à l'aider. Mais peut-être se faisait-elle encore des illusions. En apprenant qu'elle était enceinte, il pourrait aussi bien décider de la surveiller encore plus étroitement qu'avant, et lui interdire définitivement de mettre les pieds à Covent Garden, pour protéger le bébé. Après tout, ce bébé était son investissement. Et Richard n'était pas le genre d'homme à négliger ses investissements.

26

George Ridge s'extirpa de sa chaise à porteurs en se massant douloureusement les reins. Devant lui, la demeure du vicomte d'Edgecombe, sur Mount Street, avait piètre allure. La façade méritait un bon ravalement, les fenêtres branlaient et les vitres étaient sales. Un groupe d'hommes attendaient en haut du perron et, à leurs habits, George reconnut des huissiers. Dès qu'il monta les marches, ils se retournèrent vers lui.

— Vous êtes en affaires avec milord ? demanda l'un d'eux.

— En quoi ça vous regarde ? répliqua George.

— Oh, c'était juste pour dire que si milord vous ouvre sa porte, vous aurez sacrément de la chance.

George l'ignora et frappa. Pas de réponse. Il se recula, jeta de nouveau un regard à la façade et aperçut un visage derrière un rideau. Il frappa encore et cette fois, au bout de quelques minutes, il entendit un bruit de pas dans le hall. Ses compagnons l'entendirent également et se rapprochèrent de la porte.

Le battant s'entrouvrit légèrement et une main agrippa George à l'épaule pour l'attirer à l'intérieur. La porte se referma aussitôt derrière lui, ce qui déclencha un concert de protestations à l'extérieur.

— Le vicomte est en haut, dit l'homme qui avait fait rentrer George. (Il avait un visage inquiétant, avec deux grandes incisives qui mordaient sur sa lèvre inférieure.) Première porte à gauche, précisa-t-il.

George se dépêcha de monter l'escalier. Il ne

remarqua même pas l'épaisse couche de poussière qui recouvrait les marches, tant son esprit était obnubilé par son désir de vengeance. Il verrait Juliana monter au bûcher, mais avant cela, il la posséderait.

Il poussa la première porte à gauche sur le palier, et se retrouva dans une vaste pièce en désordre. Lucien était vautré sur un sofa, une bouteille de cognac à ses pieds et un verre à la main. Il sursauta en entendant entrer George.

— Dick, bon Dieu, je vous avais dit de... Ah, c'est vous ! (Il eut un sourire sardonique.) Que me vaut l'honneur de votre visite ?

— Vous allez m'aider, déclara George.

Il se baissa pour ramasser la bouteille de cognac et but à même le goulot.

Lucien écarquilla les yeux. Quelque chose avait dû arriver, pour que sir George prenne soudain autant de libertés.

— Servez-vous, mon cher, l'encouragea-t-il. Il y en a d'autres à la cave. Du moins, je l'espère.

— Merci.

George but encore, comme si la brûlure de l'alcool pouvait éteindre cette rage qui lui incendiait les veines.

— En quoi puis-je vous aider ? demanda Lucien en récupérant la bouteille. Damnation, elle est déjà vide ! Tirez la sonnette, mon vieux. Dick va nous en apporter une autre.

George s'exécuta puis revint vers lui.

— Je vais enlever Juliana, annonça-t-il. Et cette fois, personne ne m'en empêchera.

— Oh ?

— J'ai décidé d'agir demain, expliqua George. Une voiture nous attendra et nous la conduirons immédiatement à Winchester. Les Forsett seront bien obligés de la reconnaître, si le juge l'ordonne. Et il y a beaucoup d'autres gens, là-bas, qui pourront aussi la reconnaître. Une fois qu'elle sera en prison, elle n'en sortira plus.

Lucien se gratta l'oreille.

— Quelque chose a dû vous énerver, mon vieux... Ah, Dick, apportez une autre bouteille.

— Il n'y en a plus, répondit le domestique.

— Alors, allez en acheter une !

— Avec quel argent, milord ? demanda-t-il, ironique.

— Avec le mien, répondit George.

Il tira un billet de sa poche et le tendit au domestique.

Dick empocha le billet et s'éclipsa.

— Quel impudent ! commenta Lucien. Comme je ne l'ai pas payé depuis six mois, il reste ici parce qu'il craint de ne pas toucher un penny s'il part avant ma mort. Bon, où en étions-nous ? Ah, oui : pourquoi êtes-vous si pressé, tout à coup ?

George n'avait pas l'intention de lui révéler l'affront que lui avait fait subir le duc. Il haussa les épaules.

— Je dois rentrer m'occuper de mon domaine. Je suis déjà resté trop longtemps à Londres. Mais j'ai besoin de votre aide.

Lucien hocha la tête.

— Et que me proposez-vous, en échange ?

George haussa les sourcils. Il avait espéré que le désir de se venger de sa femme motiverait Lucien.

— Quand nous l'aurons entre nos mains, nous pourrons en disposer à notre guise, répondit-il. Si vous voulez, je vous la laisserai en premier.

Lucien grimaça de dégoût.

— La seule chose qui m'intéresse, c'est d'être

débarrassé d'elle. Je n'ai aucune envie de la posséder. Je pensais que vous l'aviez compris. Faites-la accuser, et moi je la répudierai. Richard sera ridiculisé et nous n'entendrons plus jamais parler de cette fille. Mais je vous re-pose d'abord ma question : que m'offrez-vous pour ce service ?

George était stupéfait.

— Ça ne vous suffit pas de savoir qu'elle sera condamnée ?

Lucien ricana.

— Bon Dieu, non ! Il me semble que mille guinées seraient un prix raisonnable, répondit-il en croisant négligemment les jambes. Qu'en pensez-vous ?

George faillit s'étrangler. C'était une grosse somme. Mais il avait absolument besoin de l'aide du vicomte.

— C'est d'accord, lâcha-t-il.

— Parfait. Et maintenant, expliquez-moi comment vous comptez procéder.

— Nous nous introduirons dans sa chambre juste avant le lever du jour. Nous l'enlèverons pendant son sommeil et nous partirons aussitôt, expliqua George avec assurance. Vous savez où se trouve sa chambre, et vous savez comment entrer discrètement dans la maison. Vous devez même posséder une clé.

Lucien se gratta encore l'oreille. Oui, il avait gardé quelque part une clé de la porte de service. Il avait fait faire un double quelques années plus tôt, alors qu'il n'était encore qu'un gamin. Richard était un tel cerbère qu'il avait dû recourir à ce subterfuge pour goûter à la liberté.

— Admettons, concéda-t-il finalement. Entrer dans la maison ne sera pas difficile. Mais en ressortir avec cette virago, ce sera autre chose.

— Elle ne se débattra pas, promit George.

— Oh ?

— Je puis vous l'assurer.

Lucien le dévisagea un moment, avant de hocher la tête.

— Je vous crois. Mais j'en viens presque à avoir pitié de ma pauvre femme. Je me demande ce qui a pu vous mettre cette rage au cœur, mon vieux.

Il attendit une réponse, qui ne vint pas. Le silence de Ridge attisa sa curiosité, mais il décida de ne pas insister.

— Il y a encore autre chose, reprit-il. Mon très cher cousin dort dans la chambre contiguë. Je suis prêt à parier qu'il trouve cette proximité très agréable.

— Vous croyez que Juliana est sa maîtresse ? demanda George.

Il s'en doutait, mais il voulait une confirmation.

— Sinon, pourquoi mon cousin s'intéresserait-il autant à elle ? Je ne l'avais encore jamais vu héberger une femme sous son toit. J'imagine qu'il sera d'autant plus frustré de la perdre. (Il grimaça, avant d'ajouter :) Je pense que je peux me débrouiller pour l'éloigner de chez lui, demain soir. Il vaudrait mieux qu'il se trouve ailleurs, pendant qu'on s'emparera de sa dulcinée... Ah, Dick, vous voici enfin ! Donnez-moi cette bouteille.

Lucien ouvrit le cognac et remplit deux verres. George prit celui qu'il lui tendait et but, en souriant méchamment à sa vengeance. Il était devenu comme fou. Le duc de Redmayne avait libéré ses démons en osant s'en prendre à lui.

Le duc arrêta ses chevaux devant Albermale Street. Ted apparut aussitôt sur le perron Comme tout le reste de la maisonnée, il avait appris le récit du cocher et il regardait Juliana sévèrement, comme s'il se sentait personnellement insulté par sa mésaventure.

— Prends les rênes, Ted, lui dit le duc, tandis qu'il aidait Juliana et ses deux amies à descendre.

Le majordome apparut à son tour, et Richard lui ordonna de convoquer immédiatement Martha dans la chambre de lady Edgecombe.

— Oh, non! s'exclama Juliana. Elle doit d'abord s'occuper de Rosamund. Je peux me débrouiller seule.

Richard lui prit les mains et regarda à nouveau ses paumes.

— Vous ne pouvez pas vous servir de vos mains dans l'état où elles sont. Si vous ne voulez pas de Martha, c'est moi qui vous soignerai.

— C'est inutile de vous donner cette peine, monseigneur, répliqua-t-elle froidement. Je n'ai pas besoin d'une nounou.

Richard commençait à bouillir d'impatience.

— Quelqu'un doit s'occuper de vous. Soit Martha, soit moi. Choisissez.

— Alors, vous, répondit-elle, faute d'une autre solution.

Rosamund serait mieux soignée avec Martha.

— Parfait. (Il hocha la tête et se tourna vers Roberts :) Faites monter un bain chaud, du savon, des serviettes et des bandages dans la chambre de lady Edgecombe... Quentin, tu veilleras à l'installation des deux autres?

— Bien sûr.

— Venez, Juliana.

Le duc l'entraîna de force vers l'escalier et Juliana fut bien obligée de le suivre.

Sa chambre était inondée de soleil et l'air embaumait le parfum des roses du jardin disposées dans des vases. Son lit semblait plus accueillant que jamais, et elle commençait déjà à oublier le cauchemar de Bridewell en retrouvant le confort de sa maison.

Sa maison? Oui, elle s'y sentait chez elle.

La voix du duc la tira brusquement de ses pensées.

— Vous dormirez plus tard, Juliana. Qui sait ce que vous avez pu attraper là-bas. Vermine, infection...

Vermine? Elle se passa instinctivement une main dans les cheveux, en réprimant un frisson de dégoût. Elle comprenait à présent pourquoi il avait commandé un bain.

— Restez debout. Je voudrais toucher vos vêtements le moins possible, ajouta-t-il en prenant une paire de ciseaux sur la coiffeuse.

Juliana se rappela soudain que cette horrible Maggie avait touché ses cheveux ainsi que sa robe. Elle fut prise d'une violente nausée et eut tout juste le temps de se précipiter vers le pot de chambre. Richard lâcha les ciseaux et s'approcha d'elle.

— Je vous demande pardon, murmura-t-elle quand elle put enfin reparler. Je ne sais pas ce qui m'a pris.

Elle regrettait presque d'avoir refusé que Martha s'occupe d'elle. Vomir devant un homme était terriblement humiliant. Et encore plus quand cet homme était votre amant — et pas n'importe quel amant.

— Vous n'avez pas à vous excuser, lui dit tendrement Richard.

Il lui tendit une serviette pour qu'elle puisse

s'essuyer, puis il reprit les ciseaux et commença à découper les attaches de la robe.

Juliana se retrouva nue en quelques minutes Elle cherchait à se couvrir avec ses mains, comme si elle n'avait jamais partagé une telle intimité avec le duc, comme s'il n'avait jamais caressé et embrassé chaque centimètre de sa peau.

Tout à sa tâche, il la regardait sans la moindre trace de désir dans les yeux, et cela accentuait son malaise. Dieu, ce qu'elle regrettait Martha ! Comme elle aurait préféré être dorlotée par une femme ! Elle se serait posé moins de questions.

On frappa à la porte et elle regarda Richard, soudain prise de panique. Il lui tendit une couverture et lui fit signe de s'abriter derrière un rideau pendant qu'il allait ouvrir. Deux laquais entrèrent avec le baquet d'eau chaude, tandis qu'une servante apportait le savon, les serviettes et les pansements.

Personne ne dit un mot ni ne regarda dans la direction de Juliana. Le duc attendit patiemment, les bras croisés, qu'ils aient fini de tout installer, puis il referma la porte derrière eux.

Juliana sortit de sa cachette.

— Je vais commencer par panser vos mains, annonça-t-il.

— Mais je ne pourrai pas me laver, si elles sont bandées.

— Ne vous inquiétez pas pour ça, mignonne. C'est moi qui vous laverai.

Il lui souriait, à présent, et Juliana ne savait que penser. Avait-il oublié sa colère ? Que ressentait-il exactement ?

— Asseyez-vous et tendez-moi vos mains

Avec la dextérité d'une infirmière, il lava ses

plaies avant de les recouvrir d'un bandage. Il était aussi surpris que Juliana de son habileté à accomplir cette tâche, et il souriait de plaisir et de satisfaction.

Après un long silence, Juliana se décida à poser la question qui lui brûlait les lèvres :

— Vous êtes-vous inquiété pour moi, quand vous avez su où j'étais ?

— Asseyez-vous dans le baquet et gardez vos mains hors de l'eau.

Elle insista :

— Vous n'avez pas répondu à ma question.

— Je ne souhaiterais même pas à mon pire ennemi de croupir dans un endroit pareil. Alors, ce bain, ça vient ?

Juliana se dépêcha de se glisser dans l'eau, mais sa réponse ne l'avait pas satisfaite. Elle pencha la tête et contempla obstinément la surface de l'eau.

Richard lui souleva le menton pour l'obliger à croiser son regard.

— Je ne me suis jamais autant inquiété de ma vie, avoua-t-il. Mais si jamais vous recommencez à jouer ainsi avec mes nerfs, Juliana, je vous promets que vous regretterez d'être née.

Malgré son ton menaçant, il la regardait avec des yeux où la tendresse se mêlait au désir. Satisfaite, cette fois, elle pencha de nouveau la tête, pour lui permettre de lui laver les cheveux.

Il la frotta énergiquement, récurant chaque centimètre de peau. Au passage, il remarqua le léger arrondi de son ventre, et il se demanda à quel moment elle se déciderait à lui annoncer qu'elle était enceinte. Elle n'avait probablement pas deviné qu'il était capable de s'en apercevoir tout seul. Il sourit de cette naïveté, mais se garda bien de lui montrer qu'il avait compris. Elle lui parlerait quand elle jugerait le moment venu.

— Voilà, vous êtes propre, déclara-t-il finalement. Je n'ai pas trouvé trace de la moindre vermine et vous n'avez pas dû rester assez longtemps là-bas pour attraper une infection. Levez-vous.

Il l'enveloppa dans une grande serviette et la sécha aussi précautionneusement que si elle avait été une porcelaine de valeur. Puis il lui enfila sa chemise de nuit.

— Maintenant, vous pouvez vous mettre au lit et me raconter quelle fantaisie vous a conduite en prison.

— Une fantaisie ! s'étrangla Juliana, oubliant soudain sa fatigue pour le fusiller du regard. Je voulais aider ces femmes à se libérer de leurs exploiteurs, et vous appelez ça une fantaisie ! Ce sont des esclaves... mais comme vous vous servez de leur corps, votre intérêt est qu'elles le restent. (Elle s'allongea sur le lit, dépitée.) Vous ignorez la compassion, monseigneur. Vous n'avez pas plus de cœur que tous vos pareils. Si vous preniez leur défense, vous, Quentin et quelques autres qui ont votre influence, alors, on vous écouterait, et les choses changeraient.

Elle tira les couvertures jusqu'à son menton et tourna la tête pour ne plus le voir.

Richard resta un long moment songeur, à se passer distraitement une main dans les cheveux. Personne ne lui avait jamais parlé sur ce ton mais, au lieu d'être furieux, il se sentait désarçonné, consterné. Une petite effrontée de dix-sept ans dénonçait ses valeurs, son mode de vie, et il restait là, à se demander si elle n'avait pas raison !

Elle le rendait fou. Quand elle ne le terrifiait

pas en s'exposant à des dangers insensés, elle passait son temps à le provoquer.

Il s'éloigna du lit et quitta finalement la chambre en secouant la tête d'un air incrédule.

Dès qu'il eut refermé la porte, Juliana s'allongea sur le dos. Elle contempla longuement le plafond, le regard vide. Des larmes coulaient sur ses joues, mais elle voulait croire qu'elle pleurait parce qu'elle était fatiguée. Et aussi en réaction à ce qu'elle avait subi.

27

Le lendemain matin, Martha retira les bandages de Juliana pour les changer. Elle avait dormi une journée et une nuit entières. Le ciel était gris et une pluie tenace tambourinait contre les carreaux.

— Comment va Rosamund ? demanda-t-elle en se frottant les yeux.

— Beaucoup mieux, milady. Elle a subi un gros choc, mais elle se remet rapidement. Mme Dennison est venue les chercher toutes les deux.

— Déjà ? Pourquoi ne m'a-t-on pas prévenue ?

— Vous dormiez et Sa Grâce avait ordonné que personne ne vous dérange tant que vous n'auriez pas sonné. Quand vous serez habillée, il a demandé que vous le rejoigniez dans la bibliothèque.

Martha lava soigneusement les paumes de Juliana, puis les essuya avant d'appliquer dessus un baume apaisant. Pendant ce temps, Juliana, les yeux fermés, se demandait ce qui s'était passé durant son sommeil. Qui avait informé Mme Dennison que Lilly et Rosamund se trouvaient chez le duc ? Leur gardait-elle rancune de ce qui était arrivé ? Sans doute pas, puisqu'elle les avait déjà reprises. Le duc aurait certainement la réponse à toutes ces questions.

Elle se sentit soudain très triste en repensant à la façon dont il l'avait quittée, sans faire le moindre commentaire après son discours. Elle ne regrettait rien de ce qu'elle avait dit, car elle le pensait, mais elle avait sans doute eu tort de croire qu'il pourrait partager ses vues.

Martha avait terminé de remettre des bandages neufs.

— Je pense que vous feriez mieux de rester encore un peu au lit, conseilla-t-elle. J'expliquerai à Sa Grâce que vous n'êtes pas en état de descendre.

Juliana se força à rouvrir les yeux. Elle ne voulait pas différer plus longtemps son entrevue avec le duc.

— Si... si... je peux. Je vais me débarbouiller, et quand j'aurai bu une tasse de café, je serai mieux réveillée. Comme il pleut, je me sens toute molle.

Martha secoua la tête d'un air de reproche, mais elle ne répondit rien. Une demi-heure plus tard, Juliana était habillée et se contemplait devant la glace. Ses légers cernes, sous les yeux, lui donnaient un regard plus grave, mais sa robe de mousseline lavande et les bandages blancs autour de ses mains la faisaient paraître étonnamment fragile.

— Ne restez pas en bas trop longtemps, lui conseilla Martha. Vous aurez besoin de repos avant le déjeuner.

— Vous êtes si gentille avec moi, répondit Juliana. Personne ne m'avait jamais dorlotée comme vous.

Impulsivement, elle lui donna un baiser sur la joue et Martha rougit de plaisir.

Juliana entra dans la bibliothèque sans se rendre compte que le duc s'entretenait avec un visiteur. Elle était uniquement préoccupée par ses questions, qu'elle débita d'une seule traite :

— Mme Dennison était-elle fâchée contre Lilly et Rosamund ? Comment a-t-elle su qu'elles se trouvaient ici ? Êtes-vous sûr qu'elle ne leur en veut pas ?

— Non. C'est moi qui l'ai prévenue. Oui. Maintenant, reprenez votre souffle, mignonne, et saluez M. Bonnell Thornton.

Juliana était stupéfaite de voir le duc lui sourire. Elle s'était attendue à un accueil beaucoup moins chaleureux.

Voyant qu'elle ne réagissait pas à sa demande, Richard lui désigna son compagnon du doigt.

— Juliana ?

— Oh, excusez-moi, monsieur, je ne vous avais pas vu.

Elle s'inclina poliment devant le gentleman vêtu d'un étonnant costume de soie rose. Il lui rendit son salut.

— Je suis ravi de faire votre connaissance, madame. Sa Grâce m'a raconté votre mésaventure, et sa cause.

Juliana regarda Richard, interloquée. Il lui tendit un journal.

— Lisez cela, Juliana.

Elle n'avait encore jamais lu le *Drury Lane Journal,* mais elle se rendit vite compte qu'il s'agissait d'une gazette destinée à la bonne société. Les potins, bien informés, s'adressaient avant tout au petit monde de la politique, des affaires et de l'aristocratie. Les textes étaient souvent écrits avec beaucoup d'humour, mais Juliana ne voyait pas où Richard voulait en venir.

— C'est très amusant, dit-elle finalement, mais je ne...

— En page centrale, vous trouverez un article signé Roxanne Termagant, lui indiqua M. Thornton.

Elle rouvrit le journal et tomba sur l'article en question. A peine eut-elle commencé à le lire qu'elle écarquilla les yeux de stupeur. Mme Termagant relatait avec force détails l'esclandre survenu chez la mère Cocksedge, et elle accusait en toutes lettres la matrone et sa complice, Mme Mitchell, d'avoir organisé un traquenard pour faire arrêter trois jeunes femmes, dont l'une n'était pas courtisane, mais épouse d'un vicomte. L'article se terminait par une dénonciation de la passivité des autorités qui avaient laissé perpétrer, et peut-être même encouragé cette injustice. Les trois malheureuses emprisonnées n'avaient rien à se reprocher, sinon d'avoir cherché à améliorer le sort des courtisanes indûment exploitées par les souteneurs et les maquerelles de Covent Garden.

— Qui est cette femme ?

M. Thornton s'inclina en souriant.

— Vous l'avez devant vous, milady.

Juliana ne comprenait qu'à moitié.

— Le duc vous a tout raconté ?

— C'est une histoire banale, milady. Chaque fois que des femmes veulent se battre pour leurs droits, elles sont mises en échec. Cependant... (Il lui reprit le journal et le tapota dans ses mains.)

Cependant, nous pouvons gêner leurs exploiteurs en dénonçant publiquement certains abus. Malheureusement, il nous est très difficile d'obtenir des informations. Par exemple, j'ignorais tout du cas de cette malheureuse Lucy Tibbet. C'est pourquoi j'ai une proposition à vous faire, lady Edgecombe.

Juliana s'assit sur l'accoudoir d'un fauteuil. Elle se tourna vers Richard, qui la regardait.

— Personne n'est insensible à l'injustice, mignonne. Pas même dans la bonne société. M. Thornton a beaucoup de pouvoir, avec sa plume. Ses méthodes sont plus discrètes mais plus efficaces que des réunions séditieuses qui se terminent à Bridewell.

— Alors... alors, vous voudriez bien nous aider? demanda Juliana, incrédule.

— Disons que vous m'avez ouvert les yeux, répondit-il.

Juliana était abasourdie, mais déjà M. Thornton expliquait ce qu'il attendait d'elle :

— J'ai cru comprendre, lady Edgecombe, que vous aviez beaucoup d'amies à Covent Garden. Des femmes qui sont en mesure de révéler certains problèmes. Si vous les encouragiez à se confier à vous, j'aurais ainsi matière à lancer mes attaques.

— Vous voudriez que je vous serve d'espionne?

— Plutôt d'informatrice, rectifia Richard.

— Je pourrais également m'occuper de redistribuer aux filles les plus nécessiteuses les fonds que vous auriez collectés. Leurs employeurs me reprocheront sans doute ma philanthropie, mais ils n'auront aucun motif de s'en prendre aux filles, ajouta M. Thornton.

— Je préférerais agir, moi aussi, répondit Juliana. Raconter simplement ce que j'aurai entendu n'a rien d'exaltant.

— Lorsque vous agissez, Juliana, vous attirez toujours les catastrophes sur votre tête, objecta le duc.

Bonnell Thornton sourit et Juliana se sentit rougir, mais elle ne pouvait pas nier la vérité.

— Votre principal défaut, mignonne, est de surestimer vos capacités à changer le monde, ajouta Richard. Seule, vous n'arriverez à rien.

— C'est précisément ce que je vous avais dit, l'autre jour.

— Et comme vous pouvez le constater, je vous ai entendue.

— Oui, concéda-t-elle, même si elle avait encore du mal à réaliser que ses paroles aient eu autant d'effet. (Elle se tourna vers M. Thornton :) Eh bien, si vous pensez que cela peut marcher, monsieur, je serai ravie de vous aider de mon mieux.

— Parfait. Vous verrez que l'on peut faire bouger les choses petit à petit... Maintenant, je n'ai plus qu'à vous quitter. Votre Grâce... (Il s'inclina respectueusement devant le duc, puis baisa la main bandée de Juliana.) A bientôt, lady Edgecombe. J'ai hâte de voir les premiers résultats de notre association.

Richard referma la porte derrière lui avant de revenir vers Juliana.

— Je sais ce que vous pensez, mignonne. Votre mission vous paraît bien dérisoire. C'est pourtant la meilleure contribution que vous puissiez apporter à cette noble cause.

Juliana n'était pas franchement convaincue, mais elle préféra ne pas insister sur ce point pour l'instant.

— Je ne pourrai pas renseigner M. Thornton sans rendre visite à mes amies, fit-elle remarquer.

— C'est exact, admit le duc. (Il se servit un verre de cognac.) Mais désormais, j'ose espérer que vous ne manquerez plus de prévenir Ted chaque fois que vous sortirez.

— Entendu, acquiesça Juliana.

Elle le dévisagea un moment, avant de poser la question qui la taraudait depuis tout à l'heure :

— Pourquoi avez-vous accepté de m'aider ?

Richard reposa son verre et s'approcha d'elle. Il prit son visage entre ses mains et caressa tendrement sa joue.

— Vous avez un don d'ensorceleuse, mignonne. Vous pourriez ramollir n'importe quel cœur, fût-il de marbre. (Il déposa un baiser sur ses lèvres, pour l'empêcher de répondre.) Remontez dans votre chambre, à présent. Vous semblez épuisée.

C'était vrai. Elle ne se sentait plus aucune force et son cerveau n'avait même pas assez d'énergie pour décrypter ses paroles. Était-ce une manière de déclaration ? Une promesse de quelque chose ? Elle aurait voulu en savoir plus, mais elle comprit à son regard qu'il n'ajouterait rien d'autre pour aujourd'hui.

Elle sortit sans un mot et regagna aussitôt sa chambre. Pendant que Martha l'aidait à se déshabiller, elle se caressa le ventre. Son enfant ne connaîtrait jamais qu'un tuteur et un oncle, mais pas de père. Toute la tendresse du monde n'y pourrait rien changer. Et dès que Richard apprendrait sa grossesse, le bébé ne lui appartiendrait déjà plus totalement. Combien de temps pourrait-elle encore attendre avant de le lui dire ?

— Martha prétend que Juliana ne se réveillera pas de la journée, annonça Quentin, alors qu'il entrait dans la bibliothèque. (Il pleuvait encore et il s'approcha de la cheminée pour se réchauffer.) Aurait-elle souffert plus que nous ne l'avons d'abord pensé ?

— Je ne crois pas, répondit Richard. A mon avis, il s'agit d'autre chose.

— Quoi ?

— C'est à Juliana de le dire. Je présume qu'elle choisira son moment. (Il allongea ses jambes sur un pouf, avant d'ajouter :) La perspective de passer une soirée chez soi est parfois délicieuse.

— Particulièrement quand le temps est aussi exécrable, acquiesça Quentin.

— Oui, et de savoir que mon adorable mignonne ne bougera pas de son lit me rassure, ajouta Richard en réprimant un bâillement.

Quentin regarda son verre de porto. Il essayait de cacher sa nervosité.

— Parleras-tu de cette liaison à Lydia, quand vous serez mariés ?

Richard le regarda, intrigué.

— Que veux-tu dire, Quentin ?

— Enfin, Richard, quelle question ! s'exclama-t-il brutalement. (Il ne pouvait pas se contenir plus longtemps.) Juliana et Lydia habiteront sous ton toit. Comptes-tu cacher à Lydia la vraie nature de ta relation avec Juliana ?

Richard regardait toujours son frère, de plus en plus intrigué. Quentin était devenu blanc comme un linge.

— Je ne peux plus le supporter, Richard ! Je ne peux plus supporter que tu traites Lydia avec autant de légèreté. *Je l'aime!* Dieu me pardonne, mais je l'aime. Et je ne te laisserai pas ruiner nos deux vies.

— Toi... toi et Lydia? bégaya Richard. Toi et Lydia?

— Oui.

— Lydia... Lydia connaît tes sentiments pour elle?

— Oui.

— Et... c'est réciproque?

Quentin hocha la tête.

— Bonté divine! (Il se passa une main dans les cheveux.) Lydia et toi, vous vous aimez! Je savais que tu l'appréciais beaucoup, mais de là à...

— Parfois, Richard, tu es si aveugle que tu ne te verrais même pas dans une glace, répliqua Quentin. Il n'a pas fallu plus de cinq minutes à Juliana pour...

— Juliana! (Maintenant, il se rappelait ses allusions.) Jésus, Marie, Joseph...

— Je ne te laisserai pas insulter Lydia en hébergeant ta maîtresse sous le même toit qu'elle, répéta Quentin d'une voix plus assurée.

Richard ne répondit rien. Il réalisait brusquement qu'il ne permettrait pas davantage que Juliana soit insultée de la sorte. Que diable lui arrivait-il?

— Tu m'écoutes, Richard?

Il secoua la tête, amusé.

— Oh, oui, vieux frère, je t'écoute! Et moi aussi, je m'écoute.

Quentin attendit qu'il s'explique, mais Richard s'absorba dans la contemplation de son verre, comme si le monde, soudain, n'existait plus autour de lui. Voyant que le silence se prolongeait, Quentin se décida à quitter la pièce. Rien n'était résolu, mais au moins il avait ouvert son cœur, et il se sentait soulagé d'un grand poids. Il ne regrettait rien.

Richard resta un long moment immobile. Puis ses yeux se tournèrent vers le petit portrait de Lydia posé sur la cheminée. Elle semblait grave, digne, solennelle, même. La femme idéale pour un évêque. Soudain, il éclata de rire. Comme le monde serait plus simple, si chacun le regardait avec les yeux de Juliana !

Il riait encore quand on frappa à la porte. Roberts entra, une lettre posée sur un plateau d'argent.

— Excusez-moi, Votre Grâce, mais un messager vient à l'instant d'apporter ceci. Il prétendait que c'était très urgent.

Richard fronça les sourcils et décacheta la lettre. Son visage se renfrogna encore quand il découvrit son contenu.

— Bon Dieu ! Quel incorrigible débauché ! (Il froissa la lettre et la jeta rageusement dans le feu.) Faites immédiatement atteler ma voiture.

— Vous allez sortir, Votre Grâce ? demanda Roberts en regardant les fenêtres battues par la pluie.

— Sinon, je n'aurais pas réclamé ma voiture, répliqua sèchement Richard.

Satané Lucien ! Il était retenu prisonnier dans une maison à la sortie de Londres et le signataire de la lettre expliquait qu'il ne serait libéré que contre une rançon de cinq cents livres. En attendant, il croupirait dans une pièce humide, à cracher ses poumons, sans couverture, sans nourriture et sans alcool.

Richard n'était même pas étonné de cette nouvelle. Ce n'était pas la première fois qu'il arrivait pareille mésaventure à son cousin. Et Richard l'avait toujours tiré d'affaire. Malgré la méchanceté et la perversité de Lucien, il se sentait encore une responsabilité à son égard.

Richard ouvrit le tiroir de son bureau, sortit sa cassette et compta cinq cents livres. La somme ne représentait qu'une toute petite partie des dettes de Lucien. Il avait dû se laisser attraper par un créditeur mineur. Son tailleur, peut-être.

Roberts apporta un gros manteau avec capuche. Richard l'enfila, mit ses gants et sortit sous la pluie. Le cocher l'attendait devant la porte.

— A Ludgate Hill, ordonna-t-il en ouvrant la portière.

Le cocher fit claquer son fouet et la voiture s'élança aussitôt. Dès qu'elle eut tourné le coin de la rue, George et Lucien sortirent de leur cachette, sur le trottoir d'en face.

— Saloperie de temps ! marmonna Lucien, trempé jusqu'aux os. Il n'avait pas plu depuis un mois, et il faut précisément que ça tombe cette nuit !

George ne répondit pas. Il se moquait éperdument de la pluie. Une seule chose comptait : sa vengeance. Et il était près de toucher au but, cette fois.

Ils traversèrent la rue et contournèrent la maison pour s'approcher de l'entrée de service.

— Les domestiques sont encore debout ? demanda George.

— Non, pas à cette heure-ci. Sauf peut-être le majordome. Mais il doit se trouver dans l'office et il n'en sortira pas. Je connais ses habitudes.

Lucien engagea la clé dans la serrure et la porte s'ouvrit sans aucun bruit.

— Maintenant, taisez-vous et marchez sur la pointe des pieds, ordonna-t-il à George.

De pièce en pièce, ils gagnèrent le hall, puis les escaliers. La maison était plongée dans l'obscurité, mais Lucien avançait d'un pas sûr. George suivait, la respiration oppressée et le cœur battant la chamade. Finalement, ils atteignirent la porte de la chambre de Juliana.

— C'est ici, chuchota Lucien. Vous retrouverez facilement votre chemin pour sortir. Moi, je vais chercher une voiture et je vous attendrai au coin de la rue.

George hocha la tête. Alors que le vicomte s'éclipsait déjà, il poussa doucement la porte. Aucune chandelle ne brûlait, mais les rideaux n'avaient pas été tirés et la clarté de la rue éclairait faiblement le lit. George contempla un moment la silhouette de Juliana endormie, ses cheveux disposés en auréole autour de sa tête.

Puis il s'approcha d'elle, se pencha sur son visage et serra brusquement ses grosses mains de fermier autour de son cou.

Juliana ouvrit les yeux, terrifiée. Elle voulut crier, mais aucun son ne sortit de sa gorge. Elle suffoquait, et son réveil avait été si brutal qu'elle n'était pas sûre de ne pas rêver. Oui, ce devait être un cauchemar. Un visage hideux était penché sur elle. Un masque cauchemardesque. Dieu, oui, elle devait rêver... mais elle respirait de plus en plus difficilement et elle se sentait comme aspirée dans un grand trou noir. Ses yeux se refermèrent tout seuls.

George laissa retomber la tête de Juliana sur l'oreiller. Elle respirait encore, mais faiblement. Il sortit un bandeau de sa poche et la bâillonna pour qu'elle ne puisse pas crier lorsqu'elle se réveillerait. Puis il tira les couvertures et la regarda un moment. Elle ne portait qu'une fine chemise de nuit qui dissimulait à peine sa féminité. Mais chaque minute comptait, et George renonça à sa contemplation pour prendre un manteau dans la penderie. Puis il revint lui attacher les chevilles et les poignets avant de l'enrouler dans le manteau. Il ne lui restait plus qu'à la jucher sur son épaule, puis à ressortir.

Lucien n'était plus là pour le guider, et il redoutait à chaque instant qu'une porte ne s'ouvre sur son passage et que quelqu'un n'alerte toute la maisonnée. Mais il réussit à retrouver son chemin sans encombre et quitta la maison par là où il était entré.

Le corps de Juliana ballottant sur son épaule, il courut jusqu'au bout de la ruelle où Lucien l'attendait dans une voiture.

— Bon Dieu, si je n'attrape pas la fièvre !... se plaignit le vicomte tandis que George déposait son fardeau sur la banquette.

Lucien regarda la silhouette inanimée de sa femme avec curiosité.

— Vous ne l'avez pas tuée, quand même ?

George entrouvrit le manteau et Lucien put constater que Juliana était simplement inconsciente. Il écarquilla les yeux en voyant les marques sombres, sur sa gorge.

— Sacrebleu, vous n'y êtes pas allé de main morte !

— Je ne voulais prendre aucun risque, répliqua George.

Il s'assit à côté de Lucien et la voiture démarra aussitôt. Lucien était gelé, et il avait beau avaler rasade de cognac sur rasade de cognac, la bouteille qu'il avait apportée ne suffisait pas à le réchauffer. Au bout d'un moment, il se mit à tousser.

George n'avait jamais vu quelqu'un tousser aussi violemment. Lucien porta un mouchoir à ses lèvres, et George s'aperçut qu'il se tachait rapidement de sang. Il s'écarta de son compagnon, de peur d'être contaminé.

Pendant ce temps, Juliana restait inconsciente à ce qui se passait autour d'elle. George se retint d'agiter un flacon de sels sous ses narines pour précipiter son réveil. Il était impatient de croiser son regard affolé quand elle réaliserait qu'elle était à sa merci, pieds et poings liés. Mais il préféra attendre. Leur voyage serait moins tranquille si elle tentait de se débattre.

Il tourna la tête pour regarder par la fenêtre la campagne endormie, et il manqua finalement le moment où Juliana cligna des yeux, les ouvrit et les referma presque aussitôt.

Sa gorge la faisait horriblement souffrir et elle ne pouvait pas bouger. Elle s'obligea à garder les yeux fermés. Que lui était-il arrivé ? Des bribes de son cauchemar lui revinrent en mémoire. Les mains qui serraient sa gorge, le visage penché sur elle... le visage de George !

Ce n'était pas un cauchemar.

Elle essaya de comprendre pourquoi elle ne pouvait pas bouger. Son cerveau embrumé mit quelques minutes à comprendre qu'elle avait été ligotée.

— Nous arrivons, dit quelqu'un.

La voix de Lucien ! Bonté divine, ils s'étaient ligués pour l'enlever ! Mais comment avaient-ils réussi à sortir de la maison sans réveiller personne ? Où était Richard ? Juliana sentit soudain qu'elle pleurait. Sa gorge lui brûlait d'autant plus, mais elle était incapable de retenir ces larmes qui coulaient sur ses joues et venaient mouiller son bâillon.

La voiture s'arrêta. George sortit le premier et reprit Juliana sur son épaule. Elle se risqua à rouvrir les yeux et reconnut la cour de l'auberge de la Cloche. George l'installa à l'intérieur d'une autre voiture, vide.

— Madame dort, expliqua-t-il aux deux valets d'écurie qui avaient suivi la scène. Ne la réveillez pas. (Il referma la portière et se tourna vers Lucien :) Maintenant, allons manger un morceau et boire un verre. Je meurs de soif.

Lucien désigna la voiture d'un air dubitatif.

— Et si quelqu'un tentait de regarder à l'intérieur ?

— Où est le problème ? De toute façon, elle ne peut ni parler, ni crier, ni bouger. Tout le monde croira qu'elle dort tranquillement.

Lucien hocha la tête et suivit son compagnon dans l'auberge. Il avala un nouveau cognac, mais ne put toucher à la viande et au fromage commandés par George. Il se sentait malade et, d'expérience, il savait qu'il allait au-devant d'une de ces poussées de fièvre qui l'épuisaient littéralement. Le mieux serait sans doute de réserver une chambre dans cette auberge et de monter tout de suite se coucher.

Mais il voulait ses mille guinées, et il ne lâcherait pas George tant qu'il ne les lui aurait pas données. Or, il se doutait bien que Ridge n'avait pas une telle somme sur lui. Il devrait donc le suivre jusqu'à Winchester. Au moins, comme ça, il verrait la tête que ferait sa femme en se réveillant.

Pendant ce temps, Juliana se morfondait sur sa

banquette. Elle essayait d'oublier sa gorge douloureuse et ses membres courbaturés en se concentrant sur ce qui l'attendait. Seule sa mort — au « mieux » son emprisonnement — permettrait à George de toucher son héritage. Aucune de ces deux perspectives n'était réjouissante. Mais, pour l'instant, il était inutile de songer à s'enfuir.

Elle les entendit revenir et ferma de nouveau les yeux, pour qu'ils s'imaginent qu'elle n'avait toujours pas repris connaissance. Lucien empestait l'alcool et toussait encore. Un fouet claqua et la voiture s'ébranla. Dieu du ciel, où la conduisaient-ils ?

Debout sous la pluie, Richard contemplait avec incrédulité le spectacle qui s'offrait à ses yeux. L'adresse de la lettre correspondait à un immeuble en ruine, sans doute ravagé par le feu quelques mois plus tôt. Il ne restait rien : ni toit, ni portes, ni fenêtres. Seulement quatre murs noircis.

Lucien l'avait berné pour l'éloigner de chez lui.

— On retourne à la maison. Et vite ! cria Richard au cocher avant de remonter dans la voiture.

Pendant qu'ils regagnaient Albermale Street au triple galop, le duc essayait de comprendre ce qui se passait. Le stratagème de Lucien avait sans doute un rapport avec Juliana. Mais lequel ? Un plan aussi minutieux ressemblait peu à son impulsif cousin.

Il sauta de la voiture avant même qu'elle soit complètement arrêtée.

— Restez ici, ordonna-t-il au cocher. J'aurai peut-être encore besoin de vous.

Le duc entra en trombe dans le hall.

— Qui est venu ici pendant mon absence? demanda-t-il au laquais assis derrière la porte, qu'il venait de réveiller.

— Personne, Votre Grâce. Je n'ai pas quitté ma place une seule minute et je peux vous jurer que personne n'a franchi cette porte.

Richard ne répondit même pas. Il s'était rué dans l'escalier et il se précipita vers la chambre de Juliana, sachant déjà à quoi s'attendre, mais priant le ciel qu'il se fût trompé.

La chambre était vide, mais le lit défait et la penderie grande ouverte. Il tira la sonnette, sans discontinuer, jusqu'à ce qu'une cavalcade résonnât dans le couloir. Roberts, Martha et Quentin, tous trois à moitié endormis, entrèrent en même temps dans la chambre.

— Lady Edgecombe a disparu, annonça-t-il. Martha, regardez ce qui manque dans sa garde-robe. Roberts, réveillez les autres domestiques et interrogez-les. Je veux savoir si quelqu'un n'a pas relevé quelque chose d'anormal pendant mon absence.

Quentin regardait le lit défait, éberlué.

— Où a-t-elle bien pu aller, par un temps pareil?

— A mon avis, elle n'est pas sortie de son plein gré. Lucien y est pour quelque chose. Mais je ne comprends pas comment il a pu s'y prendre. Elle est plus forte que lui.

— Pourquoi aurait-il fait ça?

— A-t-on jamais su ce qui poussait Lucien à mal agir? (Il se tourna vers Martha :) Eh bien?

— Il ne manque qu'un manteau, Votre Grâce.

— Pas de chaussures?

Martha secoua la tête.

— George, murmura Richard, comme s'il se parlait à lui-même.

George Ridge. Il avait eu tort de sous-estimer l'acharnement de cet homme. Au lieu de l'intimider en voulant le corriger l'autre jour, il avait décuplé sa soif de vengeance. Et Lucien était son complice.

— Que dis-tu ? demanda Quentin.

— Lucien et George Ridge se sont ligués pour enlever Juliana. (Il se tourna vers Roberts, qui revenait :) Alors ?

— Rien, Votre Grâce. Toute la maisonnée dormait. Personne n'a entendu le moindre bruit.

Richard hocha la tête et tous les regards se tournèrent vers lui.

— Je pense savoir où ils l'ont emmenée, dit-il finalement. Pourvu que je ne me trompe pas. Martha, préparez un sac avec quelques vêtements pour lady Edgecombe. Le strict minimum. Roberts, dites au cocher de faire atteler des chevaux frais. Quentin, tu m'accompagnes ?

— Bien sûr. Je vais m'habiller tout de suite, répondit son frère sans même demander où ils partaient.

Il le saurait bien assez tôt.

28

Ils changèrent trois fois de chevaux avant le lever du jour. Juliana ne bougea pas une seule fois, même quand une mèche de cheveux vint lui chatouiller le nez et qu'elle crut qu'elle allait éternuer. Lucien gardait le silence entre deux quintes de toux et George regardait droit devant lui.

Alors qu'un jour gris se levait, ils entrèrent

dans la cour de l'auberge du Lion-Rouge, à Winchester. Encouragé par la promesse d'une bonne récompense, le cocher avait mis deux fois moins de temps qu'une diligence pour parcourir la distance. George passa la tête par la fenêtre.

— Changez encore les chevaux, ordonna-t-il. Nous ne restons pas ici.

— Ma bouteille est vide, marmonna Lucien.

Il voulut sortir, mais une violente quinte de toux l'obligea à se rasseoir.

— Donnez-moi ça, dit George.

Il lui prit la bouteille vide des mains et entra dans l'auberge en acheter trois pleines. Au train où Lucien buvait, trois bouteilles ne seraient pas de trop pour finir la journée.

Il remonta aussitôt dans la voiture et, après avoir tendu les bouteilles au vicomte, il regarda Juliana. Il ne comprenait pas pourquoi elle n'avait toujours pas repris connaissance. Cependant, elle respirait paisiblement et, en touchant son front, il fut rassuré de constater que sa température était normale.

Juliana savait qu'elle ne pourrait plus très longtemps feindre l'inconscience. Ses membres commençaient dangereusement à s'engourdir, et surtout, elle ressentait un besoin pressant d'aller aux toilettes. S'ils ne lui retiraient pas son bâillon, elle devrait trouver un moyen ou un autre de communiquer avec eux avant d'arriver à destination. Elle ignorait où ils la conduisaient, car elle n'avait pu voir aucune des auberges où ils avaient changé de chevaux, mais, à en juger par la longueur du voyage, elle avait deviné que George la ramenait chez elle. Sur le lieu de son crime. Comptait-il la présenter immédiatement à ses juges, ou avait-il un autre plan en tête ?

Deux heures plus tard, la voiture remontait l'allée qui menait à Ridge House. George mit pied à terre devant le perron et tira Juliana à lui en la prenant par les chevilles. Sa tête heurta la portière et elle ouvrit les yeux.

— Ah, la Belle au bois dormant s'est réveillée ! constata-t-il avec un sourire satisfait. Je crois que nous allons bien nous amuser, tous les deux.

Il la jucha sur son épaule et entra dans la maison. La gouvernante, une femme aux cheveux blancs, se précipita à sa rencontre.

— Nous ne vous attendions pas, sir George.

Il la salua à peine, mais lui désigna Lucien, qui suivait.

— Occupez-vous de mon invité, Dolly. Il a besoin d'un bain chaud et d'une chambre avec un bon feu.

— Et de cognac, ajouta Lucien.

La gouvernante le regarda avec des yeux horrifiés, comme si elle contemplait la mort en personne. Lucien fut pris d'une nouvelle quinte de toux, plus violente que les autres, et Juliana comprit qu'elle n'aurait rien à redouter de lui. Il était trop malade pour s'en prendre à elle. Il ne restait plus que George. Mais, ligotée comme elle l'était, elle n'avait aucune chance de lui échapper.

Il l'emporta à l'étage, ouvrit une porte et la déposa sur un lit.

— Vous vous rappelez cette chambre, ma chère ? Vous y avez passé votre nuit de noces.

Il lui retira son manteau et Juliana frissonna en sentant l'air frais sur ses mollets. Elle ne portait qu'une chemise de nuit, mais pour l'instant son principal souci était ailleurs. Elle plaça ses mains devant sa bouche, pour tenter de soulever son bâillon.

— Vous voulez dire quelque chose ? demanda George en ricanant. Ne vous inquiétez pas, vous aurez bientôt l'occasion de parler. J'exigerai de vous une confession de votre crime. Vous me l'écrirez, et ensuite nous irons voir le juge.

Juliana continua son manège, en gigotant sur le lit comme un beau diable. George la regarda, intrigué, puis il comprit. Il ramassa le pot de chambre, sous le lit, et le posa au milieu de la pièce. Puis il lui délia les chevilles.

— Voilà, dit-il. Je pense que vous y arriverez toute seule. Je reviendrai vous voir quand j'aurai pris mon petit déjeuner.

Dès qu'il eut refermé la porte, Juliana courut jusqu'au pot de chambre. Par chance, ses poignets étaient attachés devant, et non dans son dos, aussi réussit-elle à relever sa chemise de nuit et à s'asseoir. En se relevant, elle se sentit beaucoup mieux et elle put enfin commencer à réfléchir à un moyen de s'échapper.

Elle inspectait la chambre du regard, à la recherche d'une idée, quand son attention fut attirée par la table de toilette. Le rasoir de sir John s'y trouvait peut-être encore. Elle s'approcha de la tablette et soupira de joie en voyant qu'elle avait deviné juste. Personne n'avait touché à rien depuis la mort de sir John.

Avec mille précautions, elle souleva le rasoir du bout des doigts et cala le manche entre ses genoux afin de pouvoir frotter la corde qui lui enserrait les poignets sur le tranchant de la lame. Deux fois elle laissa échapper le rasoir, et deux fois elle se baissa pour le ramasser, le cœur battant et l'oreille aux aguets. Finalement, la corde céda, et le premier geste de Juliana fut d'arracher son bâillon. Elle respira à pleins poumons.

Elle était libre !

Sans perdre de temps, elle chercha une issue. George ayant verrouillé la porte, il ne restait que la fenêtre. En l'ouvrant, elle constata que le sol, en dessous, était trop loin pour risquer un saut. Mais le lierre qui grimpait sur la façade semblait assez solide pour supporter son poids. Elle enjamba prestement le rebord et commença à descendre en s'accrochant aux branches. Elle se concentrait tellement pour assurer ses prises qu'elle n'entendit même pas que la porte de sa chambre s'était rouverte. En revanche, elle entendit George s'exclamer en découvrant sa disparition. Elle releva la tête et le vit penché au-dessus d'elle, le visage congestionné de fureur. Il n'y avait plus une minute à perdre : elle se laissa tomber par terre et s'enfuit à toutes jambes, ignorant la douleur qui lui vrillait les chevilles.

George s'était déjà lancé à ses trousses. Il sortit en trombe sur le perron et elle l'entendit respirer lourdement derrière elle. En d'autres circonstances, elle n'aurait sans doute eu aucune difficulté à le semer. Mais elle était pieds nus, et à chaque foulée ses chevilles lui tiraient des larmes de douleur. Si seulement elle pouvait atteindre la route... Il passerait bien quelqu'un... un fermier, une voiture, n'importe qui...

George gagnait du terrain. Juliana le sentait juste dans son dos, mais elle n'était plus qu'à quelques mètres de la grille. Un bruit de roues, tout proche, lui redonna soudain espoir. Dans un suprême effort, elle franchit la grille juste au moment où passait une charrette de foin.

Le conducteur arrêta net ses chevaux en voyant cette furie se jeter pratiquement sous ses roues.

— S'il vous plaît ! cria Juliana, haletante. Je vous en prie, aidez-moi ! Je...

Elle ne put en dire plus. George l'avait rattrapée et, tandis qu'il lui tenait un bras, il posa son autre main sur la bouche de Juliana. Au fermier ahuri, il expliqua posément que cette jeune femme était folle. Elle avait réussi à déjouer la surveillance de la domestique qui la gardait mais il fallait se méfier d'elle, car elle était violente et dangereuse.

Le fermier observa tour à tour la femme échevelée et à moitié nue et l'homme qui la retenait en s'exprimant si clairement et avec autant d'assurance. La femme le regardait avec des yeux exorbités, et il préféra détourner la tête, mal à l'aise devant le spectacle de la folie. Il repartit, tandis que George ramenait Juliana vers la maison. Elle réussit à le mordre à la main, mais il répliqua par une gifle magistrale qui l'assomma à moitié.

— Que s'est-il passé ? demanda Lucien quand ils entrèrent dans le salon.

— Cette traînée a cru pouvoir s'échapper, répondit George en poussant Juliana dans un fauteuil.

Elle ne chercha pas à lui résister. Elle se sentait encore étourdie, et ses pieds lui faisaient si mal qu'elle n'était pas, pour l'instant, en état de se rebeller.

George se servit un verre de cognac qu'il vida d'un trait.

— Plus vite elle sera en prison et mieux cela vaudra. (Il vida un autre verre, avant d'ajouter :) Allons-y.

— Où ça ? demanda Lucien, les yeux brûlants de fièvre.

— Chez les Forsett, répondit George. Ils identifieront cette traînée devant le juge, vous, vous raconterez dans quelles circonstances elle est devenue votre femme. Le magistrat la jettera en prison et... (il se tourna vers Juliana, avec un sourire lubrique)... et ensuite, ma chère belle-mère, je viendrai vous rendre quelques petites visites dans votre cellule.

Juliana ne répondit pas. Elle ne se sentait plus aucune force pour lutter contre George. Du moins, pas ici, et pas maintenant. Les Forsett lui offriraient peut-être de la protéger, mais elle préférait ne pas trop se raccrocher à cet espoir. Ils risquaient beaucoup plus sûrement de la répudier, par peur du scandale.

— Allez, Edgecombe, venez. Nous partons à cheval.

Lucien secoua la tête. Il ouvrit la bouche pour parler, mais une violente quinte de toux l'obligea à attendre pour reprendre son souffle.

— C'est impossible, finit-il par articuler. Je ne peux pas sortir dans cet état. Partez sans moi.

— Oh, ça non, Edgecombe, répliqua George d'une voix coupante. Vous allez nous suivre, parce que j'ai besoin de vous. Vous ne toucherez pas un sou tant que je n'aurai pas obtenu tout ce que j'attends de vous.

Lucien le regarda, dépité. Il comprenait qu'il ne pouvait plus manipuler George comme auparavant. A présent, les rôles étaient inversés, et il n'était pas de taille à lutter contre ce mastodonte.

— D'accord, d'accord, je viens.

George hocha la tête, satisfait, avant de se retourner vers Juliana. Elle avait fermé les yeux, comme pour se soustraire à ce qui l'attendait. George lui passa une main dans les cheveux et l'obligea à se relever.

— Vous ne voudriez pas qu'on vous fasse du mal, ma chère?

Elle secoua la tête, sans rouvrir les yeux.

— Alors, je vous conseille de vous montrer docile.

Juliana hocha la tête, et il s'empara de sa bouche, l'obligeant à écarter les lèvres. Il empestait l'alcool et elle se sentit défaillir.

George ricana.

— Vous fanfaronnez moins, n'est-ce pas, lady Edgecombe ? Et quand vous aurez passé une bonne semaine en prison... (Il la poussa vers la porte.) Partons, maintenant.

Dans le hall, il attrapa un manteau à une patère et drapa Juliana dedans avant de l'entraîner vers les écuries. Lucien suivait en toussant. Le vent venu de la mer rafraîchissait l'atmosphère et Juliana appréciait son manteau, même si elle savait qu'il le lui avait donné uniquement pour qu'elle n'attire pas l'attention, en chemise de nuit.

Un valet avait sellé deux chevaux. Il regarda le trio d'un œil intrigué mais se garda bien d'émettre la moindre remarque devant son maître. Il aida Lucien à monter. Le vicomte semblait n'avoir plus aucune force et il se cramponna à ses rênes comme si c'était le dernier fil qui le reliait à la vie. George installa Juliana sur son cheval puis monta derrière elle en la tenant fermement contre lui. Ils partirent aussitôt en direction de Forsett Towers.

Richard arrêta la voiture dans la cour de la Rose-Couronnée, à Winchester. Quentin en profita pour descendre s'étirer un peu.

— Je ne sais plus trop quelle route suivre, avoua Richard. Restons un moment ici, le temps de nous renseigner.

Quentin le suivit dans l'auberge. Richard commanda du café, des œufs au bacon et deux chopes de bière avant de demander au patron :

— Où se trouve le magistrat le plus proche ?

— Dans Castel Street, milord.

— Convoquez un de vos valets. J'ai une course à lui donner.

L'aubergiste disparut dans son arrière-salle.

— Qu'as-tu en tête ? voulut savoir Quentin.

— Nous allons d'abord savoir si Ridge l'a déjà déférée devant le juge, expliqua Richard.

Il ôta son manteau et s'installa à une table, sa chope de bière à la main. Quentin l'imitait, au moment où un valet surgit de l'arrière-salle.

— Vous désirez une course, monseigneur ?

— Oui. Approchez.

Richard lui expliqua qu'il devait se rendre chez le juge pour demander si une femme aux cheveux roux ne lui avait pas été présentée au cours de ces dernières heures.

— Et si ce n'est pas le cas ? interrogea Quentin.

— Alors, nous pourrons supposer qu'il la retient chez lui.

— Et sinon ?

— Qu'il l'a conduite chez les Forsett... Mais si je me trompe, alors là, je ne sais plus.

Il haussa les épaules, mais Quentin devina son inquiétude.

Ils mangèrent en silence, absorbés dans leurs pensées. Le valet revint annoncer que le magistrat n'avait vu personne depuis la veille au soir. Richard le remercia et lui donna une pièce.

— Connaissez-vous le domaine des Ridge ? demanda-t-il à l'aubergiste.

— Oui. C'est à une dizaine de kilomètres d'ici. (Il donna des indications précises, avant d'ajouter :) Il y a deux grosses pierres de chaque côté de l'entrée, vous ne pouvez pas vous tromper.

— Tu es prêt, Quentin ?

— Je suis prêt, vieux frère.

La pluie avait cessé et une lumière grise teintait l'horizon. Reprenant leur voiture, dont les chevaux avaient été changés, ils s'engagèrent sur la route empruntée par les ravisseurs de Juliana deux heures plus tôt.

Arrivés devant la maison de Ridge, Richard mit pied à terre et tambourina violemment contre la porte.

— Sir George est ici ? demanda-t-il à la gouvernante qui leur ouvrit.

Dolly tressaillit en croisant le regard menaçant du duc.

— Non, milord... Il est sorti, il n'y a pas très longtemps, avec ses visiteurs.

— Des visiteurs ? répéta Richard en haussant les sourcils.

— Euh... oui, milord. Un gentleman, qui toussait beaucoup, et une jeune femme, malade elle aussi. Sir George l'a d'abord installée dans une chambre, et puis ils sont tous repartis.

— Savez-vous où ils se rendaient ? interrogea Quentin.

Dolly secoua la tête.

— Non, milord. Mais comme ils sont partis à cheval, ils n'ont pas dû aller bien loin.

— Quelle est la direction de Forsett Towers ? demanda Richard.

Il savait, à présent, qu'il touchait au but. George et Lucien ne tarderaient pas à payer pour leurs crimes.

Lucien perdit l'équilibre alors qu'ils s'engageaient dans l'allée qui menait à Forsett Towers Pendant toute la chevauchée, il n'avait cessé de tousser, recroquevillé sur ses rênes qu'il tenait de moins en moins solidement.

Il glissa sur le côté et tomba lourdement mais un de ses pieds resta coincé dans l'étrier et sa monture affolée continua de trotter dans l'allée en le traînant sur le gravier. Juliana assista à la scène, horrifiée, tandis que George sautait à terre pour arrêter le cheval du vicomte.

Quand il réussit à dégager son pied de l'étrier, il s'aperçut que Lucien avait perdu connaissance et que son front saignait.

— Le diable l'emporte ! maugréa George en remontant en selle.

— Vous ne pouvez pas le laisser ici, protesta Juliana.

Lucien méritait sans doute d'aller en enfer, mais elle était révoltée à l'idée de l'abandonner aussi misérablement.

— Il ne me servira plus à rien, dans l'état où il est, répliqua George en éperonnant son cheval.

— Nous aurions au moins pu l'amener dans la maison, insista Juliana.

— Bah, quelqu'un s'en occupera bien. Maintenant, taisez-vous !

Il lui tira les cheveux et Juliana n'ajouta plus rien. Elle savait que George était une brute, mais elle n'aurait jamais imaginé une telle cruauté.

George mit pied à terre au bas du perron. Il aida Juliana à descendre et l'entraîna vers la porte en la tirant par les cheveux. Le laquais venu leur ouvrir écarquilla les yeux de stupeur.

— Mlle Juliana...

George le bouscula pour entrer dans le hall.

— Où sont vos maîtres ?

— Dans la bibliothèque, mais...

Ignorant le domestique, George poussa Juliana dans cette direction. La porte s'ouvrit juste à cet instant sur sir Brian, qui regarda les deux visiteurs d'un air de dédain.

— Ainsi, vous l'avez trouvée...

— Oui... et je la verrai bientôt flamber sur le bûcher, répondit George, la mine triomphante. (Il entra dans la pièce.) Vous et votre femme, vous allez la reconnaître devant le juge aujourd'hui même.

— Dieu du ciel, que se passe-t-il ? demanda Amélia en bondissant de son fauteuil. Juliana, pourquoi êtes-vous revenue ici ?

— C'est bien contre mon gré, madame, répondit-elle en retrouvant soudain ses esprits. Un blessé gît dans l'allée. Pourriez-vous envoyer quelqu'un le chercher ?

Amélia la regarda sans chaleur.

— Décidément, vous ne nous aurez jamais apporté que des ennuis. De qui s'agit-il ?

— De mon mari, madame. Le vicomte d'Edgecombe.

Juliana se retint de céder à un éclat de rire nerveux. Les Forsett la regardaient toujours comme une enfant turbulente qui troublait leur tranquillité. Elle était à moitié nue, prisonnière d'une brute qui la menaçait du bûcher, tandis que son mari agonisait dehors, et cependant ils la grondaient comme si elle avait rapporté de la boue sur ses souliers ou cassé de la vaisselle.

Amélia se tourna vers un laquais en soupirant.

— Dawkins, occupez-vous de cela.

— Oui, milady.

— Et envoyez quelqu'un chercher le juge,

ajouta George. Dites-lui qu'il s'agit d'un meurtre et qu'il doit venir sur-le-champ.

Dawkins interrogea son maître du regard.

— Ne tenez pas compte de cet ordre, Dawkins, répondit sir Brian. Si sir George a besoin d'un magistrat, il n'a qu'à s'en charger lui-même.

— Vous feriez obstruction à la justice ? s'étrangla George, rouge de colère. Je vous préviens, sir Brian, que je déposerai plainte contre vous, si ..

— Taisez-vous, le coupa Amélia. Nous vous avons assez entendu comme cela. Si vous tenez absolument à faire accuser Juliana, nous ne pourrons pas vous en empêcher. Mais ne comptez pas sur notre aide.

Juliana était médusée. Certes, les Forsett ne prenaient pas sa défense, mais ils ne se rangeaient pas non plus contre elle.

— Cette fille a tué mon père et elle doit payer ! vitupéra George.

— Juliana, avez-vous assassiné votre mari ? demanda sir Brian.

— Non.

— Je m'en doutais. Vous avez été victime de votre maladresse, une fois de plus.

— C'était surtout très maladroit de vous enfuir, lui fit remarquer Amélia. Je ne pense pas que...

Elle fut interrompue par un grand tapage dans le hall. Puis une voix dit :

— Allongez-le ici, délicatement. Et maintenant, allez chercher un docteur.

La voix du duc ! Juliana se tourna vers la porte, le cœur battant.

29

Le duc entra dans la bibliothèque.

— Bonjour, madame. Bonjour, sir Brian. Excusez-moi de vous causer ce dérangement, mais je vous assure que c'est bien malgré moi.

— Qui êtes-vous, monsieur ?

— Richard, duc de Redmayne. (Il désigna l'homme derrière lui :) Et je vous présente mon frère, lord Quentin.

Juliana, toujours retenue par les cheveux, se demandait si quelqu'un prêtait attention à elle. Cet échange de salutations polies ressemblait à une farce grotesque. Mais Richard s'approcha soudain de George.

— Lâchez-la, dit-il d'une voix glaciale.

George ne se laissa pas impressionner.

— Ne me donnez pas d'ordres, Redmayne. Elle est ma prisonnière, et je vais la déférer devant le juge.

Richard secoua la tête.

— Non. Vous ne ferez pas cela. Et maintenant, *lâchez-la !*

George laissa retomber sa main. Il n'aurait pu davantage résister à la voix menaçante du duc que changer la direction du vent.

— Cette fois, ce n'est pas ma faute, plaida Juliana. Je dormais tranquillement, quand...

— Je sais, la coupa le duc en lui prenant les mains. Êtes-vous blessée ?

— Juste un peu, à la gorge, répondit-elle.

Elle espérait qu'il allait la serrer dans ses bras, au lieu de continuer à la regarder avec ce regard inquisiteur.

Richard vit les marques sur son cou. Il les toucha du bout des doigts.

— C'est lui qui vous a fait ça? demanda-t-il d'une voix blanche.

Juliana hocha la tête, persuadée qu'il allait l'enlacer, maintenant. Au lieu de cela, il se tourna vers George :

— Sortez d'ici. Je ne voudrais pas que votre sang salisse le tapis de lady Forsett.

Le regard de Richard était aussi froid et implacable que le Jugement dernier. George se sentit vaciller sur ses jambes en le voyant sortir une lame de sous son manteau. Il se rua vers la porte, mais Richard le suivit, l'épée à la main.

Quentin se précipita vers Juliana et lui prit les mains.

— Ma pauvre enfant, dit-il. Vous avez dû beaucoup souffrir.

— Pas tant que cela. (Elle réussit à sourire.) Je suis si heureuse de vous revoir!

Quentin la regarda d'un air de reproche.

— Avez-vous cru que Richard ne viendrait pas vous chercher?

Avant que Juliana ait pu répondre, Amélia attira son attention :

— Votre mari est en train de mourir dans mon hall, annonça-t-elle.

Quentin relâcha Juliana.

— Excusez-moi. Je vais attendre le docteur auprès de mon cousin.

Juliana le suivit. Lucien était allongé sur un tapis. Il avait déjà le teint cireux et les lèvres bleuies. Il ne semblait plus respirer, mais en approchant sa main de sa bouche, Juliana sentit un léger souffle.

— Il vit encore, chuchota-t-elle.

Elle lui prit la main, éprouvant soudain de la pitié pour cet homme qui l'avait tourmentée. Elle releva la tête et s'aperçut que Quentin était aussi ému qu'elle.

Dehors, George s'était retrouvé acculé contre le mur de l'écurie, la lame de Richard appuyée sur la gorge.

— Ce ne doit pas être une sensation très agréable, remarqua le duc avec un sourire glacial. Maintenant, écoutez-moi bien, Ridge. Vous allez dire au juge que Juliana n'est pas responsable de la mort de votre père. Il était âgé, il avait trop bu : ce fut un accident.

George voulut parler mais la lame s'enfonça un peu plus dans son cou et il n'émit qu'un gargouillis incompréhensible.

— Si vous donnez une autre version, reprit Richard, je vous accuserai de vous être introduit chez moi pour enlever lady Edgecombe dans l'intention de l'assassiner. Et ce ne seront pas les témoins qui manqueront. A votre avis, lequel de nous deux convaincra le juge ? Le duc de Redmayne, ou un vulgaire hobereau de province ?

George baissa les yeux. Il savait qu'il avait perdu. Le duc n'aurait aucun mal à produire des témoins pour étayer ses accusations. Et il se retrouverait en prison. Peut-être même envoyé aux galères.

Le duc s'écarta de lui avec une grimace de dégoût.

— Si Juliana n'avait pas été sous ma protection, vous seriez facilement parvenu à vos fins. Elle est si jeune... et si innocente. Mais le jour où votre chemin a croisé le mien, vous avez commis la plus grosse erreur de votre vie. Si jamais vous tentez à nouveau d'approcher Juliana, je vous promets que vous le paierez cher. (Il pointa soudain son épée sur son entrejambe et trancha net le tissu de son costume.) Vous mériteriez même que je vous émascule sur-le-champ.

George poussa un cri de terreur, mais Richard avait déjà tourné les talons.

Dans le hall, il trouva Juliana et Quentin agenouillés auprès de Lucien.

— Il se meurt, annonça Juliana.

— Il se meurt depuis longtemps, commenta placidement Richard. Que lui est-il arrivé ?

Juliana s'apprêtait à raconter leur chevauchée, quand Lucien rouvrit soudain les yeux. Il les regarda tous trois, et une dernière fois une lueur méchante dansa dans ses prunelles.

— Allez tous vous faire pendre ! lâcha-t-il.

Puis sa tête retomba sur le côté, inerte.

Richard lui ferma les paupières et Juliana préféra laisser les deux frères communier dans le souvenir de leur cousin. Elle retourna dans la bibliothèque.

— Il est mort, annonça-t-elle.

— Qui ? Votre mari, ou cet imbécile de George ? demanda sir Brian.

— Edgecombe.

— Je ne l'avais jamais rencontré, mais d'après ce que j'en ai vu, le monde se passera bien de lui, déclara lady Forsett. Et puis, c'est vraiment de très mauvais goût de venir mourir chez les autres.

— Edgecombe n'a jamais su ce qu'était le bon goût, commenta Richard en entrant à son tour. Mais je vous renouvelle mes excuses, madame, pour tous ces désagréments.

— Bah, ce n'est pas votre faute, ni celle du vicomte, répondit sir Brian, conciliant. Si j'ai bien compris, George l'avait obligé à le suivre. (Il se tourna vers Juliana :) Vous voilà encore veuve. Qu'allez-vous devenir ?

— Après une période de deuil convenable, Juliana deviendra ma femme.

La réponse du duc provoqua un silence stupéfait. Sir Brian clignait des yeux. Amélia contemplait Juliana comme si elle n'en croyait pas ses oreilles. Juliana et Quentin regardaient le duc, ahuris.

— Mais... mais Lydia, bégaya finalement Quentin.

— Elle s'enfuira avec toi, mon cher. (Richard s'accouda à la cheminée, visiblement ravi de son effet.) C'est la meilleure solution. Tu vas t'enfuir avec Lydia, et moi je jouerai le parfait gentleman : un peu bouleversé d'avoir été trahi, mais au fond soulagé que ma fiancée ait préféré rejoindre l'homme qu'elle aimait. Lord et lady Melton seront bien obligés de faire bonne figure. Ils n'auront pas le choix.

— Mais... un enlèvement ! Je vais être banni de l'Église ! objecta Quentin, qui trouvait ce plan invraisemblable.

— Bien sûr que non, répliqua Richard, sûr de lui. Personne ne connaîtra la vérité, excepté les parents de Lydia et nous. Tout le monde croira que ce changement d'alliances a été décidé d'un commun accord entre nos deux familles ; ton archevêque sera ravi de te voir épouser Lydia et il n'y aura pas de scandale.

Le regard de Quentin s'éclaira soudain. Tout s'arrangeait ! Il regarda Juliana, radieuse elle aussi.

— Vous voudriez bien m'épouser ? demanda-t-elle en resserrant son manteau sur ses épaules, comme si elle avait encore besoin d'être rassurée.

— Je crois l'avoir laissé entendre.

— Votre énergie m'a toujours étonné, Juliana, mais trois maris en l'espace de quelques mois, voilà qui dépasse mon entendement, commença sir Brian avec ironie.

— Vous vous êtes remarquablement débrouillée, ajouta Amélia. Je n'aurais jamais imaginé que vous deviendriez un jour duchesse.

— Elle fera une remarquable duchesse, madame, assura Quentin. Juliana est une femme exceptionnelle.

Amélia semblait surprise.

— Vous le croyez vraiment? Nous avons toujours pensé qu'elle n'était bonne à rien.

— Quel dommage que vous ne sachiez pas mieux voir, lady Forsett, répliqua Richard avec un rien de mépris dans la voix. Pour nous qui la connaissons, Juliana est un enchantement de tous les instants.

Juliana se sentit rougir.

— Vraiment?

Richard l'embrassa tendrement.

— Vraiment.

— Je dois vous dire quelque chose, commença-t-elle.

Il posa une main sur son ventre.

— C'est inutile.

— Vous aviez deviné?

— Oui, ma chérie. Ce n'était pas difficile. (Il rit en voyant sa déception.) Tu es devenue une partie de moi-même, Juliana. Entre nous, il ne peut y avoir de secrets.

— Il n'y aura jamais aucun secret entre nous, affirma Juliana en croisant son regard.

A cet instant, rien de ce qui l'entourait n'avait

d'importance. Elle ne se rendit même pas compte que Quentin avait discrètement entraîné les Forsett dans le hall. Seuls comptaient la présence du duc, le goût de ses lèvres sur les siennes, et la merveilleuse certitude de leur amour.

Amour et Destin

Des femmes exceptionnelles découvrent dans l'amour le sens de leur vie. Elles iront jusqu'au bout de leur quête, quel qu'en soit le prix. Héroïnes modernes, elles ont décidé de prendre en main leur destin et de l'assumer, dans un monde trop souvent hostile.

BENNETT ELIZABETH

Le balancier du cœur
3598/6 Inédit

Cœurs et âmes
3971/5 Inédit

Que cache la mort de Miranda, présentatrice de télévision, qui lègue toute sa fortune à sa sœur ? Cassie tente de découvrir les secrets des hommes d'affaires qui l'entouraient. Mais elle tombe bientôt dans les bras de son séduisant beau-frère.

BENZONI JULIETTE

Le Gerfaut des Brumes

– Le Gerfaut
2206/6

– Un collier pour le diable
2207/6

– Le trésor
2208/5

– Haute-Savane
2209/5

BINGHAM CHARLOTTE

Ombre et lumière
3493/7 Inédit

BLAKE JENNIFER

Les secrets du passé
3323/6

Délices et fureurs
3525/6

Le parfum de la passion
3759/6

BOSWELL BARBARA

Les raisins de l'amour
4449/4 Inédit

A Everton, l'entreprise la plus importante est un vaste domaine vinicole, les Vins Everly. Cette exploitation familiale est dirigée par Sierra, l'aînée de trois sœurs. Elle connaît à fond le métier et allie le respect de la tradition au souci de la qualité. Lorsque son vieil oncle cède inopinément ses parts de la société à un inconnu, Sierra a l'impression que le ciel lui tombe sur la tête. D'autant plus que son nouvel associé, Nick Nicholai, semble bien décidé à moderniser l'entreprise !

BRISKIN JACQUELINE

Paloverde
2831/7 Inédit

C'est écrit dans le ciel
3139/7

Cœurs trahis
3431/7

BROWN SANDRA

Texas !

– Le destin de Lucky
3282/3 Inédit

– Le destin de Rocky
3432/3 Inédit

– Le destin de Sally
3563/3 Inédit

French Silk
3472/7 Inédit

Des secrets bien gardés
3617/6 Inédit

Substitution ?
3666/6 Inédit

Le souffle du scandale
3727/7 Inédit

Rééducation sentimentale
4090/3 Inédit

L'engrenage
4214/6 Inédit

Un jour, Lara
4370/5 Inédit

Prisonnière du silence
4503/3 Inédit

Educatrice d'enfants sourds-muets, Lauri accepte de s'occuper à plein temps de la petite fille d'un acteur célèbre, Drake Sloan. Celui-ci a perdu trois ans plus tôt sa femme qu'il adorait et ses innombrables conquêtes ne sont pour lui qu'une manière d'assouvir ses besoins physiques. De son côté, Lauri a beaucoup souffert de son premier mariage. Elle refuse donc les avances de Drake. Mais chacune de leurs rencontres provoque des étincelles !

CAMP CANDICE

L'enfant au bout du chemin
4504/5 Inédit

Quelques années après la fin de la guerre de Sécession, Linette apprend le retour d'Hunter, son ancien fiancé qu'elle croyait mort. Trop tard, hélas ! Enceinte d'Hunter, Linette a épousé, sur l'insistance de ses parents, l'ignoble Conway. Lorsqu'elle a accouché, celui-ci lui a annoncé que le bébé était mort-né. Mais elle découvre que son enfant a été adopté et qu'elle n'a jamais cessé d'aimer Hunter.

COOKSON CATHERINE

Le bonheur secret d'Emma
3343/5

Amour et Destin

Les tourments d'Annabella
3487/7

Les oiseaux rêvent aussi
4169/4

DAILEY Janet

Le mal-aimé
1900/4

Prisonniers du bonheur
2101/4

Le triomphe de l'amour
2430/5

DEJONG Linda Renée

Illusions brisées
3395/6 Inédit

Ombres au paradis
4322/4

Pour accomplir une vengeance familiale, Jenna accepte d'épouser un riche propriétaire de vignobles californien, beaucoup plus âgé qu'elle. Jenna a juré de le tuer. Mais Ryker l'aime et la comble de cadeaux. Bien vite cependant le paradis devient enfer : derrière les apparences se cachent des haines sordides et de sombres calculs. Et puis, il y a Cord, le fils de Ryker, qui a été autrefois l'amant de Jenna et qui l'évite désormais.

DELINSKY Barbara

Une femme trahie
3396/7 Inédit

La quête de Chelsea Kane
3450/6 Inédit

Empreintes
3576/6 Inédit

Un moment d'égarement
3728/7

Le mystère de Mara
3972/7

Le jardin des souvenirs
4475/5

DEVERAUX Jude

Entre ses mains
3544/6 Inédit

La patience récompensée
3843/2 Inédit

Accords parfaits
3942/3 Inédit

EDMONDS Lucinda

Sous le charme
4001/8 Inédit

A dix-sept ans, Maddie a hérité de la grâce et du talent de sa mère, danseuse étoile.

FIELDING Joy

Les amours déchirées
3545/5

HART Catherine

Eblouissement
4300/4 Inédit

Demoiselle de compagnie, Andrea est aussi une voleuse qui dérobe bijoux et objets précieux. Son excuse : ce butin doit servir à payer la rançon de son neveu. La police intervient et Andrea doit déjouer les pièges que lui tend le très séduisant inspecteur Brent.

HEATH Lorraine

Entre deux flammes
4044/6 Inédit

Le jour se lève
4476/5 Inédit

La guerre de Sécession s'achève. Objecteur de conscience, Clay retourne dans sa ville natale du Sud : tous le méprisent parce qu'il a refusé de se battre. Meg, une jeune veuve dont les deux frères ont été tués, lui tend un piège.

HEGGAN Christiane

Trahisons
4129/6 Inédit

Fausse accusation
4301/4 Inédit

Diana a adopté le bébé de sa meilleure amie. Huit ans plus tard, le père se manifeste. Or, Travis est devenu stérile. Diana refuse de rendre l'enfant...

HERRINGTON Terri

Un amour d'escroc
4421/5 Inédit

Au premier coup d'œil, Forraine Sullivan a compris que Logan Brisco n'est qu'un arnaqueur. Mais bien séduisant...

HOAG Tami

L'homme des marais
3706/5 Inédit

JAGGER Brenda

L'amour revient toujours
3390/5

KRENTZ Jayne Ann

Le petit-fils prodigue
3707/5 Inédit

Un mariage blanc
3797/5 Inédit

Talents cachés
3943/6 Inédit

LAIMAN Leah

La richesse du cœur

- La richesse du cœur
3887/4 Inédit

- Pour le pire et pour le meilleur
4192/3 Inédit

- Les amours contrariées
4339/3 Inédit

Sam et Drew ont travaillé dur. Mais leur usine brûle, Drew tente de se suicider et Sam, désespérée, accepte de passer une nuit avec Grainville, qui lui propose de l'aider à renflouer l'entreprise...

Amour et Destin

La saison du cœur
- Jeune fille au pair
4396/4 Inédit
Propriétaire d'une entreprise automobile, Andrew s'installe à Washington avec sa femme Samantha et leur petite fille, pour construire une nouvelle usine. Samantha trouve un job passionnant et embauche une jeune fille au pair...

LAKER ROSALIND
Reflets d'amour
2129/5 Inédit
Le sentier d'émeraudes
2351/6
Splendeur dorée
2549/5

LANGAN RUTH RYAN
Tout ce qui brille...
4193/6 Inédit

LAROSA LINDA
Princesse Alexandra
3358/7

MACOMBER DEBBIE
L'amour par petite annonce
3865/5 Inédit
Des anges passent
3987/5 Inédit
Toutes les blessures cicatrisent
4271/4 Inédit
Veuve, Linette cède à sa belle-sœur : elle accepte enfin une invitation et rencontre Cain. C'est le coup de foudre. Mais Cain a fondé une organisation pour la libération de victimes d'enlèvement et pour rien au monde elle ne veut revivre le drame qui l'a brisée...

MANSELL JILL
Malentendus
3685/6 Inédit
Pour la magie d'un baiser
3779/6 Inédit
Troublante différence
3904/7 Inédit
Las de ses liaisons avec des top models, le photographe Guy Cassidy s'interroge, lorsqu'il rencontre les sœurs Vaughan...

DE MAREZ MARNIE
L'épouse indésirable
3686/5 Inédit
Un mari sous contrat
4019/5 Inédit
L'amant du bout du monde
4321/3 Inédit
Nils aime Isaura. Mais celle-ci a épousé un jeune noble. Désespéré, Nils fait un mariage de raison avec Lise et part pour les Indes, mais trop vite Lise meurt. Nils devient tuteur de Julie-Anne, la trop jolie jeune sœur de sa femme. Mais Nils ne comprend qu'il en est amoureux que lorsqu'elle est enlevée par les adorateurs de Kali...

MARTIN MARCIA
Passion du Sud
4270/7 Inédit
Après ses études de médecine à Boston, Samantha s'est engagée à travailler dans un dispensaire. Echouée à Riverbend (Georgie), elle découvre les mœurs du Sud, où se mêlent indistinctement, racisme, sexisme, peur de l'étranger et pratique de la sorcellerie. Elle rencontre aussi Matt, un séducteur invétéré.

McNAUGHT JUDITH
L'homme qui haïssait les femmes
3665/4 Inédit
Où tu iras, j'irai
3760/6 Inédit
Lorsqu'un inconnu vous demande de tout abandonner pour le suivre à Porto Rico, on a certes le droit d'hésiter...
Tourbillons
4246/7

MILLER LINDA LAEL
Héritage en Australie
4091/5 Inédit

MORSI PAMELA
Amour pour rire
4043/5 Inédit
Tulsa se croit laide et son promis vient de l'éconduire. Humiliation, à laquelle son ami Luther décide de remédier : pour faire cesser les ragots ils se prétendent fiancés.

O'DAY-FLANNERY CONSTANCE
Les saisons de l'amour
4148/5 Inédit
Un mariage raté a laissé Ginny traumatisée. Elle a renoncé au bonheur lorsqu'elle rencontre Matt, un champion de base-ball.

PEARSON MICHAEL
Une femme d'argent
3359/5

PLAIN BELVA
Les trésors de la vie
3524/7

QUIN-HARKIN JANET
Grace au ciel
3812/5 Inédit

RENICK JEANE
Fais-moi confiance
3597/6 Inédit
L'enfant de la dernière chance
3742/6 Inédit
Le regard de Leanna
3844/6 Inédit
Neige, amour et rock'n roll
4103/5 Inédit
La jungle des amours
4422/5 Inédit

4586

Composition Euronumérique
Achevé d'imprimer en Europe (Angleterre)
par Cox and Wyman à Reading
le 11 août 1997.
Dépôt légal août 1997. ISBN 2-290-04586-1

Éditions J'ai lu
84, rue de Grenelle, 75007 Paris
Diffusion France et étranger : Flammarion